Library of
World Literature

世界文学文库

欧·亨利短篇小说集

〔美〕欧·亨利 著　李文俊等　译

北京燕山出版社

图书在版编目(CIP)数据

欧·亨利短篇小说集／(美)亨利(Henry，O.)著;李文俊等译.—北京:北京燕山出版社,2006.4(2021.9重印)

ISBN 978-7-5402-1782-2

Ⅰ.欧…　Ⅱ.①亨…②李…　Ⅲ.中篇小说-作品集-美国-近代

Ⅳ.I712.44

中国版本图书馆 CIP 数据核字(2006)第 022050 号

欧·亨利短篇小说集

作　　者	[美]欧·亨利
译　　者	李文俊等
责任编辑	张红梅　王　然
封面设计	小　贾
出版发行	北京燕山出版社
	北京市丰台区东铁匠营苇子坑 138 号嘉城商务中心 C 座
	邮编 100079
经　　销	新华书店
印　　刷	北京市松源印刷有限公司印刷
开　　本	787mm×1092mm　1/32
印　　张	13
字　　数	292 千字
版次印次	2013 年 11 月第 4 版　2021 年 9 月第 19 次印刷
定　　价	49.50 元

目　录

序 言

欧·亨利(1862—1910)是二十世纪初美国著名的短篇小说家。他以描写纽约市井生活著称，但他并非土生土长的纽约人。他原名威廉·西德尼·波特(William Sydney Porter)，生于北卡罗来纳州的一个小镇，父亲是个医生。他十五岁开始在药房当学徒，二十岁时由于健康原因去得克萨斯州的一个牧场当了两年牧牛人，积累了对西部生活的亲身经验。此后，他在得克萨斯做过不同的工作，包括在奥斯汀银行当出纳员。他还办过一份名为《滚石》的幽默周刊，并在休斯敦一家日报上发表幽默小品和趣闻逸事。

欧·亨利一八八七年结婚，并有了一个女儿。正当他的生活颇为安定之时，却发生了一件改变他命运的事情。一八九六年，奥斯汀银行指控他在任职期间盗用资金。为了躲避受审，他逃往洪都拉斯。不久，他得知妻子病危，回家探视，在一八九八年被捕，以贪污银行公款罪被判刑五年。由于表现良好，入狱三年后提前获释。在狱中，他担任医务室的药剂师，并业余开始写小说，为的是挣些稿费寄给女儿。一八九九年，他的第一个短篇小说《口哨狄克的圣诞礼物》发表，署名为"欧·亨利"，借用了一个法国药典书作者的名字。命运对他来了点幽默，一场官司把他从波特变成了欧·亨利，从一个专栏作家变成了一个具有世界影响的小说家。一九〇一年出狱后，他发现自己已经小有名气。第二年他定居纽约，专门从事创作。他以一周一篇的速度为杂志写小说,获得了读者的普遍注意与好评。截止一九一〇年病逝,欧·亨利以旺盛的精力共创作了将近三百篇短篇小说,分别收入《四百万》(1906)、《剪亮的灯盏》(1907)、《西部的心》(1907)、《城市之声》(1908)、《善良的骗子》(1908)、《命运之路》(1909)以及《滚石》(1913)等十余部集子。

使欧·亨利享有国际声誉的是他的短篇小说,尤其是《麦琪的礼物》、《最后的一叶》、《警察和赞美诗》等脍炙人口的精品,它们代表了欧·亨利作为一个小说家的最高成就。无论从内容还是风格上来说,欧·亨利的作品都只能是美国这块土地上的产物,它们当之无愧为"美国生活的幽默百科全书"。欧·亨利既写东部,也写西部,但他最负盛名的故事大都发生在纽约市的大街小巷中,发生在他称之为"四百万"的普通百姓身上。他为市民读者而写,也擅长写市民生活,故而有"曼哈顿的桂冠诗人"之称。

欧·亨利笔下人物的思想相对来说都比较简单,动机也比较单一,矛盾冲突的中心似乎就是贫富差距。这一方面大概因为美国是个平民社会,不存在天生高人一等的贵族阶层,既然金钱面前人人平等,贫富就成了社会的主要矛盾。另一方面,此时正值美国内战后的"镀金时代",拜金主义盛行,坑蒙拐骗样样齐全,贪污舞弊泛滥成灾,似乎只要能赚到钱便是成功,并不问钱的来历是否清白合法,难怪金钱的占有程度便成了人们关注的中心。与欧·亨利同时代的马克·吐温说得好:"在世界上任何地方,贫穷总是不方便的。但只有在美国,贫穷是耻辱。"欧·亨利笔下的芸芸众生就是生活在这样一个由金钱主宰的世界中,他们的处境动机、他们的喜怒哀乐,大都与金钱的占有量有关。

欧·亨利小说中感人至深的是落魄的小人物在艰苦的求生环境中,仍能对他人表现出真诚的爱与关怀,做出难能可贵的牺性。为了给丈夫购买一条白金表链作为圣诞礼物，妻子卖掉了一头秀发。而丈夫出于同样的目的，卖掉金表给妻子买了一套发梳。尽管彼此的礼物都失去了使用价值，但他们从中获得的情感是无价的。为了鼓励贫病交加的年轻画家顽强地活下去，老画家于风雨之夜挣扎着在墙上画了一片永不凋落的常青藤叶。他为自己的杰作付出了生命的代价，但青年画家却因此获得勇气而活了下来。一个富人已经沦落到挨饿的地步，但他坚持履行自己一年一度在感恩节请穷朋友吃饭的职责。而刚吃饱饭的穷朋友为了使对方满意，也忠实地扮演了自己的角色。他们各自做出牺牲，为的是给他人一点安慰。所有这些都未必称得上是轰轰烈烈的大事，而是小人物们日常完成的小事，但正是在这些小事上，他们达到了善，达到了自己精神境界的至高点。

　　欧·亨利对恶具有同样的敏感，他把美国这个名利场上的把戏看得十分透彻。那些"丛林中的孩子们"尔虞我诈、钩心斗角、巧取豪夺、行的都是"丛林法则"。残忍遇到狠毒，小骗碰上大骗，强盗骗子纵然高明，却仍然斗不过金融家——华尔街的经纪人是绝不手下留情的。更可悲的是，在这种对财富的角逐中，人们的灵魂受到腐蚀，年轻的姑娘明明在饭馆当出纳员，却偏偏装腔作势，假冒名门望族。忙忙碌碌的经纪人竟然忘了昨夜新婚，向妻子再一次求婚。在一个金钱万能的世界里，父亲的财神可以在最关键的时刻制造一起交通堵塞，从而使儿子获得求婚的机会，爱神对此只能甘拜下风。

　　不过，欧·亨利笔下的善与恶并不那么截然分开，泾渭分明，它们之间有着一个广阔的中间地带，其中存在着良心发现、幡然悔悟、重新做人的种种可能性。决定洗手不干的保险箱盗窃犯为了救出不幸把自己反锁在保险库里的孩子，当众拿出自己的看家本领，准备跟着警察再去蹲监狱。一个自惭形秽、背弃

003

了情人的男人,还能尽自己的努力,让青梅竹马的姑娘断了对他的思念,快快活活地去重新开始生活。

　　欧·亨利的成功主要在于他善于捕捉和把握生活中的典型场面,在一个个生活的片段里,处于两难中的主人公必须面对抉择,这时不仅能集中刻画人物心理,也能充分展示生活中固有的矛盾。再加上欧·亨利具有把情节剪裁得恰到好处的本领,因而能在很短的篇幅内达到一种思想与艺术完美结合的效果,给人以强烈的印象,而这也正是他的短篇小说成功的关键。

　　近百年来,欧·亨利的小说在全世界一版再版,始终拥有大量的读者,足见其作品的生命力。

编　者

麦琪①的礼物

　　一元八角七分。就这么多。其中有六毛钱还全是钢镚儿。这些小钱都是每回一分两分从卖杂货、卖菜、卖肉的那里死劲儿抠下来的,当时这样锱铢必较,人家嘴上不说,肚子里怎么损她是可想而知的,到最后她脸上也不免有些挂不住了。黛拉数了三遍,都是一元八角七分。可第二天就是圣诞节了。

　　明摆着是一点办法都没有,除了倒往那张破旧的小榻上去哭上一顿。黛拉也就是这样做了。这不免使一种哲学思考油然而生:人生三大元素无非是哭泣、抽噎与微笑,其中占压倒优势的还得算是抽噎。

　　女主人的悲伤正从第一阶段降至第二阶段,趁这个当口,就让我们来对这个家做一番巡视吧。一套带家具的出租房,租金每周八元。这地方并不真的乞求你给它一个说法,但是对于寻找丐帮窝点的人来说,乞丐那个词儿,也确实已经到你嘴边了。

　　楼下门廊里有一个信箱,但是从来不见有一封信投进去,有一个电铃按钮,但是没有活人能把它摁响。边上还贴了一张名片,印着"詹姆斯·狄林翰·杨"这个名字。

　　"狄林翰",夹在当中的名号,还是当初主人每周拿三十元、

----

① 麦琪,指《圣经》中向新出生的耶稣奉献礼物的东方三贤人。

手头阔绰时,一高兴往里加的。如今收入缩水,成了二十元,这几个字也显得蔫头耷脑了,仿佛正在郑重考虑,是不是别那么张牙舞爪,就老老实实,用一个"狄"字得了。不过每次詹姆斯·狄林翰·杨先生回家进入套间时,他那位太太,也就是方才介绍过的"黛拉",总是亲热地叫他"吉姆",并且紧紧地拥抱他。这一切自然是非常美好的。

黛拉哭完了,拿起破粉扑儿,把脸收拾了一下。她站在窗前,呆呆地瞅着一只灰猫沿着灰色的围篱进入那个灰蒙蒙的后院。明天就是圣诞节了,她只有一块八毛七分钱可以用来给吉姆买一件礼物。几个月以来,她紧攒慢攒,也就只有这个数。每星期二十块钱很不经花。花销总比她计算的要多。每回都是这样。只有一块八毛七分能给吉姆买礼物。她的吉姆。在构想给他买件什么像样的东西上,她度过了多少快乐时光呀。一件既讲究又珍稀和贵重的东西——总得大致够水平,能配得上吉姆的身份才行。

房间两个窗户之间的墙上有一面壁镜。列位看官想来是见识过八元租金套间里的壁镜的。一位细瘦异常还得身手不凡的人,仰仗多次的快速拼接,才可能对自己的形体有个大致上不错的印象。黛拉亏得身材苗条,总算是掌握了这门技艺。

她突然从窗前把身子一扭,站到壁镜跟前。她的双目灼灼发光,可是二十秒钟之内她的脸又变得黯然失色。她迅速地解开头发,让一头秀发直直地垂披下来。

列位看官须知,有两样东西,是詹姆斯·狄林翰·杨夫妇视若至宝的。一样是吉姆的金表,那是经由他祖父和父亲之手,一路传归他的。另一样,那就是黛拉的秀发了。倘若住在天井对面的套间里的是示巴女王①，黛拉只须哪天洗过头后把长发垂到窗户外面去晾吹，那么，女王陛下全部的奇珍异宝就不值一提了。假使看门的是所罗门王，地下室里堆满了他所有的金银财宝，吉姆每回经过时只要把金表掏出来看时间，你就看那位老国王如何又气又妒，直拔自己的胡子吧。

此刻，黛拉美丽的头发披满了她的全身，天然有点波纹，闪闪发光，像一帘棕色的小瀑布。头发直抵膝盖下面，宛如一袭锦袍。接着她把头发简单地往上拢了拢，快快地，有点神经质。她也曾迟疑了一分钟，站定不动，此时，有一两颗泪珠溅落在破旧的红地毯上。

穿上破旧的栗色外衣，戴上破旧的栗色帽子，裙裾一转一甩，她飘一样地步出房门，下了楼梯，走进街道，眼角处那两颗泪珠仍然在晶莹闪亮。

在一块招牌的前面她停住脚步，牌子上写的是："莎弗朗尼夫人——头发用品，一概齐全。"黛拉冲上台阶，一边喘气，一边定下神来。夫人是个大块头，白得不大正常，冷冰冰的，跟"莎弗朗尼"②可没有一丁点儿共同之处。

"我的头发你要买吗?"黛拉问道。

"头发我收的，"夫人说，"脱掉帽子，让我看看货色品相怎么样。"

棕色瀑布倾泻而下。

"二十块钱。"夫人说，一边老练地把厚厚的头发托起来

---

① 据《圣经·旧约·列王纪上》说，示巴女王曾带了许多香料、宝石与黄金去觐见所罗门王，用难解的谜语去测试他的智慧。

② "莎弗朗尼"，意大利诗人塔索(1544—1595)所作《被解放的耶路撒冷》中的人物。她是个舍己救人的典型。

细看。

"快把钱给我。"黛拉说。

哦,接下去的那两个小时简直是插上了玫瑰色的翅膀飞驰而过的。嘿,咱就先不去管这样比喻是否牵强附会了。反正黛拉为了给吉姆买合适的礼物,把大小店铺都搜索了个遍。

她终于找到它了。它简直就是专为吉姆一个人量身定做的。别的任何哪家店里都没有这样的东西,她都把那些地方搜个底朝天了嘛。那是一根白金怀表短链,设计简朴大方,全靠质地本身显示它的高贵,而不做华而不实的表面文章——精品全都是这样的。它甚至都配得上"那只金表"了。她一见到,就知道它非吉姆莫属了。它跟他的人品都很相近呢。又文静又高贵——这两个形容词用在二者身上都是恰到好处的。店家要二十一元才肯把东西给她,揣着剩下的八角七分她匆匆忙忙地往家里赶。金表配上那根链子,吉姆在任何场合下都可以堂而皇之地看时间了。那只表固然气派,因为是用一根旧皮带凑合系着的,他只能瞅空子偷偷瞄上一眼呢。

黛拉回到家中,她的陶醉感略略消退,代之而起的是审慎与理智。她取出烫发铁钳,点燃煤气,着手补救慷慨加上爱情所造成的损失。那可永远是一项巨大的工程呀,看官诸君——庞大艰巨的工程呀。

不到四十分钟,她脑袋上就密密麻麻地布满了紧贴头皮的小发卷,变得活像个逃学的小学生。她对着镜子,长久、仔细、挑剔地审视自己的映像。

"如果吉姆在看我第二眼之前没把我杀掉的话,"她自言自语地说,"他准会说我跟科尼岛游乐场的合唱队女郎没什么两样了。可是又有什么别的办法呢——噢!拢共只有一元八角七分,又能怎么样呢?"

七点钟的时候,咖啡已经煮好,煎锅也已经放在炉子上加热,就等肉排放下去了。

吉姆是从不晚回来的。黛拉把表链对折,握在手里,在他进来必定要经过的桌子角上坐下。接着,她听到一层楼梯处响起了他的脚步声,有一小会儿,她的脸都变白了。她一向有为日常小事做很简单的默祷的习惯,此时,她悄声祈祷说:"求求您了,上帝,让他觉得我仍然是美丽的吧。"

门开了,吉姆走进来,又把门关上。他显得挺单薄,非常一本正经。可怜的人儿,他才二十二岁——就得养家糊口了!他得添一件新的大衣,他连手套都没有。

吉姆在门内站着,一动不动,就像一条猎狗嗅到了鹌鹑的气味。他眼睛盯住黛拉,脸上有一种她读不懂的表情,这可把她吓住了。那不是愤怒,不是惊讶,不是责备,不是恐惧,也不是黛拉预料的任何一种神情。他仅仅是定定地盯看着她,脸上带着种怪异的表情。

"吉姆,亲爱的,"她喊道,"别这样盯着我看。我把头发剪掉卖了,因为不送你一件礼物,这个圣诞节我是无法过的。头发还会再长出来的——你不会介意的,对不对?我就是非得这样做不可。我的头发长起来快得很哪。说'圣诞快乐!'呀。吉姆,让我们高高兴兴的好不好。你绝对猜不到我给你寻觅到一件多么精彩——一件多么漂亮、精彩的礼物的。"

"你把头发剪掉啦?"吉姆吃力地问道,好像他已经绞尽脑汁,却仍然未能把这点显而易见的事情弄明白似的。

"剪下来卖掉了,"黛拉说,"难道你还不是一样喜欢我吗?我还是我呀,即使剪掉了头发,对不对?"

吉姆好奇地朝房间里四下张望。

"你说你头发没有了?"他白痴般傻乎乎地问道。

"你不用找了,"黛拉说,"头发卖掉了,我告诉你——卖掉了,也就是没有了。今儿是平安夜,小伙子。对我好点嘛,因为那是为了你而卖掉的。我头发有多少或许能数清,"她接着往下说,柔美的声音里突然多了几分一本正经的激情,"可是我对你的爱有多少,那是无人数得清的呀。肉排我可以往锅里放了吗,吉姆?"

吉姆仿佛猛地从恍惚中清醒过来。他把他的黛拉紧紧地抱在怀里。看官请耐心稍待片刻,且容说故事的往另一枝上多饶舌几句。一星期八块钱或是每年一百万——这之间有什么区别? 一位数学家或是一位巧舌如簧的才子也不见得能给你正确的回答。麦琪带来了珍贵的礼物①,可是咱们的那件不包括在其中。到底是什么呢,一会儿之后便自见分晓。

吉姆从大衣口袋里摸出一包东西,往桌子上一扔。

"对我可别往岔路上想呀,黛儿,"他说,"我是绝对不会因为头发长短,有没有去掉脸上的汗毛,用什么洗发液,就会减少一点点对我的姑娘的爱的。你只消打开这小包东西,就会明白一开头我为什么变傻了。"

白皙的手指和灵敏的动作把细绳与包纸拆了开来。紧着而来的是一声狂喜的尖叫;接下去呢,唉,又迅速转成女性所特有的歇斯底里的流泪与哭泣了,这就有劳套间的男主人赶紧千方百计地去劝慰了。

因为摊在桌子上的是"那套发卡"——一整套的梳形发卡,

---

① 据《圣经》载,麦琪(东方三贤人)送给圣婴的礼物是黄金、乳香与没药。

包括两鬓用的和脑后用的,正是陈列在百老汇路一个橱窗里让黛拉眼热了很长时间的物件。漂亮极了,纯正的玳瑁制品,周边镶有宝石——颜色去配刚刚失去的头发,真是再合适也没有。这套发卡价格不菲,这她是知道的,所以尽管心里渴念,但是从来不敢妄想真的能一旦拥有。宝物如今归她所有了,可是指望去装饰的那头秀发却离她而去了。

不过她还是把发卡抱在胸前,终于,她能够把泪汪汪的眼睛抬起来,绽出一个笑容,说:"我的头发会长得很快的,吉姆。"

忽然,黛拉像只给火烫着的小猫,跳了起来,嘴里喊道:"哦,哦!"

吉姆还没看到给他的漂亮礼物呢。她热切地摊开手掌,把东西显示给他。稳重的贵金属闪了一下亮,仿佛也反映出了她快乐、热烈的心情。

"像不像位贵族佳公子呀,吉姆?我走遍全城才寻见它的。你现在每天都得把表掏出来看上百来遍了。把表拿给我。让我看看配在一起模样如何。"

吉姆没有这样做,相反,他往长沙发上一靠,双手垫在脑后,眯眯笑着。

"黛拉,"他说,"先把咱们的圣诞礼物放一放,让它们自己待一会儿。东西太好了,暂时不用为好。我卖掉了表,好买给你的发卡。现在可以让肉排下锅了吧。"

那三位麦琪,如你们所知,是有智慧的贤人——无比聪明的博士——他们带来礼物,奉献给出生于马槽的圣婴。他们开创了圣诞节互赠礼物的习俗。由于他们聪明过人,万一礼物有相不中的,也有权去退换。说故事的笨嘴拙舌,给列位看官讲了一个平淡无奇,既不大喜大悲,亦无大起大落的故事,叙述住在经济公寓里的两个傻孩子,极不聪明地为了对方,牺牲了家中最珍贵的物件。但是在下要对当今世上的聪明人说的是,在普天底下所有馈赠礼物的人当中,还得数此二人最为聪明。在所有送礼与收礼的芸芸众生里,还是这两位最最明智呀。不论天涯何处,最聪明的还是他们。他们即是贤人麦琪了。

李文俊　译

咖啡馆里的一位世界主义者

午夜时分，咖啡馆里人头攒动。不知怎的，我所坐的那张小桌子，进来的人却是视而不见，桌子边的两把空椅子为了赚钱，好客地朝着蜂拥而来的客人们伸展着手臂。

后来，有一位世界主义者坐在了其中的一把椅子上了。我感到高兴，因为我持有一种理论，认为自亚当以来，还没有过真正的世界公民。我们听说过他们，也看到过有大量的行李贴着外国标签，但却发现那不过是旅游者而不是世界主义者。

我恳请您留意这里的场面——大理石桌面的桌子，皮面的靠墙排椅，来客们兴高采烈，女士们淡妆浓抹，大家微妙而又显然是异口同声地谈论着趣味、经济、富裕生活或者艺术，侍者伺候周到但又爱小费，所演奏的音乐对人们更是曲意奉承，不惜违背作曲家的原意。人们谈笑风生，一片嘈杂——而只要你想喝的话，装在高脚锥形玻璃杯里的维尔茨酒就摆在你的唇前，就像树枝上的一枚熟透了的樱桃，在一只偷食的松鸦的鸟喙的面前招摇一般。一位来自莫克昌克①的雕塑家告诉我说，这里的景象真的不亚于巴黎。

我的那位世界主义者名叫E. 拉什莫尔·科格兰，到夏天的

---

① 莫克昌克，美国的一个城市。

时候你就可以在科尼岛①听说他了。他向我透露说,他要在那里开辟一个新的"胜地",给游客们提供至高无上的娱乐。然后他的话题又转到纬度和经度上面去了。可以说,他是把那个伟大的圆形地球玩弄于手掌之中,是放肆而又轻蔑地玩弄的,对他来说,似乎地球比客饭里的葡萄柚上的酒浸樱桃的核大不到哪里去。他无礼地谈论着赤道,时而说说这个大陆,时而说说那个大陆,他挪揄地球的气候带,他用他的餐巾就把公海擦干了。他用手一比划,就能描绘出海得拉巴②里的某个集市上的情形。他吹一口气,就能让你在拉普兰③坐雪橇。他发出尖啸声,你就会在基莱卡希基与夏威夷土人一起乘风破浪。说时迟那时快,他又拽着你走过阿肯色州的一片生长着星毛栎的沼泽地,让你在他的位于爱达荷州的大牧场里的盐碱地里把衣服晾干,然后又旋风似的把你带到维也纳大公的酒会上去。未几,他又会告诉你,他曾在芝加哥的一个湖上偶感风寒,在布宜诺斯艾利斯的老埃斯卡米拉用一种名字叫作楚楚拉的草煮成汤药,把它治愈了。你可以寄一封信给他,地址就写"宇宙,太阳系,地球,E.拉什莫尔·科格兰先生收",相信他肯定能收到。

我确信,我终于找到了自从亚当以来的一位真正的世界主义者。我聆听着他那世界范围的谈话,唯恐会发现话中有匆匆环游地球的人常有的褊狭之见。但他的见解总是不卑不亢,对待各个城市、国家以及大陆,他就像风或者万有引力那样不偏不倚。

就在E.拉什莫尔·科格兰东拉西扯地谈论着这个小小的星

① 科尼岛,美国纽约市布鲁克林区南部的一个海滨游憩地带,原为一小岛。
② 海得拉巴,巴基斯坦东南部城市。
③ 拉普兰,北欧一地区。

球的时候,我欣喜地想到了一位伟大的几近于世界主义者的人,他为整个世界写作,又献身于孟买。他在一首诗里说,地球上的城市之间既有骄傲,又有敌意,"生于斯长于斯的人们,他们前往四面八方,但又在故乡的城头流连,就像孩童抓住母亲的衣襟一样"。每当他们走在"喧嚣而又陌生的街头"的时候,就想起家乡来,那"最为忠诚、愚蠢、充满柔情的城市;只要说出她的名字,就使得他们用纽带维系了起来"。而我之所以欣喜,是因为我发现吉卜林先生①在打盹。这里我发现了一个并非用尘土做出的人,②他并不狭隘地吹捧他的出生地或者祖国,如果说他吹牛的话,他也只是拿他的整个圆形的地球,来向火星人或者月球居民夸耀。

E. 拉什莫尔·科格兰对这些话题的表达,因为外界对我们的桌子的干扰而加快了。正当科格兰在向我描述西伯利亚铁路沿线的地形的时候,乐队转而奏起了组合曲。最后一个曲子是《迪克西》③。当那些振奋人心的音符跳荡出来的时候,几乎每一个桌子边的人都热烈地鼓起掌来,几乎把乐曲的声音淹没了。

用一个段落来说出下述内容是值得的,即这种壮观的场面,在纽约市的众多的咖啡馆里每晚都能看到。成吨的啤酒被出人意料地消费掉,便说明了这一点。有人匆匆猜测,一到日暮,城里的南方人全都躲在了咖啡馆里。在一个北方城市里对"南方叛军"的这首战歌的这种欢呼,确实有点令人费解,但又并非不能解答。与西班牙的战争,薄荷与西瓜的连年丰收,冷门迭爆的新奥尔良赛马场,以及构成了北卡罗来纳州的社交圈的印第安

---

① 吉卜林(1865—1936),英国小说家、诗人,一九〇七年获诺贝尔文学奖。这里引用的诗句即是他的作品。
② 《圣经》上说,人是上帝用尘土做出来的。
③ 《迪克西》,美国南北战争时期在南部各州流行的战歌,现仍流行。

纳州和堪萨斯州的公民所举办的豪华宴会,所有这一切都使得南方在曼哈顿①成了一种"时尚"。来为你修指甲的人会小声嘀咕说,你的左手食指让她油然想到在弗吉尼亚州里士满市的一位绅士。啊,那是当然的了;不过如今很多女人都不得不工作——这是因为战争,你是知道的。

乐队正演奏《迪克西》的时候,一个黑头发的青年不知从哪里钻了出来,像莫斯比②游击队员那样大喊大叫,疯狂地挥舞着他的那顶软檐帽子。接着,他穿过烟雾走到我们的桌子前,一屁股坐到那把空椅子上,掏出了香烟。

夜晚到了这个时候,我们也就不拘谨了。我向侍者点了三份维尔茨酒,黑发青年得知也有他的份儿,微笑着点头表示感谢。我赶紧乘机问了他一个问题,因为我想验证一下我所持有的一个理论。

"请别介意,"我发问道,"你是不是来自——"

E.拉什莫尔·科格兰一拳拍在桌子上,我的话被噎了回去。

"对不起,"他说,"不过这是个我永远也不想听到的问题。一个人是哪里人又有什么关系?凭邮政地址判断一个人那公平吗?嘿,我见过讨厌威士忌的肯塔基人,见过并非波卡洪塔斯③后裔的弗吉尼亚人,见过没有写过小说的印第安纳人,见过不穿沿着侧缝缀着银元的天鹅绒裤子的墨西哥人,见过滑稽的英国人、挥金如土的美国佬、冷血的南方人、小心眼儿的西部人,以及

---

① 曼哈顿,纽约市的一个区。
② 莫斯比(1833—1916),美国内战时期南方联盟别动队的首领。
③ 波卡洪塔斯(1595—1617),北美波瓦坦印第安人部落首领波瓦坦之女,曾搭救过英国殖民者约翰·史密斯,与英国移民约翰·罗尔夫结婚,后去英国,受到上流社会礼遇。

忙碌的纽约人,有一个食品店的伙计只有一只胳膊,他用纸袋子包装越橘,纽约人忙得都不能在街上待上一个小时看看。人就是人,不要拿地域标签来给他设置障碍。"

"请原谅我,"我说,"我的好奇并非全无道理。我了解南方,乐队演奏《迪克西》的时候,我就喜欢听。我有这样的看法,那些怀着特殊的激情和明显的地域忠诚为这首乐曲鼓掌的人,一准是新泽西州塞考库斯人,或者在纽约的默里·希尔讲习所与哈莱姆河之间的地区的人。我必须承认,我正打算向这位先生问一些问题来验证我的观点,你就以你的高论打断了我。"

这时黑发青年向我开口了,显然,他的头脑的运动也有本身的常规。

"我愿做一棵常春花,"他神情神秘地说道,"生长在一个山谷的顶上,尽情地唱歌。"

这话显然是太费解了,于是我又转向科格兰。

"我曾十二次周游世界,"他说道,"我认识一个住在乌珀纳维克的爱斯基摩人,他托人去辛辛那提买领带。我在乌拉圭看见一个牧羊人,他在巴特尔·克里克①的一次早餐猜谜竞赛中获了奖。我在埃及开罗租了一间房子,在日本横滨也租了一间,为期都是整整一年。上海的一家茶馆留着拖鞋在等着我,而在里约热内卢或者西雅图,我也不必费心告诉他们怎么给我煎鸡蛋。这个古老的世界太小了。北方也好,南方也好,山谷中的古老庄园宅第也好,克利夫兰市的欧几里得大街也好,派克斯峰也好,弗吉尼亚州的菲尔法克斯县也好,胡利甘平川也好,或者不管哪

---

① 巴特尔·克里克,美国密歇根州西南部城市,是一八二四年白人与印第安人激战的战场。

个地方也好,夸耀自己的出生地又有什么用处呢? 当我们对自己恰好出生在某个发霉的城镇或者十亩泥沼地带里泰然处之的时候,这个世界就会变得更好些。"

"看来你是个十足的世界主义者,"我钦佩地说道,"不过你似乎也会非难爱国主义。"

"那是石器时代的遗风,"科格兰热烈地宣告说,"四海之内皆兄弟也——中国人、英国人、祖鲁人、巴塔哥尼亚①人还有住在考伍湾的人。总有一天,人们对各自的城市、州县或国家的那些小家子气的溢美之词会被一扫而空,我们都将成为世界公民,而我们本来就应该这样。"

"可是当你在外地游历的时候,"我追问道,"难道你就不思念某个地方——某个可爱而又——"

"一个地方也没有,"E.拉什莫尔·科格兰轻率地打断我的话,"人们称之为地球的这个陆地的、球形的、行星般运动的、两极略扁的大块物质,就是我的家园。我在国外见过许多这个国家的公民,他们为情感对象所束缚。我在威尼斯见到一些来自芝加哥的人,他们在一个月夜坐在凤尾船上观光,却又夸耀自己家乡的排水管道是如何的好。我见过这样一位南方人,当他被介绍给英国国王的时候,他眼都直了,忙对那位君主说,他的姨婆与查尔斯顿②有地缘关系,她嫁给了那里的珀金斯氏。我认识一个纽约人,他被阿富汗土匪绑了票。家里人送去赎金后,他同他的代理人回到了喀布尔。'阿富汗怎么样?'当地人通过翻译问他,'啊,不太死气沉沉吧,你说呢?''哦,我不知道。'他说道,

---

① 巴塔哥尼亚,南美洲最南部的地区,在安第斯山和大西洋之间。
② 查尔斯顿,美国南卡罗来纳州东南部港市,以英王查理二世的名字命名。

于是便开始给人家讲起在六马路和百老汇大街上的一个出租车司机的事情。这些思想观念都不适合我。我不会受直径不足八千英里的东西的束缚。只管记住，我是E.拉什莫尔·科格兰，是一个称之为地球的天体上的公民。"

我的世界主义者大声向我道别，离开了我，因为他以为，他在乱哄哄的人群和烟气中看到了一个他认识的人。这样就剩下我和那位想当常春花的人了。他只顾应付维尔茨酒，再也没有能力用悦耳的旋律去吟咏他那栖身于幽谷之巅的志向了。

我坐在那里，琢磨着我的那位明显的世界主义者，感到纳闷，那位诗人怎么竟把他给漏掉了。他是我的发现，我相信他说的话。这到底是怎么回事呢？"生于斯长于斯的人们，他们前往四面八方，但又在故乡的城头流连，就像孩童抓住母亲的衣襟一样。"

E.拉什莫尔·科格兰可不是这样。他以整个世界作为他的——

我的沉思被咖啡馆另一头的激烈的吵闹声打断了。从坐着的客人们的头顶上望过去，我看见E.拉什莫尔·科格兰正和一个我不认识的人死命地扭打在一起。他们在桌子之间打斗，就像巨神提坦一样，玻璃杯摔碎了，人们拿起帽子要走，可又被打倒了。一个黑发白种女人尖叫起来，一个金发白种女人唱起了《挑逗》这首歌。

侍者们以其著名的楔形编队将两位斗士包围起来，把仍在挣扎的二位驱逐了出去，这时我的世界主义者还在保持着地球的骄傲和声誉。

我把麦卡锡——一个法国侍者——叫了过来，问他这场冲突的起因。

"那个系红领带的人，"（那就是我的世界主义者）他说，"因为那另外一个家伙对他说，他家乡的人行道和供水系统差劲，就发起火来。"

　　"这就怪了，"我说道，大惑不解，"那个人可是个世界公民——一个世界主义者呀。他——"

　　"他说他是缅因州马塔瓦姆基格人，"麦卡锡接着说，"而且他容不得别人说那个地方的坏话。"

王义国　译

爱的奉献

当一个人爱他的艺术的时候,什么奉献都不难做出。

这是我们的前提。这个故事将从中得出一个结论,又同时表明那个前提是不正确的。这将是在逻辑上的一件新鲜事,又是在讲故事上的一种比中国的长城还要老到的绝技。

乔·莱拉比来自中西部的长着星毛栎的平原地带,因为具有绘画艺术的天赋而激情澎湃。六岁的时候他画了一幅画,画的是镇上的水泵,画上还有一位当地的知名人士从那里匆匆走过。这幅画被装上框子,挂在杂货店的橱窗里,旁边还挂着一个疙疙瘩瘩长着几排颗粒的玉米。二十岁的时候,他离家来到纽约,脖子上飘着领带,而腰里的盘缠则系得更紧。

迪莉亚·卡拉瑟斯生长在南方的一个掩映在松树中的村庄里,她把六种八度音程搞得娴熟,显得大有出息,于是亲戚们共同出钱,让她去"北方""完成学业"。他们并没有能够看到她完成——不过这就是我们的故事。

乔和迪莉亚在一个画室里见面了,那里经常有一些搞美术和音乐的学生聚会,讨论绘画的明暗对照法、瓦格纳、音乐、伦勃朗的作品图片、瓦尔特托费尔、壁纸、肖邦以及乌龙茶。

乔和迪莉亚都迷恋上了对方,或者说是一见倾心,随你怎么说都行。没过多久就结婚了——因为(参见上文),当一个人爱他的艺术的时候,什么奉献都不难做出。

莱拉比先生和太太在一套公寓房间里开始居家过日子。那是一套冷清的公寓房间——有点像钢琴键盘左手末端的升A键。而他们是幸福的,因为他们拥有自己的艺术,又彼此拥有对方。要是让我给富家子弟提忠告的话,那就是:卖掉你所有的财产,把它分给穷人。这样就能取得在一套公寓房间里与你的艺术以及你的迪莉亚共同生活的资格。

住公寓房间的人一定会赞同我的断言,即他们的幸福是唯一真正的幸福。如果家庭幸福,那么房间再拥挤也没有关系——梳妆台如果倒塌下来,就成了台球桌;壁炉架可以变成划船练习架;写字台可以成为备用床;脸盆架可以充当立式钢琴。如果可能的话,那就让四堵墙合拢起来,中间只留下你和你的迪莉亚。但如果家是另外一种样子,那么房子再宽敞也没有用——你从金门进去,把帽子挂在哈特拉斯,把披风挂在合恩角,然后从拉布拉多走出去。①

乔在伟大的马基斯特的班上学画——你知道他的名气有多么大。他收费高昂,授课轻松——他的这一高一轻松给他带来了名气。迪莉亚投身于罗森斯托克名下学习——你知道,他以专给钢琴键盘找麻烦著称。

只要还有钱,他们就极其幸福。谁不这样呢——不过我不想冷嘲热讽。他们的目标非常清晰明确。乔有望很快就能画出精彩的画来,让络腮胡子稀疏而钱包厚实的老绅士们蜂拥到他的画室里来,以买到他的作品为幸事。迪莉亚有望先是熟悉音

---

① 金门是美国加利福尼亚州的圣弗兰西斯科湾的湾口,有著名的金门大桥。哈特拉斯是北卡罗来纳州沿海岛屿。合恩角是智利南部合恩岛的南角。拉布拉多是加拿大东部的一个半岛。

乐,然后又轻视音乐,这样当她看到剧院正厅和包厢不满座的时候,就可以推说嗓子痛拒绝登台,而去一家私人餐厅吃龙虾。

不过在我看来,最美好的生活就是在小小的公寓套间里的家庭生活——在一天的学习之后,那说不完的绵绵情话,那温馨的晚餐和新鲜、清淡的早饭,那有关抱负的交流——他二人的抱负是交织在一起的,否则就没有必要提起了——相互的帮助和鼓励,还有——恕我直言——晚上十一点那顿肉菜卷和奶酪三明治。

但过了一段时间,艺术之旗就萎垂了。艺术之旗有时是萎垂的,即使降旗手并没有去动它。正如俗话所说,他们是坐吃山空。该付给马基斯特和罗森斯托克两位先生的学费拿不出来了。当一个人爱他的艺术的时候,什么奉献都不难做出。于是迪莉亚说,她必须出去教音乐课,以便让盘子里的菜老是冒热气。

她在外面跑了两三天,招揽学生。一天晚上,她欢欣鼓舞地回到了家里。

"乔,亲爱的,"她欣喜地说,"我收了一个学生。而且,啊,那是最好的人家! 将军——艾·比·平克尼将军的女儿——住在第七十一大街。这样一幢富丽堂皇的房子,乔——你应该去看看那个大门! 我想你会说那是拜占庭式的。房子里面就不用说了! 啊,乔,我以前从未见到过。

"我的学生是他的女儿克莱门蒂娜。我已经深深地喜欢上她了。她是个娇弱的姑娘——总是穿一身白衣服;一言一行是那么天真可爱! 才十八岁。我一个星期给她上三次课;只是想想吧,乔! 每次课五块钱。我一点也不在乎,因为再有两三个学生,我就可以接着到罗森斯托克先生那里去上课了。好了,别皱眉头了,亲爱的,我们好好吃一顿晚饭吧。"

"对你来说这是不错的,黛丽,"乔说着,同时用切肉刀和短柄小斧子开一个豌豆罐头,"可我怎么办呢?你想我能让你忙着挣钱,而我却在高雅艺术的王国里卖弄风情吗?以本沃努托·切利尼①的尸骨的名义起誓,绝不能!我想我可以卖报纸,或者铺石子,挣上一两块钱来。"

迪莉亚走了过来,搂着他的脖子。

"乔,亲爱的,你真傻。你必须继续你的学业。并不是说我放弃了音乐,去干别的什么事情。我教学也是学习。我始终和我的音乐在一起。而且每个星期有十五块钱我们就能像百万富翁那样幸福地生活。你千万不能考虑离开马基斯特先生。"

"好的,"乔说道,同时伸手去拿那个蓝色的扇贝形的碟子,"可我不愿意你去教课。那不是艺术。不过你这样做是出于好意。"

"当一个人爱他的艺术的时候,什么奉献都不难做出。"迪莉亚说道。

"马基斯特夸奖了我在公园里画的那幅素描的天空部分,"乔说道,"廷克尔允许我在他的橱窗里挂上两幅画。要是恰好来个看上眼的有钱的白痴,我就能卖出一幅。"

"我相信你能,"迪莉亚甜蜜地说道,"现在让我们感谢平克尼将军和这份烤牛肉吧。"

接下来的整整一周,莱拉比夫妇都是早早就吃了早饭。乔急于要在中央公园画的素描上画出清晨的效果,而迪莉亚则在早饭、撒娇、赞美和拥抱之后,在七点钟的时候送他出门。艺术

---

① 本沃努托·切利尼(1500—1571),意大利雕塑家。

是个迷人的情妇。他晚上回到家的时候，大多是在七点钟的时候。

到了周末，骄傲但又疲倦的迪莉亚，洋洋得意地把三张五元的钞票，扔在了宽八英尺、长十英尺的公寓客厅正中的那张宽八英寸、长十英寸的桌子上。

"有的时候，"她说道，有点疲倦，"克莱门蒂娜真折腾人。恐怕她是练习得不够，我不得不老是重复教她同一个问题。而且她总是穿一身白，那也让人烦。不过平克尼将军倒是个顶让人喜欢的老头儿！我希望你能够认识他，乔。我教克莱门蒂娜弹钢琴的时候，他有时进来看——你知道吗，他是个鳏夫——他站在那里将着他的白色的山羊胡子。'十六分音符和三十二分音符进行得怎么样啦？'他总是这样问。"

"我希望你能够看看那间客厅的护墙板，乔！还有那些用俄国羔羊皮制造的门帘。而且克莱门蒂娜的小小的咳嗽真是滑稽。我希望她比她表面的样子更强壮些。啊，我真的喜欢上她了，她是那么温柔又那么有教养。平克尼将军的哥哥曾经是驻玻利维亚的公使。"

接着，乔带着一副基督山伯爵的神气，掏出一张十元、一张五元、一张两元和一张一元的票子——全都是合法的柔软的票子——放在迪莉亚挣来的钱的旁边。

"我把那幅方尖碑水彩画卖给了一个皮奥里亚①人，"他郑重其事地宣布道。

"你别逗啦，"迪莉亚说道——"不是皮奥里亚人！"

"有可能吧。我希望你能见到他，黛丽。一个胖子，围着羊

---

① 皮奥里亚，美国伊利诺伊州中部城市。

毛围巾,叼着一根羽毛管牙签。他在廷克尔商店的橱窗里看到了那幅素描,一开始还以为画的是一个风车。不过他心甘情愿,还是把它买下来了。他还订购了另一幅——一幅莱卡瓦纳货运车站的油画——准备随身带回去。音乐课!啊,我想艺术仍然存于其中。"

"你一直坚持着,我太高兴了,"迪莉亚热诚地说道,"你是一定会成功的,亲爱的。三十三块哪!我们从未有这么多钱可花。今晚我们吃牡蛎。"

"还有煎里脊小牛排外加蘑菇,"乔说道,"餐叉在哪儿呢?"

第二个星期六的晚上,乔先回到了家里。他把他的十八块钱摊开在客厅的桌子上,又去洗手上的似乎是大量的黑漆的东西。

半个小时以后,迪莉亚回来了,她的右手被纱布和绷带缠得乱七八糟。

"这是怎么啦?"乔在像通常那样打了招呼后问道。

迪莉亚笑了起来,不过并不是多么快乐。

"克莱门蒂娜,"她解释说,"上了课后一定要吃威尔士干酪。她真是个让人捉摸不透的姑娘。下午五点的时候吃威尔士干酪。将军也在场。你是没看到他跑去拿火锅时的样子,乔,好像家里没有仆人似的。我知道,克莱门蒂娜身体不好,她太神经质。在端干酪的时候洒了,滚热滚热的,洒在我的手上和腕子上。痛极了,乔。那个可爱的女孩难过极了!可是平克尼将军!——乔,那个老头几乎要发疯。他冲下楼去叫人——听说是烧锅炉的或是在地下室里干活的什么人——到药店买些油膏和包扎用的东西。现在不怎么痛了。"

"这是什么?"乔问道,他轻轻地托起那只手,扯了扯在绷带下面的几根白线。

"那是垫在创面上的软东西,"迪莉亚说道,"上面有油膏。啊,乔,你把另外那幅画卖掉了吗?"她看到了桌子上的钱。

"我卖掉了吗?"乔说道,"只要问问那个皮奥里亚人就知道了。他今天把那幅车站画取走了,而且还想再要一幅公园风景画和一幅哈得孙河的风景画,不过没有说定。你是今天下午什么时候烫坏手的,黛丽?"

"我想是五点吧,"迪莉亚伤心地说道,"那个熨斗——我说的是那块干酪大概就是那个时候从炉子上掉了下来。你要是看到平克尼将军的那个样子就好了,乔,当时——"

"到这儿来坐一会儿。黛丽,"乔说道。他把她拉到长沙发上,搂着她的肩膀。

"这两个星期你到底在干什么,黛丽?"他问道。

她硬挺着坚持了一会儿,目光中充满着爱和固执,喃喃而又含糊地念叨了两句平克尼将军,但最终还是低下了头,实情和泪水一块儿倾倒了出来。

"我一个学生也招不到,"她坦白道,"我也不忍让你中断学业。于是我找了个熨衬衫的活儿,就在二十四号大街那家大洗衣店。我想我把平克尼将军和克莱门蒂娜的故事都编造得不错,你说呢,乔?今天下午洗衣店里的一个女孩把热熨斗搁在我的手上了,于是回家时我一路上编出了这个威尔士干酪的故事。你不生气吧,乔?再说要是我揽不到这个活儿的话,兴许你就不能把画卖给那个皮奥里亚人。"

"他不是皮奥里亚人。"乔慢慢地说道。

"嘿,他是哪儿人并没有关系。你是多么聪明啊,乔——来——吻我,乔——什么竟能使你怀疑我并没有给克莱门蒂娜上音乐课呢?"

"直到今天晚上,"乔说道,"我才怀疑起来。而且要不是今天下午我从机房里,给楼上的一个被熨斗烫伤的姑娘送去废棉纱和润滑油的话,我还不会怀疑。两个星期以来我一直在那家洗衣店里烧锅炉。"

"这么说你没有——"

"我的那位皮奥里亚主顾,"乔说道,"以及平克尼将军都是同一门艺术的创造物——不过你既不能称它为绘画也不能称它为音乐。"

他们都笑了起来,乔又先开口说话了:

"当一个人爱他的艺术的时候,什么奉献都不难——"

但是黛丽伸手捂住了他的嘴。"不,"她说——"只要'当一个人爱的时候'就够啦。"

王义国　译

警察和赞美诗

苏比躺在麦迪生广场他那条长凳上，辗转反侧。每当雁群在夜空引吭高鸣，每当没有海豹皮大衣的女人跟丈夫亲热起来，每当苏比躺在街心公园长凳上辗转反侧，这时候，你就知道冬天迫在眉睫了。

一张枯叶飘落在苏比的膝头。这是杰克·弗洛斯特①的名片。杰克对麦迪生广场的老住户很客气，每年光临之前，总要先打个招呼。他在十字街头把名片递给"露天公寓"的门公老"北风"，好让房客们有所准备。

苏比明白，为了抵御寒冬，由他亲自出马组织一个单人财务委员会的时候到了。为此，他在长凳上辗转反侧，不能入寐。

苏比的冬居计划并不过奢。他没打算去地中海游弋，也不想去晒南方令人昏昏欲睡的太阳，更没考虑到维苏威湾②去漂流。他衷心企求的仅仅是去岛上度过三个月。整整三个月不愁食宿，伙伴们意气相投，再没有"北风"老儿和警察老爷来纠缠不清，在苏比看来，人生的乐趣也莫过于此了。

---

① 英语中"霜冻"的拟人称呼。"弗洛斯特"即"霜冻"的意思。
② 维苏威湾，在意大利南部，沿岸有那不勒斯市与维苏威火山，是游览胜地。

多年来,好客的布莱克威尔岛①监狱一直是他的冬季寓所。正如福气比他好的纽约人每年冬天要买票去棕榈滩和里维埃拉②一样,苏比也不免要为一年一度的"冬狩"③做些最必要的安排。现在,时候到了。昨天晚上,他躺在古老的广场喷泉附近的长凳上,把三份星期天的厚报纸塞在上衣里,盖在脚踝和膝头上,都没有能挡住寒气。这就使苏比的脑海里迅速而鲜明地浮现出岛子的影子。他瞧不起慈善事业名下对地方上穷人所做的布施。在苏比眼里,法律比救济仁慈得多。他可去的地方多的是,有市政府办的,有救济机关办的,在那些地方他都能混吃混住。当然,生活不能算是奢侈。可是对苏比这样一个灵魂高傲的人来说,施舍的办法是行不通的。从慈善机构手里每得到一点点好处,钱固然不必花,却得付出精神上的屈辱来回报。真是凡事有利必有弊,要睡慈善单位的床铺,先得让人押去洗上一个澡;要吃他一块面包,还得先一五一十交代清个人的历史。因此,还是当法律的客人来得强。法律虽然铁面无私,照章办事,至少没那么不知趣,会去干涉一位大爷的私事。

既经打定主意去岛上,苏比立刻准备实现自己的计划。省事的办法倒也不少。最舒服的莫过于在哪家豪华的餐馆里美美地吃上一顿,然后声明自己一文不名,这就可以悄悄地、安安静静地给交到警察手里。其余的事,自有一位识相的推事来料理。

苏比离开长凳,踱出广场,穿过百老汇路和五马路汇合处那

---

① 布莱克威尔岛,现名惠尔费岛,在纽约东河上。岛上有监狱。作者前面故意不提岛名,到此处才点出,让读者误以为也是什么风景胜地。

② 都是过冬的风景区。前者在美国南部佛罗里达州海边。后者包括法国、意大利沿地中海一些地区,"赌国"摩纳哥也在其内,是全世界阔人去挥霍金钱的所在。

③ 原文为"hegira",意为穆罕默德从麦加到麦地那的逃亡。

片平坦的柏油路面。他拐到百老汇路,在一家灯火辉煌的餐馆门前停了下来,每天晚上,这里汇集着葡萄、蚕丝与原生质的最佳制品①。

苏比对自己西服背心最低一颗纽扣以上的部分很有信心。他刮过脸,他的上装还算过得去,他那条干干净净的活结领带是感恩节②那天一位教会里的女士送给他的。只要他能走到餐桌边不引人生疑,那就胜券在握了。他露出桌面的上半身还不至于让侍者起疑。一只烤野鸭,苏比寻思,那就差不离——再来一瓶夏白立酒③,然后是一份戛曼包④干酪,一小杯浓咖啡,再来一支雪茄烟。一块钱一支的那种也就凑合了。总数既不会大得让饭店柜上发狠报复,这顿牙祭又能让他去冬宫的旅途上无牵无挂,心满意足。

可是苏比刚迈进饭店的门,侍者领班的眼光就落到他的旧裤子和破皮鞋上。粗壮利落的手把他推了个转身,悄悄而迅速地把他打发到人行道上,那只险遭暗算的野鸭的不体面命运也从而得以扭转。

苏比离开了百老汇路。看来靠打牙祭去那个日思夜想的岛是不成的了。要进地狱,还得想想别的办法。

在六马路拐角上有一家铺子,灯光通明,陈设别致,大玻璃橱窗很惹眼。苏比捡起块鹅卵石往大玻璃上砸去。人们从拐角上跑来,领头的是个巡警。苏比站定了不动,两手插在口袋里,

<hr>

① 这是作者的诙谐说法,意思是:美酒、华丽的衣服和上流人士。
② 感恩节,十一月的最后一个星期四,意思是领带刚拿到手不久,还很新。
③ 夏白立酒,法国夏白立地方出产的一种无甜味的白葡萄酒。
④ 戛曼包,法国诺曼底的一个地方。这里指的是用该地方法制成的干酪。

对着铜纽扣①直笑。

"肇事的家伙在哪儿?"警察气急败坏地问。

"你难道看不出我也许跟这事有点牵连吗?"苏比说,口气虽然带点嘲讽,却很友善,仿佛好运在等着他。

在警察的脑子里苏比连个旁证都算不上。砸橱窗的人没有谁会留下来和法律的差役打交道。他们总是一溜烟就跑。警察看见半条街外有个人跑着去赶搭车子。他抽出警棍,追了上去。苏比心里窝火极了,他拖着步子走了开去。两次了,都砸了锅。

街对面有家不怎么起眼的饭馆。它投合胃口大钱包小的吃客。它那儿的盘盏和气氛都粗里粗气,它那儿的菜汤和餐巾都稀得透光。苏比挪动他那双暴露身份的皮鞋和泄露真相的裤子跨进饭馆时倒没遭到白眼。他在桌子旁坐下来,消受了一块牛排、一份煎饼、一份油炸糖圈,以及一份馅儿饼。吃完后他向侍者坦白:他无缘结识钱大爷,钱大爷也与他素昧平生。

"手脚麻利些,去请个警察来,"苏比说,"别让大爷久等。"

"用不着惊动警察老爷,"侍者说。嗓音油腻得像奶油蛋糕,眼睛红得像鸡尾酒里浸泡的樱桃,"喂,阿康!"

两个侍者干净利落地把苏比往外一叉,正好让他左耳贴地摔在铁硬的人行道上。他一节一节地撑了起来,像木匠在打开一把折尺,然后又掸去衣服上的尘土。被捕仿佛只是一个绯色的梦。那个岛远在天边。两个门面之外一家药铺前就站着个警察,他光是笑了笑,顺着街走开去了。

苏比一直过了五个街口,才再次鼓起勇气去追求被捕。这一回机会好极了,他还满以为十拿九稳,万无一失呢。一个衣着

---

① 警察制服上的扣子是铜的。

简朴颇为讨人喜欢的年轻女子站在橱窗前,兴味十足地盯看陈列的剃须缸与墨水台。而离店两码远,就有一位彪形大汉警察,表情严峻地靠在救火龙头上。

苏比的计划是扮演一个下流、讨厌的小流氓。他的对象文雅娴静,又有一位忠于职守的巡警近在咫尺,使他很有理由相信,警察那双可爱的手很快就会落到他身上,使他在岛上冬蛰的小安乐窝里吃喝不愁。

苏比把教会女士送的活结领带拉拉挺,把缩进袖口的衬衫袖子拉出来,把帽子往后一推,歪得马上要掉下来,向那女子挨将过去。他对她做媚眼,嗽嗽嗓子,嘴里哼哼哈哈,满脸堆笑,嬉皮涎脸,厚着面皮把小流氓该干的那一套恶心勾当一段段表演下去。苏比把眼光斜扫过去,只见那警察在盯着他。年轻女人挪动了几步,又专心致志地看起剃须缸来。苏比跟了过去,大胆地挨到她的身边,把帽子举了一举,说:

"啊哈,我说,贝蒂丽亚!你不是说要到我那院子里去玩儿吗?"

警察还在盯着。那受人轻薄的女子只消将手指一招,苏比就等于进安乐岛了。他想象中已经感到了巡捕房的舒适和温暖。年轻的女士转过脸来,伸出一只手,抓住苏比的袖子。

"可不是吗,迈克,"她兴致勃勃地说,"不过先得破费你给我买杯猫尿①。要不是那巡警老盯着,我早就要跟你搭腔了。"

那娘们像常春藤一样紧紧攀住苏比这棵橡树,苏比好不懊丧地在警察身边走了过去。看来他的自由是命中注定的了。

一拐弯,他甩掉女伴撒腿就走。他一口气来到一个地方,一

————————————

① 指啤酒。

到晚上,最轻佻的灯光,最轻松的心灵,最轻率的盟誓,最轻快的歌剧①,都在这里荟萃。身穿轻裘大氅的淑女绅士在寒冽的空气里兴高采烈地走动。苏比突然感到一阵恐惧,会不会有什么可怕的魔法镇住了他,使他永远也不会被捕呢? 这个念头使他有点发慌,但是当他遇见一个警察大模大样在灯火通明的剧院门前巡逻时,他马上就捞起"扰乱治安"这根稻草来。

苏比在人行道上扯直他那破锣似的嗓子,像醉鬼那样乱嚷嚷。他又是跳,又是吼,又是骂,用尽了办法大吵大闹。

警察让警棍打着旋,身子转过去背对苏比,向一个市民解释道:

"这是个耶鲁的小伙子在庆祝胜利,他们跟哈德福学院赛球,请人家吃了鸭蛋。够吵的,可是不碍事。我们有指示,让他们只管闹去。"

苏比怏怏地停止了白费气力的吵闹。难道就没有一个警察来抓他了吗? 在他的幻想中,那岛已成为可望而不可即的仙岛。他扣好单薄的上衣以抵挡刺骨的寒风。

他看见雪茄烟店里一个衣冠楚楚的人对着摇曳的火头在点烟。那人进店时,将一把绸伞靠在门边。苏比跨进店门,拿起绸伞,慢吞吞地退了出去。对火的人赶紧追出来。

"我的伞。"他厉声说道。

"噢,是吗?"苏比冷笑说;在小偷小摸的罪名上又加上侮辱这一条。"好,那你干吗不叫警察? 不错,是我拿的。你的伞!你怎么不叫巡警? 那边拐角上就有一个。"

---

① 在原文中,四个同位名词都用一个形容词"lightest"来形容,表现了作者的匠心。译文也竭力设法追随。

伞主人放慢了脚步,苏比也放慢脚步。他有一种预感:他又一次背运了。那警察好奇地瞅着这两个人。

"当然,"伞主人说,"嗯……是啊,你知道有时候会发生误会……我……要是这伞是你的我希望你别见怪……我是今天早上在一家饭店里捡的……要是你认出来这是你的,那么……我希望你别……"

"当然是我的。"苏比恶狠狠地说。

伞的前任主人退了下去。那警察急匆匆地跑去搀一位穿晚礼服的金发高个儿女士过马路,免得她被在两条街以外往这边驶来的电车撞着。

苏比往东走,穿过一条因为翻修而高低不平的马路。他愤愤地把伞扔进一个坑。他嘟嘟囔囔咒骂起那些头戴铜盔,手拿警棍的家伙来。因为他想落入法网,而他们偏偏认为他是个永远不会犯错误的国王①。

最后,苏比来到通往东区的一条马路上,这儿灯光暗了下来,嘈杂声传来也是隐隐约约的。他顺着街往麦迪生广场走去,因为即使他的家仅仅是公园里的一条长凳,他仍然有夜深知归的本能。

可是,在一个异常幽静的地段,苏比停住了脚步。这里有一座古老的教堂,建筑古雅,不很规整,是有山墙的那种房子。柔和的灯光透过淡紫色花玻璃窗子映射出来,无疑,是风琴师为了练熟星期天的赞美诗,在键盘上按过来按过去。动人的乐音飘进苏比的耳朵,吸引了他,把他胶着在螺旋形的铁栏杆上。

明月悬在中天,光辉、静穆;车辆与行人都很稀少;檐下的冻

---

① 英谚,意思是国王不可能犯错误。

雀睡梦中啁啾了几声——这境界一时之间使人想起乡村教堂边上的墓地。风琴师奏出的赞美诗使铁栏杆前的苏比入了定，因为当他在生活中有母爱、玫瑰、雄心、朋友以及洁白无瑕的思想与衣领时，赞美诗对他来说是很熟悉的。

苏比这时敏感的心情和老教堂的潜移默化会合在一起，使他灵魂里突然起了奇妙的变化。他猛然对他所落入的泥坑感到憎厌。那堕落的时光，低俗的欲望，心灰意懒，才能衰退，动机不良——这一切现在都构成了他的生活内容。

一刹那间，新的意境激荡着他的心。一股强烈迅速的冲动激励着他去向坎坷的命运奋斗。他要把自己拉出泥坑，他要重新做一个好样儿的人。他要征服那已经控制了他的罪恶。时间还不晚，他还算年轻，他要重新振作当年的雄心壮志，坚定不移地把它实现。管风琴庄严而甜美的音调使他内心起了一场革命。明天他要到熙熙攘攘的商业区去找事做。有个皮货进口商曾经让他去赶车。他明天就去找那商人，把这差使接下来。他要做个煊赫一时的人。他要——

苏比觉得有一只手按在他胳膊上。他霍地扭过头，只见是警察的一张胖脸。

"你在这儿干什么？"那警察问。

"没干什么。"苏比回答。

"跟我走一次。"警察说。

第二天早上，警察局法庭上的推事宣判道："布莱克威尔岛，三个月。"

李文俊　译

财神与爱神

老安东尼·罗克韦尔是罗氏尤里卡肥皂的制造商和老板，已退休，他站在位于第五大道的私宅书房的窗口朝外观望，咧着嘴笑。他的右邻——贵族俱乐部会员G.范舒赖特·萨福克－琼斯——正离开家门，朝等候他的小轿车走去，同时像往常一样，冲着肥皂大厦正面的那座意大利文艺复兴风格的雕塑，轻侮地皱了皱鼻子。

"这个无所事事又自以为了不起的死老头子！"前肥皂大王评论道，"他要是不小心点的话，他这个涅谢尔罗迭①式的老僵尸就会被伊甸园博物馆收藏了去。到夏天，我要把这所房子刷成红、白、蓝三色，看能不能把他那个荷兰鼻子气得再翘高点儿。"

安东尼·罗克韦尔召唤人的时候从来也不拉铃，这时他来到书房的门口，喊道"迈克！"这嗓音与当年刺破堪萨斯大草原的苍穹时的嗓音一模一样。

"告诉我儿子，"安东尼对闻声赶来的用人说，"出门之前到我这里来一下。"

小罗克韦尔一走进书房，老头儿便把报纸往旁边一放，看着

---

① 涅谢尔罗迭（1780—1862），俄国外交大臣。

他。他那光滑、红润的大脸露出既慈爱又严厉的神情。他用一只手揉弄着自己蓬乱的白发,用另一只手把口袋里的钥匙拨弄得嘎嘎响。

"理查德,"安东尼·罗克韦尔说道,"你用的肥皂是花多少钱买的?"

理查德大学毕业后刚在家里待了六个月,他有点吃惊。他还没有摸透他的这个父亲的脾气,他父亲就像个初涉社交界的姑娘,整个儿让人捉摸不透。

"我想是六块钱一打,爸爸。"

"你的衣服呢?"

"我想照旧是六十块钱左右。"

"你是个绅士,"安东尼果断地说道,"我听说那些公子哥儿们买一打肥皂花二十四块钱,买件衣服要超过百元。你有足够的钱可以和他们一样浪费,可是你却恪守体面和有节制之道。现在我使用的是老牌子的尤里卡肥皂——这不仅是出于个人感情,也是因为它是最纯的肥皂。如果你花一毛多钱买一块肥皂,那么你买到的就是劣质的香料和牌子。不过对于像你这种年龄、地位和条件的年轻人来说,五毛钱的肥皂就很不错了。我说了,你是个绅士。他们说,造就一个绅士需要三代的时间。他们错了。用钱来造就绅士,就像肥皂油脂一样润滑。钱已经把你造就成绅士了。天哪!金钱也几乎让我成了一个绅士。我几乎就像我左右的两个邻居一样不讲道理,不近人情,行为古怪了,那两位荷兰籍纽约佬天天晚上睡不好觉,因为我在他们中间买了房产。"

"有些事是钱不能办到的。"小罗克韦尔神情有些黯然地说道。

"好了,不要这么说。"老安东尼说道,他感到震惊。"我每一次都把钱赌在钱上。我已经把百科全书翻到 Y 字头了,还没有找到用钱买不到的东西。看来下个星期我不得不查查补遗了。我衷心拥护金钱至上。告诉我,有什么东西金钱买不到。"

"首先,"理查德回答道,稍微有点耿耿于怀,"它不能把人买进上流社会的排外的圈子。"

"啊哈,是吗?"金钱这个万恶之源的拥护者大声嚷道。"你给我说说看,要是老阿斯特①当年没有钱乘坐统舱到美国来的话,你所谓的排外的圈子又在什么地方呢?"

理查德叹了口气。

"我接下来要谈的就是这个,"老头儿说道,语气平和了一些,"正是为此我才叫你来。你有点不对劲,孩子。我注意到这件事有两个星期了。说出来吧。我猜想,我可以在二十四小时之内动用一千一百万,还不包括房地产。要是你觉得肝气不舒的话,'漫游者号'就停泊在海湾里,加好了煤,一切准备就绪,两天之内就可以驶到巴哈马群岛。"

"猜得不错,爸爸,差得不太远。"

"啊,"安东尼热心地说道,"她叫什么名字?"

理查德在书房里踱起步来。在他的这位粗鲁的老爹的身上有足够的友好和同情,足以使他说出知心话。

"你为什么不向她求婚呢?"老安东尼问道,"她会一下子扑到你怀里的。你有钱有貌,而且是个正派的小伙子。你的手是干净的,没有沾上尤里卡肥皂。你上过大学,不过她不会看重这一点。"

---

① 阿斯特(1763—1848),美国皮毛业商人。

"我一直没有机会。"理查德说道。

"那就创造一个，"安东尼说道，"带她去公园散散步，或者坐车兜兜风，要不就做完礼拜陪她回家。机会！哼！"

"你不了解社交界的运作机制，爸爸。她是推动这台机器运转的一股动力。她的每一个钟头和每一分钟的时间，在几天之前就安排好了。我非得到那个姑娘不可，爸爸，否则这个城市将永远是个积水矿坑。可我又不能写信表白——我不能那样做。"

"啧啧！"老头儿说道。"你的意思是说，用我所有的钱也不能使那个姑娘单独跟你待上一两个钟头吗？"

"我行动得太迟了。她后天中午就要坐船去欧洲，要待上两年。明天晚上我能有几分钟的时间单独见她。现在她在拉奇蒙德的姨妈家里。我不能到那里去。不过她明天晚上坐八点三十分的火车回来的时候，她答应让我用马车到车站接她。然后我们必须快马加鞭赶到百老汇的华莱克剧院，她母亲和包厢的其他亲友将在休息室里等我们。在那六到八分钟的时间里，又是在那种情况下，你想她能听我的表白吗？不能。而且在看戏的时候或者散戏之后我又能有什么机会呢？没有。不，爸爸，这就是你的钱解不开的一个结。金钱连一分钟的时间也买不来。要是能买的话，有钱人就会活得更长了。在兰特里小姐上船之前找她谈一谈是没有希望了。"

"好啦，理查德，我的儿子，"老安东尼快活地说道，"现在你可以走了，去你的俱乐部吧。我很高兴你的肝没有毛病。不过别忘了每隔一段时间就到庙里，给伟大的财神烧上几炷香。唔，当然，你不能按价钱订购永生，让人把永生包好给你送上门来，可是我看见，时间老人在走过金矿的时候，两只脚都叫石头给磕烂了。"

那天晚上，就在安东尼看晚报的时候，埃伦姑妈来看她的哥哥了。埃伦性格温和，多愁善感，满脸皱纹，唉声叹气，为财富而烦恼。两人开始谈论情人的痛苦这个话题。

"他全都告诉我了，"哥哥安东尼打着哈欠说道，"我告诉他，我的银行存款归他支配。而他却开始找钱的茬儿了。说钱没用。说十个百万富翁排成队也不能把社会的规则扳动分毫。"

"啊，安东尼，"埃伦姑妈叹了口气说道，"但愿你不会把金钱看得太重。在讲究真情实感的地方，金钱派不上用场。爱情是最强大的。他要是早点提出来就好了！她不会拒绝我们的理查德的。但是现在恐怕太晚了。他没有机会向她求爱了。你的所有的金钱都不能给你的儿子带来幸福。"

第二天晚上八点，埃伦姑妈从一只老掉牙的盒子里取出一枚别致的老式金戒指，交给理查德。

"今晚戴上它，侄儿，"她恳求道，"这是你母亲给我的。她说它能给恋爱的人带来好运。她托付我等你找到意中人的时候就把它给你。"

小罗克韦尔虔诚地接过戒指，试着套在小指上。戒指滑到指头的第二个关节处就卡住了。他把戒指取了下来，按男人特有的方式往坎肩口袋里一塞。然后他打电话要马车。

八点三十二分，他在车站熙熙攘攘的人群中找到了兰特里小姐。

"咱们可不能让我母亲他们等得太久了。"她说道。

"去华莱克剧院，能赶多快就赶多快！"理查德忠心耿耿地说道。

他们取道第四十二号街，向百老汇疾驶而去。中途又驶入一条街灯如星光般灿烂的小路，沿着它从西区夕阳所倚的低平屋舍奔向东区旭日所凭的林立高楼。

到了三十四号大街,年轻的理查德猛然推开车窗,吩咐马车夫停车。

"我掉了一枚戒指,"他一面道歉,一面钻出车门,"那是我母亲的戒指,我不愿丢掉它。不会耽误一分钟的——我看见它掉在什么地方了。"

不到一分钟的时间,他就拿着戒指重新坐进了马车。

但就在那一分钟的时间之内,一辆穿越市区的公共汽车停在了马车的正前方。车夫想从左边拐过去,但却被一辆满载的快运货车挡住了去路。他试着往右拐,可又不得不退回来,因为一辆运送家具的货车毫无道理地闯了过来。他想往回倒车,却又放下缰绳,尽职地骂了起来。他被一片纠缠不清的车辆和马匹堵在了中央。

大城市里有时突发的交通堵塞出现了。

"你为什么不继续往前赶呀?"兰特里小姐不耐烦地说道。"我们要晚了。"

理查德在马车上站了起来,朝四下张望。他看到各种大车、卡车、马车、货车和公共汽车,把百老汇大街、六马路及三十四号大街的交叉路口挤了个水泄不通,这就好比一个腰围二十六英寸的姑娘,束上了一条二十二英寸的腰带。而更有甚者,在交会于此的各条道路上,仍有许多车辆咔嗒咔嗒全速朝这个聚合点驶来,投身在这团你冲我撞、轮毂交错的乱麻中,嘈杂声中又加上了车夫们的咒骂声。似乎曼哈顿区所有的车辆都从四周挤过来了。成千上万的纽约市民拥在人行道上看热闹,他们当中年龄最大的也未曾目睹过规模如此巨大的交通堵塞。

"我非常抱歉,"理查德坐回到座位上说,"看来我们被卡住了。这团乱麻一个小时之内是解不开的。这怪我。要是我没有掉了戒指,我们——"

"让我看看戒指吧,"兰特里小姐说道,"既然没有办法,我也就不在意。无论如何,我都认为看戏是乏味的。"

那天晚上十一点钟,有人轻敲着安东尼·罗克韦尔的房门。

"进来。"安东尼喊道,安东尼穿着一件红色的晨衣,正在读一本写海盗冒险的书。

敲门的是埃伦姑妈,她看上去就像一个因为阴差阳错而滞留在人间的白发天使。

"他们订婚了,安东尼,"她柔声说道,"她已经答应嫁给我们的理查德。在他们去剧院的路上发生了交通堵塞,他们的马车等了两个钟头才挣脱出来。"

"而且,啊,安东尼哥哥,再也不要炫耀金钱的力量了。一个象征着真正的爱情的小小的东西——一枚象征着终生不渝、不图钱财的爱的小小的戒指——使我们的理查德找到了幸福。他把戒指掉在街上了,就下车去找。他们还没来得及继续赶路,交通就堵塞了。在马车被堵在里面的时候,他向他所爱的人表白了爱情并赢得了她的心。与真正的爱情相比,金钱成了废物,安东尼。"

"好的,"老安东尼说道,"这孩子得到了他想要的东西,我很高兴。我跟他说过,那事我不惜花费任何代价,只要——"

"可是,安东尼哥哥,你的金钱能够起什么作用呢?"

"妹妹,"安东尼·罗克韦尔说道,"我的海盗正处在十分危急的关头。他的船刚刚被凿沉,但他太清楚金钱的价值了,所以不能让自己给淹死。我希望你能让我读完这一章。"

至此故事就应该结束了。同读者一样,我也真心希望它能如此结束。但为了求得真理,我们非得打破砂锅问到底不可。

第二天,一个两手通红,系着蓝色圆点花纹领带,自称叫凯利的人,到安东尼·罗克韦尔的家里拜访,他立即被请进了书房。

"嗯,"安东尼说道,同时伸手去拿支票簿,"这锅肥皂熬得不错。让我看看——你已经拿了五千块现金。"

"我自己又额外垫付了三百块,"凯利说道,"我不得不超出预算一些。快运货车和出租车我基本上给的都是五块,可是卡车和双套马车大多是要我十块。汽车要十块,有些载重车要二十块。警察敲得我最厉害——有两个警察我给了五十块,其余的二十块或者二十五块。可是活儿是不是干得很漂亮,罗克韦尔先生?幸亏威廉·A.布雷迪先生没有到现场,没有看到那个小小的户外车辆杂乱无章的场景。我不想让威廉嫉妒得心碎。而且我们也绝对没有演习过!那些家伙们都很准时,半秒都不差。一连两个小时,挤得格里利雕像底下连一条蛇都钻不过去。"

"一千三百块——给你,凯利,"安东尼说道,同时撕下了一张支票,"你的一千块酬金,还有你垫付的那三百块。你并不是瞧不起钱,是吧,凯利?"

"我吗?"凯利说道,"我可以揍那个制造贫困的人。"

凯利走到门口的时候,安东尼又把他叫住了。

"你没有注意到,"他说道,"堵车的地方有个拿着弓箭四处乱射的光屁股胖男孩①,是吧,凯利?"

---

① 指罗马神话中的爱神丘比特。这里暗指老安东尼的儿子恰恰因为堵车而赢得了爱情。

"呃,没有,"凯利说道,感到莫名其妙,"我没有注意到。要是他真的像你说的那个样子的话,说不定警察在我赶到之前就把他抓起来了。"

"我想这个小无赖是不会在场的,"安东尼咯咯笑了起来,"再见,凯利。"

王义国　译

没有讲完的故事

现在有人提到地狱里的火焰时，我们不再唉声叹气，往自己脑袋上洒灰了①。因为，连传教士也开始告诉我们，上帝只不过是镭，或是以太，或是什么科学化合物，而我们这些有罪的人所能遇到的最坏的报应，也不过是某种化学反应。这种假设倒是很令人高兴的，可是传统留下来的古老、巨大的恐怖并没有完全消失。

只有两种话题你可以海阔天空爱怎么说就怎么说，没人敢反驳你。一种是你的梦，一种是你听见鹦鹉说了些什么。反正梦神和鸟儿都是做证人不够格的。你复述了什么，没有人敢说半个不字。本故事就是根据一个虚无缥缈的梦写成的——至于未能选用"好玻丽"②琐琐碎碎的絮语作为素材，这是敝人要深表歉疚的。

我做了一个梦，它与高等批评③毫无关系，而是关于那个历史悠久、令人敬畏、让人伤心的末日审判问题的。

加百列亮出了他的王牌④，我们这些没有好牌的人只好被提

① 这是表示自己有罪，想要赎罪的一种动作。
② 英美家庭里养的鹦鹉，往往起名为"玻丽"。
③ 宗教界一门研究《圣经》的作者、写作时期与意义的学问。
④ 加百列是《圣经》里的天使长，据说末日审判时的号角是由他吹的，原文中"号角"与"王牌"音近，这是作者故意在玩弄机智。

去受审。我看到一边有一伙职业保证人，穿着庄严的黑衣服，硬领是打背后扣上的①。可是好像他们地产的产权发生了什么问题；反正他们不见得能把我们保释出去。

一个"飞捕"——也就是说当警察的天使——飞到我身边拉起我的左翅膀就走。在我附近候审的是一群看上去非常阔绰的幽灵。

"你跟他们是一伙的吗?"警察问。

"他们是谁?"我问。

"哼，"他说，"他们是——"

可是这些无关紧要的题外话已经占去不少篇幅了，我还是言归正传吧。

杜尔西在一家百货公司里工作，她卖的兴许是汉堡花边，兴许是精制胡椒，兴许是汽车，兴许是百货公司常有的什么小玩意儿。至于她的工资，那是每周六块钱。其余的，对不起，都在上帝——什么，尊敬的牧师先生，您说是"总动力"②吗？那就算"总动力"——的账本上记到别人名下去了。

杜尔西在公司里的第一年，每周工资五块钱。要知道她靠这笔钱怎么过日子，倒是件很有教益的事，不感兴趣吗？那好，也许你对大一点的数字才感兴趣。六块钱这个数字够大了吧。那我就告诉你她靠每周六块钱是怎么过日子的。

某天下午六点钟，杜尔西一边在离延髓八分之一英寸的地方插帽针，一边对站在她左边柜台的好友珊迪说：

"嘿，珊迪，今儿晚上我跟'猪崽'约好了一块儿出去吃饭。"

"真的吗!"珊迪羡慕地喊道，"哟，你怎么这么走运？'猪

---

① 这是一般牧师的衣着。
② 宗教界有一种说法，把上帝解释成创造、推动一切生命与活动的"总动力"。作者在这里顺带嘲弄了所谓"科学的基督教"。

崽’是个顶呱呱的时髦人物，他老是带姑娘到顶呱呱的地方去。那天晚上，他还带白朗雪到霍夫曼饭店去了呢。那儿的音乐是顶呱呱的，还可以看到许多顶呱呱的名流。你今儿晚上准是过得顶呱呱的，杜尔西。”

杜尔西匆匆忙忙地赶回家去。她的眼睛闪闪发亮，面颊上泛出天然的——真正天然的——破晓时的娇红色。那天是星期五，她上周的工资还剩下五毛钱。

街上挤满了下班时潮水般的人流。百老汇的电灯大放光明——招致几英里、几海里甚至几百海里之外的飞蛾从黑暗中飞来，参加这所烟熏火燎的大学校。衣着一丝不苟、面孔呆板得像海员养老院里的老水手在樱桃核上刻出来的人们，扭过头来打量在他们身边一个劲儿往前冲的杜尔西。曼哈顿，这朵夜间开放的仙人球，开始舒展它那颜色死白、气息浓重的花瓣了。

杜尔西在一家卖便宜货的店里停了停，用她那五毛钱买了一条仿花边的衣领。这笔钱本来是要派别的用场的——晚饭一毛五，早饭一毛，午饭一毛。另外一毛是准备加到她那笔小额储蓄里去的，那五分要挥霍在甘草糖上——那种糖能让你的脸颊鼓得像牙疼一样，含化的时间也能拖得像牙疼一样长。吃甘草糖是一种挥霍——简直像参加狂饮宴会——可是话要说回来，没有一点享受，生活又有什么意义呢？

杜尔西住的是一间连家具一块出租的房间。这种房间与包伙的宿舍有严格的区别。在这种房间里，你挨饿别人是不会知道的。

杜尔西上楼到自己的房间去——是西区一幢褐石门面的房子的三楼后间。她点上了煤气灯。科学家告诉我们，钻石是世界上最最坚硬的物质。他们错了。房东太太掌握一种化合物，跟它一比，钻石软得简直像腻子。她们用这种东西把煤气灯的火眼堵死一大半；哪怕你站在椅子上撬得小手又红又疼，也是枉然。用发卡休想把它撬掉，因此我们姑且称它为"坚不可摧"吧。

杜尔西点亮了煤气灯。在它那四分之一支光底下，我们来观察观察这个房间。

沙发床、梳妆台、桌子、洗脸架、椅子——房东太太负责提供的就是这些。其余的是杜尔西自己的。她的宝贝都放在梳妆台上：珊迪送的一只描金瓷花瓶、泡菜作坊送的日历、一本详梦书、盛在玫瑰色碟子里的米粉，还有粉红缎带系着的一束假樱桃。

在那面起皱的镜子前摆着吉青纳将军①、威廉·马尔登②、马尔伯勒公爵夫人③和般范纽多·切利尼④的相片。一面墙上挂着一只巴黎浮雕的石膏复制品，是一个戴罗马帽盔的奥卡尔拉汉人头像。紧挨着是一张色彩强烈的石印油画，上面一个柠檬黄颜色的孩子在捕捉一只火红色的蝴蝶。杜尔西认为这幅画的艺术成就简直是登峰造极，她这一见解迄今没有为人推翻。她的其他收藏也没有人窃窃私语说是赝品，更没有任何批评家狐疑地对她的幼年昆虫学家瞥过一眼。

"猪崽"说好七点钟来邀她。她这会儿正在迅速打扮，我们不要冒昧，且转过脸去再聊上几句。

杜尔西的这个房间的租金是每星期两块钱。平日，她早饭花一毛钱；她一面穿衣服，一面在煤气灯上煮咖啡，烧一只蛋。星期天早晨，她大摆阔气，花上两毛五到比雷餐厅去吃一顿小牛

---

① 吉青纳将军(1850—1916)，英国十九世纪末二十世纪初的名将，曾转战苏丹、埃及、南非、印度等地，为英帝国主义殖民事业出过不少力。

② 威廉·马尔登(1852—1933)，美国拳击教练。

③ 马尔伯勒公爵夫人(1660—1744)，英国著名贵族夫人。

④ 般范纽多·切利尼(1500—1571)，意大利作家，以自传著名，自传中记载了他的几次恋爱。

排和菠萝煎饼——再赏给女侍者一毛钱小费。纽约这地方诱惑太多,很容易使人趋于奢华。她午饭是在百货公司食堂里包的,每星期六毛钱;晚饭是一块零五分。买晚报——你倒说说哪个纽约人能不看晚报!——得花六分钱;两份星期天的报纸——一份是看招聘广告的,另一份是要好好看的——要一毛钱。总数加起来是四元七角六分。一个人总得买点衣服,还有——

我没法算下去了。我听说过有这样的奇迹:白捡似的买到块便宜料子,三针两针缝成件美妙的衣裙;可是我总还是有些疑虑。我很想根据神圣、自然、既不成文又不怎么起作用的天理法则往杜尔西生活里加进点女性应有的乐趣,但我的笔不听我使唤了。她到康奈岛去坐过两次转轮木马。可是倘若不是以钟点而是以年份来计算玩乐的次数,那可未免太乏味了。

形容“猪崽”要不了几句话。姑娘们给他起这样的外号不要紧,却给高贵的豕族蒙上了不应有的污名。在那本蓝封皮的老拼音读本里,三字母单词那一课一开头①,就是对“猪崽”活生生的写照。他躯体很肥胖,他灵魂肮脏像耗子,他鬼鬼祟祟像蝙蝠,他神气活现像猫。……他衣着华贵,是个鉴别饥饿的行家。他只消朝一个女店员瞧上一眼,就知道她有多少个钟点没吃到比果汁软糖和茶更有营养的东西了。他老在商业区打转,在各个百货公司里寻找请吃饭的对象。连牵狗上街遛腿的人也看他不起。他也可以算是一种类型。我不想再写他了;我的笔不是为他服务的,我不是木匠。

七点差十分,杜尔西打扮好了。她在那面起皱的镜子里端详自己。照出来还令人满意。从头到脚都挑不出一点毛病:深

---

① 指“肥胖”(fat)、“耗子”(rat)、“蝙蝠”(bat)、“猫”(cat)等同韵词。

蓝的衣裙非常贴身,没有一点松皱的地方,帽子上那根黑羽毛蛮精神,那副手套只有真正一点儿脏——这一切都说明了辛辛苦苦,省吃俭用。

片刻之间,杜尔西忘掉了一切,只知道自己是美丽的,而生活即将把它那神秘的帷幕揭开一只角,让她见识它的奇妙了。以前还从来没有男子邀请她出去过,如今她就要投入到它那光彩夺目、荣华富贵的场面里去,在那里逗留片刻了。

姑娘们都说,"猪崽"是个肯花钱的人。一定会有一顿丰盛的饭菜,有音乐,有雍容华贵的女人可以看,还有别的好东西可以吃,姑娘们讲到这些好东西时,起劲得连下巴都扭歪了。而且毫无疑问,还一定会有下一次的邀请。

在她所熟悉的一个橱窗里有一套蓝色柞绸西服——要是每周省下来不是一毛钱而是两毛钱,那么——让我们算算看——噢,得积上好几年呢!不过在七马路有一家估衣店,那儿——

有人敲门。杜尔西开了门。房东太太站在门口,脸上堆着假笑,在嗅有没有偷用煤气灯煮东西的气味。

"楼下有一位先生要见你,"她说,"名字叫威尔金斯先生。"

对于那些不幸把"猪崽"当作一个大人物的可怜虫,"猪崽"总是以这样一个雅号来称呼自己的。

杜尔西转身到梳妆台上去取手帕,她突然停住了,使劲咬着下唇。方才照镜子时,她看到了仙境,看到了她自己,一个公主,刚从漫长的睡梦中醒来。她忘了有一个人用忧郁、美丽、严峻的眼睛注视着她——只有这个人关心她的行为,或是赞许或是反对。在梳妆台上那个镀金的镜框里,吉青纳将军,身材修长、挺直、俊美、忧郁的脸上带着伤心、谴责的神情,正用一双充满魅力的眼睛瞧着她。

杜尔西像只机器娃娃似的转向房东太太。

"告诉他我不能去了。"她没精打采地说。"告诉他我病了，随便说个理由好了。告诉他我不想出去了。"

等门关上锁好，杜尔西扑到床上，压坏了她的黑帽羽，哭了足足十分钟。吉青纳将军是她唯一的朋友。他是杜尔西心目中理想的英武骑士。他看上去似乎怀着一种隐秘的忧愁，他的上髭令人销魂，他眼睛里那种又严峻又温存的表情简直让她有点儿害怕。她常常私下里幻想，有一天他会佩着刀，穿着长靴——刀还在靴子上碰得铿锵作响，专程到这幢房子来拜访她，来向她求婚。有一回，一个小孩拿链子去抽灯柱，她还开了窗看来着。可是这都是白日做梦。她知道吉青纳将军远在日本，率领大军和野蛮的土耳其人作战；他是根本不会从镀金镜框里走下来向她求爱的。可是那天晚上，他的一个眼色就把"猪崽"打得一败涂地。是的，至少那一晚是如此。

杜尔西哭过之后站起来，把那身出客衣服脱掉，换上那件蓝色旧睡袍。她不想吃饭了。她唱了两段《山美》①，接着对鼻子旁边一只小粉刺发生了强烈的兴趣。这件事干完以后，她拖了一把椅子到那张摇摇晃晃的桌子跟前，用一副旧纸牌给自己算命。

"这家伙多可恶，多不要脸！"她高声说。"我什么时候说话和举动里表示过对他有意思！"

九点钟，杜尔西从她的箱子里拿出一盒饼干和一小罐果酱，大吃了一顿。她敬了吉青纳将军一块涂了果酱的饼干。可是他却像狮身人面像看着蝴蝶那样漠然无动于衷地看着她——如果说沙漠里也有蝴蝶的话。

---

① 《山美》，当时的一首流行歌曲。

"不吃就不吃好了，"杜尔西说，"何必那么装模作样用眼色来责怪我呢。要是你也每星期拿六块钱，看你还这样神气活现、瞧不起人不？"

杜尔西对吉青纳将军不客气可不是个好现象。接着她气呼呼地把般范纽多·切利尼的像翻过来，让他面朝下。这倒没什么，因为她总把他和亨利八世①搞混，一直是不赞许他的所作所为的。

九点半，杜尔西向梳妆台上那些相片看了最后的一眼，熄了灯，跳上床去。临睡只能向吉青纳将军、威廉·马尔登、马尔伯勒公爵夫人和般范纽多·切利尼看上一眼，默默地说声再见，这真是太兴味索然了。

这个故事说到这里一点名堂也没有。其他的情节是后来发生的——不久以后，"猪崽"再一次请杜尔西出去吃馆子，她正好比往常更感到寂寞，而吉青纳将军又正好瞧着另一个方向；于是——

我前边说过，我梦见自己站在一群看上去很阔绰的鬼魂旁边，一个警察抓住我的翅膀问我是不是跟他们一伙的。

"他们是谁？"我问。

"哼，"他说，"他们是那些雇用女工、每星期给她们五六块钱的老板。你和他们是一块儿的吗？"

"绝对不是，您老，"我说，"我仅仅是放火烧过孤儿院，为了钱害死过一个瞎子。"

李文俊　译

---

① 亨利八世(1491—1547)，英国国王，他以结婚次数多而出名。他的妻子，有的被他抛弃，有的被他杀掉。

一个忙忙碌碌的经纪人的浪漫史

皮彻是哈维·麦克斯威尔办公室的机要秘书,平素总是不动声色的,可是今天,看到老板带着年轻的女速记员九点半冲进办公室,他脸上不禁泛起一丝淡淡的惊讶、好奇的表情。麦克斯威尔飞快地朝他扔了句"早上好,皮彻",便朝办公桌奔去,仿佛是要翻跳过桌子,马上着手处理等在那儿的大堆信件、电报似的。

那位年轻姑娘做麦克斯威尔的速记员已有一年。她的美貌绝非速记所能记录下来的。她不梳那种诱人的蓬巴杜夫人发式。她不佩戴项链、手镯、鸡心之类的饰物。她也不摆出一副随时准备接受别人邀请共进午餐的姿态。她的衣裙是灰色的,料子很普通,但是合身,大方。那顶雅致的黑色无边帽上插着支宝蓝色闪着金光的鹦鹉羽毛。今天早上,她身上有一种温柔、羞怯的光辉。她的眼神做梦似的朦胧而闪光,她的脸颊有如初绽的桃花,显得快乐与若有所思。

仍然有点纳闷的皮彻注意到,今天早上她的举止是有些异样。她不像往常那样,径直上放有她办公桌的相邻套间去,却有点迟疑不决地待在外间。有一次,她都凑到麦克斯威尔桌子的上方,近得要让他觉出她人在身边了。

坐在桌子前面的那个人已经变成了一台机器;那是台忙忙碌

的纽约经纪机,正受着嗡嗡响着的齿轮和正在展开的发条的支配与操纵。

"哦——怎么啦?有事儿吗?"麦克斯威尔不大客气地问道。一封打开的信像舞台上的假雪布景,躺在他拥挤不堪的桌子上。他那敏锐的灰眼睛不近人情而且粗野,不大耐烦地扫了她一眼。

"没事儿。"速记员回答道,微笑着走开了。

"皮彻先生,"她对机要秘书说,"麦克斯威尔先生昨天有没有吩咐另找一名速记员?"

"说来着的,"皮彻答道,"他让我另找一个。昨天下午我就通知介绍所了,让今天早上来几件样品,让我们挑挑。现在已经九点三刻了,却连一个小妞的影子,头戴奇形怪状帽子像只嚼着口香糖的菠萝的那类,都还没瞅见呢。"

"在没有人顶替之前,"那位年轻的女士说,"还是由我跟往常一样接着干吧。"她立即走到自己桌子跟前,把插有绿金色鹦鹉羽毛的那顶黑色无边帽挂在老地方。

谁没见识过大忙时期一个忙得不可开交的曼哈顿经纪人,他就不配当一位人类学家。诗人吟咏过"光辉一生中的繁忙时刻"。经纪人不单是时辰繁忙,他的分分秒秒都是忙得四脚朝天的,有如车厢吊环上都已经捏满了手,而两边站台上乘客还在前推后拥。

今天正是哈维·麦克斯威尔的大忙日子。行情收录机开始抽劲似的一会儿吐一段纸条出来,桌上的电话机仿佛得了慢性病,丁零零声响个不停。各色人等开始拥进办公室,从栏杆上探过身来,朝着他又是吼又是叫,兴高采烈的也有,怒气冲冲的也有,有的要跟他玩命儿,气得眼看要中风。送信的小厮捧着信件电报,奔出奔进。经纪人手底下那些办事员,一个个像船舶遇到风暴时的水手，上蹿下跳。就连皮彻那张素来紧绷的脸，此时也有了少许松动活泛的迹象。

交易所里起了飓风，出现了山崩、暴风雪、冰川移动和火山爆发，这些自然灾害免不了要在经纪人办公室里具体而微地重演一番。麦克斯威尔把椅子推到墙边，腾出地方，让自己能像脚尖舞演员那样地施展拳脚。他从收录机边上跳到电话机旁，又从桌边跳到门口，身段灵活得跟科班出身的哑剧小丑一般无二。

正在这越来越忙的紧要关头，经纪人突然发现有样东西杵在了他的面前，那是一堆卷得高高的金色头发，上面扣着顶颤颤巍巍的丝绒帽子与几根鸵鸟羽毛，往下是一件充海豹皮的短大衣、一串有山核桃那么大的人造珍珠，挂着的那只银鸡心都快坠到地上了。跟这些道具相配的则是一位自视甚高的小姐。皮彻站在一边正打算引见她。

"速记训练学校介绍的速记员，是来应聘的。"皮彻说道。

麦克斯威尔打了半个转身，手里满是文件和记录纸条。

"应什么聘？"他问，眉毛拧到了一起。

"速记员呀，"皮彻说，"您昨天吩咐打电话让那边今天早上派个过来的。"

"你昏了头了，皮彻，"麦克斯威尔说，"我干吗要这样吩咐你？莱斯利小姐来这儿后一年来干得让人非常满意嘛。只要她自己不想走，这个位置就永远是她的。小姐，这儿没有位置空缺。快去跟介绍所打个招呼，皮彻，说咱们不招人，你也千万别往我这儿引了。"

银鸡心愤愤离去，一路上在办公室几件家具上又是磕又是撞，仿佛是在撒气。皮彻瞅了个空子对簿记员嘀咕说，"老头子"眼看越来越爱忘事，真是一天不如一天了。

业务越来越忙,节奏越来越快。有五六种股票都趴倒在地了仍然饱受着老拳,那都是麦克斯威尔的顾客投资额很大的。吃进与抛出的订单递进来发出去,快得像飞掠的燕子。他自己持有的几种股形势也大告不妙,于是他干脆完全变成了一台大马力既精良又坚固的机器——开足马力,高速运转,不差分毫,绝不迟疑,言语、动作和决断都像钟表部件般地准确而迅速。股票与公债、借贷与抵押、保证金与担保——这儿是金融的世界,人类世界和自然世界休想往里面插进一条缝隙。

将近午餐时间,忙乱的局势才稍稍有了一些缓和。

麦克斯威尔站在办公桌旁,两手捏满了电报和备忘便条,右耳朵上架着一支钢笔,一绺绺乱发从他前额上挂下来。他房间的窗户是开着的,因为那位受人爱戴的女门房——春之神——已经悄悄将调温装置往高里拧了一挡。

从窗外飘进来一股漫游的——兴许是走失方向的——气味,那是丁香花幽雅、甜美的香气,这使麦克斯威尔先生一下子入了定,因为这香气是属于莱斯利小姐的,是属于她自己的,是单单属于她一个人的。

香气使她活灵活现地出现在他的眼前,差不多是伸手可及。金融世界顿时退缩成了一个小点。她岂不是就在隔壁房间吗——连二十步路都不到。

"老天,我马上就说去,"麦克斯威尔说,声音都吐出了一半,"我现在就去跟她提。奇怪了,照说我是应该很早以前就向她提出的呀。"

他匆匆地冲向隔壁那个内间,那劲头活像做空头的客户急吼吼地要补进。他冲到了速记员桌子跟前。

她抬起头,笑眯眯地看着他,脸上泛起一抹红霞,眼光既和蔼又诚恳。麦克斯威尔一只胳膊肘支在她桌上。他手里仍然捏着那些飘动的纸带,那支钢笔还架在耳壳上。

"莱斯利小姐,"他急匆匆地开始说道,"我只能挤出这几分钟。我就抽空说一件事。你可愿意做我的妻子呢?我没有时间用普通的方式跟你谈情说爱,可是我确实很爱你。请快点回答,拜托了——那帮人正打算把太平洋联合体的股票全掳掠一空呢。"

"哦,你说什么呀?"年轻的姑娘喊叫道。她站了起来,双目圆睁,盯着看他。

"你不明白吗?"麦克斯威尔着急了,"我求你嫁给我。我爱你,莱斯利小姐。我早就想对你说了,所以趁事情少一点的时候偷空说。那边的电话又让我去听了。叫他们等我一会儿,皮彻。你愿意吗?莱斯利小姐。"

速记员的举止非常奇怪。她先是似乎大惑不解;接着惊讶的眼睛里哗哗地流下了泪水;这之后,又带着泪花破涕为笑了,好似雨过天晴,阳光展现了,她伸出一只胳臂去搂住经纪人的脖子。

"我现在明白了,"她柔声说道,"是这些老生意一时之间把你脑子里所有别的全挤走了。我一开头真的是吓坏了。你不记得啦,哈维?咱俩昨晚八点钟已经在街角小教堂举行过婚礼了。"

李文俊　译

带家具出租的房间

　　下西区红砖房街区老有那么一批人，像时间本身一样，飘忽不定，转瞬即逝，动荡不安，他们是居无定处的匆匆过客。他们无家可归，却又是四海为家。从一处带家具出租的房间，转移到另一处，他们永远漂泊不定——居住方面如此，心灵方面何尝不是这样。他们用"雷格泰姆"的切分音节奏把《家，甜蜜的家》唱得支离破碎，把"Lareset penates"①装在硬纸帽盆里随身携带；他们的葡萄藤缠绕在宽边帽上；而橡皮制作的假花即是他们的无花果树了。②

　　这地区既然聚居着数以千计的房客，自当有数以千计的故事可资谈助了。绝大多数都很沉闷乏味，这是不消说的；但是要说在如许多幽灵的背后竟找不出几个鬼故事来，那也是说不过去的。

　　一天傍晚天黑之后，有位年轻人在这些行将坍塌的红砖楼房之间徘徊踯躅，摁响了这里和那里的门铃。摁到第十二座房子时，他把瘪塌塌的提包在台阶上放下，擦了擦帽圈和脑门上的

① "Lareset penates"，古罗马人在家中设龛崇拜的家宅保护神，相当于我国的门神和灶王爷。
② 《圣经·旧约·列王纪上》里说："所罗门王在世之日……犹太人和以色列人都在自己的葡萄藤下和无花果树下安然居住。"

尘土。铃声在很深的空廊处响起,显得微弱而邈远。

铃响过很久,才有个女房东慢慢地走过来开门,她那模样让人想起了一条让人恶心的吃得圆滚滚的蠕虫,这虫把坚果吃得只剩一个空壳,现在就单等可以食用的房客来填补空缺了。

他打听可有房间出租。

"进来吧。"女房东说。她的声音是从喉咙深处发出的,而喉咙里又像是塞有茸毛。"有个三楼后房,空了有一星期了。想不想看看?"

年轻人跟着她上楼。不知从何处而来的微弱光线让门厅里的人影变得更加模糊不清了。两人悄无声息地踩在楼梯地毯上,那地毯早已不成模样,连织它的那台机器怕也是不会认出自己产儿的了。它似乎已经变成植物,在腐臭、不见阳光的空气中孽生与蔓延开去,成为一片片滑腻腻的地衣或苔藓,踩上去又黏又滑,仿佛是什么有机物体似的。楼梯的每个拐弯处墙上都有个壁龛。兴许原来是用来放盆栽的。如果是这样的话,那些花草也早给这儿的污浊霉腐的空气憋死了。也没准曾经供奉过圣徒的雕像,但是不难想象,淘气的小鬼和小精灵早已将它们拖进暗处,拽拉到地下室某个堆满破旧家具的罪恶深渊中去了。

"就是这间,"房东太太说,声音从她毛茸茸的喉咙深处发出。"是个挺不错的房间。很少有租不出去的时候。夏天那阵,住的是几位很有身份的先生——从来没出过麻烦事儿,总是先付后住。水龙头就在走廊尽头。斯普劳尔司和莫尼在这儿住过三个月呢。他们是演杂耍歌舞的。布雷达·斯普劳尔司小姐——你兴许听说过吧——哦,那只是她的艺名——有结婚证的,配了镜框,就挂在那梳妆台的上面。煤气灯在这儿,你瞅瞅,壁柜有多大。这房间谁见了都喜欢,空闲的时候实在是不多。"

"戏剧界的人来租的不会少吧?"年轻人问。

"他们来来往往。我的房客中跟戏剧界有关系的份额不算小。是啊,先生,这一带正是剧院区。戏子们在哪儿都待不久。我这儿自然短不了有来借住的。是啊,有来的,也有走的。"

他要下这个房间,答应预付一星期的租金。他说他累了,要马上入住。他把钱数了出来。房间是早就准备就绪的,房东太太说,什么都现成,连毛巾、洗脸水,也都应有尽有。她说完转身要走,那青年把他挂在舌尖,打听了足足有一千次的问题提了出来:

"你可记得,你的房客中有没有一位年轻姑娘——瓦什纳小姐——埃洛伊丝·瓦什纳小姐——你可记得,在你的房客里有没有这么一个人? 她应该是在剧院里唱歌的,非常可能的。一位挺俏丽的姑娘,中等身材,挺苗条的,金头发稍稍有点发红,左眉毛边上有一颗黑痣。"

"不,不记得有叫这名字的人。演艺界的人经常换名字,就跟他们常换住处一样。他们来来去去的。不,我想不起有这样的一个人。"

不。老是一个不字。五个月来不断打听,总是听到否定的回答。花了多少时间呀,白天,向经理、代理人、训练班和合唱团打听;晚上,到观众当中去寻觅,不管是在大牌明星云集的大剧院还是在上不了档次的滥污歌厅,他还真的生怕会在后面这种地方找到自己朝思暮想的她呢。他曾深爱过她,一直千方百计想找到她。她离家出走后,他能肯定是这个滨水的大都会留住了她,让她藏身在某个角落里,可是这十里洋场是片险恶的流沙滩,它不停地移动着每颗沙粒,这儿是无底的,今天还在上层的沙粒,明天很可能就沉沦到最底层的污泥里去了。

这个带家具出租的房间带着初次见面的假客气，迎接新来的客人，它那虚情假意、强颜为欢的迎接，简直像是老妓的皮笑肉不笑。破旧家具折射出散乱的反光，给人以一种没着没落的慰藉，这些家具是：一张长沙发和两把椅子，旧锦缎的面子，底下胡乱塞了些填垫的棉花，两扇窗户之间有面尺把宽的廉价壁镜，一两只涂抹了金粉的镜框，还有就是塞在屋角的一张铜床了。

客人有气无力地往一把椅子上落座下去，此时，房间仿佛是通天塔①的一个套间，在用混乱的语言，试图磕磕巴巴地把以往形形色色住客的情况告诉他。

一块斑斑驳驳的地毯像大海中一个长方形花木葱茏的热带岛屿，由一圈污秽不堪的草垫围绕着，草垫就权当是波涛滚滚的海水了。贴了花哨壁纸的墙上挂着几张图片，流离失所的人搬到哪里都摆脱不了它们的追踪——《胡格诺人情侣》啦、《初次口角》啦、《新婚早餐》啦、《泉边仙女》啦。壁炉架方方正正，单调乏味，却轻佻地被两片帷帘半遮半掩，活像芭蕾舞台上亚马逊女子身上斜披的纱巾。炉架上则是一些漂流物件了，都是遭遇海难的前房客忽见救生船驶来要将他们带往新港口时扔下的——一两只不值钱的花瓶、女艺人的照片、一只药瓶、几张散落的扑克牌。

就像密码逐渐得到破译一样，一点儿一点儿的，先前住过的房客的淡淡痕迹也变得清晰起来了。梳妆台前地毯上有一处都磨秃了，说明曾有美妇人在此驻足。墙上的小手印说明小囚徒一心想出去放风晒太阳。一摊印迹，像开花弹爆炸四下迸射，证

---

① 通天塔，典出《圣经·旧约·创世记》。巴比伦人要建造一座通天塔，耶和华怒其狂妄，变乱了他们的口音，使他们语言不通，工程因此无法完成。

明有只盛了液体的玻璃杯或瓶子曾怒不可遏地摔了出去。壁镜上歪歪扭扭地刻有"玛丽"的名字,必定是用钻戒刻的了。看来,这个带家具出租的房间前前后后的房客,竟无一不变得怨气冲天——也许是受到房间矫情、冷漠的刺激,终于忍无可忍——便拿房间里的陈设来撒气。家具不是松裂便是刮花了,长沙发的弹簧一只只露了出来,活像是极度痉挛中被刺死的猛兽。不知是何等样强烈的撞击,居然使得大理石炉架也碎裂了好大的一片。每一块地板上都有自己单独的凹痕和裂纹,每一处都得自独特的与众不同的辛酸。施加给房间的暴力与恶意损害都出自曾称它为自己的家的那些人,这简直让人难以置信;但是也许就是受到欺骗的恋家本能在盲目地起作用,是假冒的家宅之神燃起了他们的怒火。哪怕是一橡茅屋,只要是自己的,也会受到我们的珍惜爱护与百般的清扫装饰的。

　　年轻的房客坐在椅子上,让这些想法飘飘忽忽地在心头一一掠过,与此同时,房间里也渗进来了一些声音与气息,它们也是"附带"着一起出租的。他听到某个房间里发出的压抑不住的猥亵笑声,从其他房间发出的自怨自艾声、掷骰子声、哼唱小曲哄孩子快点入睡的声音,有人在闷闷地哭泣;在他头顶,还有只班卓琴拨弄得怪来劲儿的。好几扇门在这儿那儿给砰地关上;高架电车时不时隆隆驰过;一只猫在后院围篱上哀叫。年轻人也在呼吸着这所房子的空气——与其说是什么气味还不如说是一股潮气呢——一股冷飕飕的霉味儿,像是地下室的阴气外加油毡、烂木头之类的糟朽味儿。

　　他正歇着的时候,房间里突然充满了浓郁、甜美的木樨草香气。这气味是随着一阵轻风飘来的,那样分明、浓烈,香气那么突出,简直像是一位有血有肉的来客了。年轻人大声嚷着:"什么事，亲爱的？"仿佛是听到有人叫，跳起来回应似的。那阵香气围拢来裹住了他。他伸出双臂去应答，一时之间，他所有的感觉都已混杂紊乱。气味怎么会这么急切地呼唤他的呢？必定是一个声音吧。不过，方才接触他，抚摩他的，会是一个声音吗？

"她来过这儿，"他喊道，急切地要从这里找到一个证据，因为他知道，任何一件属于她或是由她摸触过的哪怕是最不起眼的小东西他都会认得的。这股缭绕不散的木樨草香气，为她所偏爱已成为她个人特征的香气——究竟是从何而来的呢？

房间收拾得够马虎的。有六七只发卡散落在梳妆台那张薄薄的罩单上——那是女人都要用的最一般的、没有个人特色的小东西，用语法的表述方式是，属于阴性、不定式、没有确定的时态。他把它们撇在一边，知道从这里是不会找到什么线索的。翻检梳妆台抽屉时，他发现一方被人丢弃的破烂小手帕。他按到脸上去嗅闻。一股很冲的金盏草气味扑鼻而来，他赶紧把手帕扔到地上。在另一个抽屉里他找到几枚零星的纽扣、一份戏院节目单、一张当铺的卡片、两颗漏吃的果心软糖和一本详梦的书。在最后一个抽屉里有一只女人用的黑缎子发结，这使他僵住了片刻，身上一阵冰凉又一阵火热。不过黑缎发结也仍然是女人的普通饰物，不归谁专用，因此也说明不了什么问题。

于是他像猎狗追踪臭迹那样地在房间四处搜索，细细审察墙壁，跪下来用双手去翻看草垫鼓出来的地方，检查炉架、桌子、窗帘、帷幔以及醉汉般靠在屋角的那个橱柜，想找到一处可以见到的迹象，不要像现在这样看不到她，虽然她就在自己身边，拥抱着他，偎依着他，在他心头，在他上空，纠缠着他，向他诉说甜言蜜语，那么辛酸地呼唤着他，与他心心相印，即使他感觉再迟钝也是听得到这种呼唤的。他又一次高声地回答道："我在这儿哪,亲爱的!"并且转过身子,瞪大眼睛,朝空廊处凝视,因为直到现在,他仍然无法通过木樨草的香味认出形象、色彩、深情,以及伸向自己的双臂。哦,上帝啊!那股香气是来自何方的呢?从何时起,气味开始赋有发出呼唤的能力呢?于是,他继续搜寻。

他在缝隙和旮旮旯旯里寻觅,找出了软木塞和烟蒂。这些东西他懒得去理。可是当他在草垫的皱褶里找到半支吸过的雪茄时,他竟用脚跟恶狠狠地将之碾碎,还奉送了一句别出心裁的毒咒。他把房间从一头到另一头,查了个遍。他发现了众多飘零过客落魄的细微痕迹;但是属于自己所寻寻觅觅,没准在此处滞留过,灵魂依旧徘徊不去的那个人儿的,却是端倪全无。

此时,他又想起了那位房东太太。

他从幽灵出没的房间冲下楼去,来到一处微露灯光的门边。听到敲门声,女房东出来了。他尽可能地控制着自己的激动。

"打扰你了,太太,"他恳求道,"我没来的时候,我那个房间都是谁住过的?"

"不打紧的,先生。我可以再跟你说一遍的。是斯普劳尔司和莫尼,方才不是告诉你了吗。布瑞达·斯普劳尔司小姐是演戏时用的名字,她也就是莫尼太太。我的房子的规规矩矩是出了名的。结婚证就挂在墙上哪,有镜框,用颗钉子挂在——"

"斯普劳尔司小姐是怎样的一位——我指的是相貌上。"

"嗯,黑头发,先生,个儿不高,胖嘟嘟的,脸儿挺逗人喜欢的。他们是上星期二走的,有一星期了。"

"他们之前住的又是谁呢?"

"哦,是位跟运输拉货有点关系的单身先生。他还欠我一星期房租就跑了。在他之前,那就是克劳德太太和她那两个小娃娃了,他们住了四个月;再往上去就是多尔老先生,由他那几个儿子分摊付房租的。他在这个房间里住了六个月呢。这就往上推了一年了，先生，更早的我可记不真切了。"

他谢过了她，重新步履沉重地爬上楼回到自己房间里去。赋予房间以勃勃生气的那个要素不见了。木樨草的香气飘失了。取而代之的是老家具、贮藏室所发出的霉变、发臭的味儿。

希望的幻灭损蚀尽了他的信心。他坐着，呆呆地瞪看嗞嗞哼唱着什么的黄色煤气灯光。很快，他走到床边，把床单撕成一个个长条。他用小刀的刀片把每一处的门缝窗缝，上下左右，都塞得严严实实。在一切都安排妥当之后，他压灭灯火，又把气儿开到最大，然后如释重负地在床上躺了下来。

这天晚上，该轮到麦柯尔打啤酒了。她打了来，和珀迪太太一起坐在一间地下室里，那儿是女房东聚会之处，也是虫豸活得挺欢的地方①。

"今儿傍晚，我把三楼后间租出去了，"珀迪太太说，把酒上的泡沫吹开一些，"租下的是个年轻人。两小时前他就早早儿上床了。"

"唷，真的租出去啦，珀迪太太？"麦柯尔太太说，佩服得五体投地。"你能把那样的房间也租出去，真有两手啊。那么，你把情况跟他说了吗？"后面的话她越说声音越轻，神秘兮兮的。

"房间嘛，"珀迪太太用她那毛茸茸的嗓子说道，"配好了家具，就是准备出租的。多余的话，我一句没跟他提，麦柯尔太太。"

---

① 典出《圣经·新约·马可福音》："在那里（指地狱）虫是不死的，火是不灭的。"

"那就对啰,您哪;咱们指望什么过日子,出租房间呀。你的生意头脑精得很哪,太太。要是说了刚有人死在那张床上,人家多半就不会要了。"

"你说得一点儿也不错,咱们不是还得指望这个过日子吗。"珀迪太太说。

"是啊,太太;可不就是这个理儿吗。正好从今儿个退回去一个星期,还是我帮着你,把三楼后间打扫齐整的。身子骨挺单薄的一个姑娘,小脸儿俊着哪,竟打开煤气自尽了,真让人捉摸不透啊,珀迪太太。"

"就跟你说的那样,她也算是长得不错吧,"珀迪太太说,但附和完了又不大甘心,"若不是左边眉毛旁多了一颗黑痣的话。再把杯子满上呀,麦柯尔太太。"

李文俊　译

朋友忒勒玛科斯

　　一次外出打猎,归途中在新墨西哥州一个叫洛斯皮诺斯的小镇等待朝南驶的火车,车误点了一个小时。我坐在"避暑别墅"旅店的门廊上,与店主人忒勒玛科斯·希克斯[①]交谈,探讨人生的意义。

　　我看他不像是不安本分、狂妄乖张之徒,便直问他当年是哪种野兽使他的左耳致残。身为一个猎手,我自然很关心追捕猎物时容易遭遇的这类不可预测的事故。

　　"这耳朵,"希克斯说,"是真诚友谊留下的纪念。"

　　"是事故吗?"我追问道。

　　"是友谊,怎么能说是意外事故呢。"忒勒玛科斯说道。我语塞了。

　　"我听说过最亲如手足的友谊的范例,"我的店主人继续说,"就是一个康涅狄格人和一只猴子的故事。在巴兰基利亚[②],这猴子爬上椰子树,摘下椰子扔给那个人。那个人把椰子锯为两半,做成水瓢,按每只两个雷阿尔[③]出售,然后用这钱来买朗姆

① 忒勒玛科斯,荷马史诗《奥德赛》中奥德修斯与珀涅罗珀之子。该词进入英语语汇后,保留有"为人正派"、"对朋友忠实"等特定的喻义。
② 巴兰基利亚,哥伦比亚最重要的海港和河港。
③ 雷阿尔,旧时西班牙及其南美属地的货币单位。

酒。猴子就喝椰子汁。他们通力合作,各得其宜,像兄弟一般和睦相处。

"但是人与人之间的友谊就不同了,交朋友只不过是逢场作戏,并且不容分说可以随时宣布终止。

"我有过一个朋友,叫作佩斯利·费什,我曾想象我们的友谊会海枯石烂天长地久。我们共度了七年患难与共的时光,我们并肩挖煤掘矿,开办农场,出售专利搅乳器,放牧羊群,经营照相,架设铁丝网,采梅摘李,碰到什么就干什么。我那时坚信,别说是花言巧语,金钱美酒,就是刀架在脖子上也休想离间我和佩斯利·费什之间的友谊。你都想象不出我们是何等的情投意合,相视莫逆。我们是生意上的亲密伙伴,通过娱乐消遣我们的友谊也与日俱增。日日夜夜我们都是同声相应,同气相求,形同传说中的达蒙和皮西厄斯①。

"那年的仲夏,我和佩斯利身着大方合体的男装,骑着骏马,如同疾风吹动的云彩,朝圣安德烈斯山脉奔去,我们打算在那休养一个月,好好消遣消遣。最后我们到达这个叫洛斯皮诺斯的小镇,这个地方确实称得上是世界的屋顶花园,到处流淌着飘香的炼乳和甜稠的蜂蜜。小镇空气清新,有一两条街道,开设有餐馆,有鸡可吃,而对我们来说这些就够了。

"我们到达小镇时,已过了晚饭时间,于是便信步走进铁路旁边的一家餐馆,看看有什么供应就吃点什么,只要能填饱肚子就行。就在我们坐稳,用餐刀把粘在红漆布上的碟子拨开时,寡妇杰瑟普就端着冒着热气的面包和油炸肥肝进来了。

"嘿,这个女人的诱惑让一条鳗鱼都会动心的。她身材适

① 罗马民间传说中的达蒙与其友皮西厄斯为生死之交。

中,不胖不瘦,不高也不矮;嘴角上挂着使人感到亲切的微笑。酷爱烹饪和开朗热情的性格使她脸上透出粉盈盈的红色,她甜蜜的微笑能令山茱萸在寒冬腊月里绽放。

"寡妇杰瑟普和我们聊了起来,她真健谈,一会儿谈天气,一会儿谈历史,一会儿谈丁尼生①,一会儿聊故作学者派头的人,还说起羊肉短缺,最后又问我们是从哪儿来的。

"'泉水谷。'我说道。

"'大泉谷'。费什突然插话进来,也顾不得嘴里塞满土豆和带有跖骨的火腿。

"佩斯利·费什这句话一出口,我就意识到他与我之间那种古朴淳厚的友谊无法再保持下去了。他很清楚我最恨多嘴的人,而他这次却偏偏多嘴,替我做修正和句法上的补充。没错,在地图上标出的是大泉谷;但就连费什自己也管它叫泉水谷,对他这么叫我都司空见惯了。

"没有再多说什么,吃完晚饭我们便出了门,坐在了铁轨上。我们的交情并非一朝一夕,因此早已知道对方心里想的是什么。

"'我认为你一定知道了,'佩斯利说,'我已经拿定主意,要设法得到那个寡妇,使她永远成为可继承财产的部分,不但要家庭和社会认可,还要得到法律和各方面的承认,直至我们生命的终结。'

"'呃——对的!'我说道,'尽管你只说了一句话,但我也能体会出这言外之意。不过我猜你自己也很清楚,'我说,'我也打算实施我的计划,使得那位寡妇改姓氏为希克斯,留给你做的事是写信给社会新闻栏,询问在婚礼上男傧相是戴山茶花还是穿

---

① 丁尼生(1809—1892),英国诗人,重视诗的形式完美,音韵和谐,辞藻华丽。

无缝短袜!'

"'你这是枉费心机。'佩斯利一边说,一边用手掰道轨上一块枕木屑。他说,'只要是世事,在任何方面我都能迁就你,但唯独这件事不行。女人的笑靥,'佩斯利接着说道,'是海葱鳞茎和含铁物的涡流,友谊之船再坚固,只要闯到了它的旁边,它都要狠狠地啃住你,然后把你撕得粉碎。'佩斯利继续说,'就算是狗熊来骚扰你,我都敢和它拼命;或者为你的欠款的票据签名担保,甚至可以像往常那样用肥皂樟脑搽剂替你擦肩胛骨;但是在这件事情上,我就不能温良恭让了。在如何赢得杰瑟普太太芳心的这场争夺战中,就要看谁的本领更高强了。我想我已开诚布公地和你讲清楚了。'

"于是,我仔细斟酌了一番,道出了以下的结论、想法和行动细则——

"'男人之间的友谊,'我说道,'是一种古老的历史性美德,当男人们必须相互保护,共同抵御尾巴八十英尺长的蜥蜴和会飞的海龟的攻击时,这种美德就已经制定了。并且他们把这种美德一直沿袭至今,他们互相支持,直到青年侍者走来告诉他们,这些动物其实并不存在。'我说道,'我经常听人说,只要有女人介入,男人之间就算交情再深,也免不了要分道扬镳。为什么非得这样不可呢?听我说,佩斯利,第一眼看到杰瑟普太太和那冒着热气的面包出现时,我们两个都已怦然心动了。让我们中间更优秀的那个去赢得她的芳心吧。我要与你进行公平的竞争,绝不搞投机取巧的背后动作。在我向她求爱的时候,我的一言一行都要你亲自在场,这样的话你我的机会就均等了。在这样的安排之下,不管谁赢得先机,我认为我们的友谊之舟,都绝不会沉没在你所说的药味十足的涡流中的。'

"'真够意思!'佩斯利一边握住我的手一边说,'我也将心口如一照此行事。'他说,'我们齐驱并进,一起追求那位女士,还要避免常有的那种虚情假意和两败俱伤的事情发生。无论胜负如何,我们依然是好朋友。

"在杰瑟普太太餐馆一侧的树下有一张长椅子,等南行的乘客吃完饭走了以后,她常坐在椅子上纳凉。晚饭后我和佩斯利常来这儿碰头,向意中人献上我们各自的那份殷勤。我们每次访问都表现得襟怀坦荡,严格履行机会均等的诺言,无论谁先到,都必须等另一个也来到之后,才能向杰瑟普太太示爱。

"就在杰瑟普太太意识到我们有个君子协定的那个晚上,我来到长椅,而佩斯利还未到。时间刚好是吃过晚饭,杰瑟普太太穿着一件素雅的粉红色的衣服在那里纳凉,那色调给人带来的凉意几乎可以唾手可得。

"我在她身旁坐下,通过讲述环境和风景,发表了一些对自然界精神外貌的看法。那个夜晚用于谈情说爱确实是再合适不过了,月光从澄蓝的天际透过密密的树叶,在地上织成斑斑驳驳自然和谐的花纹,树丛中夜鹰和白头翁哩嗦哩嗦地叫个不停,长耳兔和别的有翅昆虫在林间嬉戏喧闹。从山间而来的夜风,吹过堆放在铁轨旁的废旧番茄罐头筒,发出像古希伯来竖琴一般悦耳的声音。

"忽然,我左边有一种异样感觉油然而生——那感觉有点像火炉旁坛子里的生面团正在发酵膨胀。原来,杰瑟普太太已经挪了过来,跟我挨得更近了。

"'啊呀,希克斯先生,'她说,'一个人如果在这个世界上举目无亲,孑然一身,在这样一个美丽的夜晚,是不是会倍感孤独呢?'

"听了这话，我马上从长椅上站了起来。

"'请原谅，夫人，'我说，'对这样一个有诱惑性的问题，我要等佩斯利来了之后，才能给你答复。'

"然后，我对她解释我们是难分难离的朋友，多年来的同甘共苦、四处漂泊和共谋关系，使我们结下了深厚的友谊；我们有约在先，绝不利用生活中最感伤的时候，例如感情冲动和关系亲疏，做出有损于对方的事来。杰瑟普太太似乎很严肃认真地把这件事思考了片刻，接着她仰头大笑起来，四周的树林都传来了回声。

"过了几分钟，佩斯利来了，他头上搽了香柠檬油，坐在了杰瑟普太太的另一侧，并开始讲述他一段悲惨的冒险经历。在一八九五年，经过九个月的干旱，圣丽塔谷的牛群相继死去，他和皮费斯·拉姆利比试剥死牛皮，赌一副镀银的马鞍具。

"好了，从这场求爱的一开始，我就占了佩斯利·费什的上风，他被弄得束手无策。我们俩各有一套赢得女性柔弱同情心的方法。佩斯利的策略是讲述一些他亲身经历或用大号字印刷的惊险故事，来使女人们茫然自失。我猜想，他肯定是从一出叫《奥赛罗》的莎士比亚戏剧中领悟出征服女人的主意的。这出戏我看过，里面有个黑人读过赖德·哈格德·卢·多克斯塔德的惊险小说，听过帕克赫斯特博士的演讲，他变着法子编出故事来讲给公爵的女儿听，终于将她弄到了手。但这种求爱方式一离开舞台就是一纸空文不起作用了。

"好了，我告诉你一个方法，它可以迷住一个女人，诱使她到改姓的地步。你要学会如何抓住她的手，把它握紧，她就成了你的人了。这事做起来并不容易。有些男人使劲扯住女人的手，就像要给脱臼的肩胛骨复位那样，简直叫你可以闻到山金车酊的味道,听到撕扯绷带的声音。有些男人像抓着一块发烫的马蹄铁那样握着女人的手,抓住之后,又伸直胳臂,隔得老远,那样子又像药剂师把阿魏酊剂灌入瓶子里。而且,大多数男人握住女人的手之后,总是把它拉到女人的眼前,就像男孩在草地上拾到一个棒球,并没有给女人机会去忘掉她的手长在她的胳臂上。他们这些方式都是不对的。

"让我告诉你正确的方式。你曾否看到一个人偷偷溜进后院,拾起一块石头,要砸向一只正蹲在墙头上注视着他的公猫呢?他不动声色,装作手里没拿东西,装作猫没看见他,他也没看见猫的样子。这就对了。千万别把她的手拉到她一定会注意到的地方。即使你清楚地知道你要握住她的手,你也要装作什么事都不会发生的样子,不让她察觉出任何蛛丝马迹。这就是我使用的策略;至于佩斯利对意中人演唱冒险和辛酸经历的小夜曲,还不如把星期日的火车时刻表读给她听,那天的火车是要在新泽西州的欧欣格罗夫停站的。

"一天晚上,我先到的长椅,比佩斯利先到了抽一斗烟的工夫,我的朋友义气差点要出问题,因为我问杰瑟普太太有没有想过字母 H 要比字母 J 好写一点。不想她一头扎进我怀里,并压坏了我纽扣眼里的夹竹桃花,我也俯过身去——但最终什么也没干。

"'如果你不介意的话,'我站起身说,'我们等佩斯利来到之后再成全这事。至今为止我还没做过有损于我们友谊的事,如果做了,对佩斯利来说很不公平。'

"'希克斯先生,'杰瑟普太太边说,边在黑暗中含嗔带怪地盯着我,'如果不是事出有因的话,我早就轰你离开山谷,永远别登我的门了。'

"'那到底是什么原因呢,夫人?'我问。

"'你对友谊都这么忠诚,势必也会对爱情很忠诚。'她说道。

"没过几分钟,佩斯利也坐到了杰瑟普太太的身边。

"'事情发生在九八年夏天的锡尔弗城,'他开始讲,'我看见吉姆·巴塞洛缪在蓝色之光酒馆咬掉了一个中国人的耳朵,只是为了一件横条细棉布衬衫——这是什么声音啊?'

"我和杰瑟普太太又重新开始了那一度中断的卿卿我我。

"'杰瑟普夫人已经答应改成我希克斯的姓了。'我说道,'这是她又一次表示这样的心意了。'

"佩斯利用双脚勾住长椅的一条腿,长吁短叹起来。

"'莱姆,'他说,'我们做朋友已经有七年时间了。你与杰瑟普太太接吻不要弄得这么响好吗?换了我同样不会干扰你。'

"'好的,'我说,'轻点就轻点。'

"'这个中国人,'佩斯利接着说,'他在九七年春天开枪打死了一个叫作马林斯的人,那是——'

"佩斯利又一次无法继续他的故事。

"'莱姆,'他说,'假如你真够朋友的话,就不要把杰瑟普太太搂得这么紧。我觉得刚才整个长椅都在晃动。你要清楚,你可是答应过我,只要还有一线希望,你都将给我同等的机会去争取。'

"'你这位先生,'杰瑟普太太转过身对佩斯利说,'从现在起二十五年之后,如果你在我和希克斯先生的银婚纪念时偶然来访,在你那个笋瓜脑袋里,还存有你在这件事上有希望的念头吗?只是碍着你和希克斯交情深厚,我才容忍你这么久;不过,我觉得现在该是到了你心灰意冷、下山去的时候啦。'

"'杰瑟普太太,'我不失时机地抓住未婚夫的身份对她说,'佩斯利先生是我的朋友,我事先曾向他允诺,只要还有一线希望,我都会给他同等机会去争取。'

"'一线机会!'她说道,'那好吧,就让他自以为还有一线机会吧;但今晚他就在旁边看到了这一切,他总该死了这份心了吧。'

"好啦,一个月后我和杰瑟普太太在洛斯皮诺斯镇的卫斯理教堂里结婚;镇上所有店铺全打了烊,人们都赶来观看婚礼。

"我们俩并排站在最前面,牧师即将为我们主持婚礼,这时我环顾四周,没有发现佩斯利。我请求牧师再等一会。'佩斯利还没到。'我说,'我们要等等佩斯利。我忒勒玛科斯·希克斯交朋友,图的就是要天长地久。'我说。杰瑟普太太听了之后面露愠色;但牧师按照我的吩咐,停下了要唱颂的经文。

"几分钟之后,佩斯利一路小跑经过走廊,边跑边扣着袖口上的纽扣。他解释说,镇上唯一的成衣店由于来看婚礼而关了门,因此他买不到适合他的那种上过浆的衬衫,只好砸开店铺的后窗,取了一件自用。然后,他站到靠新娘的一边去了,于是婚礼仪式接着举行。我心里一直在想,佩斯利或许还抱着最后一线希望,等着牧师一时弄混,就会把他跟杰瑟普配成一对。

"婚礼结束之后,我们喝过茶,品尝了羚羊肉脯和罐装杏子,街坊邻里便纷纷离去。佩斯利最后一个和我握手,临别时他说,我待人真诚,胸怀坦荡,结识像我这样的朋友是他的荣幸。

"牧师在街道一侧有幢小房子要出租;他允许我和希克斯夫人住宿到第二天早上,等十点四十分的火车一到,我们就去埃尔帕索做蜜月旅行。牧师夫人让房子四周长满蜀葵和常春藤,这样看上去又喜庆又阴凉。

"那晚大约十点钟的时候,我在房门口坐下,脱下靴子凉快凉快,而希克斯太太正在屋里整理东西。不多一会儿,里面的灯灭了;我还坐在那儿,回想着过去的时光和经历。这时我听见希克斯太太高声说:'还不快进来呀,莱姆?'

　　"'来了,来啦!'我如梦方醒地说,'该死的,我还在等老伙计佩斯利来——'

　　"'可是我刚说到这儿。'忒勒玛科斯·希克斯结束他的故事说,'就觉得我的这只左耳像被人用四五口径的手枪打烂了似的。原来只不过是被希克斯太太用扫帚把狠狠地揍了一下。'"

李宝洵　译

婚姻指南

　　我桑德森·普拉特的观点是:美利坚合众国的教育系统应该交由气象局掌管。我说这话是有充分理由的,而你们却不能解释清楚,为什么不能把我们的大学教授调到气象部门去。这些教授识文断字,阅读晨报更是一目十行,他们能未卜先知,并电告气象局未来的天气走向。不过问题也有它另外一方面。我下面将告诉诸位,天气是如何向我和爱达荷·格林提供第一流的教育的。

　　我们曾经沿蒙大拿地区勘探金矿,并且来到了比特鲁特山脉。一个来自沃拉沃拉、满脸胡须的人,已经把寻找金矿的希望当成一种累赘,就把自己的粮草装备转让给我们;我们便开始在山麓小丘慢慢地探矿,我们手中的粮食足够维持在和平谈判期间驻扎一支军队的给养。

　　一天,从卡洛斯来了一个骑着马的邮递员,他进山经过这里歇歇脚,喘口气,顺便吃了三筒罐装青梅,临了留给我们一份近期的报纸。报上有天气预报栏目,标题组下端列出比特鲁特山脉未来的天气是:"转暖,晴好,有轻微西风。"

　　当天晚上下起雪来,并伴有强烈的东风。我和爱达荷转移到山梁上一处废弃的小木屋安顿下来,寻思着十一月份的风雪不会持续多长时间。但是大雪下了有三英寸厚还没有停的迹象,我们才意识到我们要被雪困住了。在雪还不深的时候,我们弄来了大批木柴,而且我们的食物足够吃上两个月的,所以,听凭风雪肆虐,任其阻路封山,我们都可以高枕无忧。

如果你想教唆杀人,只需要把两个人在一间宽十八英尺、长二十英尺的小屋里关上一个月就够了。人的本能无法承受这种禁锢。

风雪初降那会儿,我和爱达荷相互挖苦、逗乐,还赞美我们用长柄平底锅做出的、管它叫面包的东西。临近第三周结束的时候,他向我宣读了以下的布告。他说:

"我从来没有真正听过酸奶从球形玻璃容器落入白铁锅底的声音,但是与你说话器官发出的一连串逐渐减弱的滞涩的思想相比,酸奶落下的声音可算得上是佳乐了。你每日发出的不完全咀嚼的声响,让我想起母牛反刍食物,不同的是它有女士风度,能够控制自己,而你却不能。"

"格林先生,"我说,"你曾经一直是我的朋友,有件事让我犹豫再三但又不吐不快,这就是如果随我在你和常见的三条腿的黄毛杂种小狗之间选择伙伴,那眼下这间屋里就只有一个会摇尾乞怜的畜生了。"

就这样我们过了两三天,然后就谁也不搭理谁了。我们分开用炊具,爱达荷在炉子的一边做饭,而我在另一边。户外的雪已没到了窗口,我们整日都围在火旁取暖。

你要理解,除了在石板上识字和计算"假如约翰有三只苹果,詹姆斯有五只苹果"这样简单的题之外,我和爱达荷就没受过任何教育了。我们从未感到特别需要大学学历,不过我们在闯荡世界的时候,已经学会了应对紧急事件的基本知识。但是在被大雪封在比特鲁特山脉那间小木屋里的时候,我们初次感受到,倘若以前我们研读过荷马史诗或希腊文、数学中的分数以及其他方面较高深的学问,我们一旦关起门来苦思冥想,就会有更广阔的思维空间。在西部各处我已经见识过那些在牧场营地干活的东部来的大学生,我注意到教育竟然成了他们的累赘。呃,有一次在蛇河,安德鲁·麦克威廉的骑用马得了马胃蝇蛆病,他派人驾四轮马车到十英里外请来一个自称是植物学家的陌生人。可那匹马最终还是死了。

一天早晨,爱达荷正在用棍子往小架子顶上捅什么东西,这个架子很高,用手是够不到的。有两本书掉到了地上。我打算走过去拾起来,但是发现爱达荷注视着我。一周来,他第一次对我开口说话了。

"别去碰书,会烫手的,"他说,"即使你仅仅只配与冬眠的香龟相为伍,我还是要与你做诚实交易。我待你要比你双亲还要好,他们只知道放任你在这个世界上采用响尾蛇样的交际和冰冻萝卜式的同情态度。我将和你玩七分牌戏,赢者可优先选书,输者取剩下的那本。"

一手牌下来,爱达荷赢了。他先选了一本书,我取了剩下的那本。然后我们分开各自坐下,开始阅读起来。

这部书带给我的快乐甚至超过我捡到十盎司黄金。爱达荷看着他那本书,也像贪吃的小孩盯着棒棒糖那样专注。

我那本书约有五英寸宽、六英寸长,书名叫《赫基默必备知识指南》。也许我是错的,但是我认为这是有史以来最伟大的一部书。这本书我至今还保留在身边,把书里的知识搬出来,在五分钟之内就能把你们任何人难倒五十次。就别说什么所罗门或是《纽约论坛报》啦!赫基默比他们都胜过一筹。此君肯定是耗时五十余载,跋山涉水百万英里之遥,才有可能收集到这许多素材。书里记录着各个城市的人口,判断姑娘年纪的方法,以及骆驼长了多少颗牙。它告诉你世界上最长的隧道,天上星星的数量,水痘发作前的潜伏期有多长,上流社会淑女颈围标准,州长如何行使否决权,古罗马导水渠修建的年代,每天少喝三杯啤酒的营养需要吃多少磅大米才能补上,缅因州首府奥古斯塔的年平均气温是多少,使用条播机播一英亩胡萝卜的种子的需要量,如何救治中毒病人,金发女郎头发的数量,如何保存鲜蛋,世界所有山峰的高度,有史以来所发生过战争和战役的年代,如何抢救溺水和中暑的人,一磅大头钉有几只,怎样生产炸药,怎样培植花卉,怎样整理床铺,在大夫到来之前,对病人应采取哪些措施——诸如此类,应有尽有,包罗万象。如果赫基默有什么不知道的知识,我在这书中却没有发现。

我坐下捧起书一口气读了四个小时。所有教育的奇迹都浓缩在这本书中。渐渐地,我忘记了雪,忘记了我和老爱达荷关系不融洽。他动也不动似的坐在凳子上,聚精会神读着书,棕黄色的胡须看上去有着一半是温和一半是神秘的色彩。

"爱达荷,"我问道,"你读的那本是什么书?"

爱达荷肯定也忘记了我们之间的过节儿,因为他的口气很温和,没有丝毫的诋毁和恶意。

"嘿,"他说,"这书好像是一个叫荷马·K.M 的人写的。"

"荷马·K.M 什么呀?"我问道。

"嘿,就是荷马·K.M。"他说道。

"你扯谎,"我说。爱达荷让我进退两难,因此我有点冒火。"哪有人写书用缩写字母署名的。也许是荷马·K.M. 斯普彭戴克,也许是荷马·K.M. 麦克斯威尼,也许是荷马·K.M. 琼斯,为什么你不像正常人那样去说,而像小牛咬掉挂在晾衣绳上的衬衣下摆那样，把他姓名的后半截儿咬掉呢？"

"我对你说的是实话，桑迪。"爱达荷平心静气地说。"那是一本诗集，"他说，"是荷马·K.M写的。刚开始我还没觉得怎么，但是如果你读下去的话，就像是找到了矿脉一样，让你爱不释手。就算你拿两张红毛毯与我交换，我也未必同意。"

"那就随你便吧，"我说，"我所需要的是能够拓展思维公正的事实陈述，我抽到的书里好像就包含这些内容。"

"你得到的只是一些统计学的玩意儿，"爱达荷说，"是现有的最基本的知识。它们对你的智力有害无益。我宁愿采用老K.M的推测方法。他似乎是一个葡萄酒代理商。他通常的祝酒词是'不足为奇'，他似乎经常愤世嫉俗，但是他用豪饮增加兴致，即使说起最痛心疾首抱怨的话，听上去也像邀请友人分享一夸脱的美酒。这就是诗人的意境，"爱达荷说，"你那本书让我不屑一顾，因为它试图以尺寸来传播智慧。说到通过自然知识来解释哲学的本质，老K.M在所有方面胜过你那本书的作者，无论是练习，一行一行，一段一段文字，胸围尺寸，或是年平均降雨量。"

我和爱达荷就是这样打发时光的。无论是白天还是黑夜，令我们激动的一切，就是读书。这场暴风雪的确让我们俩增长了许许多多的见识。待到积雪融化的时候，如果你突然上前来问我："桑德森·普拉特，用尺寸是二十乘二十八的铁皮来盖屋顶，这样的铁皮每箱售价是九元五角，那么每平米的造价应该是多少？"我能瞬间做出答复，如闪电在铁锹把上以每秒十九万两千英里的速度传导那样迅疾。世间又有多少人能做到？夜深人静的时候，假如你叫醒你认识的任何一个人，要求他立即告诉你人体骨骼不算牙齿一共有多少块骨头，或者内布拉斯加州的立法机关投票要达到多大的百分比才能推翻一项否决案。他能回答你吗？让他来试试。

到底爱达荷从那本诗集中得到多少收益，我并不十分清楚。每次爱达荷一提起那个葡萄酒代理商总是赞不绝口，而我却不敢恭维。

由爱达荷推介的这个荷马·K.M，从他的诗歌来看，给我的印象：他就像一只狗，把生活看作是系在狗尾巴上的锡杯。在跑得精疲力竭之后，他坐下来，伸出舌头，看着锡杯说：

"哦，好吧，既然我们无法摆脱这只锡杯，还不如到街的拐角处把它斟满酒，让大家为我干上一杯。"

除此之外，他似乎还是个波斯人；我从未听说过波斯生产出值得一说的物品，除非是土耳其地毯和马耳他纯种猫。

那年春天的时候，我和爱达荷偶尔发现了有开采价值的金矿。我们的习惯是一找到矿就立即出手卖掉，这样一来周转就快。出让采矿权之后，我们向每位探矿装备提供者支付了八千美元；然后我们顺着萨蒙河漂流到这个叫罗萨的小镇，打算充分休息一下，吃些常人吃的美食，修剪一下胡须头发。

罗萨不是采矿营地。它位于山谷之中，像其他的乡间城镇一样，这里没有瘟疫，远离喧嚣。近郊有一条长三英里的有轨电车线；我和爱达荷在一个星期的时间里，白天坐着咣咣作响的电车兜风，晚上回到落日余晖饭店下榻。由于我们博学多才，再加上见多识广，我们很快临时成了罗萨镇上流社会的一员，并应邀参加当地须穿盛装的最高雅的招待晚会。我与爱达荷第一次见到罗萨镇的社交皇后德奥蒙德·桑普森夫人，是在市政厅为消防队募捐而举行的一次钢琴独奏会和吃鹌鹑比赛会上。

桑普森夫人是寡妇，她拥有镇上唯一的一幢二层小楼房。楼房被漆成黄色，无论你从哪个方向看过去都十分显眼，就像星期五那天粘在奥格雷迪下巴上的一块蛋黄那样清晰可见。不算我和爱达荷,罗萨镇还有二十二个男子正企图把这幢黄楼房占为己有。

舞会开始之前,到处散落的歌本和吃剩的鹌鹑骨头被清扫出大厅。舞会上有二十三个追求者争先恐后地邀请桑普森夫人跳舞。我回避了二步舞,请求能够赏光护送她回家。我这一招大获成功。

她在回家的路上说:

"今天晚上满天星斗是不是既可爱又明亮,普拉特先生?"

"因为这些星星有机会,"我说,"它们正非常可信地努力发光。你看到的那颗大星距离我们有六百六十亿英里远。它的光线到达我们地球要花上三十六年。用十八英尺长的天文望远镜,你可以观察到四千三百万颗星星,其中包括亮度为第十三等的星,如果其中一颗十三等星现在陨落消亡了,你在距今两千七百年后仍能看到它在发光。"

"哎呀!"桑普森夫人惊叹道,"以前我从不知道这些事情。天闷热得叫人受不了。我的舞跳得太多,浑身汗淋淋的都湿透了。"

"这种现象很容易解释,"我说,"如果你碰巧知道,你身上有两百万根汗腺在同时排汗散热。每根汗腺长四分之一英寸,如果把它们全都连接起来,总长度将达到七英里。"

"天哪!"桑普森夫人说。"听你的描绘,人体的汗腺就像是一条灌渠,普拉特先生,这么多知识你又是如何学到的呢?"

"通过观察学到的,桑普森夫人,"我告诉她。"在我闯荡世界的时候,我总是洞察一切。"

"普拉特先生,"她说,"我向来钦佩有学问的人。这个镇子上,愚昧无知的城狐社鼠随处可见,而满腹经籍的文人学者却是凤毛麟角,因此与一位有学识的绅士交谈实在是一大幸事。只要你乐意,随时可以光临敝舍,我将不胜荣幸。"

就这样我赢得了黄楼房女主人的好感。每逢周二、周五的晚上,我都去她家,把赫基默发现、列表和编辑的宇宙间的奇闻轶事讲给她听。这样爱达荷和镇上其他冒失的路德会教友只有在一周余下的时间里分秒必争了。

我决没有料想到爱达荷居然试图用老K. M的抚慰女人幽寂的媚术来打动桑普森太太,直到一天下午,我给她送一筐野生李子半路碰见了她,我才恍然大悟。桑普森太太把眼瞪得溜圆,女帽斜盖在一只眼睛上。

"普拉特先生,"她开始说,"我猜那个格林先生一定是你的朋友吧。"

"我们做朋友已经有九年了。"我说。

"同他一刀两断,"她说,"他不是什么正人君子。"

"为什么,夫人,"我说,"他是一个普通的山地居民,他性格粗暴,有了钱就知道挥霍,经常巧言令色迷惑他人,然而在重要的场合,我从未认为他表现得不像一位绅士。大概是因为他平时骄傲自大、装腔作势,再加上穿衣戴帽叫人看不顺眼,但是夫人,我了解他还不是那种厚颜无耻的放荡之徒。与爱达荷结识九年,桑普森夫人,"我用一句话总结,"我不愿意诋毁诽谤他,也不愿意听到别人诽谤诋毁他。"

"普拉特先生,"桑普森夫人说,"你从朋友的利益着想,为他进行辩护,似乎是很有道理;但是事实却不容否认,他心怀邪念对我出言不逊,这对任何一位有身份的女士都是莫大的侮辱。"

"哎哟哟！"我说，"老爱达荷居然会这么做！这是让我怎么也想不到的事。其他的我不太清楚，但有一件事嘲弄了他：事情的起因是一场暴风雪。有一次我们为大雪所阻，困在了山里，他被一本蛊惑人心煞有介事的诗集迷住了心窍，也许这使得他道德沦丧。"

"没错。"桑普森夫人说。"自打我一认识他，他总是喋喋不休地向我灌输一些冒犯宗教的诗词，他称呼作者为鲁比·奥特，你从她的诗来判断，那个女诗人也好不到哪儿去。"

"这样说来爱达荷又弄到了一本新书，"我说，"我知道，他原先那本书作者的笔名叫K. M。"

"不管它是什么，"桑普森夫人说，"他还是坚持读原先那本的好。"今天他已经胆大妄为肆无忌惮了。我收到他送来的一束鲜花，里面别着一张便条。普拉特先生，你能识别出正派女人；而且你大概对我在罗萨镇社交界的名声也有所耳闻。你不消片刻就会明白，我会不会和一个男子带着一壶葡萄酒和一个面包外出溜进森林，同他在树下饮酒欢歌，手舞足蹈呢？我平常用餐的时候也喝一点红葡萄酒，但我决没有这样的习惯，要带上一壶酒到灌木丛里去滋生事端。当然，他还要带上他那本诗卷。他说他要带。让他一个人去品尝他那丑恶可耻的野餐吧！或者，让他带上他那位鲁比·奥特。我猜想，她不会表示反对，除非带的面包太多了。那么，你现在又怎么看待你这位绅士朋友，普拉特先生？"

"噢，夫人，"我说，"可能爱达荷的邀请有几分诗情，但并无恶意。这些也许属于他们称之为象征性的诗。它们藐视法律和秩序，但还是允许出版，诗中的含义只能意会，不可言传。如果你能够体谅，我将代爱达荷向你致谢，"我说，"让我们的思绪从低俗的诗作里挣脱出来,上升到高深的事实和幻想中去。像如此美好的下午,桑普森夫人,"我接着说道,"我们也应该让思想和外界的美景相映成趣。我们这里虽然很温暖,但我们应该知道,位于赤道线海拔一万五千英尺的峰顶却是终年积雪。北纬四十至四十九度之间的地区,冰冻线在四千至九千英尺的高度上。"

"啊,普拉特先生,"桑普森夫人说,"在听过鲁比·奥特那个风骚女子的吟风弄月、伤春悲秋的歪诗之后,再听你讲这些美妙的事情真令人心爽神怡。"

"让我们在路旁这根原木上坐下,"我说,"忘掉诗人那些放荡下流的话。只有在凿凿有据的事实上与法律认可的标准下统计出的壮丽辉煌的数据里,你才能发现精美绝伦的事物。我们坐着的这根原木,桑普森夫人,"我说,"就包含比任何诗词都更令人叹为观止的统计数据。这根原木的年轮表明它的树龄是六十年。如果在两千英尺深度的地下,经过三千年之后,它就会变成煤。世界上最深的矿井位于纽卡斯尔附近的基林沃斯。一个箱子,如果长四英尺、宽三英尺、厚度为两英尺八英寸的话,就能盛下一吨重的煤块。假如割断动脉,应该扎紧伤口的上方。人体的腿骨共有三十块。一八四一年,伦敦塔曾遭遇火灾。"

"往下说,普拉特先生,"桑普森夫人说,"这些理念新颖独创,听上去叫人顿开茅塞。这些统计数据太有趣了。"

但是直到两周之后,我才体验到赫基默带给我的丰厚利益。

一天入夜,人们"救火啦"的喊叫声把我从睡梦中惊醒。我从床上跳起来,穿上衣服,到旅馆外面去看热闹。当我发现着火的正是桑普森夫人的楼房后,我高声呼喊,不到两分钟就赶到了火场。

那幢黄楼房的底层一片浓烟烈焰,罗萨镇的所有男人、女人和狗全都围拢在那儿,人声犬吠响成一片,严重妨碍消防队员救火。我看见爱达荷正试图挣脱六个消防队员的阻拦。他们告诉他整个底层已被火吞噬,谁冲进去就甭想活着出来。

"桑普森夫人怎么样了?"我问道。

"一直没看到她,"其中一个消防队员说,"楼上是她的卧室。我们试图进去,但失败了,我们还没有搞到云梯。"

我跑到大火旁,借着光亮,从贴身的口袋里去掏《指南》。当我把书拿在手里的时候,我惊喜得几乎叫起来——我想我当时兴奋得有点发狂了。

"赫基默,老伙计,"我一边死劲翻,一边对着书本说,"你可从来没有骗过我,让我失望过。告诉我老伙计,我现在该怎么做!"我说道。

我查到一百一十七页上"如何处理意外事故"这一章节。我用手指顺着页往下找,终于让我找到了。老赫基默果然是神了,事事做到计出万全。书上写着:

"因吸入烟雾或煤气引发的窒息——用亚麻籽效果最好。取两三粒放在外眼角上。"

我把《指南》塞回口袋里,拽过一个从我身边跑过的小男孩。

"嗳,"我说着递给他一些钱,"跑去药店买一块钱的亚麻籽回来。要快,剩下的一块钱归你了。嘿,"我冲人群大声喊,"我们要救桑普森太太出来!"说着,我甩掉外套和帽子。

四个消防队员和市民扯住我不放。他们说,进去准送命,因为楼板马上就要坍塌了。

"扯淡!"我大声喊,又觉得有点好笑,可是笑不出来,"亚麻籽不放在眼睛上,你们又指望我放在哪儿呢?"

我用肘关节撞击消防队员的面部,用脚踢破一个市民小腿的皮肉,又下绊把另一个摔倒在地。紧接着,我冲入燃烧的楼房。如果巧好我不幸身亡,我将写信告诉你们,是否有什么比待在燃烧的黄楼房里更险恶的,但现在你们可别再相信我说的话了。比起你在饭馆点的速烤烧鸡,我被烤得更焦。灼热的烟火两次把我熏倒在楼板上,几乎给赫基默丢脸,多亏了消防队员用细水龙减缓火势,我才能冲入桑普森夫人的屋内。桑普森夫人已经被烟熏得失去了知觉,于是我用床单裹好她,接着把她扛在肩头。嘿,那楼板并不像他们讲得那么糟,否则我也绝对不能成功——连想都别想。

　　我用肩扛着她跑离火场,直到离楼房五十码远的草地上我才把她放下来。当时,这位夫人的二十二位追求者当然也提着盛满水的白铁水桶围拢过来,准备救她。不一会儿,小男孩拿着买到的亚麻籽跑回来了。

　　我揭开裹在桑普森夫人头上的床单。她睁开双眼说道:

　　"是你吗,普拉特先生?"

　　"嘘,"我说,"别说话,等着我给你医治。"

　　我用手臂轻轻托住她的脖子然后缓缓扶起她的头,用一只手撕开装有亚麻籽的纸袋,然后弯下腰,尽可能小心地把三四粒亚麻籽放在她一只眼睛的外眼角上。

　　此时镇上的医生也赶到了,他跑得上气不接下气,他抓住了桑普森太太的手腕来给她号脉,又问我这样往眼睛上喷东西是什么意思。

　　"噢,是陈年的球根牵牛和耶路撒冷橡树籽,"我说,"我没有正式挂牌行医,不过我可以给你看我用药的典据。"

　　他们取来了我的外套,从里面我掏出了《指南》。

"注意一百一十七页，"我说，"看上面有关如何救治因吸入烟雾或煤气引起的窒息。书上是这样写的，把亚麻籽放在外眼角上。我不清楚亚麻籽的功效是灭烟，或是增进复合胃神经功能，但这是赫基默说的，而且他是最先注意到这种病例的。如果你想来做会诊，也不会有人提出异议。"

老医生拿起《指南》，戴上眼镜，借着消防队员提灯的光线读起来。

"唉，普拉特先生，"他说道，"在你诊断的过程中，明显你是看串了行。对窒息的救治方法是：'把病人尽快移到有新鲜空气的地方，并让病人平躺。'亚麻籽是用来治疗'灰尘和脏东西眯了眼睛'，在上面一行。但这毕竟——"

"听我说，"桑普森夫人插话说，"对于这次会诊，我也想说点什么。这些亚麻籽比起我试过的任何东西收效都要大。"然后她抬起头，又倚在我的手臂上，说道，"请在另一只眼睛里也放一些，我亲爱的桑迪。"

另外，如果你以后在罗萨镇中途停留，明天或者哪天都行，你都会看到一幢崭新气派的黄楼房，普拉特夫人——也就是以前的桑普森夫人，正在其中拾掇、装饰房间。如果你步入楼内，你就会看到会客室中央的大理石面桌子上，放着那本《赫基默必备知识指南》，全书用红色摩洛哥皮面重新装帧过，供人随时查阅任何有关人类幸福和智慧的内容。

李宝洵　译

擦亮的灯

问题当然都有两面性。我们且来看看问题的另一方面吧。我们常常听人提起"商店女郎"。事实上这种人并不存在。有的只是在商店里售货的女郎。那是她们赖以谋生的职业。但是，为什么把她们的职业转变为形容词呢？我们应当讲点公道。我们可并没有将生活在五马路的姑娘们称为"结婚女郎"。

露和南茜是一对密友。她们是在家乡食不果腹，才来到这个大城市找工作的。南茜十九岁，露二十整。她俩都是漂亮活泼的农村姑娘，都没有登上舞台当演员的雄心壮志。

云霞之中的小天使指引她们找到了既便宜又可靠供膳食的寄宿舍。两人都找到了工作，成为靠工资为生的劳动者。她俩依旧是要好的朋友。一眨眼六个月过去了，我才请你们跨上一步，给你介绍介绍。爱管闲事的读者：这两位是我的女友，南茜小姐和露小姐。你在同她们握手的时候，请慎重小心地注意她们的衣着。是的，说到慎重小心，这是因为她们和跑马场包厢里的风姿绰约的少妇一样，遇到男人瞪着眼睛看她们的时候，会心生反感的。

露是一家手工洗衣店的熨烫工，拿的是计件工资。她穿的那件紫色衣服显得很不合身，帽子上的装饰羽毛也比应有的长出了四英寸；可是她的貂皮手笼和围脖值二十五元，在将近换季的时候,同样的毛皮制品,在商店橱窗里的标价为七元九角八分。她粉红的俏脸上镶嵌着一对水汪汪的蓝眼睛,浑身洋溢着遂心如意的青春气息。

你会管南茜叫商店女郎——因为你已经习以为常。商店女郎原本是不存在的,可是一些尖酸刻薄的人总是要追求典型,那么南茜就算是个典型吧。她把头发挽成蓬松隆起的高卷式,笔直的刘海儿总是那样夸张地垂拂在她的额头。她的裙子尽管价廉,但穿在身上,就像怒放的花瓣,向四周散开。她身上没有皮大衣抵御乍暖还寒的清冷,但是她穿着一件绒面短大衣,神气活现的样子就像穿的是一件名贵的波斯羔羊皮。不屈不挠的追求典型的人啊,她脸上和眼神里流露出来的就是典型的商店女郎的神情。那是一种对青春空过、红颜易逝的沉默而蔑视的抗议,并抑郁地预言来日必将报复。即使当她笑逐颜开的时候,这种神情依然也没有改变。我们能从俄罗斯农民的眼睛里看到同样的神情,总有一天当加百列吹响最后审判的号角时,我们当中活下来的人也会在加百列的脸上看到。这样的神情本应该使男人自愧弗如,但是还会带着傻笑,别有用心地献上一束鲜花。

现在你可以抬一抬帽子起身离开了。露已经笑容可掬地向你道过"再见",而南茜那种讽刺和甜蜜的微笑不知怎么的与你擦肩而过,仿佛就像一只白蛾鼓翼飞过屋顶,升上星空。

南茜和露在街拐角处等候丹。丹是露如影随形的男友。要问他是否忠实可靠?那么,如果玛丽非要雇请十来个传票送达人去寻找她的小羊,那么丹总是呼之即来。

"你冷不冷,南茜?"露问道。"说来你也真傻,在那家老店铺干活,每周只挣八块钱。我上周就挣了十八块五角。当然啦,熨衣服不如站柜台出售花边缎带那么风光,引人注目,但是钱挣得多。我们熨衣工每周少说也挣十块钱以上。而且我认为干这活也没什么不光彩的。"

"你走你的阳关道好了，"南茜说着翘了翘鼻子，"我心甘情愿一星期拿八块钱，睡在走廊尽头用板隔成的小卧室。我喜欢待在身边尽是赏心悦目的器物和阔绰高雅人士的地方。看看我的运气有多好！嘿，我们当中一个卖手套的姐妹嫁给了一个匹茨堡人——一个炼钢的，或者是经营锻造什么的，他身价有足足一百万哪。总有一天，我也要想法攀上一个有钱的人。我倒不是在炫耀自己的容貌长相；不过真要有大鱼上钩，我可不愿错过这千载难逢的机会。一个姑娘家成天待在洗衣店能有什么机会？"

"未必吧，我就是在那儿认识丹的，"露洋洋自得地说，"那天他来取周日穿的衬衫和领圈，看见我正在第一张熨衣台上熨衣服。我们大家都想在第一张熨衣台上干活。埃拉·马金尼斯那天生病没来上班，我就接替了她的位置。丹说他第一眼就注意到我的胳膊是多么白皙圆润。当时我是把袖子卷起来干活的。一些上等人也来洗衣店。你能够把他们辨认出来，因为他们总是提着装满衣服的手提箱突然造访。"

"你怎么能穿这么一件内衣，露？"南茜边说，边注视着那件不提气的衣服，她卧在长长睫毛下的那双秀美的眼睛，像会说话的精灵一样，流露出甜美和略带讥讽的神情，"这表明你的品位也太差啦。"

"你指的是这件内衣吗？"露瞪圆了眼睛，面露愠色地大声说，"哎呀，我可是花了十六块才买下这件内衣的。它值二十五块。一个女人送来熨洗，过后没来取，老板就卖给了我。这上面的手工刺绣足有好几码长。慢着，你还是先说说自己穿在身上的这件没有绣饰又难看的衣服吧。"

"这件没有绣饰又难看的衣服，"南茜平心静气地说，"是我仿照范·奥尔斯汀娜·费希尔夫人穿的一件衣服的款式做的。店里的姐妹们说，她去年一年在店里共花销了一万二千块钱。我亲手缝制的这件衣服，只花了一块五。站在十步以外管保叫你真假难辨。"

"哦，算了，"露并无恶意地说，"如果你愿意饿着肚子去穷摆架子，那随你的便好啦。我还是要干自己的行当，拿一份不薄的薪水，过上一些时日，量力而为，替自己添置几件灿烂夺目的衣服。"

就在这时丹来了，从他系的那条活扣领带就可以看出，他是一个循规蹈矩的年轻人，身上丝毫没沾染上城市青年轻率浮躁的习气，他干的是电工，每周能挣三十块钱。他用罗密欧般哀伤的眼神注视着露，认为她那件刺绣内衣像是一张蜘蛛网，任何苍蝇都愿意往上黏。

"这位是我的朋友欧文斯先生——过来和达恩福丝小姐握握手吧。"露说。

"认识你我很高兴，达恩福丝小姐，"丹说着伸过手来，"我经常听到露说起你。"

"谢谢，"南茜说道，很冷淡地用指尖碰了碰他的手指，"我也听她提起过你——有那么几次。"

露咯咯一笑。

"南茜，你这种握手的方式也是从范·奥尔斯汀娜·费希尔夫人那儿学来的吗？"她问道。

"如果是的话，你就可以放心大胆地模仿了。"南茜说。

"哦，我根本不可能模仿她。这种方式对我来说太时髦了。

把手抬得那么高,是故意炫耀戴着的钻石戒指。等哪天我有了几枚钻戒再去模仿她也不晚。"

"你不如先学着,"南茜俏皮地说,"你没准就会得到钻戒了。"

"嗳,你们先别吵了,"丹和颜悦色地说,"能不能听听我的建议。既然我做不到陪二位去蒂法尼珠宝商店去尽我的义务,我们能不能去看一出小型轻歌舞剧呢?票我已经买好了。我们没有机会和真正戴钻石戒指的人握手,我们去看看舞台上的钻石如何?"

这位忠实的侍从靠着人行道的路缘走;露挨着他,因为衣着光彩照人,她高傲得像只孔雀;南茜走在内侧,体态轻盈,打扮得像麻雀那样朴素,但是举手投足活脱儿就是范·奥尔斯汀娜·费希尔夫人——他们就这样出发,去寻求他们花费不多的晚间娱乐了。

我认为,能把百货商店看作是一个教育机构的人不会太多。然而南茜所在的那家商店,对她来说有这种意味。在她周围尽是些散发着高贵典雅气息的美妙别致的商品。倘若置身于奢华的环境中,你就会体验到这种奢华,无论最终花钱的是你还是他人。

她接待的顾客大多数是女性,她们的服饰、举止和所处的社会地位都堪称是一流的。南茜依照自己的看法,从每个人身上撷取精华之处,因而受益匪浅。

她会向某个人模仿一种手势并加以演练,又向另一个人模仿动人的美眉扬起的样子,还从其他人那儿模仿如何行走,如何拎钱包,如何微笑,如何与朋友打招呼,如何与身份卑微的人交谈。从她最崇拜的偶像范·奥尔斯汀娜·费希尔夫人那儿，南茜学会了那种优雅的做派：一种纯美不很高的嗓音，像银铃儿似的清晰，像画眉鸟鸣啭那么富有音韵。耳濡目染上层社会的高贵气质和温文尔雅，是不可能不深受其影响的。正如人们常说的，好习惯优于好原则，那么好风度也许优于好习惯。你父母的教导恐怕还不足以使你保持新英格兰人的良知；可是，假使你坐在一把靠背椅上，反复把"棱镜和朝觐者"念上四十遍，就算是魔鬼也会舍你而去逃之夭夭的。而当南茜用范·奥尔斯汀娜·费希尔夫人的语气说话时，她会从骨子里产生"贵人众望所归"的兴奋感。

另外一种学问也源自于这所百货商店大学。每当你看到三四个商店女郎扎堆在一起窃窃私语，在手镯叮当作响的伴奏下，似乎谈论些鸡毛蒜皮的琐事，你可别以为她们在对埃塞尔的发式说长道短。这样的碰头会或许没有男人的审议机构那么具有权威性，但也非常重要，就是在这样的场合下夏娃和她的大女儿商议如何使亚当了解他在家庭中应有的地位。那是一次商讨共同防御和交流攻守战略的妇女大会，其目的是反对世界和男人。世界是一个舞台，男人则是坚持向台上扔花束来捧场的看客。女人是所有小动物中最纤弱无助的——她有小鹿的优雅却没有它的敏捷；有小鸟的美丽却没有飞翔的能力；有蜜蜂的醇浆却没有——哎哟，这个比喻不太恰当——也许有人会被螫着哩。

在这类军事会议上，她们互相递送武器，交流她们各自从人生战术中设计和形成的战略。

"我对他嚷道，"赛迪[1]说，"你太放肆了！你认为我是谁，要

---

[1]　赛迪，即是撒拉，是《圣经》中的故事人物亚伯拉罕的妻子，以撒的母亲。

受你这样的指责？你想想看,他会用什么话回答我?"

有着褐色的、黑色的、亚麻色的、红色的和黄色头发的妇女云集一堂,答案已经得出,防卫策略也已决定,以便以后供大家在对付共同的敌人——男人时使用。

就这样,南茜学会了防御的技术;对女人而言,成功的防御意味着胜利。

百货商店里能学到的课程内容很广泛。恐怕世界上再没有其他大学更适合她的需求,帮助她实现一生的宏愿——在婚姻这个奖项中抽取头彩。

她在商店里的位置对她是个有利条件。音乐部靠近她所在的柜台,因此对一些音乐巨擘的优秀作品她都已耳熟能详,了然于胸,这使得她在一直渴望涉足的上层社会里至少能冒充具有音乐鉴赏能力。她还从艺术品、质地精良的衣料,以及几乎是体现女人涵养的装饰品中得到了陶冶。

南茜的勃勃雄心很快就被店里的其他姐妹察觉了。"你的百万富翁到啦,南茜。"每逢一个看起来像是大款的男人走过南茜的柜台,她们就这样招呼南茜。男人们习惯于在陪女眷出来购物的时候,等得无聊,就慢慢溜达到手帕柜台,看看麻纱手帕来打发时间。南茜对名门贵族气质的逼真模仿以及她的秀丽资质对这些男人很有吸引力。因而,有许多男人走过来,故意在她面前炫耀风雅。这里面兴许有几个真是百万富翁,而其余的只不过是沐猴而冠的冒牌货。南茜学会了区分真伪的诀窍。在手帕柜台的尽头有一扇窗户,从那她可以瞧见下面街上一排排等候购物者的汽车。她通过区分汽车的优劣来判断车主人的身份。

有一次来了一位气宇轩昂的先生,他一下子买下四打手帕,俨然一副科弗图亚国王的派头,隔着柜台向她挑逗。在他离开之后，店里的一位姐妹说：

"你到底怎么啦，南茜，你怎么对那个人一点热乎劲都没有？他看上去像是个大款，我觉得他够格。"

"他吗？"南茜带着那种最冷酷又最甜美、超群绝伦的范·奥尔斯汀娜·费希尔夫人式的微笑说，"我看不见得。我看见他坐车来的。是一辆十二马力的车子，驾车的是一个爱尔兰司机！你再看看他买的是什么样的手帕——丝绸的！而且他患有指炎。对不起，我要的是货真价实，绝不降格以求。"

这个店里两位最有"雅韵"的女人——一个是领班，一个是出纳——有几个"财运亨通"的朋友，隔三差五邀她们一起下馆子。有一次，南茜也在被邀之列。餐宴设在一家富丽豪华的饭店，除夕的座位都须提前预约。就餐的是两位"体面"的男友：一位已完全谢顶，灯红酒绿的生活使他头发脱光，对此我们可以证明；另一位年纪尚轻，但他通过两种方式令你对他的财富和处世老练感到心悦诚服：一是他佩用着镶有钻石的袖扣；二是他发誓说这里所有的酒都有软木塞的味道。这位青年发觉南茜有着无法抗拒的完美。他本来就喜欢商店女郎，而眼前这一位，她除了有属于她那个阶层的纯真美貌之外，还加入了上层社会的言谈举止。所以，第二天他来到商店，借着买一盒在草地上晒后漂洗有抽丝花边的爱尔兰亚麻手帕的机会，郑重地向她提出求婚。但被南茜婉言谢绝了。在十英尺之外，一位棕色头发梳成高卷式发型的同事耳闻目睹了事情的全过程。当遭拒的求婚者怏怏而去之后，她的嘴对着南茜，噼里啪啦地好一阵数落。

"你真是十足的小傻瓜！那小伙子是个百万富翁——他就是老范·斯基特尔思的亲侄子。他向你求婚也是真心诚意的。你是不是疯了，南茜？"

"是吗?"南茜说,"我没答应他,是吗? 反正他不是什么百万富翁,这我一眼就看出来了。他的家庭每年仅限他花销两万块钱。那晚进餐的时候,那个谢顶的家伙还为此取笑他呢。"

那个留高卷式发型的棕发姐妹眯起了眼睛,凑到跟前。

"那你说你到底要什么?"她问道,因为没嚼口香糖,嗓音显得有点嘶哑,"那么多钱你还嫌不够吗? 难道你想做个摩门教徒①不成,同时嫁给洛克菲勒、格拉德斯通·道伊和西班牙国王? 每年两万块钱难道你还嫌不够?"

在那双浅薄的黑眼睛的紧盯之下,南茜的脸蛋儿泛起了微微红晕。

"这不单单是因为钱的问题,卡丽,"她解释说,"那天晚上吃饭的时候,他挖空心思编造谎言,结果被他的朋友当场戳穿。是关于一位姑娘,他骗我们说他没有陪她去过剧院。我就是不能容忍那种大言不惭的人。说到底,我不喜欢他,这不就结了。我之所以瞻前顾后,是不想一失足成千古恨。总之,我必须找一个行得稳坐得端的堂堂正正的男子汉。的确,我是在寻求一个对象,但他总该是有些作为的,而不是能摇得叮当作响的玩具储蓄箱。"

"你更适合去精神病监护室!"留高卷式发型的棕发姑娘说着走开了。

南茜靠每星期八元的薪水继续培养这些高尚的思想——如果算不上是理想的话。她为追寻不得而知的大"猎物"而露宿风餐,她一天天地啃干面包并勒紧腰带。她脸上总是带着注定要

---

① 摩门教,美国基督教新教的一个教派,一八三〇年由美国 Joseph Smith 创立,初期的教徒实行一夫多妻制。

以男人为猎物的宁静而又果敢、甜美而又冷酷的微笑。她把商店当成猎场，有好几次她举起枪瞄准仿佛是珍奇的大猎物，但总是出于某种精明、从不出错的本能——可能是女猎人的本能，也可能是女人的本能——她没有扣动扳机，而是继续寻踪觅迹。

露在洗衣店里忙得不亦乐乎。她要从每星期十八元五角的工资中取出六元支付她的膳宿费。剩下的钱主要用在购置衣服上。与南茜相比，她很少有机会提高自己的鉴赏力和风度气质。在蒸汽弥蒙的洗衣间里，除了不停地工作和对晚间娱乐的期盼之外，别的一概全无。很多华贵而亮丽的服装在她的熨斗底下经过，她对衣着与日俱增的喜好也许就是通过起传导作用的金属传递给她的。

一天的工作结束后，丹就在外面等候着她，不论她站在什么样的灯光下，丹总是她忠实的影子。

有时他会对露越来越夺目而款式并没有多大变化的衣裳瞥上一眼，眼神中充满坦诚与惶恐，不过这不能算是有成见，只是对招来太多街头过客的关注而感到无所适从。

露一如既往地忠实于自己的女友。她与丹无论到哪里去，都要南茜陪着，这几乎成了一条规矩。丹高高兴兴、热情地承担起这项额外负担。可以说，在这个寻求娱乐的三人组合中，露提供的是缤纷色彩，南茜提供的是情趣格调，而丹提供的是责任义务。丹作为陪伴，穿着整洁但显然是现成的西服，系着活扣领带，始终带着可以信赖、天生和即时可得的智慧，从来都是神态自若，善于化解矛盾。他善良平和的人品，使得他在你眼前时，你往往没有意识到他的存在，而一旦他离去，你会清清楚楚地记起他。

就南茜高雅的品位而言，这些现成的娱乐有时略带些苦涩，但她尚且年轻，年轻人都讲究饮食，虽然不一定都要成为美食家。

"丹总是催着要我马上嫁给他，"有一次露告诉南茜，"可我凭什么要马上结婚？我不想依附谁。现在我自己挣钱想怎么花就怎么花；而他绝不会同意我结婚之后继续工作的。就说南茜你自己吧，干吗非要死黏在那家老店，收入那么微薄，弄得自己节衣缩食的。如果你想来，我马上能在洗衣店给你介绍份工作。在我看来，如果你能多挣一点钱，就不至于那么心高气傲了。"

"我可没觉得自己心高气傲，露，"南茜说，"不过我宁愿节衣缩食待在老地方。我觉得我习以为常了。那里有我要等的机会。我并不指望站一辈子的柜台。我每天都能学到新的东西。我从早到晚面对的都是文雅和富有的人，虽然我只不过是在伺候他们，但我是不会错过我身边经过的任何目标的。"

"得到你要的百万富翁了吗？"露问道，一种嘲讽的笑挂在嘴角上。

"我还没选中呢，"南茜回答，"我正在对他们加以挑选。"

"上帝呀！亏你想得出在他们当中挑选！千万别让这种人从你身边滑过，南茜——哪怕他就差几块钱而够不上是百万富翁。可话又说回来了，你当然是在开玩笑——人家百万富翁哪会看得上咱们这样的打工妹呢。"

"他们还是看得上的好，"南茜话语中带着冷静的聪睿，"我们之中有人会教他们如何管好自己的钱财。"

"如果有哪位百万富翁来跟我搭话，"露笑着说，"我准会吓得不知所措。"

"这是因为你谁也不认识。这些大款与其他人的唯一区别就是你必须更密切地注意他们。这件红丝绸衬里配你这身外套,难道你不觉得颜色有点太艳了吗,露?"

露瞧了瞧她朋友身上那件朴素的暗绿色外衣。

"噢,我倒没觉得有什么艳——但是,同你身上穿的这件退了色的衣服比起来,似乎是艳了点。"

"这件外衣,"南茜洋洋自得地说,"是完全按照范·奥尔斯汀娜·费希尔夫人前两天穿的那件式样缝制的。这件衣服用料我花了三块九毛八。我猜她那件少说也要一百多块哩。"

"哦,就算是这样,"露轻声说,"我觉得这件衣服也不会让百万富翁上钩。反正如果我比你先找到一个,也不足为怪。"

真要找来一位哲学家才能对两位朋友各自的观点做出正确的裁决。自尊心强和爱挑剔的姑娘情愿站柜台、坐写字间,领取一份勉强可供糊口的工资,而露却截然相反,她在既嘈杂喧闹又令人窒息的洗衣间里乐此不疲来回摆弄着熨斗。她挣的薪水使她的日子过得舒坦安逸;因此她的衣着也越来越讲究起来,以至于她有时会不耐烦地斜视瞥一眼丹所穿的尽管整洁但却价位不高的衣服——丹是那种始终如一、坚持不懈、忠心耿耿的人。

说到南茜,她的情况和成千上万的人一样。丝绸、珠宝、缎带、饰物、香水和音乐,这些上层社会高尚典雅的事物都是为女人准备的,也应有她一份。假如这些事物是她生活的一部分,并且她愿意的话,就让她接近它们吧。她不愿像《圣经》中的以扫①那样出卖自己,她要保留长子继承权,尽管她获得的红豆汤往往十分有限。

南茜找到了属于她的环境,并在这种环境中逐步成长,她的

---

① 以扫,以撒和利百加的长子,雅各的孪生兄弟。有一次劳作归来,饿昏在地,为了喝弟弟熬的红豆汤,就把长子的权利给了弟弟雅各。

心态自信而满足,她吃的是粗茶淡饭,筹划的是物美价廉的衣着。她对女人已经了解,并正在从习性和中意度方面研究作为她猎物的男人。终有一天时机成熟,她会捕捉到所需的猎物,不过她已暗自发誓,这个猎物必须珍奇硕大,为保质保量,她不惜掂斤播两。

所以,她总是把灯擦得雪亮,把火点着,等候迎接如期而至的新郎。

但是,可能是在不知不觉之中她学到了另外一课。她的价值标准开始转换,变化。有时美金的符号在她心目中变得模糊起来,形成一些文字,可拼成诸如"真理"、"尊敬",要么干脆就是"善意"二字。类似的情形让我们联想到一个在一望无际的大森林里搜寻驼鹿和麋鹿的猎手。他来到一处幽静的小溪谷,这里茂密的林木像撑天的巨伞,重重叠叠的枝丫间,只漏下斑点细碎的日影,地势低洼之处长满密密丛丛的草绿的苔藓,一道溪流从脚下潺潺流过,发出叮咚的响声,叫人心静神逸。遇到此情此景,恐怕就连宁录①的长矛也会变钝的。

因此南茜有时不免心生疑虑,那些身穿波斯羔羊皮的人,在他们的心目中是否会始终认可波斯羔羊皮就值市场上标明的售价。

一个星期四的黄昏,南茜下班之后离开商店,穿过第六大街,西行到洗衣店去。她原定约了露和丹一起去看一场音乐喜剧。

当她到达洗衣店时,丹正好从里面出来。丹一脸古怪和紧张的神情。

"我本想来这里打听打听有没有她的消息。"他说。

"打听谁的消息?"南茜问道,"难道露不在这儿吗?"

---

① 宁录,《圣经·旧约》中的英雄猎人,挪亚的曾孙。

"我寻思你早就知道了呢，"丹说，"自周一开始她就没来过这儿，也不在她住的房子里。她把自己所有的东西都搬走了。她告诉洗衣店的一个姐妹说，她也许要去欧洲。"

"有没有谁在别处见过她?"南茜问。

丹嘴角有点下弯，像是咬紧牙关的样子，他用那双灰色的眼睛瞅着南茜，似乎有一股刚强之气。

"洗衣店的人告诉我，"他沙哑地说，"昨天她们看见她乘车从这儿经过。身边坐着一个百万富翁，我想就是你和露一直挖空心思找的那种百万富翁。"

南茜有生以来第一次在一个男人面前胆怯了。她微微发抖的手扯住了丹的袖口。

"丹，你没有权利对我说这样的话——好像我同这事有什么瓜葛似的!"

"我不是这个意思。"丹说话的语气软了下来。说着他开始在衣服口袋里摸索着什么。

"我这里有今晚的戏票，"他说，显得很有灵活的骑士风度，"假如你能——"

对于勇气的表现，南茜总是很钦佩的。

"我愿意和你去，丹。"她说。

三个月后，南茜才重新见到露。

一天黄昏，天色渐渐暗下来了，南茜正沿着一座幽静的小公园的外沿匆匆走在回家的路上。她听到有人在叫她的名字，猛地转身恰好抱住奔过来的露。

她们相互拥抱之后，都向后扬起头，就像两条蛇一样随时准备进攻或者化解和好，成百上千的问话通过她们迅捷的舌头抖动而出。接着南茜注意到露已是今非昔比，裘皮裹身，珠光宝气，浑身上下都是裁缝师傅精湛的艺术杰作。

"你这个小傻瓜！"露亲昵地大声喊着，"我看你仍在那家店铺打工，穿得还是那么衣衫褴褛。你想捕获的那只大猎物怎么样了——如果我没猜错的话，还是一无所获吧？"

然后露仔细打量了南茜一番，从她身上发现了一种光凭财富是买不到的幸福感，她那双宝石般透明的眼睛闪烁着动人的光芒，她那张活泼的笑脸像娇艳的玫瑰在绽放。随着她舌尖轻快的蠕动，大串的话像倒水般倾了出来。

"是的，我仍在店铺里，"南茜说，"不过下个星期我就要离开了。我已经获得了我的猎物——世界上最珍奇的猎物。你不会介意的，对吧？我将要嫁给丹——和丹结婚——丹现在是属于我的——哟，你这是怎么了，露！"

从公园拐角处缓步走来一位面目清秀，新加入警界的年轻巡警——需要不断招募新警察，以便使这支队伍后继有人，至少看上去像是堂堂之阵——他看见一个身披昂贵裘皮大衣，手戴精美钻石戒指的女子伏在公园的铁栅栏上伤心地呜呜咽咽哭个不停，一个穿着朴实、身材苗条的打工女郎正在她身旁竭力安慰她。但是，这个吉布森①画笔下的新式巡警，装出什么也没看到的样子走开了，他生就一副聪明的头脑，很清楚这类情况就他所代表的权力而言，是无可奈何力不能及的，尽管他能用查夜的警棍在人行道上敲得响声震天。

李宝洵　译

---

① 吉布森（1867—1944），美国插图画家，以其妻为模特儿画的《吉布森少女》曾广为流传，著名作品还有《狄更斯的人物》、连环画《皮普先生的教育》等。

钟 摆

"八十一街到了——请让他们下车。"身穿蓝色制服的牧羊人高声喊道。

一伙公民就像羊群一般你推我搡地挤下车去,另一伙公民又像羊群一般你推我搡地挤上车来。丁——当!曼哈顿高架铁道运送牲畜的车厢嘎吱嘎吱地开走了,约翰·珀金斯跟随这伙被释放出来的人群走下了车站的阶梯。

约翰朝他的公寓慢慢走去。慢慢走,这是因为他日常生活的词典中,"也许"这样的词汇是不存在的。对于一个结婚已经两年,生活在公寓的男人来讲,不会有什么惊诧莫名的事在等着他。约翰·珀金斯一边走,一边怀着郁郁寡欢和玩世不恭的心情,预测着这乏味的一天的必然进程。

凯迪会在门口以一记热吻迎接他,吻中飘散着雪花膏和奶油糖果的香气。他会脱去外套,坐在一张简易拼装的长沙发上阅读晚报,报社的铸排机排版真是糟糕,残杀了不少俄国佬和日本人①。晚饭会有炖肉,有加入"保证不损伤皮革"②调料的凉拌色拉,有煨大黄和一瓶草莓果酱,瓶子上的商标言过其实,说本

---

① 这里指一九〇四年至一九〇五年的日俄战争血腥残杀,是人们通过报纸才知道,所以说成报纸杀人。
② 这原是鞋油广告上的用语。

品用料保证纯净。晚饭后,凯迪会让他看碎布缝成的被单上的新补缀,那是送冰人从自己的活结领带的一端剪下来送给她做补缀的。到了七点半钟,他们会把报纸摊在家具上,防备天花板上散落下石灰沙粒,因为住在楼上公寓的胖子开始做健身操了。到了八点整,住在走廊对面那套公寓里的没人预约的歌舞杂耍团成员赫基和蒙尼,会醉眼迷离谵妄昏乱,幻想着哈默斯坦①会主动上门,同他们签下一周五百美元的演出合同,而兴奋得开始掀翻坐椅。接着,通风井对面的那位先生会取出长笛在窗前吹弄,每晚都要泄漏的煤气会逐渐弥漫到大街上去,楼层间运送食物的升降机会从架空滑轮滑出,看门人会又一次把赞诺威茨基夫人的五个孩子赶过鸭绿江,穿着淡黄色鞋子的那位太太会牵着苏格兰种长毛短腿的猎犬下楼,在她的门铃和邮箱上贴上她星期四使用的姓名——想想看,弗罗格莫尔公寓每晚的日常程序将按部就班进行。

约翰·珀金斯知道这些事情肯定会发生。并且他还知道,到了八点一刻的时候,他会鼓起精神拿起帽子,而他的妻子则会以抱怨的口吻唠叨一番:

"喂,约翰·珀金斯,我倒想知道你这是要到哪儿去?"

"我想到麦克洛斯基那儿去,"他会这样回答,"同那伙人打上一两局台球。"

他近来的习惯就是如此。他每晚都打到十点或十一点才回家。有时凯迪已经睡下,有时还在等着他,随时准备在她愤怒的坩埚里把他们婚姻生活锻造的钢链再熔化掉少许镀层。一旦爱神丘比特和住在弗罗格莫尔公寓的受害人一起站在道义的法庭

---

① 哈默斯坦(1846—1919),德裔美国剧院经理。

上对质,他就必须为这样的事负责。

今天晚上,当约翰·珀金斯打开房门时,眼前是一场他生活中从未经历过的惊天巨变。没有凯迪那情义浓浓带奶油糖果味的亲吻。三个房间乱得一塌糊涂,这仿佛是不祥的预兆。她的衣物横七竖八散乱得到处都是。鞋子扔在地板当中,卷发钳、蝴蝶结发带、和服晨衣和香粉盒乱七八糟地堆在梳妆台和椅子上——凯迪可是一向很整洁有序的呀。当他看到她梳子的齿缝里勾着一撮卷曲的棕发,就越发心头不安起来。她一定是遭遇了意想不到的突发事件,才会这样仓皇失措,因为她平时一向把梳下的头发都小心翼翼地收藏在一只蓝色的小瓶里,放在壁炉架上边,等哪天攒足了编成令人羡慕的女用发垫①。

煤气喷嘴上醒目地用绳子吊着一张叠起的纸片。约翰一把抓了过来。那是妻子留给他的短信,上面写着:

> 亲爱的约翰:
>
> 　　我刚收到电报说母亲病得不轻。我将搭乘四点三十分的火车。哥哥萨姆会去火车站接我。冰箱里有冷藏羊肉。我希望这次不是她的扁桃腺炎又发作。记住付六角钱给送奶工人。春天那次她病犯得挺厉害。煤气表的事,别忘了给煤气公司去信,你洗好的短袜放在顶层的抽屉里。我明天再给你写信。草此。
>
> 　　　　　　　　　　　　　　　　　凯迪

结婚两年来,他从未和凯迪分开过一夜。他把短信看了一

---

① 发垫,能制造蓬松效果的头饰。

遍又一遍，仍然像木头一样站在那里，脑子里乱成一片。固定不变的日常生活被打乱，他顿时感到手足无措。

她吃饭时经常穿着的那件红底黑点晨衣软绵绵无精打采地搭在椅背上。匆忙之中她把平日穿的衣服东一件、西一件扔得到处都是。一个装着她爱吃的黄油硬糖的小纸袋丢在那里，包扎绳松开着。一张日报铺在地板上，上面的火车时刻表被剪掉了，留下了一个长方形口子，就像一个张开的大嘴。房间里的每一样东西都象征着一种缺憾，象征着元气的丧失，象征着灵魂与生命的脱离。约翰·珀金斯站在这些毫无生气的遗物当中，心里泛起着一种不可名状的哀伤。

他开始收拾房间，并尽可能地布置得干净整洁。当手碰到她的衣服时，他感到有一股恐惧之感悄悄袭上心头。他从来不曾想过，假如凯迪不在，生活会变成什么样子。她已经完全成为他生活的依恋，就像他呼吸的空气——时刻都不能缺少，但自己竟然一直没有察觉。现在，她没有预先通知就走了，不见了，消失得无影无踪，就好像她从来不曾存在似的。当然这持续不了几天时间，充其量也不过一两个星期，但这对于他来说，就仿佛是死亡之手已向他伸出，威胁着他宁静和谐的家庭生活。

约翰从冰箱中拿出冷藏羊肉，烧好咖啡，坐下来，面对着草莓果酱瓶上保证用料纯净的商标，孤身只影一人用餐。眼前一点点炖肉和调料像掺入茶色鞋油一样的凉拌色拉，似乎都变成了他对逝去的幸福中值得回忆的闪光处。他的家庭已是风雨飘摇。一个患扁桃腺炎的岳母把他的家庭守护神和家财统统赶到了九霄云外。这顿凄凉清冷的晚餐过后，约翰坐到了窗前。

他没有心思抽烟。窗外的城市，灯火璀璨，人声鼎沸，召唤着他出去寻欢作乐。今晚他落得一身轻。不用经过盘问，他就可以放心大胆地外出去拨动欢快的琴弦,像放荡的单身汉那样自由自在。只要他愿意,他就可以开怀畅饮,东游西逛,通宵达旦尽情玩乐,不会看见凯迪怒形于色地等他归来,夺去给他带来欢乐的酒杯。如果他乐意,就可以和他那帮狐朋狗友到麦克洛斯基那儿去打台球,一直玩到黎明的曙光使电灯泡暗淡昏黄。过去当弗罗格莫尔公寓令他感到腻烦时,他总认为是婚姻束住了他的手脚。现在这个束缚松开了。凯迪不在了。

约翰·珀金斯不善于分析自己的情感。但是当他坐在没有凯迪在的这间十二英尺长十英尺宽的客厅里,他便确实无误地找到了引起他烦恼的主要原因。现在他明白了,凯迪对他的幸福来说是必不可少的。枯燥无味的家庭生活一成不变,使得他对凯迪的感情变得麻木迟钝,妻子的突然离去,使浑浑噩噩的他猛然省悟。谚语、说教和寓言不是谆谆告诫我们说:一旦音韵甜美的鸟儿飞走之后,我们才能体会到它歌声的弥足珍贵。难道这不是发自肺腑的金玉良言吗?

"我真是不可救药的笨蛋。"约翰·珀金斯陷入深深的苦思之中。"我真糊涂,怎么能一直这样对待凯迪。每天晚上不是出去打台球,就是和那帮家伙酗酒闹事,根本没有在家好好陪过她。让可怜的姑娘一人留在家里,身边无人宽慰,顾影自怜,我这种做法未免太过分了! 约翰·珀金斯,你是一个自以为是的蠢货。我要让我可爱的姑娘得到补偿。我要带她出去娱乐娱乐。从现在起,我就和麦克洛斯基那伙人彻底断绝关系。"

的确,窗外喧嚣的城市召唤着约翰·珀金斯出去,跟随着莫摩斯①酣畅起舞。此刻,在麦克洛斯基那里,那帮家伙正悠闲地

---

① 莫摩斯,希腊神话中嘲弄与非难指摘之神,夜女神的儿子。

打发着时光,整晚都在玩将球击入球袋的游戏。然而,无论是外面的灯红酒绿,还是球杆击球的喀嚓喀嚓声,都引不起珀金斯的半点兴趣,妻子不在的痛楚更令他心灵上悔恨交加。那个原属于他的,他却不加珍视,甚至是慢待的东西与他失之交臂,现在是多么的心向往之啊!很久以前,有一个名叫亚当的人被天使赶出伊甸园,自怨自艾的珀金斯是不是在步他的后尘呢?

约翰·珀金斯的右手边有一张椅子。椅背上挂着凯迪的蓝色衬衣式连衣裙,多少还能勾画出她的体形轮廓。袖子的中段有几道比较细的皱褶,那是凯迪为了让他过得安逸和快乐而辛勤挥臂留下的痕迹,上面还散发着风铃草的幽香。约翰捧起连衣裙,凝神长久地注视着这件没有任何反应的纱罗织物。而凯迪总是为他牵肠挂肚。泪水——是的,晶莹的泪水盈满约翰·珀金斯的眼眶。一旦她回来,情况一定会有所改观。他要弥补以往他的所有疏忽。失去她,生活还有什么意义?

忽然门"吱"的一声开了。凯迪走了进来,手里拎着一个小背包。约翰吃惊地张着嘴,痴呆地望着她。

"哎呀!回到家来真高兴,"凯迪说道,"妈妈没什么大碍。在车站我见到了萨姆,他说妈妈的病只是一次小小的发作,电报刚发出病就全好了。因此我就搭乘下趟列车赶回来了。我只是真想喝一杯咖啡。"

弗罗格莫尔公寓三楼前端房屋的机械又嗡嗡作响恢复到正常状态,只是没有人听到嵌齿轮的嘎吱嘎吱声。原来是一条传动带滑脱,一根弹簧碰歪了,齿轮一经调整,轮子又继续沿先前的轨道旋转了。

约翰·珀金斯望了望挂钟。正好是八点一刻。他伸手拿起帽子,朝门口走去。

"现在你要到哪儿去,你得让我知道,约翰·珀金斯?"凯迪用抱怨的口吻问道。

"我想到麦克洛斯基那儿去,"约翰回答,"同那伙人打上一两局台球。"

李宝洵　译

最后的一叶

华盛顿广场西边的一小块地区里,街道走向没了规矩,而且还断裂成一小段一小段,故而被人称为"烂地儿"。这片"烂地儿"曲里拐弯,不定哪儿支出一个棱角来。顺着一条街走,你会发现自己竟然拐回来一到两个弯。有个艺术家有一回发现住在这儿也不是没有好处。比方说吧,来了个收油彩、纸张和画布欠款的商人,他绕了半天发现自己又在往回走,竟连一分钱的欠账都没能收到手。

因此,要不了多久,艺术界的朋友都跑到这饶有古风的格林尼治村来了,他们看上了有北窗的房间、十八世纪的山墙、荷兰式的阁楼与低廉的房价。紧接着,他们从第六街旧货铺淘来了一些铁皮茶缸和几只砂锅,"艺术家地区"就这样形成了。

苏伊和乔西的画室就设在一座矮墩墩三层楼砖房的顶楼上。"乔西"是乔安娜的爱称。一个来自缅因州,另一个来自加利福尼亚。她们是在八马路"德尔莫尼柯"吃饭时认识的,两人发现彼此在艺术、生菜、大宽衣袖的观点上,几乎是完全一致,于是便联合租下了那个画室。

那是五月里的事。到十一月,一个冷酷的、肉眼看不见的不速之客,亦即被医生叫作"肺炎"的那位,在艺术区悄悄游荡,用它那冰冷的手指点点这个,戳戳那个。在城市东区,这瘟神可谓肆无忌惮,简直是横扫一大片,不过进入这迷宫般又狭仄又潮湿的"烂地儿"后,它的势头倒是稍稍缓和了一些。

肺炎先生可不是你想象中的那种行侠仗义的老绅士。让加州和风吹拂惯的血气不旺的弱女子本不值得粗暴的老家伙一顾。可是他偏偏选中了乔西;于是她躺倒在自己那张重新油漆过的铁床上,几乎是一动不动,盯看着荷兰式小玻璃窗外隔壁砖房的空墙。

一天早晨,忙碌的医生扬起毛茸茸的花白眉毛,把苏伊叫到过道里去。

"她还有——这么说吧,十分之一的机会,"一面把体温表里的水银往下甩,"那就在于她还想不想活下去了。遇上硬要到殡仪馆门口去排队的人,再好的医术也是枉然。你那位小姑娘料定自己再也好不了了。她心里可有什么想念的吗?"

"她——她是一直盼望有一天能上那不勒斯海湾去写生的。"苏伊说。

"写生——说什么呀!她心里有什么能引她想了还想的事儿?比方说,一个男的。"

"一个男的?"苏伊说,声音都尖得像只小口琴了,"男人哪儿值得她——不,大夫,这样的事儿压根儿没有。"

"唉,那就难了,"医生说,"我是会尽科学之所能,通过我的微薄力量,来尽量做的。可是倘若病人开始估计会有多少辆马车参加她的出殡仪式,那么我只能把治疗的效果打个对折了。要是你能引得她打听冬季大衣时兴什么样式的袖口,那么,我可以向你保证,她痊愈的指数能从十分之一提高到五分之一。"

医生走后,苏伊进入画室,把一块日本餐巾哭成一团纸浆。这以后,她拿着调色板,做出情绪很好的样子走进乔西的房间,一边还吹着口哨,吹的是轻快的拉格泰姆曲调。

乔西躺在被子底下几乎一动不动,脸对着窗户。苏伊以为她睡着了,赶紧停下口哨。

她把画板摆摆稳,开始做一幅钢笔画,那是为一家杂志要登的短篇小说而作的插图。年轻画家必须为铺平自己通往艺术殿堂的道路而画插图,而插图配的正是年轻作家为铺平自己的文学道路而必须为杂志所写的短篇小说。

正当苏伊在画一个穿了条挺帅气的马裤、鼻子上架了副单片眼镜、身段挺拔的爱达荷牛仔时,她听到了一个低低的声音在一次次地重复。她赶紧走到床前。

乔西的眼睛大睁着。她正看着窗子外面,在数数儿呢——是倒着数的。

“十二,”她说,过了一会儿,“十一”;然后是“十”和“九”;然后是“八”和“七”,几乎是连着说出来的。

苏伊关切地看着窗外。有什么东西可数的呀?眼前只有一个光秃秃、灰蒙蒙的院子,二十英尺以外是邻家的砖墙,墙上也是光秃秃的。有一棵极其苍老的常春藤,纠结的根部都已干枯,枝干攀到砖墙的半腰上。秋天的寒风把叶子都吹光了,只有黏附着砖墙的主干上还剩下了为数不多的几片。

“你看什么呀,亲爱的?”苏伊问道。

“六,”乔西说,声音都几乎成了耳语,“它们掉落得越来越快了。三天前差不多有一百片呢。我数得头都晕了。可是现在很容易了。又掉了一片。此刻只剩下五片了。”

“五片什么呀,亲爱的? 告诉你的苏伊呀。”

“叶子。常春藤的。等到最后一片掉落,我也必须得走了。三天前我就心中有数了。大夫没告诉你吗?”

"哦，从来没有谁跟我说过这种傻话，"苏伊装得很不以为然地说，"那些枯藤叶子跟你身体恢复健康能有什么相干？你一向都是那么喜欢这株老藤的，淘气包。别发傻了。对了，今儿早上，大夫告诉我，你很快康复的机会是——让我想想他原话是怎么说的——有九成的希望呢！嘿，这可不比在纽约闹市坐电车或是经过一处新工地还要安全吗。来，喝几口汤，让苏伊再去画画儿，好卖给编辑，弄些钱给她的病孩子买点儿红酒，也给自己买几块猪排解解馋。"

　　"你再也不用买红酒了。"乔西说，眼睛一直盯着窗外。

　　"那儿又掉了一片。不，我再也不想喝什么汤了。就剩四片了。我想在天黑前看到最后的一片落下来。那时候我也要去了。"

　　"乔西，亲爱的，"苏伊说，朝她弯下身子，"你答应我，闭上眼睛，别看窗外，让我把画画完成不成？这几幅插图我明天必须要交的。我需要有光线照亮，否则我早就把窗帘拉下来了。"

　　"你就不能上那个房间去画吗？"乔西冷冷地问道。

　　"我想在这儿陪着你，"苏伊说，"而且我也不想让你老去盯看那些莫名其妙的常春藤叶子。"

　　"你画完就告诉我，"乔西说，闭上了眼睛，脸色惨白，身子一动不动，如同一尊倒下的石像，"因为我等着看最后的那片掉落呢。我等得好累，脑子也想得好累呀。我只想撒手，把什么都松开，往下坠，往下飘，就像一片可怜、疲倦的叶子那样。"

　　"争取睡一会儿，"苏伊说，"我得去叫贝尔曼上来给我当隐居老矿工的模特了。我一分钟就回来。我不在时你别乱动啊。"

　　老贝尔曼也是位画家，住在她们楼下的底层。他已年过六旬，留了部米开朗琪罗雕刀下摩西像那样的卷曲大胡子，脑袋像半人半兽的森林之神,身躯却像个小鬼。他耍了四十年的画笔,却连艺术女神裙裾的边儿都没能摸着。他一直说要着手画一幅杰作,可是这个头永远也开不了。好几年了,除了偶尔涂抹几幅商业广告之外,他什么都没有画出来。他靠给"艺术区"那些雇不起正经模特的年轻画家当模特,挣上几个小钱。他喝酒毫无节制,仍然唠唠叨叨,把自己的那幅杰作说个没完。除此之外,他还是个脾气暴躁的小老头儿,别人心肠太软总会遭到他的轻蔑和挖苦,但他却把自己视为保护楼上那两位年轻女画家的看家猛犬。

苏伊在楼下那个黑乎乎的洞窟里找到了酒气冲天的贝尔曼。屋角一只画架上绷好了一张空白的画布,单等大师落下伟大杰作的第一笔,都已经等了有二十五年了。她告诉贝尔曼乔西现在一脑子的幻觉,还说自己害怕,担心这个有如一片又轻又脆的叶子的姑娘,在跟世界的联系越来越细微的时候,没准真的会飘逝而去呢。

贝尔曼红肿的双目迎风流泪,他对这种白痴式的胡思乱想嗤之以鼻,狠狠地嘲笑了一番。

"什么!"他嚷了起来,"世上真有这种呆子,傻到因为天冷藤叶落地就认为自己该死?真是闻所未闻呀。不行,我没法给你去当什么退休矿工的模特了。你干吗让这种怪念头钻到她的脑子里去呢?唉,可怜的乔西小姐嗳。"

"她病得厉害,人很虚弱,"苏伊说,"发高烧,这使她神志昏乱,产生出种种奇思怪想。好吧,贝尔曼先生,既然你不想当模特,那就算我没说。不过我可得要说你一句,你人岁数不小了,除了要贫嘴,干什么都不地道。"

"絮絮叨叨什么,跟个老婆子似的!"贝尔曼嚷叫起来了,"谁不愿意当模特啦?走,我随你上去就是了。这半天我不是一直在说非常乐于效劳的吗！老天！乔西小姐就算非得生病不可，也应该有个像样点儿的地方躺着养病呀。哪天等我的杰作画出来，咱们一块儿全都搬走。老天爷！就这么定了。"

他们到楼上时，乔西睡着了。苏伊把窗帘一直拉到窗台那里，示意贝尔曼上隔壁房间去。他们在那里朝窗外瞥去，提心吊胆地望着那株常春藤。接着两人对看了片刻，一句话都说不出来。夹着雪花的冻雨很有长劲儿，下个没完。贝尔曼穿着他那件破旧的蓝衬衫，坐在权充是石头的一把翻转过来的水壶上，当他的退隐矿工。

第二天早上，苏伊眯着了一个小时之后醒来，发现乔西瞪大了她那双没有精神的眼，在对着拉下的绿窗帘看。

"拉起来！我要看呢。"她用耳语命令道。

苏伊有气无力地服从了。

可是，看哪！经过了漫漫长夜的风吹雨打，仍然有一片常春藤叶子贴在砖墙上。那是整株藤的最后一片叶子了。靠近叶柄处仍然是深绿色的，但那锯齿形的叶子边缘已经枯萎发黄，它傲然地挂在离地面有二十来英尺的一根藤枝丫上。

"就是那最后的一片，"乔西说，"我原以为昨夜一定会掉落的呢。我听见刮风来着。不过它今天必定会掉了，到时候，我也要死了。"

"说什么呀！"苏伊说，把自己那张困倦憔悴的脸往乔西的枕上贴过去，"你不为自己想，也得为我想想呀。你叫我怎么活下去呢。"

可是乔西没有回答。世上最凄苦孤独的莫若是一颗准备好奔赴神秘、长途的死亡之旅的心灵了。在她与友谊、尘世的联系一个跟着一个地脱落时，她的狂想便变得越来越强烈执著了。

那一天总算是熬过去了,即使在冥冥暮色中,她们也能见到孤单单的那片叶子仍然与茎枝相连紧贴在墙上。随着夜晚的到来,朔风再次怒号,急雨复又拍打着玻璃窗,并从低垂的荷兰式屋檐上倾泻下来。

天色刚明,毫不留情的乔西便下令把窗帘拉起来。

那片常春藤叶子仍然在那儿。

乔西盯看着它,躺了好久。然后她喊苏伊,苏伊正在煤气炉前搅动为病人炖的鸡汤。

"我真是个坏女孩,苏伊,"乔西说,"是天意让那片最后的叶子留在那儿,以显示我一直是多么的邪恶。不想活下去,这可是有罪的呀。你现在可以端碗鸡汤给我了,还要一杯牛奶,往里兑上点儿红酒,还有——不,不如先把镜子递给我吧;再帮我把枕头垫垫高,我想坐起来看着你做饭。"

过了一个小时,她说:

"苏伊,我希望有一天能上那不勒斯海湾去画画儿。"

下午,医生来了,他离去时,苏伊找了个借口跑到过道上去。

"有五成希望了,"医生说,一边握住了苏伊那细瘦颤抖的手,"好好护理,你会成功的。现在我得去看楼下的另外一个病人了。贝尔曼,他的名字是——听说也是个什么画家,得的也是肺炎。他是个老人,很虚弱,病势又来得很猛。治好怕是没有指望的了,不过今天得送他进医院,可以照顾得周到一些。"

第二天,医生对苏伊说:"她脱离危险了。你成功了。营养和护理——有这两样就解决问题了。"

那天下午,苏伊来到乔西的床前,只见她在安详地织着一条蓝颜色很刺眼谁也不会用的披肩,苏伊用一只胳膊搂着她的肩膀,把枕头什么的全都抱了进去。

"我有几句话要跟你说说,小白耗子,"她说,"今天,贝尔曼先生因为肺炎在医院去世了。他得病才不过两天。头一天早上,看门人发现他在楼下房间里很不舒服,旁边也没人照顾。鞋子、衣服全湿透了,冰凉冰凉的。谁也想不明白,这样一个风雨交加的夜晚他上哪儿去了呢。后来,他们发现了一盏灯笼,火还没有烧尽,一把梯子,从原来放的地方给拖开去了,还有几支散乱的画笔和一块调色板,调了些黄黄绿绿的油彩,而且——你往窗子外面看呀,亲爱的,墙上那片最后的藤叶。你没觉得奇怪吗,刮风的时候,它怎么从来也不翻一翻,不动一动?啊,亲爱的,那是贝尔曼的杰作——就在最后一片叶子落下的那个夜晚,是他,把它画在那儿的。"

李文俊　译

二十年后

　　值班警察煞有介事地一路巡视过来。这种煞有介事的样子只是出于职业习惯，并非故弄玄虚、招摇过市，因为街上的观赏者寥寥无几。晚上十点刚过，夹杂着雨腥味儿袭来的寒风便把街上的行人驱逐殆尽了。

　　这位警官身材魁梧，态度忠勤又略显傲慢，一个典型的平安卫士的形象。只见他边走边变换着花样儿舞弄手中的警棍；每走过一扇门，他都要试着推一推，看是否已经关好；还时不时地扭头朝平静的街面投去一道警戒的目光。这一带的居民有早睡的习惯。你或许偶尔能发现一家烟铺或一家昼夜便餐馆仍亮着灯，但大多数商家早就关张闭户了。

　　在一个街区的中段位置，警察突然放慢了脚步。只见一个男人嘴里叼着一根尚未点燃的雪茄，靠在一家漆黑的五金商店门口。警察径直朝他走过去，那人见状赶紧开口说话。

　　"没事，警官先生，"他向警察保证道，"我只是在等一个朋友。这是二十年前约定好的。这事听起来有点怪，是吧？哦，要是你想弄个明白，我就给你解释解释。也是二十年前，在这个商店的位置有过一家饭店——'大老乔'布雷迪饭店。"

　　"五年以前还在，"警察说，"后来就拆掉了。"

　　站在门口的那个人划燃一根火柴，点着了雪茄。火光照见他有个方下巴，面色苍白，目光锐利，右眉边有一道发白的伤痕。

他的领带上竟别着一个样子奇特的大钻石夹针。

"二十年前的这个晚上,"那人说,"我同我最要好的朋友,也是世界上最优秀的小伙子吉米·维尔斯,就在这儿的'大老乔'布雷迪饭店一起吃饭。他和我都是在纽约长大的,像亲兄弟一般,整天形影不离。那时我十八岁,吉米二十岁。第二天一早,我就要动身到西部去闯荡。你休想把吉米从纽约拽走;他认为纽约是世界上唯一的好去处。于是,那天晚上我俩约定,二十年后还要在当日当时到这个地方来见面。到时候不管日子过得如何也不管距离有多远,我们都必须按时赴约。我们那时想,二十年过去之后,无论幸与不幸,两个人应该能够将各自的命运揭晓了。"

"听起来挺有趣儿,"警察说,"不过对我来说,两次相会间隔的时间未免太长了。自从你离开这儿以后听到过你朋友的消息吗?"

"哦,当然。有一段时间我们互相通信,"另一个说,"但一两年后联系就中断了。你知道,西部可是个内涵丰富的大地方,我在那里东奔西走,生活一直动荡不安。但是我知道,只要吉米还活着,他就一定会来这儿和我见面的,因为天底下数吉米这老家伙最讲信用、最忠实可靠了。他绝不会忘的。我是从一千英里以外赶来的,就是为了今晚能够按时站在这个门口。这一趟真是太值得啦,要是我的老伙计也能赶到的话。"

那个候友的人掏出一块漂亮的怀表看了看时间,表的盖子上镶着许多颗小粒钻石。

"十点差三分,"他说,"当年我们在饭店门口分手的时间是十点整。"

"你在西部混得相当不错,是吧?"警察问道。

"当然了!吉米混得能有我一半好就行。他这个人干什么都只会傻卖力气,不过他是个好人。而我在发财的过程中不得不同一些最精明的人尖子打交道。生活在纽约的人个个都安分守己,墨守成规。但是到了西部,你就处在风口浪尖上了。"

警察转弄了一下警棍,向前踱了一两步。

"我得去干我的事了。希望你的朋友顺利到来。非得要求他准点到不可吗?"

"才不呢!"另一位说,"我至少要多等他半小时。只要吉米还活在世上,这段时间他准能到达。走好,警官。"

"晚安,先生。"警察说,随后继续沿着他的巡逻路线向前走去,沿途仍旧不断地试推各家的大门。

天上下起了细蒙蒙的冷雨;先前飘忽不定的风此时也稳定下来,一个劲地猛吹着。马路上只偶尔有一两个本区的居民匆匆走过,他们都把头埋进高高竖起的大衣领里,手插入口袋,神情忧郁,默不作声。五金店门前,那个人依然站在那里,吸着雪茄耐心地等待着。为了履行一个毫无把握、近乎荒唐的约定,他不远千里从西部赶来,来和他青年时代的朋友会面。

大约过了二十分钟,一个身穿长大衣、衣领竖到耳朵上的高个子男人匆匆穿过马路,径直朝这个候友的人走来。

"是你吗,鲍勃?"他迟疑地问。

"你是吉米·维尔斯?"门口那一位惊叫道。

"谢天谢地!"新来的那一位也嚷起来,同时紧抓住对方的双手。"正是鲍勃,一点儿不错。我知道,只要你还活着,我就能在这儿见到你。哈哈哈!——二十年真够长的。老饭店不在了,鲍勃;我真希望它还在,那样我们就可以在这儿再吃一顿了。西部待你如何呀,老家伙?"

"好极啦!我想要的东西它都给了我。你可变了不少,吉米。我真没想到你个子这么高了,长了有两三英寸。"

"唔,过了二十岁我又长了点儿。"

"在纽约过得还好吧,吉米?"

"马马虎虎。我在市公务部门谋了个差事。来鲍勃,咱们去一个我熟悉的地方,好好叙叙旧。"

二人臂挽着臂上了路。从西部来的那一位按捺不住成功的骄矜,开始绘声绘色地讲述起他的发迹史来。另一位则缩在大衣里,饶有兴致地听着。

前面街角处有一家亮着电灯的药店。二人刚一走到那儿,便同时扭过头去,借着亮光打量对方。

来自西部的那一位突然停住,松开胳膊。

"你不是吉米·维尔斯,"他愤然道,"二十年的确很长,但还不至于把一个人的高鼻梁变成塌鼻梁。"

"但有时能把一个好人变成一个坏人。"那位高个子说。"你已经被捕十分钟了,'老滑头'鲍勃。芝加哥方面认为你可能已经溜到我们这边来了,就给我们打来电报,说他们想找你谈谈。识趣的话就跟我走,别声张,怎么样? 对啦,临去局子里之前先给你看一张便条,那是人家托付我交给你的。你可以凑近橱窗念一念。是巡警维尔斯写来的。"

从西部来的那个人接过一张小纸条打开来看。开始他的手还拿得很稳,可一看完就有些颤抖了。条子写得相当简短。

鲍勃:

　　我按时到达了约定地点。

　　当你划亮火柴点雪茄的时候,我发现你正是那个被芝加哥方面通缉的人。不知道为什么,我不能亲自下手。所以我又离开那儿,找了一位便衣警探来执行这项任务。

　　　　　　　　　　　　　　　　　　吉米

石向骞　译

120

索利托的健康女神

　　如果你对拳坛赛事一直很关注，那么你就会记起九十年代初的这么一件事：一个卫冕冠军和一个"冠军挑战者"在国境界河的外国一侧交了手，结果比赛只打了一分零几秒就结束了。这么短暂的比赛没能让人看到真正的比赛所应有的激烈对抗。报道人员极尽其能事，但不论怎样地夸大其词，有关赛况的报道内容仍少得可怜。卫冕冠军轻而易举地击败了对手，转过身去冲观众只说了一声"我让这具僵尸领教够了"，就把桅杆似的胳膊一伸，让人替他摘下拳套。

　　由于这件事，整整一火车穿着漂亮马甲、打着花式领结的男人，赛后第二天一大早就在圣安东尼奥火车站懊恼地从他们乘坐的普尔门式车厢里涌出来。也由于这件事，"蟋蟀"麦克奎尔倒了霉，他跌跌撞撞从车上下来，一屁股坐在站台上，一阵圣安东尼奥人非常耳熟的激烈咳嗽几乎使他支持不住了。这时，在迷幻的晨光中，走过来纽西斯县的牛场主柯帝斯·雷德乐，他的身形量一量的话不会低于六英尺二。

　　这位牛场主这么早出来是为了赶南行的火车回农场去。他在那位体育灾民身边停下来，操着当地口音拖着长声和善地问道："情况严重吗，伙计？"

　　"蟋蟀"麦克奎尔，这位次轻量级职业拳击手，赛马预测人，骑师，赛马迷，赌斗全能和各种骗术的行家里手，听到"伙计"这个不客气的称呼后,好斗地抬起了眼睛。

"走开,"他嘶声说,"电线杆。我可没叫你来这儿。"

又一次猛咳袭击了他,他蹒跚着走过去,就近靠在一只行李箱上。雷德乐耐心地等待着,同时扫视着挤满站台的白礼帽、短大衣和粗雪茄们。"你是北方人,对吧,伙计?"等对方透过一口气来时他问道。"来看比赛?"

"比赛!"麦克奎尔嚷起来。"抢墙角游戏罢了!简直是一针皮下注射。给他一拳他就像是注射了一针麻醉剂一样躺倒死过去了,地上连树皮粉都不用铺。这算什么比赛!"他咯了咯嗓子,咳嗽着继续说;他不见得是在对牛场主说话,只是想倒出心中的烦恼。"没有比这再板上钉钉的事了。可现在完了;就是拉塞·塞奇①来了,他也会抓住这个机会的。我以五赔一下注押到从科克来的那个家伙身上,但他没能坚持三个回合。我连最后一分钱都押上了,我都闻到第三十七街吉弥·德莱尼昼夜酒馆里垫酒箱的锯末味儿了,我正准备买下它呢。可是——唉,我说电线杆儿,把所有的钱全部一次下注的人该有多蠢!"

"你的话太对了,"大个儿牛场主说,"尤其是输光了的时候。老弟,站起来,去找一家客店住下吧。你咳嗽得挺厉害。时间很长了吗?"

"肺病,"麦克奎尔自知地说,"我得了肺病。医生说,我这样下去只能挺六个月——也可能一年。我想安顿下来好好治一治。这也许就是我为什么要以五赔一下注赌一赌的原因。我攒了一千块现钱。如果我赢了,我就买下德莱尼的酒店。谁会想

---

① 拉塞·塞奇,原文为 Rus Sage,应指美国金融家、众议员(1852—1857)拉塞尔·塞奇(Russell Sage,1816—1906),此人以经营股票和投资铁路、银行致富。

到那个该死的在第一回合就躺下了呢——你倒说说看？"

"事情不顺利，"看着麦克奎尔那蜷缩着靠在行李箱上的单薄身子，雷德乐评论道。"不过你还是应当去旅店休息休息。那边有曼杰旅馆、马维利克旅馆，还有——"

"还有五马路旅馆和瓦尔道夫·阿斯多利亚旅馆。"麦克奎尔模仿着他的口气揶揄道。"我跟你说过，我破产了。我成了叫花子。我就剩下一个小钱了。也许去欧洲旅行，或者乘我的私人游艇去航海更适合我——报纸！"

他把一毛钱扔给一个报童，买了份《快报》，往行李箱上一靠，心神立刻就贯注于与他的滑铁卢之败有关的添枝加叶的报道中去了。

柯帝斯·雷德乐看了看他的大金表，把手搭在麦克奎尔的肩上。

"跟我来，老弟，"他说，"再过三分钟我们就得上火车了。"

看来，挖苦人是麦克奎尔的天性。

"一分钟以前，我跟你说过我破产了；这一阵儿你没见我捞进筹码，也没见我时来运转，对吧？朋友，要走你自己请便吧。"

"到我的牧场去，"牛场主说，"呆在那儿直到病好了为止。不出六个月就让你康复如初。"他一只手抓起麦克奎尔，半拖着他朝火车走去。

"那么钱呢？"麦克奎尔说，想挣脱又力不从心。

"什么钱？"雷德乐迷惑不解地问。他们你看着我，我看着你，可互不理解。他们的接触就像斜齿伞式齿轮——直角啮合，向两个轴向运转。

在开往南方的火车上，看着这两个格格不入的人坐在一块儿，乘客们都觉纳闷。麦克奎尔身高五英尺一，长得既不像横滨

123

人又不像都柏林人。亮亮的圆眼睛,刀瘦脸尖下颏,疤痕满脸,一副凶狠又百折不挠的样子,这一切都使他看上去像一个大黄蜂式的格斗士。这种人让人既熟悉又陌生。雷德乐却是不同土壤中的产物。六英尺二的身高,肩宽背厚,其坦率真诚又明澈似小溪,这种类型代表着西部和南部的结合。很少有人能描绘出他这种人的艺术形象来,因为艺术展台太小,而且电影在得克萨斯尚鲜为人知。描绘雷德乐这类人的肖像唯一可能的媒介就是壁画——雕在高处,形式质朴,材料凝重,周边没有框子。

他们沿国际干线向南疾驰。广袤的绿色草原上,远处浓密的树丛不断地在眼前展开来。这就是牧场;是统辖牛群的帝王的领地。

麦克奎尔堆缩在座位的一角,带着百般的疑虑听牛场主谈话。把他带走的这个大个子葫芦里究竟卖的什么药呢?积德行善?麦克奎尔尚不敢这么猜测。"他不是农民,"这位俘虏想,"他也肯定不是骗子。它搞的什么鬼呢?卷进来就卷进来吧,蟋蟀,看他还能打出什么牌来。只管走着瞧好了。你身上只有一个铜子儿和重度肺病,你最好不动声色。不动声色,看看他的鬼把戏究竟是什么。"

他们在距圣安东尼奥一百英里的林康站下了车,又坐上等在那儿来接雷德乐的四轮马车。从车站到目的地那三十英里他们就是坐着这辆马车走的。这段行程足以令刻薄的麦克奎尔心头涌起被绑架和为自己赎身的意念了。平稳流利的车轮滚过一片令人赏心悦目的大草原。那对儿西班牙种小马轻快地不知疲倦地一溜小跑着。偶尔,它们也撒撒欢儿,放开四蹄飞奔一阵。空气中飘散着草原野花的芳香,吸一口空气,就像喝了美酒甘泉,一股香甜沁入心脾。道路消失了,四轮马车像是在一片航海图上未标明的绿浪翻滚的草海上游弋,由富有经验的雷德乐掌舵;对他来说,每一簇远处的小丛林都是一个路标,每一片起伏的小山包都标志着方向和距离。可是麦克奎尔却仰身靠着车厢,眼睛看到的只是一片荒野,带着阴郁的疑惑接受这位牛场主的运载。"他想干什么?"这个疑问是他的思想包袱;"这个大家伙得了什么金砖宝货去卖吗?"麦克奎尔只能用他惯常走的城市街道的尺度来衡量地平线和苍穹下的四野。

　　一周前在草原上骑马驰骋时,雷德乐发现一只被遗弃的病牛犊在乱跑乱叫。他没下马就把这不幸的小东西抓上马鞍,带回来丢在牧场场院的地上,让几个伙计来照顾它。麦克奎尔不可能知道,也不可能理解,在牛场主的眼里,他和这个小牛犊一样需要帮助。一头牲畜害了病无人照管;而他有力量给予帮助——这就是牛场主采取行动的基本动因。这些构成了他的逻辑体系和信条。麦克奎尔是第七个雷德乐凑巧在圣安东尼奥碰到并带回来的病人。据说那个城市狭窄的街道上空弥漫着有益健康的空气,成千上万人便拥到那里去呼吸。他们当中有五人曾到索利托牧场做客,直到疾病被治愈或大有好转,才感激涕零地离去。一个来得太迟了,但终归安详地长眠于花园中的拉塔马树下了。

　　所以,当四轮马车载着这个虚弱的被保护人飞驰到门口,雷德乐像抓一团破布似的把他提起来放在走廊里的时候,牧场里的人们并不感到意外。

　　麦克奎尔打量着周围陌生的事物。牧场的院落是当地最好的,砌房的砖是从一百英里以外运来的。不过房子都是平房。四个屋子外面围有泥土地面的回廊。堆放着的马具、狗具、马鞍、马车、枪支和牛仔们的装备,让这位大都市来的落魄运动家

125

看着很不顺眼。

"好啦,我们到家了。"雷德乐高兴地说。

"这是个,咳,咳,鬼地方。"麦克奎尔马上回嘴道,一阵咳嗽憋得他在走廊里满地乱滚。

"我们会为你安排舒适的,兄弟。"牛场主和气地说。"屋里的条件并不好;不过对你最有好处的是屋外的旷野。你就住里面这间屋。有什么要求只管提,我们会尽力的。"

他领着麦克奎尔走进最东头的房间。地面是光秃秃的地板,很干净。海湾的风透过敞开的窗户吹得白色窗帘来回摆动。屋子中央摆着一把柳条大摇椅,两把直背椅子,一张长条桌,桌上堆着报纸、烟斗、烟叶、马刺和子弹袋。墙上挂着几只制作得很好的鹿头和一个硕大的黑野猪头。一张宽大的帆布凉床摆在一个墙角。在纽西斯县的人看来,这间客房足以接待王子。可是麦克奎尔却只是朝它撇撇嘴。他掏出那枚镍币,旋转着抛向天花板。

"你以为我说自己没钱是在撒谎,是吗? 哎,愿意的话,你可以搜我的身。这是金库中最后一枚啦。谁来付账呀?"

这位牛场主清澈的灰眼睛从灰色的眉毛下面凝视着那位客人越橘果般的眼睛。过了一会儿,他率直又不失礼节地说:"要是你不再提钱的事,就太谢谢了,兄弟。一次就足够了。被我带到农场来的人什么钱也不用花,他们也很少有人提到付钱。还有半小时晚餐就准备好了。水壶里有水,走廊上挂着的红水罐里有更凉一些的,可以喝。"

"铃在哪儿?"麦克奎尔四处寻觅着问。

"要铃干什么?"

"用铃召唤人给我拿东西。我可不能——瞧吧,"他突然用虚弱的怒腔吼起来，"我根本没让你把我带到这儿来。我从没拦住你要过一分钱。我从没主动开口跟你说过我的倒霉事，是你先问我的。在这儿我离旅店招待和鸡尾酒五十英里远。我有病，我动不了。见鬼！走着瞧吧！"麦克奎尔扑到床上，浑身颤抖着抽噎起来。

雷德乐走到门口去喊人。一个二十来岁，细长身材，精神饱满的墨西哥青年很快走过来。雷德乐冲他讲着西班牙语。

"伊拉里奥，我说过，到了今年秋天的牛市季节，给你在圣卡洛斯那边安排一个赶牛的差事。"

"是的先生，谢谢你的好意。"

"听着，这位先生是我的朋友。他病得很重。我把你安排在他身边。一切听他的吩咐，小心侍候他。等他病好了，或者——嗯，等他病好了，我就让你当皮德拉斯牧场的工长，那不更好吗？"

"谢谢，谢谢——你真是太好了，先生。"伊拉里奥感激得要跪下去谢恩，但牛场主却慈爱地踢了他一脚，喝道："别像个小丑似的。"

十分钟后，伊拉里奥从麦克奎尔的屋子里出来走到雷德乐面前。

"这位小先生，"他嘟哝着，"向您致意（这种说法是雷德乐给伊拉里奥立下的规矩），他想要些碎冰，洗个热水澡，喝加柠檬的杜松子酒，窗子全都关上，烤面包，剃须刀，一份《纽约先驱报》，香烟，还要发一封电报。"

雷德乐从他的药柜里拿出一瓶一夸脱的威士忌酒。"给，把这个给他。"他说。

这样，他就开始在索利托牧场作威作福起来。最初的几周，各处的牛仔纷纷从好几英里外骑马赶来一睹雷德乐新带来的这位高客的尊容,麦克奎尔则在牛仔们面前自吹自擂,摆臭架子。对他们来说,他绝对是一个稀罕人物。他向他们吹嘘讲解拳击错综复杂的诀窍,以及躲闪腾挪的技巧。还大谈职业运动员不检点的生活。他使他们开了眼。他的那些行话和切口不断引起他们的欢笑和惊奇。他的手势,他的奇特表情,他那赤裸裸的下流口头禅和讲话方式,都使他们着迷。他仿佛是个天外来客。

说来也怪,他所进入的这个新环境对他没有丝毫影响。他是个十足的砖灰筑成的顽固的自我主义者。他觉得自己一时隐退到一个空间,那里的一切只是人们在听他讲回忆录。无论是牧场白天的无限自由,还是关门闭户后星光灿烂的夜晚那彻底的宁静,都不能触动他。霞光的全部色彩也不能把他的注意力从体育报刊的粉红色页面中吸引开。"不劳而获"是他生活的准则;"第三十七街"是他奋斗的目标。

来到这儿将近两个月以后,他开始抱怨说,他感觉身体越来越糟。就是从那时起,他变成了农场的梦魇,贪婪鬼和心魔①。他把自己关在屋里,像一个恶毒的妖精和一个泼妇一样,整天大呼小叫,呻吟,咒骂,抱怨。他抱怨的基调是说有人不由分说把他诱骗到这个鬼地方来了;他因为受到怠慢和缺乏舒适条件简直委屈得要死了。他总是声称自己病情加重了来吓唬人,但别人看不出他有什么变化。他那双小葡萄粒般的眼睛仍旧和以前一样又亮又凶;他的声音仍旧那么刺耳;那张本来就没有什么肉的冷脸上皮肤像鼓面一般紧绷绷的,更是看不出有消瘦的迹象。

---

① 心魔,原文为"Old Man of the sea",本是《天方夜谭》中骑在辛巴达身上老是逼他涉水的海边老人。

128

每天下午他那凸起的颧骨上都泛起两片潮红,说明用体温表查一查就会揭示出某种症状来,或者做一次胸部叩诊就能判断出麦克奎尔在用一只肺叶呼吸。但是,他的外表保持未变。

一直看护他的是伊拉里奥,工长头衔这个日后的奖赏一定大大地激励着他,他这才勉强在麦克奎尔把他拉进的苦海里熬着。新鲜空气是这个人救命的唯一希望,但他竟指使人关紧窗户,拉好窗帘,把它关在外面。吸烟使得室内空气总是呈污浊的青蓝色;无论是谁,只要走进他那间呛人的屋子,就必须强忍着坐下来,听这个小无赖无休止地吹嘘他那并不光彩的经历。

最让人纳闷的是麦克奎尔和他的救助人之间的关系。这位病人对牛场主的态度就好像一个坏脾气的任性孩子对待溺爱他的父母一样。雷德乐离开牧场的时候,麦克奎尔就没好气地闷声不语。雷德乐一回来,又会遭到他一通猛烈的臭骂。雷德乐对他所救助这个人的态度也相当令人费解。牛场主居然愿打愿挨地充当起了麦克奎尔那肆意的谩骂所指派给他的角色——一个专制的霸主和万恶的暴君的角色。看来他认为自己对那家伙的境况负有责任,所以他总是心平气和地,甚至歉疚地宽忍对方无休止的谩骂。

一天,雷德乐对他说:"多呼吸点新鲜空气,兄弟。如果你乐意,可以坐马车再带个车把式出去走走。到一个放牛的营地去试一两周吧。我可以把你安排得更舒服些。大地,还有那儿的空气——这些才是能为你治病的东西。我认识一个费城人,病得比你重,在瓜达鲁动不了了,就跟牧羊营里的人在草地上睡了两星期。嘿!老兄,就这样,他竟开始好转了。靠近大地——那里的空气中就有药。现在,试着骑骑马吧。这儿有一匹驯顺的小马——"

"我哪里得罪你了吗?"麦克奎尔嚷道。"我坑骗过你吗?我求你把我带到这儿来了吗? 要把我赶出你的牧场就赶好啦;要不就一刀子捅死我,省得麻烦。骑马! 我连脚都提不起来。我迈不开步子,连个五岁的孩子都抵不住。这都是你的牧场为我干的好事。这儿没的好吃,没的好看,没有人可交谈,只有一群野人土包子,蠢得连练拳吊袋和龙虾色拉是什么玩意都不知道。"

"的确,这儿是一个偏僻的地方。"雷德乐带着歉意解释道,"这儿不是弄不来东西,但我们简朴惯了。你想要什么只管说,弟兄们会骑马给你弄来的。"

查德·墨其逊,一个负责放牧圆圈横条标记牛群的牛仔,第一个提出麦克奎尔的病是假装的。查德从三十英里以外给麦克奎尔带来一筐葡萄,还多绕了四英里路。在那烟雾腾腾的房间呆了一会儿后,他溜出来直截了当向雷德乐道出了心中的疑惑。

"他的胳膊,"查德说,"硬得像钻石。他教我用所谓的下捣拳打什么洋神经丛①,挨他一下就好像让野马踢了两蹶子。说白了,他在跟你玩花招儿,先生。他绝对比我更没病。真不想说,可是这小畜生在这儿蒙人呢。"

牛场主诚挚的心胸拒绝接受查德的看法,即使后来他为他的病人做体检时,其动机也不是出于怀疑。

一天,大约中午时分,有两个人骑马来到牧场,下了马,把马拴好,然后进来吃午饭。敞门待客是当地的风俗。其中一个是圣安东尼奥的名医,一位富有的牧场主因为枪走火被打伤了,出

---

① 洋神经丛,指打心窝部位。此处查德误将麦克奎尔说的"solar plexus"(太阳神经丛)说成了"shore – perplexus"。

高价聘他来治疗。现下人家送他从这里去火车站，好坐火车回城里去。饭后，雷德乐把他叫到一边，往他手里塞了一张二十美元的钞票，说：

"大夫，那间屋子有个小伙子，我猜是得了很重的肺病。我想请你给他检查一下，看有多严重，我们好知道能为他做点什么。"

"我刚刚吃的这顿饭要多少钱，雷德乐先生？"医生从眼镜上框向外翻着眼睛，直爽地说。雷德乐把钱塞回自己口袋。医生马上走进麦克奎尔的房间，牛场主自己却坐在走廊里的一堆马鞍上，一旦情况不妙，他就要自责了。

十分钟后，医生松快地大步走出来。"你的病人，"他立即就说，"像一张新钞票一样健全。他的肺比我的还好。呼吸，体温，脉搏，都正常。胸扩四英寸。没有任何虚弱的迹象。当然，我没检查结核杆菌，不过绝不会有。这个诊断我完全打保票。吸烟和房间狭小都不要紧。他咳嗽？好，你告诉他没有必要。你说怎么给他治一治。好吧，我建议你让他去打木桩，或者去驯服野马。人家在等我走呢。再见，先生。"然后，医生像一阵爽人的劲风疾驰而去。

雷德乐伸手从篱笆边的一棵牧豆树上摘了一片叶子，放在嘴里若有所思地嚼着。

给牛群打烙印的季节在即。第二天早晨，牛队的总头目，罗斯·哈基斯在牧场召集起他的二十五个人手，准备启程去圣卡洛斯那边开始干活。六点钟，马已经全部备好鞍，马车也已安排就绪，牛仔们纷纷踏镫上马，这时雷德乐止住了他们，要他们等一等。一个伙计牵着另一匹鞍辔齐整的小马来到门口。雷德乐走到麦克奎尔的房前，猛地推开门。麦克奎尔正躺在床上抽烟，连衣服还没有穿好。

"起来!"牛场主说,他声音清晰而响亮,像军号一样。

"怎么了?"麦克奎尔有点吃惊地问。

"起来,穿好衣服。我可以容忍一条响尾蛇,但是我最恨说谎的人。还用我再说一遍吗?"他揪住麦克奎尔的领子,拖他站直在地上。

"我说,伙计,"麦克奎尔狂喊着,"你疯啦?我正害病呢——知道不知道?激烈运动会让我死的。我哪里把你得罪了?"——他又开始发起那套牢骚来——"我从来没让你——"

"穿好衣服!"雷德乐的嗓门越来越高。

赌咒发誓,打着趔趄,哆哆嗦嗦,睁着吃惊的亮眼睛看着被激怒的牛场主那副吓人的模样儿,麦克奎尔磨蹭着披上了衣服。随后,雷德乐提着他的衣领,使劲把他推到屋外,带他穿过院子来到拴在门口的那匹马跟前。那些牛仔们随便地斜倚在马鞍上,张着嘴看热闹。

"把这个人带上,"雷德乐对罗斯·哈基斯说,"让他干活儿。让他使劲干活儿,使劲睡觉,使劲吃饭。你们这帮家伙知道,我对他尽了力了,他受到了款待。昨天,圣安东尼最棒的医生给他做了检查,说他长了一副小驴的肺和一身小公牛的骨肉。你知道该怎么对待他,罗斯。"

罗斯·哈基斯只是发狠地笑着。

"好啊,"麦克奎尔盯着雷德乐,脸上带着一种奇特的表情,"大夫说我没病,对吧?说我是装病,对吧?是你故意把他给我找来的。你认为我没有病。你说我是个骗子。喂,朋友,我说话粗鲁,这我知道,可我多半是无心的。如果你换了我的话——见鬼,我忘了——我没病,医生说的。好了,朋友,现在我去为你干活儿。你玩得很公平。"

他像鸟一样轻盈地飞身上马,从鞍头拿下马鞭,扬起来往马身上就抽。"蟋蟀",这个昔日霍索恩赢得过赛马"好汉"奖的人——当时的赔率是十赔一——如今又把他的脚踩在马镫上了。

众人向圣卡洛斯驰去,麦克奎尔一马当先,牛仔们在他后面扬起的尘土中紧紧追赶,并为他喝彩欢呼。

但是,不到一英里,他就开始落后了。当他们驰到马圈附近那片高高的树丛边上时,他成了最后一个。在一丛树后面,他勒住缰绳,用手帕捂住嘴。拿开时,手帕上已浸透了鲜红的动脉血。他悄悄地把它扔进了一簇仙人果中。然后,又扬起马鞭,对那匹吃惊的小马嘶哑地吆喝了一声"快走",继续在马队后面飞奔。

那天晚上,雷德乐收到了从阿拉巴马州他的老家寄来的一封信。家里死了一个人;有一份遗产要分,叫他回去一趟。天亮后,他坐着四轮马车,穿过牧场去了车站。他回来时,已经过去两个月了。回到场院,他发现除了他不在时充当管家的伊拉里奥之外,里面空荡荡的。这个年轻人向他一五一十细致地汇报了他走之后这里的工作。他得知那个打烙印的营地仍在干活。由于发生了多起严重的风暴,牲畜都跑散了,打烙印的工作虽一直在干着,但进展缓慢。这个营地现在扎到瓜达鲁峡谷去了,离这儿二十英里。

"顺便问一句,"雷德乐突然记起了什么,"我交给他们的那个家伙——麦克奎尔——他还在干活吗?"

"我不知道,"伊拉里奥说,"烙印营的人到牧场没来过几次。收拾小牛的工作那么忙。他们没说起过。噢,我想那家伙,麦克奎尔,早就死了。"

"死了!"雷德乐叫道。"你说什么?"

"这家伙病得不轻,麦克奎尔。"伊拉里奥耸了耸肩回答。"离开这儿之后,我想他活不上一两个月。"

"荒唐!"雷德乐说。"他把你也给骗了,对吧?大夫给他检查过,说他像豆树疙瘩一样结实。"

"那个大夫,"伊拉里奥笑着说,"他是这样告诉你的?那个大夫没给麦克奎尔看病。"

"说说清楚,"雷德乐命令着,"你搞的什么鬼名堂?"

"麦克奎尔,"那小伙子平静地说,"在大夫进屋的时候,去外面取水喝了。那个大夫抓住了我,用手指在我这儿敲了又敲,"——他把手放在胸前——"我不知道为什么。他把耳朵贴在这儿和这儿听——我不知道为什么。他把小玻璃棍放进我的嘴里。他在这个地方摸我的胳臂。他让我像说悄悄话一样小声念数——这样——二十,三十,四十。谁知道,"伊拉里奥最后无奈地把手一摊,"医生为什么开这种玩笑,做这种事?"

"哪匹马能骑?"雷德乐急促地问。

"'农夫'正在小畜栏后边吃草,先生。"

"马上给我备好马鞍。"

没用几分钟,这位牛场主就骑上马走了。"农夫"长相虽丑但是跑起来飞快,它真取了个好名儿。它一路大步小跑,脚下的路程像一根意大利面条被吞掉一样很快就消失了。只用了两小时零一刻钟,雷德乐就从一个岗子上看见位于瓜达鲁一个干河床的水坑旁边的烙印营了。他奔过去,跳下马,扔掉"农夫"的缰绳,急切地要去打探那他想听到又害怕听到的消息。他的心地是那么善良,此时此刻还在想着如果麦克奎尔死了将是他莫大的罪过。

烙印营里只有厨师一个人，他刚刚安排好晚餐上吃的大块牛肉和用来喝咖啡的铁皮杯。雷德乐没有直接提出他心中挂念的那个问题。

"营里一切都好吗，彼特？"他言不由衷地问道。

"凑凑合合吧，"彼特低调说道，"食物断顿过两回。大风吹散了牛群，我们只好把周围四十英里的地方找了个遍。我需要一只新咖啡壶。蚊子比往常凶多了。"

"弟兄们——都好吗？"

彼特生性不乐观。此外，询问牛仔们的健康问题不仅多余，而且显得婆婆妈妈的。这不像老板对待伙计。

"剩下来的谁也不会错过一顿饭。"厨师实话实说。

"什么剩下来的？"雷德乐重复着，声音有些嘶哑。他不由自主地环顾四周，寻找麦克奎尔的坟墓。他的脑海里浮现出一块白石碑，正如他在阿拉巴马州的墓地看见的那种。但他马上意识到那是一个愚蠢的念头。

"是的，"彼特说，"剩下来的。营地两个月来经常变动，有些人走了。"

雷德乐鼓起了勇气：

"那个——小伙子——我派来的——麦克奎尔——他——"

"哎呀，"彼特两只手各拿着一块玉米面包，站起身打断了他的话，"把那个可怜的病小子派到牛营来，真丢人。那个医生竟看不出他是个一只脚都踏进了棺材的人，真应该用马肚带扣把他的皮剥下来。他也真会开玩笑——这话说起来丢人现眼——让我告诉你他干了些什么吧。到了烙印营的第一天夜里，弟兄们开始教他知牛仔营里的深浅。罗斯·哈基斯踹了一下他的屁股,你猜那个可怜的孩子怎么着?这个小子站起来,把罗斯给揍了。他揍了罗斯,把他揍得够呛。打了他许多拳,到处打,狠劲打。罗斯招架不住,刚从一个地方爬起来,又被打倒在另一个地方了。

"后来,那个麦克奎尔也倒下了,脑袋挨着草地不停地咯血。他们管那叫内出血。他在那儿一躺就是十八个小时,没有人能让他动一动。然后,罗斯·哈基斯开始想办法处理这件事,他最喜欢能打败他的人了。从格陵兰到波兰到支那,他把那些医生都骂遍了。他和青条子约翰逊把麦克奎尔抬进一个帐篷里,轮班喂他切碎的生牛肉和威士忌。

"可是,好像这小子不想活了。晚上在帐篷里找不见他了,原来他出去躺在了草地上,那时还下着毛毛雨。'走啦,'他说,'让我去吧,我正想去死呢。他说我撒谎,是骗子,是装病。谁也别理我。'

"整整两星期,"厨师接着说,"他一直躺着,谁也不理,后来——"

突然传来一阵滚雷似的声音,一小队骑手风驰电掣地穿过丛林,闯进烙印营。

"响尾蛇保佑!"彼特大声喊着,同时忙碌起来;"弟兄们回来了,要是三分钟之内做不好晚饭,他们会整死我的。"

但是雷德乐只注意到一件事。一个棕色脸庞咧嘴笑着的小个子翻身下马站在了火光中。那样子不像麦克奎尔,然而——

转眼之间,牛场主已经抓住了他的手和肩。

"兄弟,兄弟!究竟是怎么回事?"他所能说的只有这一句话。

"靠近大地,是你说的。"麦克奎尔大声说,钢钳般的手捏得雷德乐的手指咔咔直响；"我就从那里找到了它们——健康和力量，并且认识到我以前是多么滑稽卑贱。谢谢你把我赶出来，老兄。还有——喂！这个玩笑全怪那个鬼医生，不是么？我透过窗户看见他正在摩挲那个南欧崽的太阳神经丛。"

"你这个浑小子，"牛场主吼道，"那个医生根本没给你看过病，你干吗不早说？"

"噢——去他的吧！"麦克奎尔说，以前那种粗鲁劲儿又闪出来一下，"谁也吓不住我。你连问也没问我，不由分说就发话把我赶出去，我只好听天由命了。哎，朋友，在这儿赶牛真开心，真风光。在我碰到的运动伙伴中，这儿的人是最讲义气最能以诚相见的。你会让我留下来的，是吧，老兄？"

雷德乐用征询的眼光看着罗斯·哈基斯。

"那头小犊牛，"罗斯亲切地说，"不论在谁的牛营里，他都是最勇敢的干将——也是拳头最硬的打架能手。"

石向骞　译

公主与美洲狮

当然,故事还得从国王和王后讲起。"国王"是一个可怕的老头,随身总是佩着好几把六响手枪和靴刺,嗓门大得惊人,喊一声能吓得大草原上的响尾蛇往仙人果下边的洞里钻。在皇室建立起来之前,人们叫他"细嗓儿本"。当他拥有了五万英亩土地和数都数不清的牛时,大家便叫他"牛国王"奥唐奈了。

"王后"原是一位来自拉雷多的墨西哥姑娘。后来她成了一个善良、温柔的地道的科罗拉多家庭主妇。为了使碗碟不至于被震破,她竟成功地让本学会了在家里说话时尽量压低嗓门儿。本为当国王去奔波的时候,她就坐在埃斯皮诺萨牧场场院的走廊里编织灯芯草席。当财富滚滚而来不可阻挡的时候,软垫椅和大圆桌便都从圣安东尼奥用四轮马车运来了,她也就只好低下她那长着亮泽的黑发的头,开始分担达那厄①的命运了。

为避免犯欺君之罪,首先给诸位介绍了国王和王后。然而他们在这个故事里并不出场。这个故事的题目也可以叫作"记一位公主,一番巧言和一头添乱的狮子"。

约瑟法·奥唐奈就是那位"公主",是国王和王后仅有的女儿。她从母亲那里继承了热情的天性和亚热带的黝黑的丽质。

---

① 达那厄,希腊神话中阿耳戈斯国王阿克里西俄斯的女儿,曾一度被父亲囚禁。

她又从本·奥唐奈这位国王身上获得了终生受用不尽的胆量、经验和统治才能。能看一眼这么完美无缺的造物跑多远的路都值得。约瑟法跑马射击，六枪能有五枪打中一只吊在细绳上摇来摆去的番茄罐头盒。她还可以和自己的小白猫一连玩耍几个小时，给它穿各式各样可笑的衣服。她无须用铅笔演算，只消脑子一转便可告诉你，一千五百四十五头两岁的小牛每头八块五毛钱总共能卖多少钱。粗略地说，埃斯皮诺萨牧场有四十英里长，三十英里宽——不过土地大部分都是租用的。约瑟法骑着她的小马踏勘了牧场的每一寸土地。牧场上的牛仔没有一个不认识她的，他们都是她忠实的奴仆。里普利·吉文斯是埃斯皮诺萨一个放牧队的头目，有一天看到了她，便打定主意要与皇室联姻。这是妄想吗？不。在那个年月里，纽西斯一带的每一个男人都是一条好汉。再者，牛国王的头衔毕竟不代表皇室血统。通常，这只不过表示拥有这个头衔的人偷牛的手段高超，夺了锦标而已。

一天，里普利·吉文斯骑马到双榆树牧场去寻找一群走失的小牛。他回来时动身晚了些，当到达纽西斯河的白马渡口时，太阳已经下山了。从那儿到他自己的营地还有十六英里。到埃斯皮诺萨牧场场院有十二英里。他疲惫不堪，就决定在渡口过夜。

河床上有一个清澈的水塘。河床两岸覆盖着茂密的乔木林，下面还生长着灌木。离水塘五十码，有一片茎叶卷曲的牧豆草地——这就是马儿的草料和自己的卧床。吉文斯拴好马，展开鞍毯来晾一晾。他背靠一棵树坐下，卷了一支烟。突然，河边密林深处传来一声震耳的怒吼。那匹小马一下子腾跃起来，惊恐地打着响鼻发出嘶鸣。吉文斯抽着烟，但他还是不慌不忙地从草地上拿过枪带,拔出手枪转动弹膛试了试。一条大雀鳝跃出水面,扑通一声又跌入池塘。一只褐色的野兔绕过一丛猫爪相思树跑过来,坐下抽动着胡须,滑稽地看着吉文斯。马儿继续吃草。

当一头墨西哥狮子在黄昏时分沿着干涸的河床高声唱起女高音的时候,你最好留点神。它的歌词大意是:小牛肥羊如今很稀少,要吃荤腥就得把老朋友你来找。

草地上有一个空水果罐头盒,那是先来过的人丢弃的。吉文斯看到它,满意地哼了一声。系在马鞍后面的外衣的口袋里还有一两把磨碎的咖啡。黑咖啡白纸烟!牧牛人干吗还要别的东西呢?

没用两分钟他就点起了一小堆篝火,火苗很旺。他拿起那个罐头盒走向水塘。离水塘还有十五码时,他透过灌木丛看到左边不远处有一匹备着女鞍的小马正在吃草,缰绳拖在地上。水塘边,约瑟法·奥唐奈跪趴着喝完水后正站起身来。起身后,她搓着手掌上的泥沙。在她的右面,十码开外,吉文斯看见荆棘丛中半隐半现地蹲伏着一头墨西哥狮子。它那琥珀色的眼睛闪烁着饥饿的光芒;眼睛后面六英尺的地方是翘起的尾尖,而那条尾巴如同猎狗发现猎物时那样直挺着。它的后腿挪动着,那是猫科动物跳跃前的准备动作。

吉文斯只能尽力而为了。他的六响左轮手枪还在三十五码以外的草地上。只听他大吼一声,抢到狮子和公主之间。

这场"乱子"——这是吉文斯事后对它的称呼——发生得既短暂又有点莫名其妙。他冲上火线,只见空中一个模糊的影子掠过,还隐约听到两声枪响。接着,一只上百磅重的美洲狮突然落了下来,重重地砸在他的头上,把他压倒在地。他记得自己当时喊了一声："让我起来——这种打法不公平！"然后，他像一只虫子一样从狮子下面爬出来，满嘴都是青草和泥土，后脑勺在水榆树根上蹾起了一个大包。狮子躺在地上一动不动了。吉文斯大为不满，觉得自己受了捉弄，于是挥动着拳头对狮子喊道："我要再摔你二十——"随即他就醒悟过来了。

约瑟法站在原地，若无其事地给她那把镶银的三八口径手枪重新添装子弹。刚才的射击没什么难的。以狮子头为靶子，比射击细绳上吊着的番茄罐头盒容易多了。她的嘴角和眼睛里流露出一种挑惹、嘲弄和恼人的微笑。那位救人未遂的骑侠，觉得惨败后的羞臊之火一直烧到了他的心底。这本来是他的一次机会，一次梦寐以求的机会；然而，主导这件事的是摩摩斯①，而不是丘比特。树林中的精灵们一定在捧腹窃笑。这就像一出滑稽戏——一出吉文斯老先生和道具狮子上演的滑稽闹剧。

"是你么，吉文斯先生？"约瑟法用甜甜的女低音从容地说。"你那一声喊差点让我射偏。跌倒时没有伤着头吧？"

"啊，没有。"吉文斯平静地说；"那伤不着。"他羞惭地弯下腰，从那只死兽下面拽出他那顶最好的斯特森帽。帽子被压得皱巴巴的，看上去颇具喜剧效果。随后他跪下去，轻柔地抚摸着死狮子那血盆大口张开着、样子十分可怕的头。

"可怜的老比尔！"他伤心地说。

"你说什么？"约瑟法尖声问道。

"你当然不明白，约瑟法小姐。"吉文斯带着一种宽恕战胜悲伤的神情说。"没有人会责怪你。我想救它，但我没法及时告诉你。"

---

① 摩摩斯，希腊神话中诽谤和嘲讽的化身。

"救谁?"

"哦,就是这个比尔。我一整天都在找它。你知道,它两年来一直是我们营地的宠物。可怜的老家伙,它连一只白尾野兔都不会伤害。弟兄们要是知道了会伤透心的。当然,你不知道比尔只是想和你玩耍。"

约瑟法睁一双黑眼睛盯着他,目光灼灼。里普利·吉文斯成功地蒙混过了关。他郁郁地站在那里,胡乱揉搓着一头蓬乱的黄褐色卷发,眼睛里流露着痛惜,又不无和善的责备之意。他那张英俊的脸上挂上了一缕无可置疑的哀伤。约瑟法一时踌躇起来。

"你们的宠物跑到这里来干什么?"她问道,做最后一次抗辩。"白马渡口附近没有营地呀。"

"这个老淘气鬼昨天逃出了营地,"吉文斯敷衍着答道,"草原狼没有把它吓死,这可真怪了。你知道,我们营地的管马人吉姆·韦伯斯特上周弄来一只小猎狗崽儿。这只狗崽儿让比尔在营地吃尽了苦头——小东西总是缠着老比尔不放,还咬它的后腿,一闹就是好几个钟头。每天晚上睡觉时,比尔都要悄悄钻到一个弟兄的毯子下面去,好让小东西找不到它。我断定它一定是被逼得无路可走了,否则它是不会逃走的。它一向害怕离开营地。"

约瑟法看着这只猛兽的尸体。吉文斯怜惜地抚拍着狮子的一只一击便可以杀死一头一岁小牛的巨爪。渐渐地,姑娘那深橄榄色的脸上泛起红晕。这是不是真正的猎手不光彩地捕杀了一头猎物时的羞愧表示呢?她眼皮一垂,眼光柔和下来,嘲弄的神色一扫而光。

"我很抱歉,"她低声说,"可是,它看上去那么大,又跳得那么高,所以——"

"可怜的老比尔肯定是饿了,"吉文斯急忙打断她的话,替受害者辩白,"在营地给它喂食的时候,我们总是逗着它跳。为了得到一块肉,它还能躺下来打滚。它看到你时,是想从你那里得到一些吃的东西。"

约瑟法的眼睛突然睁得大大的。

"我差点没打着你!"她嚷道。"你正好跑到了中间。你竟冒着生命危险去救你的宠物!真是太好了,吉文斯先生。我喜欢爱护动物的男人。"

是的,现在她的眼神之中甚至有了钦佩之情。从一败涂地的废墟上竟然站起来一个英雄。吉文斯脸上的表情足以使他在反虐待动物协会里坐一把上等交椅。

"我一贯喜欢它们,"他说;"像马呀,狗呀,牛呀,墨西哥狮子呀,美洲鳄鱼呀——"

"我不喜欢鳄鱼。"约瑟法立即反对说;"泥乎乎的脏东西,多瘆人呀!"

"我说鳄鱼了吗?"吉文斯说。"对了,我说的是羚羊。"

约瑟法的歉疚之心驱使她采取了进一步的补救措施。她伸出忏悔的手,眼里噙着两颗晶莹的泪珠。

"请你原谅我,吉文斯先生,好吗?你知道,我只是一个小姑娘,一开始吓坏了。我非常非常非常抱歉射杀了比尔。你不知道我有多难为情。我要是不那么做就好了。"

吉文斯握住那只送过来的手。他握了好大一会儿,同时让自己的宽宏大量来克服失去比尔所带来的悲伤。最后,他显然宽恕了她。

"约瑟法小姐,这件事请不必再提了。比尔的样子对任何年轻姑娘来说都是够吓人的。我会向弟兄们解释清楚的。"

"那么,你千真万确不再恨我了吗?"约瑟法动情地靠近了他。她的眼波是那样甜蜜——啊,甜蜜和恳求中还带有诚挚的忏悔。"谁要是杀死我的小猫我都会恨他的。你还那么仁慈,那么勇敢,竟不顾被射中的危险去救它!可没有几个人敢于这样做呀!"真可谓反败为胜了!闹剧演成了正剧!好样的,里普利·吉文斯!

天色已晚。当然不能让约瑟法小姐独自一个人骑马回牧场。吉文斯给他的小马重新备上鞍子,不顾这头牲口不满的眼光,和她一起上路了。一位公主与一个爱护动物的男人在平展的草原上并辔驰骋。浓郁的沃土的气息和鲜花的芬芳弥漫在他们周围。草原狼在远处的冈峦上嗥叫!不用害怕。可是——

约瑟法骑着马靠得更近了。一只小手似乎在摸索。吉文斯的手抓到了它。两匹小马保持着一致的步伐。两只手紧紧握在一起。其中一只手的主人解释说:

"以前我从来没有害怕过,可是你想想看!要是遇到一只真正的野狮子那该多么危险啊!可怜的比尔!你陪我回家我真是太高兴啦!"

奥唐奈正在场院的走廊上坐着。

"喂,里普!"他喊道——"那是你吗?"

"他骑马陪我来的,"约瑟法说。"我迷了路,耽搁得也很晚了。"

"多谢了,"牛王喊道。"在这儿住下吧,里普,明天早晨再回营地。"

但是吉文斯不肯,他要赶回营地。明天一大早就得出发去追踪一群阉牛。他道一声晚安,加鞭飞马而去。

一小时后,灯熄了,约瑟法穿着睡袍走到自己的卧室门口,隔着砖铺的过道冲父王的房间报告说:

"喂,爸爸,你肯定听说过那只叫作'尖耳魔鬼'的墨西哥老狮子吧?——就是咬死马丁先生的牧羊人冈萨雷斯,还在萨拉达牧场吃了五十来头小牛的那只。哈,今天下午,我在白马渡口那边把它给收拾了。它扑上来时,我用我的三八口径冲它脑袋打了两枪。我认出它来了,它的左耳缺了一块,是被老冈萨雷斯用砍刀削下来的。爸爸,即使换了你,也不见得能打这么准。"

"你真行啊!"细嗓儿本在一片漆黑的寝宫里声如雷鸣地说。

石向骞　译

红酋长的赎金

这看似一件好事：不过还是等我慢慢向诸位道来。我们——比尔·德里斯科尔和我自己——南下到了阿拉巴马州，灵机一动就想到了绑架这个主意。正如比尔后来所说，是"一时鬼迷心窍"；但当时我们可没想到事情会是这样。

这里有一座小镇，地势平坦，就像一张烤饼一般，名字则当然要叫顶峰镇。镇上的人都是农民出身，他们身心健康，自足自乐，就像天天在过五朔节①一样。

我和比尔差不多有六百块钱的共有资本。我们要在伊利诺伊州西部做一笔骗人的城镇地产生意，正好还差两千块钱。我们坐在旅馆前门的台阶上反复商量这件事。我们认为，在半乡村化的社会，对子女的爱是十分强烈的；因此再加上其他一些因素，在这个地方搞绑票比在报纸发行范围之内搞要好得多。因为报社会派出便衣记者来调查，把事情弄得满城风雨。我们很清楚，顶峰镇顶多只能派上几名治安员和几条劣种猎犬去追捕我们，再在《农民预算周报》上骂上一两顿而已。所以这事干得来。

---

① 五朔节，源于欧洲的祷祝丰收和人畜兴旺的节日。每年五月一日举行。届时人们持树枝或花环游行。还举行竖"五月柱"活动，人们围着竖起的柱子舞蹈。

我们选中的牺牲品是镇里著名人士埃比尼泽·多塞特的独生子。这位父亲声望很高,手也很紧,做抵押贷款生意,而面对募捐盘他可绝不放贷,是个一毛不拔的过客。那个小家伙是个十岁的男孩,一脸浅浮雕似的雀斑,头发的颜色就和你赶火车时在报摊上买的杂志封面一样。我和比尔盘算,埃比尼泽会分文不少地掏出两千块赎金来的。不过,你还得听我慢慢道来。

在顶峰镇两公里以外的地方有一座小山,山上覆盖着浓密的杉树丛。山的背面有一个山洞。我们把一些必需品藏在了那里。

一天黄昏时分,我们赶着一辆马车从多塞特家门前经过。那孩子正在当街淘气,拿石子儿砸对面篱笆上的一只小猫。

"嘿,小孩儿!"比尔叫道,"要不要一袋子糖果,再坐车兜兜风啊?"

那孩子一砖头不偏不倚地砸在了比尔的眼睛上。

"这可得让老家伙额外再掏五百块。"比尔边说边从车上爬了下去。

那孩子拼命反抗,简直像一头次中量级的棕熊;最后我们总算把他塞进车厢,赶着车走了。

我们把他带到山洞,我把马拴到了杉树丛里。天黑以后,我赶着马车来到三英里以外我们租车的小村子,把车交还给人家,然后步行回到山上。

比尔正在往脸上被抓伤擦伤的地方贴橡皮膏。山洞入口处的一块大石头后面生着一堆火,那个男孩红头发上插着两根秃鹰的尾羽,正照看一壶煮开了的咖啡呢。见我走进来,他举起一根棍子指着我说:

"嘿！该死的白人,你怎么敢闯进草原魔王红酋长的营地?"

"现在他没事了,"比尔边说边卷起裤管,检查着小腿上的淤伤。"我们正在玩印第安人的游戏。野牛比尔①的表演跟我们比起来简直成了市政厅放的巴勒斯坦风光幻灯片。我是捕猎手老汉克,红酋长的俘虏,天亮时就要被剥掉头皮。老天爷! 这小子踢人踢得真疼。"

是的,先生,那男孩好像一辈子从来没有这么快活过。在山洞里野营的乐趣使他早忘了自己是个俘虏了。他立刻给我取名叫蛇眼,并宣布我是个奸细,等他手下的勇士出征回来,就要在太阳出来的时候把我绑在柱子上用火烧死。

接着我们吃晚饭;他狼吞虎咽地吃着咸猪肉、面包和肉汁,嘴里塞得满满的,然后开始说话。他的晚餐即席演讲大致如下:

"这挺好玩儿的。以前我可从来没有野营过;不过我养过一只小负鼠,上次过生日时我九岁。我可不愿意去上学。老鼠吃掉了吉米·塔尔博特姑妈家的花斑鸡下的十六个蛋。这些树林里真的有印第安人吗? 我还想要点肉汁。是树先摇动然后才刮风吗? 我们有五只小狗。你的鼻子怎么那么红,汉克? 我爸爸有很多钱。星星是热的吗? 星期六我揍了埃德·沃克两顿。我不喜欢女孩。不用绳子你就捉不住癞蛤蟆。公牛会叫唤吗? 橘子为什么是圆的? 你们在山洞里睡觉有床吗? 阿摩司·莫瑞长着六个脚趾。鹦鹉会说话,猴子和鱼却不会。几乘几等于十二?"

---

① 野牛比尔(1846—1917),本名威廉·科迪,美国西部拓荒时期的一个传奇性人物。据说他曾在十七个月中杀死四千多头野牛,因而得到了"野牛比尔"的绰号。

每隔几分钟,他就会想起来自己是个好战的红种人,拿起木棍枪踮着脚到洞口去看有没有可恨的白人来刺探情报。他还时不时地冲啊杀啊地喊上一嗓子,把捕猎手老汉克吓得直打哆嗦。从一开始这孩子就让老汉克害怕。

　　"红酋长,"我对那孩子说,"你想回家吗?"

　　"嘿,回家干什么?"他说。"家里一点也不好玩。我讨厌上学。我喜欢露营。你不想再把我送回家去,是吧蛇眼?"

　　"眼下还不会,"我说,"我们要在这个洞里呆上一阵子。"

　　"真棒!"他说。"肯定好玩极了。这辈子我可从来没有这么玩过。"

　　大约十一点钟我们开始睡觉。我们铺开几条宽宽的毯子和棉被,让红酋长睡在我俩中间。我们并不担心他会逃跑。他弄得我们一连三个小时都无法入睡,时不时地跳起来去拿木棍枪,还冲着我和比尔的耳朵尖声喊"嘘!伙计"。在他幼稚的想象中,小树枝的断裂声和树叶的沙沙声都说明土匪在偷偷向我们靠近呢。后来我终于睡着了,但睡得并不安稳,我梦见自己遭到了一个凶残的红头发海盗的绑架,被用铁链锁在了树上。

　　天刚亮,我就被比尔一连串的尖叫声惊醒了。这叫声不像是从你想象当中的男人的发声器官里发出的呼、嚎、叫、嚷、吼——那简直是女人见到鬼或毛毛虫时发出的粗俗、惊恐、丢人现眼的尖叫。大清早在山洞里听到一个又胖又壮的莽汉不顾一切地大喊大叫,那真是一件可怕的事情。

　　我跳起来想看看究竟发生了什么事。只见红酋长正骑在比尔的胸脯上,一只手揪着他的头发,另一只手握着那把我们用来切咸肉的锋利的餐刀。他真的要依照昨晚对比尔的宣判毫不含

149

糊地把他的头皮剥下来。

我从孩子手里夺下刀子，让他重新躺下。可从那一刻起，比尔的精神算是垮了。他虽然还是睡在原来的铺位上，可只要身边有那个孩子和我们在一起，他就再也不敢合眼了。我打了一个盹儿，太阳快出来时忽然想起红酋长说过要在日出时把我绑在柱子上烧死。我并没有感到紧张或者害怕；但还是坐了起来，靠着一块石头点燃了烟斗。

"你干吗起这么早，山姆？"比尔问。

"我吗？"我说，"哦，我肩膀有点疼。我想坐起来会让它放松一些的。"

"你撒谎！"比尔说，"你是害怕了。太阳一出来你就要被烧死，你担心他会那么干。而且他只要能找到火柴就真干得出来。真可怕，是不是山姆？ 你说有人肯出钱把这么一个小顽童赎回去吗？"

"肯定有，"我说，"这种淘气鬼正是父母所宠爱的。现在，你和酋长起来做早饭吧，我到山顶上去侦察一下。"

我爬到小山顶上，放眼向山下张望。我本以为在顶峰镇方向可以看到从村子里来的健壮的自耕农手持长柄大镰刀和干草叉遍地搜索卑鄙的绑匪的场面。然而呈现在我眼前的却是一个人赶着一头浅褐色的骡子耕地的和平景象。没有人在小河里打捞尸体；也没有信使急急火火地跑来跑去，向焦虑不安的父母报告没有任何孩子的消息。我所看到的阿拉巴马的这一地区，表面上是一派令人昏昏欲睡的乡野情调。"也许，"我自言自语地说，"他们还没有发现狼已经把羊圈里的小羊羔叼走了呢。上天保佑狼吧！"说罢，我下山去吃早饭。

一进山洞我就看见比尔呼吸急促地靠在一边的洞壁上，那个孩子手举一块半个椰子大小的石头，恶狠狠地要砸他。

"他把一个煮得滚烫的土豆塞进我的脖领子里，"比尔解释道，"又用脚把它踩烂了；我给了他几巴掌。你身上带着枪没有，山姆？"

我把孩子手里的石块拿走，百般劝解，总算使这场事端稍稍得到了平息。"我会收拾你的，"那孩子对比尔说。"打了红酋长的人没有什么好下场，你最好小心点！"

吃过早饭，那孩子从口袋里掏出一块缠着绳子的皮子，跑到山洞外面把它解开来。

"他又要干什么？"比尔不安地说。"他不会逃跑吧，山姆？"

"不用担心，"我说，"他不像个恋家的孩子。不过我们得为赎金定个方案了。他的失踪似乎并未在顶峰镇引起什么轰动；也许他们还没有意识到他已经失踪了。他家的人兴许以为他到简姨妈或者一个邻居家过夜去了。但无论如何，今天人们一定会发现他不见了。今天夜里我们务必给他父亲写一封信，要他拿两千块钱赎他回去。"

就在此时，我们听到一阵战场上的喊杀声，也许大卫王击倒大力士哥利亚①时才会发出那样的呐喊。原来红酋长刚才从口袋里掏出来的是一副投石器，他现在正在头顶上挥动着它呢。

我赶紧躲开，耳郭中就听砰的一声闷响，接着传来比尔的一声呻吟，就像马刚卸了鞍时的喘息。一块黑色的鹅卵石正好击中了比尔的左耳根。比尔浑身一松，一头栽倒在灶火上，那儿正

---

① 哥利亚，《圣经·旧约》中的非利士勇士，被大卫用石头打死。

烧着一煎锅准备洗盘子的热水。我赶紧把他拽出来,往他头上浇凉水,足足折腾了半个小时。

过了一会儿,比尔坐起来,摸了摸耳根,说:"山姆,你知道我最喜欢的《圣经》人物是谁吗?"

"放松点,"我说,"你一会儿就会好起来的。"

"希律王①。"他说,"你不会把我一个人仍在这儿跑掉吧,山姆?"

我出洞抓住那个孩子,使劲摇晃他,摇得他雀斑都涨红了。

"你再不老实点,"我说,"我就马上把你送回家。怎么样,你听话还是不听话?"

"我只是跟他闹着玩儿,"他不高兴地说,"我不是存心要伤害老汉克。可他干吗打我?我规矩点儿就是了,蛇眼,只要你今天不送我回家,再让我玩儿黑侦探就成。"

"我不懂得这个游戏,"我说,"你得和比尔先生商量。今天由他陪你玩儿。我要出去一会儿,去办点儿事。好了,你现在进去同他讲和,向他赔个礼,说很抱歉把他打伤了,否则你马上回家。"

我让他和比尔握了手,然后又把比尔叫到一边,告诉他我要到离这儿三英里远的一个叫白杨谷的小村子去一趟,尽可能探听一下绑架的事在顶峰镇有什么反响。还有,我认为最好当天就写一封措辞强硬的信给老多塞特,向他索要赎金,并指明付款的方式。

"你知道,山姆,"比尔说,"无论是玩扑克、搞爆炸还是逃避警察追捕、抢劫火车、对抗龙卷风,我可从来都是跟你并肩战斗赴汤蹈火连眼都不眨一眨的。在绑架那个两条腿的小流星炮以

---

① 希律王,《圣经》中的犹太王,曾下令杀尽伯利恒两岁以下的男孩,以除掉尚在襁褓中的耶稣。

前,我可从来没腿软过。可他却让我丢魂丧胆的。你不会让我一个人跟他呆很长时间的,是吧山姆?"

"我今天下午就回来,"我说,"你要哄得这个孩子高高兴兴安安静静的,直到我回来。好了,现在我们给老多塞特写信吧。"

我和比尔拿出纸和铅笔开始写信,红酋长则裹着一条毯子,昂首挺胸地走来走去,守护着洞口。比尔声泪俱下地请求我把赎金由两千元降到一千五百元。"我并不是想从道德上诋毁人人称颂的父母之情,不过我们是在与人打交道,让任何一个人拿出两千块钱来赎这个四十磅重的满脸雀斑的大野猫,都是不合情理的。我宁愿要一千五百块去碰碰运气。差额从我那份儿中扣除。"

为了让比尔放心,我同意了,随后我们共同拟就如下一封信:

埃比尼泽·多塞特先生:

　　您的儿子已被我们藏到了一个远离顶峰镇的地方。无论是您本人还是最干练的侦探,要想找到他都是白费力气。毫无疑问,您如果想让他回到您身边,只有履行如下条件:交给我们一千五百美元大额现钞作为赎金;这笔钱必须于今日午夜按照您放回信的样子放到同一地点的同一个盒子里——具体步骤下面详述。如果您答应我们的条件,今夜八时半派一个人送来书面答复。在去白杨谷的路上,过了猫头鹰河以后,在右手麦田的篱墙旁边,有三株各相距一百码的大树。在第三棵树对面的篱笆桩下面会找到一个小硬纸盒。

　　送信人必须把信放进盒子,然后马上返回顶峰镇。

您如果试图耍什么花招儿，或者不按我们订好的条件办，您就再也不会见到您的儿子了。

如果您按要求交付赎金，他就会在三小时之内平安地回到您身边。这是最后条件，如果您不接受，就没有再协商的余地了。

两个亡命徒

我在信封上写上了多塞特的地址，然后把信放进口袋。我正要动身，那孩子朝我走过来说：

"喂，蛇眼，你走了以后我可以玩儿黑侦探，你说过的。"

"当然可以玩儿。"我说，"比尔先生和你一起玩儿。这个游戏怎么玩儿呢？"

"我是黑侦探，"红酋长说，"我必须骑马赶到寨子里，去告诉那里的居民们印第安人来了。我扮印第安人都腻了。我要当黑侦探。"

"好吧，"我说。"这听上去还不错。我想比尔先生会帮你打退那些讨厌的野蛮人的。"

"那么，我做什么呢？"比尔望着孩子疑惑地问。

"你来当马，"黑侦探说，"你趴下，手和膝盖着地。没有马我怎么到寨子里去呢？"

"你最好还是由着他的兴致，"我说，"等我们的计划一开始实施就会好的。放松点吧。"

比尔四肢着地，俯下身去，眼睛里露出一种兔子落入陷阱被人捉住时的神情。

"到营寨有多远,小子?"他问,声音有些嘶哑。

"九十英里,"黑侦探说,"你得卖点劲儿,要准时到达。驾,走啦!"

黑侦探跳上比尔的后背,用脚后跟踹他的两胁。

"看在老天的分上,"比尔说,"赶紧回来,山姆,越快越好。我们把赎金降到一千块以下才好呢。我说,你别踢我了,否则我就站起来,狠揍你一顿。"

我走到白杨谷,在邮局兼商店里盘桓了一会儿,和来买卖东西的乡巴佬们聊了聊。一个络腮胡子说,整个峰顶镇都炸了窝,因为埃比尼泽·多塞特的儿子走丢了,或是让人偷走了。这就是我想要了解的一切。我买了点烟叶,随便问了问豇豆的价格,偷偷把信寄走,然后离开了村子。邮局管事的说,邮递员一小时内就会把信取走,送往顶峰镇。

我回到山洞,却不见比尔和那孩子。我在附近找了找,又冒险用联络暗号喊了几嗓子,但没有得到回应。

于是我坐在一道长满青苔的梁子上,点上烟斗,静待事态的发展。

大约过了半小时,只听树丛中一阵沙沙的响动,比尔步履蹒跚地走出树丛,来到山洞前的一小片空地上。那个孩子像个侦察员似的蹑手蹑脚地跟在他身后,还龇着牙直笑。比尔停下来,摘掉帽子,用一块红手帕擦着脸上的汗水。那孩子站在他身后约摸八英尺远的地方。

"山姆,"比尔说,"你也许会说我是个叛徒,可我实在没办法。我是个大男人,不缺乏男子汉的脾气和自卫的本领,可是自尊感和优越感也有撑不住的时候。那孩子走啦。是我让他回家的。一切都结束了。过去有殉道者，"比尔接着说，"他们宁死也不肯放弃自己所喜欢的事情。可他们无论是谁也没有被迫经受过我所承受的那种不可思议的折磨。我尽了最大的努力想执行我们的绑架计划，但凡事总得有个限度吧。"

"出什么事了，比尔？"我问他。

"我被骑着，"比尔说，"要跑九十英里去那个寨子，一英寸也不能少。居民们获救后，又喂我吃燕麦。沙子可不是什么好吃的代用品。然后，我又被折腾了一个钟头，这回是回答他的问题，什么为什么空洞是空的啦，为什么路可以来回跑啦，草为什么是绿的啦。告诉你吧，山姆，一个人所能忍受的也就这么多了。我揪着他的脖领子把他拽到了山下。一路上，他把我腿上膝盖以下的地方踢得青一块紫一块的；没办法，我的大拇指和手背也让他咬了好几道牙印子。

"不过最后他还是走了，"——比尔继续说——"回家了。我指给了他去顶峰镇的路，然后一脚把他踹出去八尺远。很抱歉，我们损失了赎金；可是不这么做比尔·德里斯科尔就得进疯人院。"

比尔呼哧呼哧地喘息着，玫瑰红的脸上却不由自主地露出了轻松和越来越满足的表情。

"比尔，"我说，"你的家族中没有心脏病史吧？"

"没有，"比尔说，"除了疟疾和意外事故没有得慢性病的。你问这个干什么？"

"那你可以回过头去了，"我说，"回头看看你身后。"

比尔回头就看见了那个孩子。他顿时脸色大变，一屁股坐到了地上，开始漫无目的地拨弄起小草和小树枝来。有大约一个小时的时间，我一直担心他的神经会不会出问题。后来我告诉他,按我的计划一切都将马上见分晓,如果老多塞特答应我们的条件,我们午夜时分就可以拿着赎金远走高飞了。比尔这才强打起精神,冲那孩子勉强地笑了笑,说等身体好一点就跟他玩俄国人和日本人打仗的游戏。

我想出了一条取赎金的方案,绝对不会有被对方将计就计捉住的危险,值得拿出来同职业绑架者切磋交流。那棵在它下面要放回信——稍后赎金也要放在那儿——的树紧贴着路边的篱笆,四周则是大片大片空旷的田野。如果有一帮治安人员在那一带埋伏守候,那么只要有人穿过田野或直接顺着马路去取信,他们远远地就能看见。可情况并非如此,先生! 八点半的时候我已经趴在那棵树上,像树蛙一样藏好了,就等着送信的人来呢。

时间刚到,马路上就来了一个骑自行车的半大小伙子,他从篱笆桩下面找到了纸盒,放进去一张折好的纸条,然后骑上车又返回了顶峰镇。

我等了一个小时,然后断定不会出什么事了。我从树上滑了下来,拿了那张纸条,沿着篱笆一口气窜进树林,接着又走了半个小时才回到山洞。我打开那张纸条,凑近手提灯给比尔读起来。纸条是用钢笔写的,字迹很潦草,大致内容如下:

致两位亡命徒:

先生们:今天收到了邮差送来的信,得知你们向我索要赎回我儿子的赎金。我觉得二位的要价高了点儿,所以我提一个反向建议,相信你们能够接受。你们把约翰尼带到我家,再付给我二百五十美元现金,我就同意从你们手上把他接过来。你们最好是夜里来,因

157

为我的邻居们都相信他是走失的，我保不定一旦他们看见有人把他带回来他们会做出什么事来。

无限尊敬你们的

埃比尼泽·多塞特

"彭冉①的大海盗!"我说，"嚣张至极——"

我瞥了一眼比尔，就迟疑起来，没有再说下去。他眼里的那种哀求的神色，无论是从会说话的还是不会说话的活物脸上，我都未曾看见过。

"山姆，"他说，"不就是二百五十美元吗，那算得了什么?我们手里有这笔钱。再和这小子呆一晚上，我非得进疯人院不可。多塞特先生给我们开出这么慷慨的条件，我认为他不仅是一位十足的绅士，而且是个视金钱如粪土的人。你不会放走这个机会的，是吧?"

"实话告诉你吧，比尔，"我说，"这头小公羊让我也很头疼。我们把他送回家，付清赎金，然后溜之乎也吧。"

当天晚上，我们送他回家。为了哄他走，我们对他说，他爸爸给他买了一把银托来复枪和一双鹿皮靴，而我们明天要去猎熊。

我们敲响埃比尼泽家的前门时，刚好是夜里十二点。这一刻本该是我从树底下的盒子里往外掏一千五百美元的时候，可如今却是比尔如数点出了二百五十美元交到了多塞特手里。

当发觉我们要把他留在家里时，那孩子突然像一架汽笛风

---

① 彭冉，英格兰西南部一自治城市，十八世纪前常有海盗出没。

琴似的号叫起来,接着又像一条水蛭一样紧紧粘在了比尔的腿上。他爸爸费了好半天的劲儿才把他拽开,恰如揭一块贴牢的膏药一般。

"你能抓牢他多长时间?"比尔问。

"我不如以前那么强壮了,"老多塞特说,"不过十分钟我想是可以保证的。"

"足够了,"比尔说。"十分钟之内,我可以徒步穿越中部、南部和中西部各州,直奔加拿大边境。"

尽管天很黑,尽管比尔很胖,尽管我是个赛跑的好手,但当我撵上比尔时,他跑出顶峰镇已足有一英里半了。

石向骞　译

城市之声

二十五年前，校园里的孩子们习惯于将他们的课文吟诵出来。吟诵的方式无非是那种单调的背诵，其声介于新教圣公会牧师的祈祷与一台破旧锯木机发出的嚙嚙声之间。我这样说并无贬义。我们生产木材的同时也必然会产出锯屑。

我记得在生理课上学过一首既优美又具教育意义的抒情小诗。其中印象最深的一行是：

胫骨是人体中最长的骨头。

如果所有关于人类的物质与精神方面的事实都能如此既和谐动听又合乎理性地灌输到年轻人的头脑中去的话，那将造就一项多么大的福祉啊！然而我们从解剖学、音乐和哲学当中所收获的教益却相当可怜。

前几天，我感到很困惑。我需要一线灵光。我追忆校园时光以寻求帮助。但是，从我们坐在冷板凳上发出的鼻音合奏中，我却捕捉不到群居的人类所发出的声音。

也就是说，我捕捉不到大规模聚集的人群的合声。

也就是说，我捕捉不到一座大城市的声音。

如今并不缺乏单个的声音。我们能理解诗人的吟唱，溪流的淙淙，下周一前要挣到五美元的男人的急躁，法老王墓碑上铭文的哀鸣,花儿的窃窃私语,列车长"加油门"的指令,以及清早四点钟奶罐奏出的晨曲。某些耳朵长的人甚至声称,他们能感觉到 H.詹姆斯先生呼出的气息冲击耳鼓膜所造成的振动。可是谁又能理解这座城市的声音呢?

我走出家门,要去弄个明白。

首先,我向奥莉丽亚询问。她穿一件白色薄纱裙,戴一顶插有鲜花的帽子,饰带和裙裾随风飘摆。

"告诉我,"我结结巴巴地说,因为我发不出我自己独有的声音,"这个大——呃——巨大的——呃——庞大的城市说什么?它肯定有某种声音。它向你说过吗?你如何理解它的含义?它就像一个大谜团,但肯定有打开它的一把钥匙。"

"就像一只女用萨拉托加大皮箱吗?"奥莉丽亚问道。

"不,"我说,"请不要只谈表面的东西。我总觉得每个城市都有一个声音。每个城市都会对能听到它的声音的人说点什么。这个大都市对你说了些什么?"

"所有的城市,"奥莉丽亚不偏不倚地评论说,"都说同样的事情。这边的城市刚刚说完,那边的费城就有了回声。所以,它们的意见一致。"

"我们这儿有四百万人,"我像个学究似的说,"被压缩在一个岛上,这个岛就像被华尔街之水围困着的一只羔羊。这么多的单位拥挤在一个这么狭小的空间内,彼此之间肯定会产生一种一致性——或者,或者更确切地说是同一性,而这个同一性又会通过共同的渠道进行其口头表达。正如你要说的,这是一种经过相互转译相互交流而达成的同一性,最后它汇聚成一个既明确又统一的思想,这个思想就是被称之为城市之声的东西。你能告诉我它是什么吗?"

奥莉丽亚妩媚地笑了。她坐在高高的台阶上。一条常春藤枝冒昧地伸在她右耳边上下颤动。一缕月光唐突地在她鼻子上闪烁。但我意志坚定,执著以求。

"我必须去寻找,"我说,"找出这个城市的声音究竟是什么。其他的城市都有声音。这是一项使命。我必须完成它。纽约,"我提高声音继续说,"你最好不要递给我一支雪茄,并说:'老人家,我不能公开讲话。'其他城市可不像它这样。芝加哥毫不迟疑地回答,'我愿意';费城说,'我应该';新奥尔良说,'我常常是';路易斯维尔说,'我要是说了请别在意';圣路易斯说,'请原谅';匹兹堡说,'先吸一支再说'。现在,纽约——"

奥莉丽亚微笑着。

"很好,"我说,"我必须到其他地方去找。"

我走进一家酒吧,那里地面铺着砖,天花板上装饰着小天使的图案,酒吧的经营与警察倒也相安无事。我脚踩着黄铜围栏,对这一教区最棒的酒吧男招待比利说:

"比利,你在纽约住了很长时间了——这个老城市都絮絮叨叨跟你说了些什么? 我的意思是,它那些喋喋不休的话语有没有聚成一团绕过围栏跑到你面前,讲给你一个拼凑而成的小道消息作为小费,咬一口汉堡挖苦一句这个城市,就着一杯苦酒和一片——"

"请稍等一下,"比利说,"侧门那边有人按门铃。"

他走了;返回来的时候手里多了一个空锡桶;把锡桶灌满后他又不见了;最后他回来对我说:

"是梅米。她按了两次铃了。她晚饭习惯喝一杯啤酒。她和孩子都喝。你要是见了我那个小鬼头坐在高脚椅子上有滋有味地喝啤酒而且——对了,我说,你的孩子呢? 听到他们两次按门铃我就有点儿兴奋——你刚才问的是棒球比分还是杜松子酒来着?"

"姜汁露。"我回答说。

我朝百老汇走去。我看到街角有个警察。警察的职责是替人照管孩子、帮扶妇女过街、给男人指路。我走到他身边。

"如果我问得不过分的话,"我说,"请让我问你一个问题。你在纽约使用呼格最频繁的时段看到它。保持城市正常的音响效果是你和你的警察弟兄们的职责。肯定存在着一种你能听懂的城市的声音。你夜里独自巡逻时一定听到过这个声音。它内在的骚动和呼喊大意是什么? 这座城市究竟对你说了些什么?"

"朋友,"警察掂弄着警棍说,"它并不是什么都不说。这不,我刚从上司那儿得到了命令。喂,我看你是闲来无事。你替我在这儿站几分钟,留心看着点儿巡视官。"

警察消失在一条小巷的黑暗中。十分钟后,他回来了。

"我上星期二结的婚。"他说,声音有些沙哑。"你知道女人是怎么回事。她每天晚上都到那个街角来——来打一声招呼。我总是尽量按时去那儿。喂,刚才你问我什么——这个城市出什么事了? 噢,往前走十二个街区,有一两家屋顶花园刚刚开业。"

我穿过像鱼尾纹一样交并在一起的电车道,又沿着一个被树木覆盖的公园的边缘绕过去。在一座塔楼的顶部,一尊高大的狄安娜①女神的金装塑像泰然自若地迎风而立,沐浴在夜空中她的同名物所洒下的光辉中。这时,我的诗人步履匆匆地走了过来,他留着长发,戴着帽子,嘴里不停地吟咏着扬抑抑格、扬扬

---

① 狄安娜,罗马神话中的狩猎女神和月亮女神。

格的诗句。我一把抓住他。

"比尔，"我说（他的笔名叫克利昂），"帮帮我。我承担着找到城市之声的任务。你知道，这是一项特殊的使命。一般情况下，开一个包含有亨利·克鲁斯、约翰·L. 沙利文、埃德温·马卡姆、梅·欧文以及查尔斯·施瓦布的观点的座谈会就解决问题了。① 可这件事却不同。城市是如何通过声音来表达它的灵魂和思想的，我们需要对这一问题做出广泛的、富有诗意的启示性的解释。你正是能给我启发的那个人。若干年前，一个人来到尼亚加拉瀑布，为我们测出了它的音高。它发出的音符比钢琴上的 G 调大约低二度。除非你比这件事做得更能为人认可，否则你就不能给纽约下定义。但是请告诉我，如果它要说话，它会说些什么呢？它的声音一定是既宏大又深远。为了接近它，我们必须把白天城市交通的隆隆合奏，夜晚的笑声和音乐，帕克赫斯特博士那庄严的语调，拉格泰姆音乐，人们的哭泣声，出租马车轮子那诡秘的吱扭声，报童的叫卖声，屋顶花园喷泉的哗啦声，草莓小贩和《大众杂志》推销员的吵架声，以及公园里情侣的窃窃私语——这些声音全都是城市之声中必须包含的——全部融合，而不是组合，在一起，从而使之形成一个能体现其本质的有机体；从有机体中再提炼出精华——一种能听得见的精华，一滴这样的精华就能代表我们所要寻找的事物。"

"你还记得，"诗人吃吃笑着问道，"上星期我们在斯蒂弗播音室遇见的那个加利福尼亚女孩吗？哈，我正在去看她的路上。他把我那首《春天的礼物》逐字逐句地背诵了出来。他是目前这

---

① 这几个人应是当时美国各界名人。埃德温·马卡姆（1852—1940），美国诗人；约翰·L. 沙利文（1858—1918），美国著名职业拳击运动员。

座城市里最聪明伶俐的人儿了。喂,我这条糟糕的领带怎么样?我一连弄坏了四条才把这条打好。"

"那么我问起你的那个声音呢?"我追问道。

"哦,她不唱歌,"克利昂说,"不过你应该听听她朗诵我的《海风天使》"。

我继续走下去。我截住一个报童,他却迅速甩给我一张报纸,这种预告性的"左倾"报纸能把新闻拉下钟表最长的指针跑两圈儿的距离。

"孩子,"我边说边假装在钱包里找硬币,"难道有时候你不觉得这个城市也能说话吗?每天都发生这么多的大事小事好事坏事奇事怪事——要是它能说话,你想想,它会说些什么呢?"

"别开玩笑了,"那个男孩说。"你想要哪种报纸?我可没空闹着玩儿。今天是玛格的生日,我得挣三十美分给她买件礼物。"

这里找不到一位能作为城市代言人的译释者。我买了一份报纸,随后又把那些未签署的条约、未实施的谋杀、未打响的战争统统交付给了垃圾箱。

最后我只好又来到公园,坐在了月影中。我左思又想,真不明白为什么竟没有人能告诉我我所寻求的答案。

忽然,答案像星光一样刹那间闪现于我的脑海。我站起身,急忙返回我所属的生存领域——正如许多思想者都会做的那样。我知道了答案。一边飞奔一边把它紧紧贴在胸前,唯恐有人拦住我向我索要我的秘密。

奥莉丽亚依然坐在台阶上。月亮升得更高了,常春藤投下的阴影也更深了。我坐到她身旁,同她一起观赏一小朵云彩追赶月亮。云彩没有追上月亮,自身反倒四分五裂,变得暗淡无华了。

接着，奇迹中的奇迹发生了，快乐中的快乐到来了！不知不觉中，我们的手挨到了一块儿，手指紧紧缠绕在一起，不再分开。

半小时后，奥莉丽亚带着她特有的微笑说：

"知道吗？你回来后连一个字都没有说呢！"

"那就是城市之声。"我点点头，大彻大悟地说。

石向骞　译

失忆症患者逍遥记

那天早上我和妻子像往常一样道别。她放下手里的第二杯茶,送我到大门口,从我大衣的翻领上摘下一段别人看不到的线头(这是女人声明自己对丈夫的所有权时的惯常动作),并叮嘱我注意自己的感冒。其实我并没有感冒。接着是同我吻别——那只是仪式性的吻,是家庭风味的普通夫妻之间的吻。她的这种吻千篇一律,不用担心会有什么出其不意的新花样。临行前她倒是心血来潮地轻轻拍了我一下,不过弄巧成拙地把我别得端端正正的领带夹都给碰歪了;我带上门,听到她趿拉着拖鞋啪嗒啪嗒走回去喝那杯快凉了的早茶。

我离开家时,根本没有预感到以后将要发生的事情。疾病是突然发作的。

好多个星期以来,我几乎是夜以继日地忙着处理一件铁路大案,几天前刚刚打赢官司。事实上我多年来一直在潜心钻研法律,基本上没有间断过。我的朋友兼私人医生沃尔尼大夫为此向我提出过一两次忠告。

"如果你再不放松一下,贝尔福德,"他说,"你哪一天会一下子垮掉的。不是你的神经就是你的大脑要出问题。你说说看,报纸上哪个星期不报道失忆症患者的消息——一个人会突然走失,无名无姓地到处游荡,把自己的过去和身份统统忘光?

这都是工作过度劳累或者心事太重致使大脑淤塞的结果。"

"我一直以为,"我说,"是报道这些消息的记者们的脑子里出现了淤塞。"

沃尔尼大夫摇了摇头。

"这种病的确存在,"他说,"你需要改变一下生活方式或者休息休息。从法庭到办公室到家——这是你仅有的生活轨迹。至于消遣嘛——你只读法律书籍。你最好早听我的劝告。"

"每周四晚上,"我辩解道,"我都和妻子玩纸牌。每到星期天,她都给我读她妈妈一周的来信。读法律书不能算消遣这是说不通的。"

那天早上,我边走边想沃尔尼大夫的话。我感觉跟往常一样好——似乎比往常精神更足。

我醒来时感觉浑身僵硬,肌肉抽搐,原来我在硬座车厢那硬邦邦的椅子上已经睡了很长时间了。我头靠着椅背左思右想。过了好大一阵儿,我自言自语道:"我肯定有名有姓。"我翻遍了所有的口袋。可是连一张名片、一封信、一张纸或一处能标志我名字的字样也没找到。不过,我在大衣口袋里发现了一沓儿将近三千美元的大面额钞票。"我当然是个有名有姓的人。"我又跟自己嘀咕了一句,并继续回想。

车厢里挤满了人,我寻思,他们之间一定有一种共同的兴趣,因为大家看起来不分彼此,而且个个都兴高采烈。其中一位走过来,友好地冲我点了点头,在我身旁的空位上坐下,打开一张报纸看起来。他是个很壮实的男人,戴副眼镜,浑身散发着肉桂和芦荟的味道。他时而放下报纸与我攀谈几句,像所有的旅伴那样,我们的话题也无非是时下发生的一些事情。我发现自

己尚能应付这样的谈话,而且相当有信心,至少对我的记忆力来说是如此。过了一会儿,那位旅伴说:

"你肯定跟我们是一道的。这次西部派了大批的人来。幸好会议是在纽约开;我还从未到过东部呢。我叫 R. P. 伯尔德,来自密苏里州希科里格罗夫的伯尔德父子公司。"

虽无任何思想准备,但我必须挺身而出去应对这一紧急情况,就像一个人通常会做的那样。眼下我必须重新举行一次洗礼,而且自己必须集受洗婴儿、施洗牧师和婴儿父母于一身。感官成了我那迟钝的大脑的救星。旅伴身上持续散发出的药味给了我一个主意;我瞥了一眼他手中的报纸,上面那条醒目的广告又帮了我的忙,

"我的名字,"我随口说道,"叫爱德华·品克海默。我是个药剂师,家住堪萨斯州科纳波利斯。"

"我早知道你是个药剂师,"我的旅伴热情地说,"我看见你右手食指上有一块老茧,那是给捣药杵磨的。没错,你也是咱们全国代表大会的与会代表。"

"这些人都是药剂师吗?"我纳闷地问道。

"全都是。这趟车是从西部发来的。而且这些人都是老派药剂师——他们都还在使用处方柜,跟那些使用自动售货机卖专利片剂散剂的新派药剂师不一样。我们自己滤制止痛剂,自己搓药丸,春天还卖一些花种,也兼营糖果和鞋。告诉你吧,品克海默,我有一项提议准备在大会上提出——他们要的就是新提议。你看,你知道柜台上瓶装的吐酒石和罗谢尔盐吧,它们的标签一个是 Ant. et. Pot. Tart,另一个是 Sod. et. Pot. Tart——它们一个有毒,一个无毒。人们很容易把两个标签弄混。药剂师通常是怎么摆放它们的呢? 哈,人们尽量把它们分开放,放在不同

的货架上。这不对。依我说应该把它们并排摆放,这样一来你每次拿药时都得把一个与另一个进行比较,以免出错。你明白我的提议是什么意思了吗?"

"我看这是个很好的主意。"我说。

"好极了!等我在大会上提出来时,你就表示支持。东部那些橘黄磷酸盐按摩美容霜教授们总以为自己是伤风市场上仅有的感冒药,我们要给他们点颜色瞧瞧。"

"如果我能帮上什么忙的话,"我热心地说,"那两个瓶子装的是——呃——"

"酒石盐酸锑碳酸钾和酒石盐酸苏打碳酸钾。"

"那两个瓶子以后要并排放在一起。"我确信无疑地说。

"噢,还有一件事,"伯尔德先生说,"制药丸时你用什么做赋形剂——是用水合碳酸镁呢,还是用甘草根粉糊呢?"

"我用——呃——碳酸镁。"我答道。这个词比另一个说起来更容易些。

伯尔德先生透过眼镜怀疑地看着我。

"我用甘草根,"他说,"碳酸镁容易结块。"

"这儿又有一例假冒失忆症的报道,"没过多久,他把报纸递给我,用手指着一篇文章说。"我才不信呢。我看他们十有八九是假装的。有些人对事业、家庭都腻烦了,就想去逍遥自在一番。他们躲到一个地方去,等人们找到他时,他就假装失去了记忆——忘了自己的名字,甚至连他老婆左肩上那块草莓胎记也认不出来了。什么失忆症!屁!他们呆在家里的时候怎么就忘不了呢?"

我拿起报纸一看,只见醒目的大字标题下,有这样一篇报道:

丹佛六月十二日讯:埃尔温·C.贝尔福德,一位著名的律师,三天前突然从家里神秘地失踪了,经多方查找仍无下落。贝尔福德先生名望极高,办理过大量案件且屡屡胜诉。他已经结婚,拥有一个美满的家庭和一个本州最大的个人图书室。失踪当天,他从银行取了一大笔钱。离开银行后就没有人知道他的去向了。贝尔福德先生为人十分好静,喜欢家居生活,以家庭和事业为乐。他的奇异失踪如果有原因的话,只能与这样一个事实有关:近几个月来他一直全力以赴办理一件与 Q.Y.&Z.铁路公司有关的大案。人们担心是工作过度劳累致使他的大脑受到了损伤。为寻找失踪人的下落各方仍在努力。

"我看你似乎有点愤世嫉俗,伯尔德先生。"看了这篇报道,我说。"我倒觉得这事儿是真的。这个人事业有成,婚姻幸福,受人尊敬,为什么非要抛弃一切,突然离家出走呢?我知道这种记忆丧失现象的确可能发生,患者突然发现自己在四处游荡,没有名字,没有历史,更没有家。"

"噢,胡说乱放,"伯尔德先生说,"他们只是想快活快活。如今的教育都让人们学精了。男人知道有失忆症这种病,就趁机利用它。女人也一样,精明得很。等一切都过去之后,她们会如你所愿盯着你的眼睛拿起科学的腔调说:'不是我有意,是他把我催眠了。'"

就这样,伯尔德先生让我愉快地消磨了一段时间,但他的见解和思想观念却于我不利。

我们晚上十点左右到达了纽约。我叫了一辆出租马车来到一家旅馆，在登记簿上写下了爱德华·品克海默这个名字。写名字时，只觉得一种美妙、狂野、醉人的松快之感传遍我的全身——那是一种无限自由、重获新生的感觉。我刚刚降生到这个世界上。旧时的枷锁——无论是什么性质的——都从我的手上和脚上被打破了。未来之路清晰地展现在我这个学步的婴儿面前，只是我要带着一个成年男人的知识和阅历起步了。

我想那位店员看了我足有五秒钟。我没带行李。

"来开全国药剂师大会，"我说，"不知怎么搞的，我的行李箱还没到。"说完我抽出一卷儿钞票。

"啊！"他说，露出一颗金牙，"本店住有很多西部来的代表。"他摇铃叫来一名服务生。

我努力使自己所扮演的角色更逼真。

"我们西部代表准备采取一个重要的行动，"我说，"向大会提议，将装有酒石盐酸反碳酸钾和酒石盐酸钠碳酸钾的瓶子紧靠在一起摆在货架上。"

"先生您住三一四房间。"服务员赶忙说。我很快就被引到了我的房间。

第二天，我买了一个箱子和几件衣服，用爱德华·品克海默这个名字开始了新的生活。我不再绞尽脑汁去拆解过去的谜团了。

这座海岛大城市的生活，就像一杯泛着泡沫的美酒端到了我的唇边。走向曼哈顿的门钥匙只交给能适应它的人。你或者是它的贵客，或者是它的受害者。

接下来几天的生活如金似银。我这位爱德华·品克海默虽然只诞生了屈指可数的几个小时，但对于他突然进入的这个发育成熟、无限广远的成人世界所蕴含的稀奇享乐却很熟悉。在剧院和屋顶花园，我就像是坐着魔毯飞到了一个五光十色的奇妙境地，那里充满了轻快的音乐、漂亮的姑娘、以及表现人间百态的千奇百怪的滑稽剧。我到处游逛，随心所欲，无拘无束。我在那种怪诞的、有歌舞表演的餐馆吃饭，在更怪诞的酒桌上听着匈牙利音乐和那些能言善辩的艺术家们的狂呼乱喊。继之，当华灯齐放，夜生活像电影画面一样在眼前跳动，我又可以进入另一个天地，这里是华服珠宝及其所装饰的女人的世界，男人可以来这里寻欢作乐，大饱眼福。此情此景使我懂得了一个以前从不明白的道理。那就是，自由不在官方规则手中，而是被世俗礼仪掌握着。世俗礼仪是一道关卡，你必须付出一定的代价，冲破这道门槛，才能进入自由王国。在灯红酒绿的地方，在熙攘喧闹的地方，在竞逐奢华的地方，在尽情放纵的地方，我都看到了这条暗中流行的铁律。因此，在曼哈顿，你必须遵守这一不成文的规则，这样你才会成为自由人中最自由的人。如果你偏离了这一准则，就会桎梏加身。

有时候，为了换换口味，我也会挑选那些摆有棕榈树的庄重典雅的地方去吃饭。来这里的人都出自名门，他们举止文雅，语声低微，里面的音乐也很柔和。然后我又会到水路去乘汽船兜风。船上挤满了去岛上的游乐场玩耍的男女店员，他们穿着奇装异服，吵吵闹闹，还放肆地调情。百老汇是每日必到的地方。好一个富丽堂皇、扑朔迷离又老谋深算的令人惬意的百老汇——它对人的诱惑就像鸦片一样会逐渐让人上瘾。

一天下午，我一进旅馆，就同一个留着一撮小黑胡子的大鼻子矮胖男人在走廊里碰了个照面。我刚想绕开他走过去，只听他像老熟人一样跟我打起了招呼。

"你好,贝尔福德!"他大声叫道。"你怎么会在纽约？真不知道什么东西能把你从你那个书窝里拽出来。是和夫人一起来的还是自己一个人出来办点事,嗯?"

"您认错人了,先生。"我把被他紧紧抓住的手往回里一抽,冷冷地说,"我叫品克海默。请原谅。"

那人退到一边,惊得目瞪口呆。我走到服务台时,听见他叫服务生,说要空白电报单什么的。

"我要结账了,"我对服务台店员说,"半小时之内把我的行李拿下来。我不喜欢住在老是遭骗子骚扰的地方。"

当天下午我就搬到了下五马路一家僻静的老式旅馆。

离百老汇不远,有一家饭店,里面养着一排排鲜活的热带植物,人们可以在其间露天就餐。这里既宁静又豪华,而且服务周到,是吃饭和休息的理想场所。一天下午,我在饭店里正小心地朝一张隐在蕨类植物的餐桌走去,忽然感觉有人扯住了我的袖子。

"贝尔福德先生!"一个甜脆动听的声音忽然喊道。

我赶忙转过身去,只见一个女人独自坐在那里——她三十岁左右,看着我的样子就好像我曾经是她的一个亲密朋友,一双大眼睛格外美丽动人。

"看都不看我一眼就从我身边走过去,"她以责备的口气说,"别对我说你不认识我。我们干吗不握握手——分别十五年之后的第一次握手呢?"

我连忙和她握了握手。我在她桌对面的一张椅子上坐下来。我扬扬眉毛叫来附近一名侍者。那女人正在细细地品一杯加冰橘汁。我要了一杯薄荷酒。她的头发是铜红色的。但你不会去欣赏她那头秀发,因为你的视线离不开她那双迷人的眼睛。

不过你会意识到那头秀发的存在,就像黄昏时分,尽管你望着密林深处,但仍会意识到林边的夕阳。

"您当真认识我吗?"我问。

"不,"她微笑着说,"我从未真正认识过你。"

"如果我告诉您,"我有些焦急地说,"我叫埃尔温·品克海默,来自堪萨斯州的科纳波利斯,您会怎么想呢?"

"我会怎么想呢?"她俏皮地瞥了我一眼,学着我的话重复了一句。"看样子,你没带贝尔福德太太一块儿来纽约。要是带她来那该多好。我其实很想见见玛丽安。"她忽然稍稍压低了声音——"你没怎么变,埃尔温。"

我觉得她那双美目盯得我愈发紧了。

"不,你当然变了。"她为刚才的话有些歉疚,语调又变得温柔、愉悦起来;"现在我看出来了。你并没有忘记过去。你一时一刻都不曾忘记。告诉你吧,你永远都忘不了。"

我慌忙去薄荷酒里捞救命稻草。

"真的非常抱歉,"我被她盯得有些不自在。"然而问题正出在这里。我忘了。我把过去的一切都忘了。"

她对我的矢口否认不屑一顾。她似乎在我的脸上看出了什么名堂,就得意地笑起来。

"我常听人说起你,"她接着说,"你是西部很有名的大律师了——是丹佛吧,要不就是洛杉矶?玛丽安一定很为你自豪。我想你知道,我在你们之后六个月也结婚了。你应该在报纸上看到过消息。婚礼上仅鲜花就花了两千块。"

她刚才提到我们已分别了十五年。十五年可是一段不短的时间。

"现在向您表示祝贺,"我怯怯地问,"是不是太晚了呢?"

"只要你敢就不晚。"她的回答非常大胆，我一时语塞，只顾用拇指指甲刮着桌布上的图案。

"有一件事你得告诉我，"她靠近我热切地说——"多年来我一直想知道这件事——当然，这只是出于女人的好奇——自从那天晚上之后，你还敢不敢碰一碰、闻一闻或者看一看白玫瑰——那些被雨滴和露珠沾湿的白玫瑰？"

我呷了一口薄荷酒。

"看来我只好再重申一次了，"我叹了口气说，"我对这些事根本没有印象。我的记忆力完全丧失了。我不必再说我有多遗憾了。"

那个女人把双臂放在桌子上，并不理会我的话，眼光一直朝我的内心深处射过来。她温情地一笑，笑声给人一种异样的感觉——那是幸福的笑——是满足的笑——也是苦涩的笑。我尽力把眼光从她身上挪开。

"你撒谎，埃尔温·贝尔福德，"她陶醉地喘息着，"嗯，我知道你在撒谎！"

我呆呆地盯着那些蕨类植物。

"我的名字是爱德华·品克海默，"我说，"我随代表团来参加全国药剂师大会。我们有一项提议，要在大会上提出一个摆放装酒石盐酸锑和酒石碳酸钾药瓶的新方案，当然您很可能对此不感兴趣。"

一辆豪华轿车停在了饭店门口。那个女人站起身来。我握了一下她的手，鞠躬施礼。

"深深地抱歉，"我对她说，"我记不起来了。我可以解释，但恐怕您理解不了。您不承认我是品克海默；可我实在想不起那些——那些白玫瑰和其他的事情了。"

"再见,贝尔福德先生。"她边跨进轿车边说,脸上仍带着那种既幸福又苦涩的微笑。

那天晚上我去了剧院。刚回到旅馆,一个身穿黑衣、不声不响的男人突然像变魔术一样出现在我的身边。他正拿着一块丝质手帕擦他的指甲,一副很专注的样子。

"品克海默先生,"他漫不经心地说着,一边只顾擦他的指甲,"能否请您借一步说话? 就在这个房间。"

"当然可以。"我答道。

他领我进了一间私人小会客厅。一男一女已经等候在那里了。我猜想,如果不是被一脸的愁云和疲惫之色遮掩着,那位女士一定是美貌非凡。她是个典型的美人,其肤色和容貌正符合我的想象。她一身旅行装束;一双热切的眼睛带着极度的焦急紧紧地盯着我,按在胸口上的那只手簌簌发抖。在我看来,如果不是那个男人不容分说伸手把她拦住,她就朝我直扑过来了。接着,男人独自朝我迎来。他四十来岁,两鬓斑白,一脸的坚定和深沉。

"贝尔福德,老家伙,"他诚挚地说,"我总算又见到你了。当然,我们知道一切都很正常。我警告过你,你知道,你干工作太过火了。现在,跟我们回去,你马上就会恢复过来的。"

我冷笑起来。

"很多人都管我叫'贝尔福德',"我说,"这已经不新鲜了。叫来叫去会使人厌烦的。如果我说我叫爱德华·品克海默,而且今生今世从未见过你,不知能不能令阁下满意?"

未等那男人开口说话,只听那女人哇的一声大哭起来。她挣开那只拦挡她的胳膊奔过来。"埃尔温!"她哭着扑到我身上,把我紧紧抱住。"埃尔温,"她又一声尖叫,"别叫我太伤心了。

我是你妻子——叫我一声——只叫我一声就行。你这个样子让我看着比死还难受。"

我不失礼节地用力扳开她的胳膊。

"夫人，"我严肃地说，"恕我冒昧，您认错人了。真遗憾，"说话间我想到了一个绝妙的比喻，忍不住自得地笑了起来，"您那位贝尔福德和我不能像酒石盐酸钠和酒石碳酸锑那样可以肩并肩摆在同一个货架上以示区别。要想弄清楚这个比喻的含义，"我洋洋得意地做出结论道，"诸位有必要留意一下全国药剂师代表大会的进程。"

女人转向与她同来的男人，一把抓住他的胳膊。

"这是怎么回事，沃尔尼大夫？噢，这是怎么回事？"她哭喊着。

"回你房间去休息一会儿，"只听他说，"我留下来跟他谈谈。他的大脑？不，我想不会——只是部分脑神经的问题。是的，我保证他能恢复。回你的房间去吧，让我留下来和他单独呆一会儿。"

女人走了。那个穿黑衣服的男人也跟了出去，同时不忘细致地擦他的指甲。我想他肯定是等在走廊里了。

"如果不介意的话，我想和你谈一谈，品克海默先生。"留下来的那个男人说。

"很好，你想谈就谈吧，"我答道，"不过我得舒舒服服地谈，请原谅；我累得够呛。"我往窗根下的一把躺椅上一靠，点起了一支雪茄。那人也拖着一把椅子凑过来。

"直截了当地说吧，"他温和地说，"你不叫品克海默。"

"这我也知道，"我不紧不慢地说，"但一个男人总得有个名字吧。老实说，我并不是偏爱品克海默这个名字。人们仓促间给自己起名字的时候,往往想不出太好的来。你想想,即便换成谢林豪森或者斯科罗金斯又能怎样!我觉得起品克海默这个名字还不错。"

"你的真名,"那个人郑重地说,"叫埃尔温·C.贝尔福德。你是丹佛一流的律师。你患了失忆症,使你忘记了自己的身份。得病的原因是工作上劳累过度,也许还有生活上太单调乏味的缘故。刚刚离开的那位女士是你的妻子。"

"我认为她是个美人,"我稍做停顿,认真地想了想说,"我尤其欣赏她那头棕色的秀发。"

"那是个值得为她骄傲的妻子。自从你失踪以后,差不多两个星期,她几乎没合过眼。接到伊西多·纽曼发来的电报后我们才知道你在纽约。纽曼从丹佛去纽约旅行,他说在一家旅馆见到了你,而你却认不出他来了。"

"我记得有这么回事,"我说,"那个人还管我叫'贝尔福德'来着,如果我没记错的话。现在也该轮到你介绍自己了吧?"

"我叫罗伯特·沃尔尼——沃尔尼大夫。我做了你二十年的好朋友,给你当医生也有十五年了。一接到电报我就和贝尔福德太太一起来找你。快点,埃尔温,老伙计——好好想想!"

"想有什么用?"我皱了皱眉头问道。"你说你是个医生。那失忆症能治好吗?一个人如果失去记忆,是慢慢儿地恢复,还是一下子突然恢复?"

"有时候是逐渐恢复,但不能完全恢复;有时候是突然一下子全恢复了。"

"你能负责为我治一治吗,沃尔尼大夫?"我问。

"老朋友,"他说,"我会竭尽全力,并且借助任何可能的科学手段为你治疗。"

"太好了，"我说，"那么你就把我当成你的病人吧。从现在开始一切都要保密——一个医生应当为他的病人保密。"

"当然。"沃尔尼大夫说。

我从躺椅上站了起来。有人在屋中央的桌子上摆了一瓶白玫瑰——一束刚刚洒过水的芳香扑鼻的白玫瑰。我把它们远远地扔出窗外，然后又坐到了躺椅上。

"最好让我一下子突然恢复，勃比。"我说，"其实我也有点儿烦了。现在你去把玛丽安带进来吧。不过，喂，大夫，"我长吁了一口气，同时照他小腿踢了一脚——"我的好大夫——那真是棒极了！"

石向骞　译

普绪刻①与摩天大楼

如果你是一位哲人,你不妨做这样一件事:爬到一座高层建筑物的顶部,俯瞰三百英尺下你的同类,把他们视为小爬虫。他们就像夏日池塘里的黑水虫一样,没头没脑,漫无目标地爬来爬去,时而原地打转儿,时而又挤作一团。他们的活动智能甚至比不上值得敬佩的蚂蚁,因为蚂蚁总知道何时回家。蚂蚁是低级生物,但常常是人家舒舒服服回了家,而你们这些高等动物却仍不知归向何方。

对于屋顶上的哲人来说,人类只不过是低贱的爬虫。经纪人、诗人、百万富翁、擦鞋童、美女、小工、政治家,他们都变成了一个个的小黑点,在还不到一拇指宽的大街上躲闪着比他们稍大些的黑点。

从如此高的视点看,城市本身就成了一片横七竖八、杂乱无章的建筑群,和一张毫无道理的透视图;令人敬畏的海洋成了放鸭池;地球则成了一个打飞了的高尔夫球。生活琐事全都消失得无影无踪。哲人凝望着头顶无垠的太空,任他的思想在新视角的引领下驰骋。他觉得自己是永恒的后裔,是时间之子。太

---

① 普绪刻,希腊神话中人的灵魂的化身。后来被描绘成一位国王的女儿,容貌出众,并由此受到了美神阿佛洛狄忒的嫉妒。她曾长期寻找自己的情人,历经磨难,但最终如愿以偿。

空也将属于他这个不朽的继承者。想到他的同类终有一天会穿越神秘的太空通道往来于星球之间，他不禁战栗起来。他脚下这座框架结构的钢铁大楼简直像喜马拉雅山上的一粒尘埃，而地球又如同一颗旋转的原子。在上方，在这无足轻重的城市周围，是无比宁静无比广远的宇宙，与之相比，下面这些忙忙碌碌的黑爬虫，他们的野心，他们的成就，他们琐屑的贪欲和爱情，又算得了什么呢？

哲人毫无疑问会产生这些思想的。这些思想被清晰地从世界哲学体系中抽绎出来，并恰如其分地以问号结束，充分体现了站在高处的思想者那富于真理性的深湛冥思。哲人乘电梯下楼后，他变得眼界开阔，心绪宁静，他那关于宇宙创造的观念像夏季猎户座由三星连成的带扣一般广远。

然而如果你碰巧叫戴茜，在八马路的一家糖果店工作，住在一间又小又冷的八英尺长五英尺宽的走廊间，每周挣六块钱，吃一毛钱的午餐，年方十九，每天六点半起床一直工作到晚上九点，从未研究过哲学，那么站在摩天大楼的顶部，你或许就不会那样看问题了。

有两个人暗恋着不懂哲学的戴茜。一个是开着一家纽约最小的店铺的乔。这家铺子也就和一个建筑工具箱差不多大小，就像一个燕窝一样紧贴在闹市区一座摩天大楼的一角。里面卖的货物有水果、糖果、报纸、唱本、香烟和时令柠檬水。当严冬来临，寒气封门的时候，乔不得不把他自己连同水果都挪进店里面去，里面刚好能容下店主、他的货物、一个醋瓶般大小的炉子和一位顾客。

乔可不是那种总是在货物上做手脚因而惹恼顾客的贩子。他是个上进的美国青年，正在攒钱，而且想让戴茜帮他花掉。他已向戴茜请求过三次了。

"我把钱攒起来了,戴茜。"他如此唱着爱情曲;"你知道我想娶你想得有多苦。我的店不是很大,但是——"

"哦,不很大吗?"不懂哲学的那一位如此应和道。"怎么,我听说沃纳梅克①百货商场正想方设法让你明年把铺面转租给他们一部分呢。"

戴茜每天一早一晚都要经过乔的小店所在的街角。

"你好,火柴盒!"她通常总是这样打招呼。"你的店里好像又空了一些。你一定是又卖出去一包口香糖吧。"

"这地方的确不大,"乔总是不紧不慢地咧嘴笑着回答,"但足以容下你了,戴茜。我和商店正在恭候着你,你随时可以把我们拿去。你是不是早就想要了?"

"商店!"——戴茜鼻子向上一翘,做了一个优美的鄙夷动作——"沙丁鱼罐头盒罢了! 你说正在恭候着我吗? 哎哟! 你得扔出去一百磅糖果才能让我进去,乔。"

"那是公平交易,我不会介意的。"乔表示赞同。

戴茜的生存在各个方面都受着局限。在糖果店里,她只能侧着身子在柜台与货架之间走动。在她自己的走廊间,安逸舒适的下一步就是拥挤不堪。四壁靠得是如此之近,以至于动不动就蹭得墙上的报纸哗哗响。她可以同时一只手关房门,另一只手点煤气,而眼睛又无需离开镜子里自己那一头棕色头发的高卷发型。她把乔的照片镶在描金像框里,摆在梳妆台上,有时候她也——然而紧接着她又总会想到乔那只像钉在那座大楼墙

① 沃纳梅克(1938—1922),美国商人,曾任美国邮政局局长,其男装经营扩展为最早的百货店之一。

183

角上的一只肥皂盒似的滑稽的小店,于是刚刚涌上心头的情愫在扑哧一笑中又消失了。

继乔之后几个月,戴茜又有了另外一个追求者。他来到戴茜所在的寄宿公寓住了下来。他叫代布斯特,是个哲人。虽然年纪轻轻,但他的造诣已溢出体表,给他贴上了哲人的标签。他的学问都是从百科全书和各种实用知识手册中捋来的;至于智慧嘛,当智慧女神驾着汽车驶过的时候,他却被遗弃在了路上,无奈地吸着鼻子,连车子的号码都没记住。他能够,也很愿意告诉你水是由什么组成的,豌豆炖牛肉可以增强肌肉,《圣经》中最短的诗篇,固定二百五十六块屋顶板、出檐四英寸需要多少磅钉子,伊利诺伊州的卡纳基的人口,斯宾诺莎的理论,H.麦凯·唐布利先生的第二个迎客男仆的名字,胡塞克隧道的长度,让母鸡抱窝的最佳时间,从德里夫特伍德至宾夕法尼亚的雷德班克佛尼斯之间的铁路邮政信差的工资,猫的前腿有多少块骨头等等。

如此多的知识并没有给代布斯特造成什么负担。他在统计数字方面的知识就像欧芹的嫩叶,他以此来装点他聊天的盛宴,而这样的盛宴只要他认为合乎你的口味就会为你摆上一桌。此外,在寄宿公寓食堂的餐桌上,他还把这些数字知识当作唇舌之战的临时掩体。他会连珠炮似的用一串串数字向你发问,例如一段长度为一英尺、截面为五英寸长二又四分之三英寸宽的直铁条的重量,明尼苏达州斯内灵堡的年平均降雨量。而正当你重整旗鼓试图壮着胆子反问他一只母鸡为什么要横过马路时,他早一叉子叉住了盘子里最好的一块鸡肉。

由此看来,有了这样一位手握利器,又进一步配备了英俊的面孔和油光的头发,还有闲暇在下午三点逛街购物的人物,开小人国大商场的乔算是遇上了劲敌。

可是乔没有御敌的武器。即使有，他的小店也没有空间施展它。

一个星期三的下午，四点钟左右，戴茜和代布斯特先生双双站在了乔的货摊前。代布斯特戴着一顶丝礼帽，而——哦，戴茜是个女人，这顶帽子在乔看到它之前是没有机会回到它的帽盒里去的。这次来访表面上是买一条菠萝口香糖。乔从小店敞开的一侧把口香糖递出去。他看到那顶帽子后既没有脸色发白也没有声音发颤。"代布斯特先生要带我到楼顶上去看风景，"戴茜在介绍她的两位追求者相互认识之后说，"我还没上过摩天大楼呢。我想上面一定非常棒非常好玩。"

"啊哼！"乔敷衍道。

"从高楼顶部看去，"代布斯特先生说，"呈现在你眼前的是一幅全景画面，它不仅无比壮观，而且会使人受益匪浅。戴茜小姐此行一定会获得难以忘怀的乐趣。"

"上面风也很大，就像这里一样，"乔说，"你穿得够暖和吗，戴茜？"

"没问题！我里边穿得严严实实的。"看到乔的眉头阴云密布，戴茜顽皮地笑着说，"你活像一个装在盆子里的木乃伊，乔。你又进货了吧，是一品脱花生还是一个苹果呀？看来你的货进得过剩了。"

戴茜为她自己这个得意的玩笑咯咯地笑出了声；乔也不由得跟她笑了起来。

"你的店铺面积嘛，这位——呃——呃——先生，"代布斯特评论道，"同这座大楼相比是显得狭小了一些。我估算大楼这一边的这块地方有三百四十英尺长一百英尺宽。按比例说，你所占的面积相当于半个贝卢奇斯坦，而大楼这边这一整块儿地方相当于美国落基山脉以东的地区再加上安大略省和比利时。"

"是这样吗，万事通？"乔开心地说。"你真是个数字专家。那么请问，一头叫驴如果闭上嘴安静一分钟零八分之五秒，它能吃下多少平方磅干草捆呢？"

几分钟后，戴茜和代布斯特先生走出电梯，来到了摩天大楼的最上边一层。接着再爬上一段短而陡的楼梯，就到了楼顶。代布斯特把她引到栏杆边，这样她就能看见下面街道上一个个移动着的小黑点儿了。

"那是什么呀？"她颤声问道。她以前从未站到过这么高的地方。

而此时代布斯特就得扮演高楼上的哲人角色，引导她的心灵去接触那个无限广阔的空间了。

"那是两条腿的动物，"他一本正经地说，"瞧瞧吧，尽管只是从三百四十英尺这个微不足道的高度看，他们都变成什么了——一群胡乱地爬来爬去的小爬虫而已。"

"不，根本不是，"戴茜忽然嚷道——"他们是人！我看见了一辆汽车。噢，天哪！我们站得真有那么高吗？"

"到这边来。"代布斯特说。

他指给她看，脚下这座巨大的城市现在成了儿童搭的一排积木。虽然天还未黑，但冬日下午的第一批灯火已经亮起来了，像星星一样点缀在城市中间。南面和东面的海湾和大洋神奇地与天空融为一体。

"我不喜欢这儿。"戴茜睁着一双困惑的蓝眼睛说，"我看咱们还是下去吧。"

但是哲人不想放弃这个机会。他要让她见识一下他那深广的思想，他对无限、永恒的把握，以及他在统计数字方面的记忆力。这样一来,她就绝不会再满足于在纽约最小的商店里买口香糖了。于是他开始大谈人间的事情是多么地渺小,从地面只上升了这么一丁点儿高度,竟然使人类及其创造物看上去就只有一块银元的三十分之一大小了。看来人们应该考虑一下星系理论和爱比克泰德①的箴言并从中寻求安慰了。

"不要让我跟你看了,"戴茜说,"依我看,在这么高的地方,地上的人看上去像跳蚤,这真可怕。我们看到的人里面可能有一个是乔。哎哟天哪! 我们还不如去新泽西来着! 喂,我在这儿真害怕!"

哲人不知趣地笑了。

"整个地球,"他说,"也只不过是宇宙空间中的一颗谷粒而已。抬头看看吧。"

戴茜战战兢兢地凝望着天空。短短的白昼过去了,天上的星星出现了。

"远处那颗星星,"代布斯特说,"就是金星,也叫晚星。她离太阳有六千六百万英里。"

"胡说!"戴茜一时激动起来,"你以为我从哪儿来——布鲁克林区吗? 我们店的苏茜·普莱斯——她哥哥给她寄来一张去旧金山的车票——那才三千英里。"

哲人放声大笑。

"我们的地球,"他说,"离太阳九千一百万英里。有十八颗一等星,它们离我们的距离是太阳离我们的距离的二十一万倍。它们如果有一颗熄灭了,那么我们现在看到的是它三年前发出

---

① 爱比克泰德(约55—135),古罗马新斯多葛派哲学家。宣扬宿命论,主张通过摒除一切世俗情欲与力所不能及之事来达到内在自由。

的光。六等星有六千颗。它们的光需要三十六年才能到达地球。用十八英尺的望远镜,我们能看到四千三百万颗星星,其中包括那些十三等星,它们的光到达我们这里需要两千七百年。这些星星每一颗——"

"你在撒谎,"戴茜生气地嚷道,"你想吓唬我。你做到了;我想下去!"

她急得直跺脚。

"牧夫座中的大角星——"哲人又改用安抚的口气开始了,但他的话突然被大自然中出现的一个真实的天文事件打断了。他费尽心思地想用记忆力而不是心灵去描绘大自然。在心灵的描绘下,大自然把星星嵌在天空,是特意为了给在下面幸福地漫步的情侣送去柔和的光芒;当你臂挽恋人在秋夜徜徉的时候,你踮起脚尖几乎用手就能摸到它们。不错,它们的光到达地球的确要走三年!

西边飞来一颗天外流星,照得大楼屋顶如同白昼。它在空中划出一道亮闪闪的弧线飞向东方。流星飞过,发出嘶嘶的声音,戴茜吓得尖叫起来。

"带我下去,"她捶胸顿足地叫道,"你——你脑子里只有算术!"

代布斯特带她上了电梯。她惊恐地瞪着眼睛,随着电梯缓缓下降,浑身还直发抖。

一出摩天大楼的旋转门,哲人就找不到她了。她跑得无影无踪;他不知所措地站在那儿,数字和统计学都帮不上他的忙了。

乔此时正没有生意,他慢慢从货物中间挤过身子,点上一支香烟,把一只冰凉的脚靠在了微温的炉子上。

突然，店门被猛地撞开，戴茜笑着、叫着，把水果、糖果碰得四处散落，一下子扑到了乔的怀里。

"噢，乔，我上过摩天大楼了。你这儿又舒适又暖和多像个家呀！我想好了，乔，你什么时候想要我我就什么时候嫁给你。"

石向骞　译

麦迪逊广场上的麻雀

对于一个来纽约闯荡,想涉足文坛的寒门子弟来说,倘若他事先对这一领域有过仔细的研究,那么就只有一件事可做。他须径直奔向麦迪逊广场,写上一篇关于那儿的麻雀的文章,再卖给《太阳报》,挣得十五美元。

在我记忆当中的小说或故事里,那些从小地方来到大都市,想靠笔杆求名逐利的青年作家主人公们,无一不是以这种方式起步的。哪位作者在为他的新作构思奇特的情节的时候,如果想不到让他的主人公去写一篇关于联合广场上的蓝鸟的故事并卖给《先驱报》,那才是咄咄怪事呢。不过,检索一下纽约市的小说档案,你会发现绝大多数作品写的却是麻雀与那个古老的花园广场的故事,而且《太阳报》也一直在开出那十五美元的支票。

当然,要弄清那些新生作家的第一次城市探险为什么总会成功并不难。他怀着一颗上进心而来;在这个由钢铁、沙砾和大理石建成的喧嚣的大都市,他忽然发现了这片小鸟欢歌、芳草茵茵、绿树成行的净土;他的心灵被一缕缕既甜蜜又忧伤的乡愁所缠绕;他的天赋被唤醒,一股脑儿涌出,仿佛以后永不再来;鸟儿喳喳叫,树枝轻轻摇,滚滚车轮发出的噪音被忘却;他将灵魂聚于笔端,一挥而就——然后他把文章卖给《太阳报》,得到十五美元。

我来纽约之前好几年就了解这一风俗了。我的朋友们强烈反对我前往,而我只是沉静地付之一笑。他们不知道我藏有麻雀的锦囊妙计。

我一到达纽约,汽车就载着我从渡口出发沿二十三大街直奔麦迪逊广场,我仿佛听到那张十五美元的钞票在我内衣口袋里沙沙作响。

我在一家名号未详的旅馆找了一间住处,第二天一早,几乎在麻雀们醒来的同时,我就坐在麦迪逊广场的一条长凳上了。小麻雀那悦耳的啁啾,珍稀树种上的片片新绿,还有那清新的芳草,都使我真切地回想起了那已远离的古老农场,泪水差一点儿夺眶而出。

刹那间,我身上灵感涌动。那群快乐的小鸟发出的勇敢、尖脆的音符,汇成一首奇妙的,充满希望、喜悦和无私的歌。

和我一样,这些小生灵也有一颗与树木、田野共律动的心;和我一样,它们也是这个节奏混乱、麻木迟钝的城市环境的俘虏——然而它们又是以多么优雅的姿态和欢畅的心情在承受着这种束缚啊!

接下来,早起的人们开始穿过广场去上班——一个个左顾右盼,满面愁容,匆匆、匆匆、匆匆。而我却从麻雀的叫声中提炼出了我的主题,又把它转化成一堂课、一首诗、一段狂欢舞、一首催眠曲;然后把这些迻译成散文体的文字,我的写作就此开始。

我的笔在稿纸上漫游了两个小时,中间几乎没有停顿。随后,我回到那间租了两天的小屋,把写成的文字削去一半,然后怀着满腔的热望寄给了《太阳报》。

第二天天一亮我就起了床,从我的盘缠里拿出两分钱买了一份报纸。"麻雀"这两个字应该就在上面,可我却没能找到。我把报纸拿到房间,在床上摊开来,一个栏目一个栏目找了个遍。肯定是出了问题。

三小时后,邮差给我送来一个大信封,里面装着我的手稿和一张大约三英寸宽四英寸长的廉价纸片——我想诸位肯定有见过这种纸片的,纸片上用紫色墨水写着"《太阳报》谢谢您的合作"。

我又来到广场,坐到一条长凳上。不行;那天上午我没有任何心情吃早饭。那群讨厌的害鸟麻雀像白痴一样在广场上叽叽喳喳乱叫,让人烦躁不安。我这一辈子还从未见过如此执拗地聒噪不止,如此肆无忌惮、面目可憎的鸟。

按照惯例,此时此刻我应该正站在《太阳报》的编辑部办公室。那位大人物——一个身材高大、表情严肃、一头银发的男人——忙不迭地又是同我握手又是擦眼镜上可能沾上的水汽又是摇银铃招呼人。

"麦克切尼先生,"当他的一名属下出现时,他会说,"这是亨利先生,就是寄来写麦迪逊广场上的麻雀的那篇精品之作的年轻人。请你马上为他安排一张办公桌。您的薪水嘛,先生,开始先定为每周八十美元。"

这就是在那些建构了纽约文学传奇的作家的引导下我所期望的结果。

一定是惯例本身出了问题。我不能为此担当罪责,于是把它归咎于那些麻雀。我开始强烈地仇视起它们来了。

这时,一个满脸疯长的胡须、戴着两顶帽子、浑身邋里邋遢的家伙溜过来坐在我的身边。

"嘿,威利,"他以哄骗的口气咕哝道,"今早儿能不能从你的金库里抠出一毛银角子来喝杯咖啡呀?"

"我的气可没那么粗,朋友,"我说,"我最多只能拿出三分。"

"可你看上去像个绅士呢,"他说,"是什么让你破落了?——是酒吗?"

"是鸟,"我咬牙切齿地说,"是这群棕毛脖子歌唱家,它们对在这座城市的灰尘和噪音中辛苦劳作疲惫不堪人们大唱希望和欢乐的颂歌。这群从草地和树林飞来的小信使叽叽喳喳甜甜蜜蜜地向我们描述湛蓝的天空和开满鲜花的原野。这群呆头呆脑眯缝着眼睛的小坏蛋尖叫起来就像一堆汽笛琴。它们像市府参事一样到处找草子和虫子填饱肚皮,而人却坐在长凳上连早饭都没得吃。没错,先生,是鸟!看看它们吧!"

说着,我抓起扔在长凳旁边的一根干树枝,用尽全身的力气,朝草地上密密麻麻的一群麻雀掷过去。群鸟尖叫着慌乱地飞到了树上;但有两只倒在草地上飞不起来了。

我那位讨人厌的朋友一下子跳过长凳,抓起那两只扑打着翅膀的遇难者,急急忙忙塞进口袋。然后他伸出肮脏的食指,打手势招呼我过去。

"过来,伙计,"他嘶声说,"这点儿吃的也有你一份儿。"

非常感谢!

我无精打采地跟我这位邂逅相识走了。他带我离开广场,走进一条小巷,然后从一个豁口钻过一道篱墙,来到一片正在挖掘施工的空地上。他在一堆废旧的石块和木材后面停住,把鸟掏了出来。

"我这儿有火柴,"他说,"你有引火的纸没有?"

我抽出我那份麻雀故事的手稿,以做焚烧祭品之用。那儿有的是可供我们生火用的厚木板、小木条和碎木片。我那位脏兮兮的朋友从破烂衣服里竟然摸出来半块面包,还有胡椒粉和盐。

不到十分钟,我们二人就各自叉着一只麻雀在跳动的火苗上烤了。

"听我说,"我那位野炊伙伴说,"饿肚子的时候这东西也挺不错的。这使我想起了我刚来纽约闯荡的时候——大概十五年前吧。我从西部来,想看看能不能在哪家报社谋个差事。第二天早晨,我碰巧来到了麦迪逊广场公园,无所事事地坐在长凳上。忽然间,我注意到麻雀的鸣叫是那么的动听,小草和树木是那么的翠绿,觉得自己又回到了乡下。我随即从口袋里掏出纸,然后——"

"我知道,"我打断他说,"你把稿子寄给了《太阳报》,得到十五美元。"

"咦,"我的朋友惊疑地说,"你好像知道得很多。那时你在哪儿? 我在长凳上睡着了,就在太阳底下,有人把我身上每一分钱都摸走了——十五美元。"

石向骞　译

精确的婚姻学

　　"以前我跟你说过，"杰夫·彼得斯说，"对女人的骗术我从来就没有多大信心。跟他们做搭档一块儿去行骗，即使搞的是光明正大的骗局，她们也靠不住。"

　　"可以这么说，"我说，"我认为她们女性有资格被称为诚实的性别。"

　　"何必不诚实呢？"杰夫说。"自会有另外一个性别的人替她们去招摇撞骗或拼命干力气活儿。她们干事本来也说得过去，可就怕她们感情冲动头脑发热。这个时候你就得找个男人来顶替。而那个男人一准是个扁平足，沙黄色胡子，拖着五个儿女，住着一幢已做了抵押的房子的家伙。有一次我和安迪·塔克在凯罗搞了一家婚姻介绍所，聘了一位寡妇太太来帮忙玩儿点小骗术。我就拿她当例子讲讲吧。

　　"只要你有够登广告的资金——也就是车辕杆细头儿那么粗的一卷钞票吧——就可以开一家婚姻介绍所大赚其钱。我们约莫有六千块钱，想在两个月内让它翻一番儿。我们没有领新泽西州的营业执照，所以最多只能干两个月。

　　"我们拟了一条广告，内容是这样的：

　　某女新寡，三十二岁，貌美恋家，有体己三千及乡间不菲产业,有意再醮。欲觅一男性佳偶,无论贫富,只求性情温良,因美德多出自贫寒之士。应征者若果忠实可靠,善于持家理财,年龄、相貌并不苛限。来信务请详尽。

寂寞人启

伊利诺伊州,凯罗市

彼得斯－塔克事务所收转

"'这已经蛮不错了,'我们杜撰出这篇佳作之后,我说,'可是这位夫人在哪儿呢?'

"安迪不耐烦地冷冷瞟了我一眼。

"'杰夫,'他说,我还以为你早就把那套现实主义事业观扔掉了呢。干吗非要一位夫人?华尔街大量出售掺水分的股票,难道你还指望能从里面找出一条美人鱼来吗?征婚广告跟一位夫人有什么关系?'

"'听我说,'我说,'你知道我的原则,安迪,无论做什么非法的买卖我都得拿出实实在在的东西,让人看得见、摸得着。凭着这个原则,还有对市政法令和火车时刻表的透彻研究,我才得以避免从警察那儿招来不是一张五元钞票或一支雪茄烟所能了结的麻烦。眼下要实现这个计划,我们必须拿出一个有血有肉的漂亮寡妇来,最起码也得弄来这样的一个活人,貌美不貌美、有没有清单上列出的不动产和附属品都成,不然的话治安官可就要跟你过不去了。

"'也好,'安迪重新考虑了一番之后说,'这样做也许更保险,万一邮局或治安机关来调查我们的事务所呢。可是,'他说,'你上哪儿去找这么一个寡妇,愿意浪费时间玩这种没有婚姻的

196

征婚把戏？'

"我对安迪说，我认识的一个人倒是个相当合适的人选。我有个老朋友叫齐克·特罗特，原本在杂耍园子起瓶塞卖汽水，兼给人拔牙。一年前他喝了一位老郎中给他的泻药，而没有灌那种平时总是让他酩酊成仙的神汤，结果就让老婆当了寡妇。以前我经常在他们家落脚，我觉得我可以说服她来入伙。

"离她居住的那个小镇只有六十英里，我坐上火车就赶到了那里。她仍旧住在原来那幢小房子里，洗衣盆里仍旧栽着向日葵，站着公鸡。特罗特太太相当符合我们在广告中列出的条件，只是在相貌、年龄和财产方面可能有些出入。她不无可人之处，总算过得去，而且让她干那份工作，也算是对齐克有个交代。

"'你们要做的这宗生意没有什么不正当的吧，彼得斯先生？'我向她说明来意后，她问道。

"'特罗特夫人，'我说，'安迪·塔克我俩合计过了，在我们这个地域辽阔、公平盛行的国度，看了我们的广告后，至少有三千个男人想得到你的青睐和你那有名无实的钱财。假如你把你的芳心交出去，把么就会有三千个心存侥幸之徒要把他们那副臭皮囊托付给你，那些人不是游手好闲、唯利是图之辈，就是生活的失败者、骗子和卑鄙的淘金者。

"'我和安迪，'我说，'打算教训教训这群社会蠹贼。我和安迪按捺不住，差点儿要去成立一个"扬善惩恶上当活该婚介所"。我解释清楚了吗？'

"'清楚了，彼得斯先生。'她说。'我就知道你不会干那些卑鄙的勾当。可是我能干些什么呢？对你说的这三千个无赖，是要我一个一个亲口回绝他们呢，还是成批成批地把他们撵走呢？'

"'你的工作嘛,特罗特夫人,'我说,'实际上就是一个幌子。你就呆在一家清静的客店里,什么事都不用做。往来信件和业务上的事由安迪和我包办处理。'

"'当然啰,'我接着说,'难免有几个情急或性子急的,兴许舍得凑钱买车票,亲自跑到凯罗来死皮赖脸地当面向你求婚。若出现这种情况,就得劳驾你亲自出马,费些口舌打发他们了。我们每周付给你二十五美元,旅馆费另外替你支付。'

"'等我五分钟,'特罗特太太说,'让我拿上扑粉,把大门钥匙寄放到邻居那儿,你这就可以开始给我计工资了。'

"这样我就带特罗特太太到了凯罗,安排她住进一家旅馆。旅馆离我和安迪的住处不远也不近,既不至于引起人们的怀疑,又不觉得往来不便。随后我向安迪讲了事情的经过。

"'好极了,'安迪说,'现在我们搞到了有血有肉的鱼饵,你总该把心放到肚子里,腾出手来钓鱼了吧?'

"于是我们在全国各地的报纸上刊登广告。我们只登一次就罢手。其实一次登的数量也不能太多,不然我们就得雇请好多办事员和女秘书,而她们嚼口香糖的声音能惊动邮政局长。

"我们在银行里以特罗特太太的名义存了两千块钱,并把存折交给了她,以备有人对我们事务所的可靠性和动机产生疑问时,可以随时出示给他看。我知道特罗特太太是个诚信之人,把钱存在她的名下不会有什么闪失。

"仅只这么一则广告,安迪和我就要每天忙上十二个小时来回复应征信件。

"每天都有百十封来信。以前我从未想到,这个国家竟有这么多热心肠的贫寒男士愿意娶一位美貌的寡妇,并勇挑重担,为她理财。

"应征者大都声称自己上了年纪却下了岗,怀才却不遇,然后又信誓旦旦地说自己有一肚子的柔情蜜意和一身的男子汉气概,寡妇如能以身相许,保管她一辈子称心如意。

"彼得斯－塔克事务所给每一位应征者都回了一封信,信中称,寡妇对他们诚挚、生动的来信大为感怀,请他们继续来信详谈,若方便请附照片一张。彼得斯－塔克同时告知应征者,把第二封信转交给美丽的女当事人的费用是两美元,也请随信寄来。

"现在你可以看到我们这个计划的妙处所在了。各地的情种、骑士们百分之九十都想方设法筹到钱给我们寄过来了。事情就这么简单。唯一让我和安迪抱怨的是,拆信拿钱这件事做起来太麻烦。

"少数应征者亲自登门拜访。我们只把他往特罗特太太那儿一领,剩下的事就由她来处理;只有三四个又回来,找我们索要回家的车费。等乡村便邮的信件纷纷寄到后,安迪和我每天都有两百块的进账。

"一天下午,我们忙得不可开交。我忙着把一美元、两美元的零钱塞进雪茄烟盒里,安迪则一个劲地用口哨吹他的《她才不举行婚礼呢》。这时,一个机警的小个子男人闪了进来,两眼滴溜溜地打量周围的墙壁,好像在追寻丢失的盖恩斯巴勒①的油画似的。我盯着他,一股自得感油然而生,觉得我们的生意顺顺当当,做得毫无破绽。

"'我说你们今天的邮件可真不少哇。'那人说。

"我伸手去拿帽子。

"'来吧,'我说,'我们一直在等你来呢。我领你去看货。

---

① 盖恩斯巴勒(1727—1788),英国著名画家。

你从华盛顿动身的那阵子,泰迪①还好吗?'

"我领他来到濒河旅馆,把他介绍给了特罗特太太。接着,我拿出在她名下存入银行的两千块钱的存折给那人看了看。

"'看起来一切都正常嘛。'那个侦探说。

"'没错,'我说,'你若是单身未娶,我可以安排你留下来同这位女士谈一谈。那两块钱的费用我们就不收了。'

"'谢谢了,'他说,'我若是个单身汉我会接受你的好意的。多保重,彼得斯先生。'

"三个月不到,我们赚了五千多块,心想也该收场了。已有很多人对我们表示不满;特罗特太太似乎也厌倦了这份工作。不断有求婚者要求同她见面,这不免让她心烦意乱。

"我们决定罢手抽身。我来到特罗特太太住的旅馆,给她支付最后一周的薪水,向她道别,还有就是要回那个两千块钱的存折。

"我到那儿一看,她哭成了泪人儿,就像一个不愿上学去的孩子。

"'哎,哎,'我说,'你这是怎么啦?谁欺侮了你,还是你想家啦?'

"'不,彼得斯先生,'她说,'我想跟你谈一谈。你跟齐克是老朋友,有话我就直说了。彼得斯先生,我恋爱了。我爱上了一个男人,没有他我就无法生活。他正是我心目中理想的男人。'

"'那就要了他吧,'我说,'我是说,只要他也有这个意思。他对你是不是也这么一往情深呢?'

---

① 泰迪,原文为"Teddy",指美国第二十六届总统西奥多·罗斯福(1858—1919)。泰迪是西奥多(Theodore)的昵称。

"'他是的,'她说,'不过他是看了广告之后才来找我的,他说若不把那两千块钱给他,他就不同我结婚。他叫威廉·威尔金森。'说完,她又情不自禁地放声痛哭。

"'特罗特夫人,'我说,'没有人比我更理解女人的情怀了。何况你还是我一个最要好的朋友的生活伴侣。这件事如果只由我一个人做主,我肯定会说,拿上这两千块钱,跟你的意中人结婚去吧,祝你们幸福。

"'我们拿得出这笔钱,因为我们从向你求婚的那些蠢货身上捞了五千多块。但是,'我说,'我得跟安迪·塔克商量商量。'

"'他也是个好人,只是做起生意来太精明。他跟我一样也是这宗买卖的股东。我去找安迪谈谈,'我说,'看看怎么办才好。'

"我返回客店,把这件事向安迪讲了。

"'这是我意料中的事,'安迪说,'只要女人动了感情产生了偏爱,那么不管合伙干什么事,你都不能指望她同舟共济坚持到底。'

"'安迪,'我说,'想想吧,一个女人因为我们而伤透了心,这真叫人心里过意不去。'

"'不错,'安迪说,'那我就把我的想法告诉你吧,杰夫。你这个人心慈手软,慷慨大方。我为人太苛刻,心肠硬,也太多疑。这次我迁就你。到特罗特太太那儿跑一趟,让她从银行里把那两千块钱取出来,交给她的心上人,快快活活过日子去吧。'

"我跳了起来,拉住安迪的手握了足有五分钟。

"然后,我来到特罗特太太的住处,把我们商量的结果告诉了她。她一听就又像刚才那样大哭起来,不过这次是出于高兴,而不是出于伤心。

"两天后,我和安迪打点行装,准备上路。

"'临走之前,你不想去特罗特太太那儿见见她吗?'我问安迪,'她倒是很想见到你,好当面向你致谢。'

"'哦,我想不必了,'安迪说。'我们还是快点赶火车去吧。'

"我像往常一样开始把我们挣得的钱往腰包里塞。这时,安迪从口袋里掏出一卷大额钞票,要我一并收起来。

"'这是哪儿来的钱?'我问道。

"'特罗特太太的那两千美元。'安迪说。

"'怎么到了你手里?'我问。

"'是她给我的,'安迪说,'一个多月来我每星期都去她那儿三次。'

"'你就是那个威廉·威尔金森?'我说。

"'是的。'安迪答道。"

石向骞 译

寻宝记

傻瓜种类繁多。好了，大家能不能安静坐好，等叫到名字时再起来？

除了一种，别的傻瓜我都当过。我花掉了父亲的遗产，假装结了婚，玩过扑克，打过草地网球，做过投机生意，用许多办法很快就把钱都搞没了。可是有一种招致众人嘲笑的事我没有干过，就是搜寻埋藏的宝藏。这一令人高兴的激情只有很少人能尝到，但是在准备踏着国王迈达斯的马蹄印前进的人中，谁也没有找到一种爱好能像它给人这么多快活的希望。

不过，稍稍偏离一下我的议题——蹩脚的作者总要偏题。我是个多愁善感的傻瓜。我遇见了梅·玛莎·曼古姆，我就属于她了。她十八岁，肤色好似一架崭新的钢琴上的白色象牙琴键，人长得美，像一个单纯的天使，注定要生活在得克萨斯沉闷的草原小城，身上有一种精妙的庄重和惹人爱怜的魅力。哪怕她想从比利时或者任何其他花哨国家的王冠上像摘树莓一样地摘取红宝石，她那可爱的态度和神情都会让她办到。不过，她并不知道自己有此等魅力，而且我也没有描述给她听。

听我说，我就是要得到、拥有梅·玛莎·曼古姆。我要她跟我在一起，要她每天把我的拖鞋和烟斗放在我晚上找不到的地方。

梅·玛莎的父亲的身影藏在胡须和眼镜背后。他活着是为虫子,为蝴蝶,为所有飞着、爬着、嗡嗡叫着顺你脊梁爬下去,或者待在黄油里的昆虫。他是个词源学家,或者说,他摆弄字。他一辈子都在张网抓飞虫,抓到绿花金龟目里的飞鱼,用大头针钉上,然后给它们冠以各类名字。

他们全家就他和梅·玛莎。梅·玛莎做到他不时有饭吃,衣服不至于前后穿反,酒瓶里灌满了酒,因此他把她当作人类的一份优质样本倍加珍爱。据说,科学家容易心不在焉。

除了我,还有一个人认为梅·玛莎·曼古姆值得渴求,此人便是古罗·班克斯,一个刚从大学回到家里的年轻人。书本中能找到的一切造诣他都有,像拉丁语、希腊语、哲学,特别是比较高级的数学和逻辑学。

无论跟谁讲话,他都习惯地把这点情况和他的学问和盘托出,要不是这一点,我会很喜欢他的。不过,尽管如此,你会料到,他跟我是好朋友。

我们俩有机会就碰头,因为都想从对方探出梅·玛莎·曼古姆心理的动向——我这说法不太高明,古罗·班克斯绝不会这么修辞。对手之间就是这样。

你也许会说古罗·班克斯喜欢书、礼仪、文化、划船、才智,还有衣服,而我则让你想起篮球和周五晚上的辩论社团——这些在我这儿就算作文化——或许还有马背上高明的骑手。

可是,不管是我们俩自己聊,还是去找梅·玛莎跟她聊,古罗·班克斯和我谁都看不出在我们俩中她更喜欢谁。梅·玛莎天生万事不表态,从小就会让人猜来猜去。

我已经说了,老曼古姆心不在焉。过了好久,他有一天发现——准是一只蝴蝶告诉他的——两个年轻男人正想撒网罩住一个年轻人——一个照看他的安逸生活的女儿，或者说是某种有此技术性功能的附件。

科学家能够应付这类形势，我以前可一无所知。老曼古姆张嘴就把古罗和我定位在脊椎动物中最低下之列，而且是用英语说的。除了简单地提到赫尔维西亚国王奥盖陶里克斯的时候，他连拉丁语都不用。比我自己懂的一点不多。他告诉我们，要是再在他家被他逮着，他就要把我们俩加进他的收藏里面。

古罗·班克斯和我两人躲开了五天，指望风暴会平静下来。等我们壮胆再去她家时，梅·玛莎和她父亲已经走了。离开了！他们租的房子已经关闭，他们的财物也都不在了。

梅·玛莎对我们俩谁也没有说一声再见——没在山楂丛里别上一张飘动的白色纸条，门柱上没有粉笔的留言，也没有在邮局留下一张明信片给我们任何提示。

整整两个月，古罗·班克斯和我——分头——想尽一切办法去追踪出逃者。我们动用跟卖票的、马车夫、火车列车长，还有我们一个孤独的警官的友情以及对他们的影响，但是一无所获。

后来，我们俩成了比任何时候更铁的朋友也是更大的仇敌。每天下午干完活，我们都在斯奈德的酒馆后房里聚会，玩骨牌，谈话中互相设陷阱，想探出是不是有什么发现。对手之间就是这样。

嘿，古罗·班克斯用一种挖苦的方式来卖弄自己的学问，把我归到朗读"可怜的简·雷，她的鸟儿已死，她无法做游戏"的层次。好啦，我还是有点喜欢他，而且，我鄙视他大学里来的学问。再有，人家总认为我为人和善，所以我就忍着脾气。而且，我想搞清他是否知道梅·玛莎什么消息，因此，我便忍着跟他来往。

一天下午谈事的时候，他对我说：

"假设你真的找到她了，埃德，这对你有什么好处呢？曼古姆小姐有头脑。也许这头脑还没有培育好，可是她注定要享受比你能够给她的更高级的东西。对于古代诗人和作家、还有那些吸收并且运用古人的生活哲学的现代崇拜者的魔力，我交谈过的人里没有谁比她更能领会。你难道不明白寻找她是浪费你的时间吗？"

"幸福的家，"我说道，"在我看来是坐落在得克萨斯草原上一个小池塘边橡树丛中的房子，里面有八个房间，客厅里有一架带自动演奏的钢琴，围栏下首先要有三千头牛。有一架平板马车，柱子上总拴着矮种马，等着'太太'——也就是由梅·玛莎·曼古姆——随心花费农场的收益。她跟我待在一起，每天把我的拖鞋和烟斗放在我晚上找不到的地方。幸福的家，"我说，"就是要像这个样子。我才不在乎——一星半点都不在乎你的课程啦，崇拜者啦，还有哲学。"

"她生来是要过更高级的生活的。"古罗·班克斯再次说道。

"不管她生来要干什么，"我答道，"眼下她人不在。而我要尽快找到她，不要什么大学的东西帮忙。"

古罗放下牌说："这局玩不下去了。"然后我们就喝啤酒了。

不久，我认识的一个农民进城，给我带来一张叠好的纸。他说他爷爷死了。我抹掉一滴眼泪。他接着说老人家二十年小心看守这份文件，把它作为遗产的一部分传给家人，其余的是两头骡子和一斜条种不了庄稼的土地。

文件写在老式的蓝色纸张上，废奴主义者反对主张脱离联邦者的时代就使用这种纸。日期是一八六三年六月十四日，描述十头小驴驮运的价值三十万元的金币银币的藏匿地点。老隆德尔——孙子塞姆的祖父——从一个参与埋宝的西班牙神甫处获得情报,该神甫多年以前——不对,是以后——在老隆德尔的家中去世。神甫口授,老隆德尔笔录记下这段描述。

"你父亲为什么不去寻宝?"我问小隆德尔。

"没等能去找他眼睛就已经瞎了。"他答道。

"那你自己为什么不去找?"我问。

"这个,"他说道,"我知道这份文件的事才十年。我首先得忙春耕,然后给玉米地锄草,再后来就是收饲料。不一会儿冬天就到了。一年又一年好像就这么过来了。"

这一席话听起来满有理,我于是马上跟小李·隆德尔开始密切来往。

文件的说明十分简略。驮着财宝的小驴队伍从多洛雷斯县的一个古老的西班牙传教团出发,照着指南针往正南一直走到阿拉米托河。他们涉水过河,把财宝埋在一座形状像驮鞍的小山顶上,而小山的位置在两座高些的山中间,与它们连成一排。埋宝的地方堆了一堆石头做标记。几天后,除了那个西班牙神甫外,参加埋宝的其他人都被印第安人杀掉了。这是个独家秘密,我很看好它。

李·隆德尔建议我们置办一套露宿的装备,雇一名勘测员从西班牙传教团出发全线勘测,然后我们就到沃斯堡去看风景花掉那三十万块钱。不过,没有受太高的教育,我倒是知道节省时间和开销的办法。

我们去了州土地管理局,请人根据从古老的传教团到阿拉米托河之间所有的土地测绘图画出一种被叫作切实有用的实用简图。我在这张图上朝南向那条河画一条线,图上清楚地标明了每条测量路线的长度以及每块土地。凭借这些资料,我们找到河上的一个点,并把这一点跟洛斯阿拉莫斯勘测区的一个非常重要,而且明确找到的一角连接起来——这片面积五里格的土地为西班牙国王菲利普所授。

这么一来我们便不需要找勘测员全线勘测了,省了大量的花销和时间。

于是,李·隆德尔和我装备了一个两匹马拉的车队,配上所有的附件,赶了一百四十九英里路,来到离我们想去的地点最近的奇科镇,接上县里的副勘测员。他找到了洛斯阿拉莫斯勘测区里的那一角,勘测了我们的简图需要标明的往西五千七百二十瓦拉①的路段,在那个地点放上一块石头,喝完咖啡吃完熏咸肉,便搭邮车回奇科镇了。

我深信我们会拿到那三十万。李·隆德尔只能得三分之一,因为所有的花销都是我在支付。我明白,有了那二十万块,只要梅·玛莎·曼古姆在地球上,我就能找到她。有了钱我也能煽动曼古姆老头鸽棚里的蝴蝶。我要能找到那批财宝就好了!

李和我扎下了营地。河对岸有十几座小山,密密覆盖着丛丛松柏,只是没有一座是驮鞍形状的。这倒没把我们吓住,外观是有欺骗性的。驮鞍像美貌,也许只有看着它才能看见。

我跟财宝的孙子细察松柏覆盖的山丘,就像一位正在猎杀缺德的虱子的太太那样细心。我们在沿河来回两英里长的距离内,探究每座山的每一个山坡、山顶、周缘、普通的鼓包、突出的地方、斜坡、凹陷和坑洞。这项工作我们做了四天。后来,我们便套上那匹沙毛马和灰兔褐色马,把剩下的咖啡和熏咸肉拉了

---

① 瓦拉,西班牙及拉丁美洲使用的长度单位,约合三十至三十一英寸。

一百四十九英里地回到孔乔城。

返城路上李·隆德尔嚼了不少烟草,我则是忙着赶车,因为我着急赶回。

空手返回后,古罗·班克斯和我便尽快在斯奈德的酒馆的后房间聚会,玩骨牌加上套消息。我把寻宝探险告诉了古罗。

"我要是找到了那三十万,"我对他说,"我就会为了寻找梅·玛莎·曼古姆跑遍地球表面,把它统统过筛。"

"她生来是要享受更高级的东西,"古罗说,"我自己会找到她。不过,跟我讲讲,那尚未出土的财宝被轻率掩埋的地方,你是怎么去找的。"

我对他做了最详尽的说明,给他看了绘图员做的地图,上面清楚地标着各部分的距离。

他一副行家里手的派头朝图瞥了一眼,然后回靠在椅子上,冲着我迸发出一阵大笑,笑声来自大学堂,充满优越感和讥讽。

"哎呀,你真是个傻瓜,吉姆。"等到能说出话时,他这么说道。

"该你出牌了。"我手里摸着自己的两边都是六点的牌,耐心地对他说。

"二十。"古罗说,一边用粉笔在桌上画了两个十字。

"我怎么是傻瓜?"我问他,"以前好多地方都发现过有财宝埋藏。"

"是因为,"他说,"在计算你的路线跟那条河的相交点的时候,你忽略了变差。那儿的变差应该是偏西九度。给我铅笔。"

古罗·班克斯在一个信封的背面飞快地画着。

"从西班牙传教团出发的路线由北向南的距离正好是二十二英里。照你的说法,这条路线是按袖珍指南针定的。把变差考虑进去,阿拉米托河上的那一点——你们应该去寻宝的地方——正好在你们找到的地方往西六英里九百四十五瓦拉。唉,你真傻啊,吉姆!"

"你说的变差是什么意思?"我问他,"我以为数字从不说谎。"

"是指磁罗盘与根据地极确定的子午线的差异。"古罗说。

他不可一世地微笑着。随即我看到他脸上露出寻宝之徒特有的热切、强烈的贪欲。

"有时候,"他带着神谕的派头说道,"关于密藏的金钱的传说也不是没有根据的。我建议让我研究一下描述藏宝地点的那份文件。也许,咱们一起……"

结果,古罗·班克斯和我这对情敌变成冒险活动的伙伴。我们从最近的铁路小城亨特斯堡坐驿车去奇科,在奇科,我们租了一组马,拉着一辆带篷的轻型车以及露宿的装备。我们找了上次那个勘测员,让他按古罗用他的变差修正过的结果测量距离,然后打发他上路回家。

我们夜间到达。我喂马,在离河岸的近处生起一堆火,做了晚饭。古罗本可以帮忙的,可是他受的教育使他不能胜任实际事务。

不过,我干活时,他用古代死人传下来的伟大思想来给我打气,大段引用从希腊文翻译过来的东西。

"阿那克利翁,"他解释说,"这可是曼古姆小姐最喜欢的一段——得我背诵才行。"

"她生来是要享受更高级的东西的。"我重复他自己的话。

"难道还有,"他问道,"比沉浸在古典之中,生活在知识和文化的氛围里更高级的事情吗?你经常诋毁教育,那你对简单数学的无知造成了什么样的浪费呢？倘若我的知识没有指出你的错误，你还要多久才能找到你的财宝呢？"

"我们首先要看一眼河对岸的那些小山，"我说，"看能找到什么。我对变差还有怀疑，我从小学的是指南针正指着北极。"

第二天，六月的早晨晴朗灿烂。我们早早起身，吃了早饭。古罗很可爱，我烤熏咸肉的时候他背诵了——我猜是——济慈的诗句，还有凯莱，要不就是雪莱的东西。这里的河只不过是一条浅浅的溪流，我们做着过河的准备，准备去探测对岸众多的山巅尖峭、松柏掩隐的小山。

"我的好尤利西斯，"我正在洗早饭的盘子，古罗拍着我肩膀说，"再让我看看那带有魔力的文件。我相信它有怎么爬那座驮鞍形小山的说明。驮鞍是什么样的，吉姆？"

"文化知识扣你一分，"我说，"看见我就能认出来。"

古罗在看老隆德尔的文件时冒出一声最最不像大学里说的咒骂。

"过来，"他冲着太阳光举着那张纸说，"看啊，"他用手指指着说。

我看见在蓝色的纸上清晰地显出白色的字和数字"莫尔文，一八九八。"这我以前可从来没有注意到。

"怎么啦？"我问道。

"这是水印，"古罗说，"这纸是一八九八年生产的，而文件的日期是一八六三年。显而易见的骗局。"

我说："哦，很难说。隆德尔一家人很可靠、朴实，没受过教育的农村人。也许造纸的人想要永远维持骗局。"

接着古罗·班克斯疯到了极点。他直直地盯着我，眼镜滑下了鼻子。

"我经常对你说你傻，"他说，"你让个乡巴佬给骗了，你又来骗我。"

"我怎么，"我问他，"骗你了？"

"用你的无知啊，"他说，"我两次发现你的计划里有严重缺陷，中小学都会教你避免的缺陷。而且，"他接着说，"为骗人的寻宝，让我花了我其实是花不起的钱。我跟这事算是了结了。"

我站起身来，拿刚从洗碗水里捞出来的锡镴匙指着他。

"古罗·班克斯，"我说，"我对你受的教育没有丝毫的兴趣，任何人的教育我都很难容忍，对你的教育我的态度就是鄙视。你的学问给你带来什么了？它是你的祸害，惹你的朋友讨厌。走吧，"我说，"带着你的水印和变差走开！它们根本不在我眼里，不会让我停止寻宝。"

我用匙子指着河对岸的一座驮鞍形状的小山。"我要去搜索那座山，"我继续说道，"搜山寻宝。你现在决定是不是参加。你要是想让水印或是变差动摇你的心灵，你就不是真正的探险家。做决定吧。"

河边的路上远远地扬起一片白色的尘土，是从赫斯帕洛斯到奇科的邮车，古罗招呼它停下。

"我跟这个骗局算是了结了，"他阴郁地说道，"除了傻瓜，现在谁也不会留意那张纸。嗳，你以前一直都傻，吉姆，我就把你留给命运来管了。"

他收拾行李，爬进邮车，神经质地推了推眼镜。扬起了一阵尘土，他消失了。

我洗完盘子，把马拴在一片新草地上，便过了河，缓慢地穿过丛丛松柏往上爬到驮鞍形状的小山顶。

这是一个奇妙的六月天。我一生中从未见过这么多的鸟儿,这么多的蝴蝶、蜻蜓、蚂蚱,还有空中飞的,地上跑的长着翅膀、螯针的动物。

从山脚到山顶我细察这座形状像驮鞍的小山。我发现,跟宝藏有关的标记这里绝对没有,没有石头堆,树上没有古老的刻痕,没有隆德尔老头的文件中阐明的三十万块钱的任何迹象。

我沐浴着下午的凉爽下山。我钻出松树丛,出乎意料地踏入一片美丽的绿色山谷,山谷里一条小溪汇入阿拉米托河。

就是在这里,我大惊失色,见到一个人,我以为是野人。他的胡子和头发蓬乱缠结,正在追逐一只翅膀华美灿烂的硕大的蝴蝶。

"他也许是个逃出来的疯子。"我心里说,我奇怪他怎么落到如此远离教育和知识的地步。

后来我又走了几步,看见在小溪旁有一座藤萝覆盖的小房子,而且,在林间的一片草地上我看见梅·玛莎·曼古姆在采野花。

她直起身来,看着我。自从认识她,我第一次看见她的脸色——像一架崭新的钢琴的白色琴键——变成桃红。我一言不发,向她走去。摘好的花慢慢地、一枝枝从她手中落到草地上。

"我知道你会来的,吉姆,"她清清楚楚地说道,"爸爸不让我写信,可是我知道你会来。"

下面的事你可能猜到——我的车和马就在河对面。

我常常不明白,要是一个人不能把那么多知识用在自己身上,知识对他还有什么好处呢? 要是知识的好处都应该归别人,那么它在哪里会有用呢?

梅·玛莎·曼古姆跟了我。于是在橡树丛中有了一座八个房间的房子,里面有一架能自动弹奏的钢琴,这是朝着围栏里有三千头牛发展的好开端。

　　我晚上回家时,我的烟斗和拖鞋放在我找不到的地方。

　　可是,找不到谁又在乎呢?谁在乎——谁会在乎呢?

吴渝生　译

侦　探

在这个大城市里，一个人会像一支蜡烛的火焰给吹灭了似的，突然一下子彻底消失了。于是，一切调查力量——寻踪觅迹的警犬啦，破解城市错综复杂案件的侦探啦，善于推理归纳的私家侦探啦——全都会给调动起来进行搜寻。在大多数情况下，那个失踪的人是不会再露面了。有时他会在施伯根或穷乡僻壤的泰尔霍特重新出现，管自己叫"史密斯"之类的名字，而且忘记了某段时间所发生的事，包括自己在食品杂货店欠下的账单。有时经过河流打捞，对各家餐馆逐一察访，看看他是否在等待一份美味的牛里脊肉，却发现他早已转移到别处。

一个大活人的失踪就跟把粉笔字从黑板上擦掉一样，是编剧艺术中最吸引人的一个主题。

因此，玛丽·施奈德那桩案子，确切地说，该不会没有意思。

一个名叫米克斯的中年男子从西部来到纽约寻找他的姐姐玛丽·施奈德太太。后者五十二岁，是个寡妇，在一个拥挤的贫民区一栋经济公寓里租了一间屋住了一年了。

在她住的地方，人们告诉米克斯，玛丽·施奈德一个多月前已经搬走，谁也不知道她现在住在哪儿。

米克斯先生从那里出来，就对一名站在街角的警察说明自己的困境。

"家姐很穷,"他说,"我急于找到她。最近我在一家铅矿那里挣了不少钱,想让她分享我的财富。在报上登广告找她是不起作用的,因为她不识字。"

警察捋着唇髭,看上去那么缜密思考,那么非凡了不起,米克斯几乎觉得玛丽姐姐喜悦的泪水洒在他那条鲜蓝色领带上了。

"去运河街区,"那名警察说,"尽快找一份开最大的货车的司机那种活儿干。那边一向有些老太太让货车撞死的车祸事件,先生,你可能会从那些人当中得到她的信息。要不然,就去警察局,让他们派一名便衣警察去寻找那位老大娘的下落吧。"

米克斯在警察局得到热情的协助。警方发布了一则普通告示,由她弟弟提供的玛丽·施奈德的照片给复印了许多张分发到各分局。在桑树街,分局局长指派摩林斯侦探负责侦破此案。

那名侦探把米克斯领到一边,对他说:

"这件案子倒不难侦破。把你的小胡子剃掉,兜儿揣满上好的雪茄,今天下午在沃尔道夫大饭店的咖啡厅里等我。"

米克斯照办了。他在那里找到了摩林斯。两人喝了一瓶酒,那名警探问起有关那个失踪的女人的情况。

"听着,"摩林斯说,"纽约是个大城市,不过我们这个侦探行业很系统化。眼下只有两个办法可以找到你的姐姐。咱们先试试第一种办法。你说她五十二岁了吗?"

"刚过了五十二。"米克斯说。

警探便领着这个从西部来的人到最大的日报社的一家广告公司分部。他在那里写出下面一则广告递给米克斯看:

"急聘启事——本团为上演一出新音乐喜剧,急招百名迷人的合唱团姑娘。全天报名。地址在百老汇大街××号。"

米克斯发火了。

"我老姐是个上了岁数、勤劳的穷苦女人。我看不出这则广告对寻找我老姐有啥帮助。"

"那好吧，"警探说，"你大概对纽约一点也不了解。你要是发牢骚，不满意这个方案，那咱们就试试另一个办法。这没问题。可是那会叫你开销更大些。"

"不必考虑要花多少钱，"米克斯说，"咱们就试试吧。"

警探又把他领回到沃尔道夫大饭店。"订两间卧房和一间客厅，"他提议道，"咱们上去吧。"

手续办完后，他俩就给领到四楼一套豪华的套房。米克斯像是大惑不解，警探则坐进一张软绵绵的丝绒沙发里，掏出他的雪茄烟盒。

"我忘了告诉你，老头儿，"他说，"这套房间你该订一个月，他们想必不会让你花太多的钱。"

"订一个月？"米克斯惊呼道，"你这是什么意思？"

"唔，用这种办法破得需要时间。我跟你说过开销会更大些嘛。咱们得等到春天。那时候就会有一部新出版的纽约人名录。令姐的姓名和地址很可能会印在上面。"

米克斯顿时摆脱了那位警探。次日，有人建议他去找沙洛克·胡尔纳斯①，那人是纽约最著名的私家侦探，虽然索价奇高，却在破案方面是个高手。

米克斯在那位大名鼎鼎的侦探寓所接待室里足足等了两个小时光景，才给引进到名探面前。胡尔纳斯身穿紫色长袍，坐在一张上面镶嵌着象牙棋盘的桌子前。面前放着一本杂志，正在

———————————
① 沙洛克·胡尔纳斯，姓名近似歇洛克·福尔摩斯。

聚精会神试着破解那个称之为"他们"的棋局之谜。这位名探那张透着机灵样儿的瘦脸啦,敏锐的目光啦,说话的频率啦,大家都已熟知,无须赘述。

米克斯说明来意。"如果成功了,我的费用是五百块钱。"沙洛克·胡尔纳斯说。

米克斯点点头,同意这个价钱。

"好,你这个案子我接了,米克斯先生。"胡尔纳斯最后说道。"本人一直对本城市民失踪这个问题极感兴趣。我记得一年前我成功地侦破了一起案子。有一家人姓克莱克,突然从他们住的小公寓里失踪了。为了寻找线索,我监视那栋公寓楼房足足长达两个月时间。有一天,我发现一个送牛奶的和一个送食品的小伙子,把东西送上楼去时总是倒着走。根据这一情况,通过推理,我弄明白了,立刻找到了失踪的那家人,原来他们搬到走廊对面那套公寓里去了,并且改姓为克拉克①。"

沙洛克·胡尔纳斯跟他的委托人走进玛丽·施奈德原来住的公寓。侦探要求看一下她住过的那个房间。自从她失踪后,那间屋子没人住进去过。

那间屋狭小昏暗,没有什么家具。米克斯心情沉重地坐在一把破椅子上,那位大侦探把四面墙、地板和几根支撑摇摇晃晃的破家具的木棍都仔细检查一番,寻找线索。

半个小时后,胡尔纳斯搜集到了几件看上去令人费解的东西——一个廉价的黑色女帽饰针、一张从剧院节目单撕下来的纸片和一小张上面有"左"和"C 十二"字样的碎卡片。

---

① 克拉克,原姓 Clark(克莱克),后来把这个姓倒过来成为 Kralc(克拉克),侦探由两个人倒着走悟出了玄机。

沙洛克·胡尔纳斯靠在壁炉台那儿足有十分钟之久，一只手托着腮，那张透着机灵样儿的脸现出聚精会神的表情。最后他兴奋地大声说：

　　"来吧，米克斯先生，问题解决了。我可以把你直接带到你老姐住的地方，而且你也不必担心她的生活状况，因为她现在已有丰厚的收入——至少现在是这样。"

　　米克斯的喜悦和惊讶各占一半。

　　"您是怎么搞清楚的？"他以钦佩的口气问道。

　　胡尔纳斯唯一的弱点恐怕是他对自己推理所取得的惊人成就而表现出来的那种职业上的傲气。他一向乐意描述自己的破案方法，好叫听的人感到惊讶而着迷。

　　"利用排除法嘛。"胡尔纳斯一边说，一边把他取得线索的几个物件摆在一张小桌上。"我排除了施奈德太太可能已经从那里迁出的几个城区。看见这个女帽饰针了吗？这就排除了布鲁克林区。没有哪个女人想要在布鲁克林桥那儿搭上一辆街车，不事先弄准她已经插好帽子饰针好挤个座位。现在我再讲给你听她也不可能去了哈莱姆区。这扇门后有两个挂衣服的钩子，施奈德太太在一个钩子上挂着她的帽子，另一个挂着她的披巾。你可以发现挂披巾下面的墙上已经有了渐渐蹭脏的污迹。这污迹轮廓整齐，说明披巾没有穗儿。一位中年妇女披着披巾，踏上哈莱姆区的一辆街车而没有把披巾的穗儿别在车门的门缝上来阻挡身后的乘客，难道会有这种情况吗？因此，咱们也可以排除哈莱姆区。

　　"所以我们得出结论，施奈德太太没有迁到很远的地方去。在这张碎卡片上，你可以看到'左'、'C'和'十二'这几个字。现在我碰巧知道C大街十二号是一家头等供应膳食的寄宿住房，按我的猜想,远远高于你老姐的经济能力。可后来我发现这张剧院节目单给揉成了一个团。这说明什么呢?米克斯先生,这对你很可能毫无意义,可对一个受过专门训练并习惯于观察细节的人来说却意味深长。

"你告诉过我你老姐是一个清洁工,擦洗办公室和门厅地板。让咱们假设她在剧院做清洁工。米克斯先生,最值钱的珠宝首饰经常最会在哪儿丢失呢?当然是在剧院里。看看这张节目单,米克斯先生。请注意上面的印迹。它曾经包过一枚戒指——也许是一枚价值连城的戒指。施奈德太太在剧场里干活儿时拾到了这枚戒指,就匆匆忙忙从一张节目单上撕下一块纸,小心包好戒指塞进胸衣内。次日,她就把那枚戒指卖掉,增加了经济实力,便想在邻近找一处更舒适的住处。我顺着这个思路想下去,就认为她最有可能搬到了 C 大街十二号。米克斯先生,我们可以在那里找到你的老姐。"

沙洛克·胡尔纳斯面带一位成功的艺术家那样的微笑,结束了他这篇很有说服力的演说。米克斯那种钦佩的心情难以言表。他俩便一块儿去 C 大街十二号。那是一座老式的褐色沙石房子,位于一处富裕体面的居民区。

他们按响门铃,一经询问,才知道那里没人认识施奈德太太,而且最近六个月里那座房子并没有新房客搬来住过。

他俩又回到人行道,米克斯仔细检查一下那些从他老姐旧居中取出来作为线索的物件。

"我不是什么侦探,"他一边对胡尔纳斯说,一边把那张戏剧节目单举到鼻子前闻闻,"可我认为这张纸里并没包过一枚戒指,倒好像包过一块那种圆形薄荷糖。这张上面有地址的碎卡片我觉得倒像是一张戏票的票根——左通道,C 排十二号。"

沙洛克·胡尔纳斯两眼现出恍恍惚惚的神情。

"我想你最好去请教朱根斯吧。"他说。

"谁是朱根斯?"米克斯问道。

"他是现代侦探学派的一位领袖,"胡尔纳斯答道,"在侦破方法上他们跟我们不一样,不过据说朱根斯侦破了一些非常棘手的疑难案子。我带你去他那儿吧。"

他们在更了不起的朱根斯侦探的办公室里找到了他。那人个头不高,头发稀少,正专心致志地读纳撒尼尔·霍桑的一篇具有资产阶级色彩的平庸作品。

这两位不同流派的伟大侦探礼节性地握握手,胡尔纳斯把米克斯介绍给他。

"那就说说情况吧。"朱根斯一边说,一边继续看书。

米克斯讲完之后,那位大侦探合上书,说道:

"那么说,你老姐五十二岁,鼻子一边有颗个儿挺大的黑痣。她是个穷寡妇,靠干清洁工作的微薄收入糊口,相貌和身材非常一般,是这样吗?"

"您描述得丝毫不差。"米克斯承认道。朱根斯便站起来,戴上帽子。

"我十五分钟后回来,"他说,"给你带回她现在的地址。"

沙洛克·胡尔纳斯脸色煞白,勉强笑笑。

朱根斯准时回来了,看了看手中拿着的小纸条。

"你老姐玛丽·施奈德嘛,"他平静地宣布,"你可以在齐尔顿街一百六十二号找到她。她住在五段楼梯上面的后厅卧室里。那座楼房离这儿只有四个路口,"接着他对米克斯说,"你去核实一下,然后回来,我敢说胡尔纳斯先生会在这儿等你。"

米克斯匆匆离去,二十分钟后满面笑容地返回来了。

"她确实住在那儿,过得蛮好,"他嚷道,"快说说您的费用吧。"

"两块钱!"朱根斯说。

米克斯付了钱便走了。沙洛克·胡尔纳斯拿着帽子,站在朱根斯面前。

"如果不嫌我多问,"他结结巴巴地说,"如果你能赐教……不会拒绝说说……"

"当然不会,"朱根斯愉快地说,"我告诉你我是怎样查出来的。你还记得对施奈德太太的描述吗?你听说过一个像她那样长相的女人放大了自己的铅笔肖像画,却不能按规定每周分期付清款吗?全国那种画画儿行业最大的聚集地就在拐角那边。我只不过去那儿从顾客留名册中抄下了她的地址罢了。仅此而已。"

梅绍武　译

女巫的面包

　　玛莎·米查姆小姐在街头拐角那儿开了一爿面包店（就是您得上三级台阶，推门进去时，门上的小铃铛便会丁零零响起来的那家）。

　　玛莎小姐四十岁，银行里有两千块钱存款，还有两颗假牙和一颗富于同情的心。不少女人都结了婚，可跟玛莎小姐一比，条件可差得远咧。

　　有一名顾客每周来店两三次，玛莎小姐开始对他产生了好感。他是个中年男子，戴眼镜，蓄着修理得整整齐齐的棕色络腮胡子。

　　他说英语，却带有浓重的德国口音。那身衣服都磨损得很旧了，有些地方还缝补过，有的地方则皱皱巴巴得不成样子。可他看上去外表却很整洁，待人很有礼貌。

　　他总是买两个陈面包。新鲜面包五分钱一个，陈面包五分钱俩。除了陈面包之外，他从没买过别的糕点。

　　有一次玛莎看到他手指上有块红褐色污迹，就断定他准是个穷困潦倒的画家。他肯定住在一个阁楼上画画儿，啃啃陈面包，心里想着玛莎店里各式各样好吃的东西。

　　玛莎小姐每当坐下来吃肉排、面包卷和果酱，喝茶那当儿，就会唉声叹气，巴不得那位斯斯文文的画家能分享她的美味饭

223

菜,而不是在那有穿堂风的阁楼上啃干面包。

我刚才说过玛莎小姐富于同情心嘛。

为了验证她对那名顾客的职业推断是否正确,她把一幅以前从画廊大甩卖买来的画儿从她的卧房里搬出来,搁在店堂柜台后面的面包架子上方。

那是一幅威尼斯风景画,画面正中,要么宁可说水面正中,矗立着一座华丽的大理石宫殿(画上是这样标明的)。因为其他部分就是几条平底小划船(船上有位女郎伸手到水面,带起一道碧波涟漪),另有云彩、苍穹和许多明暗烘托的笔触。凡是画家就不会不注意这幅画儿。

两天后,那位顾客来了。

"劳加(驾),请给我拿两个陈面包。"

玛莎给他包面包的时候,他又说:"夫人,您这幅划(画)儿真美!"

"是吗?"玛莎小姐说,为自己的计谋成功而大为高兴,"我也真的非常欣赏艺术和……"(不,不该这么早就说出"画家"来)"和绘画,"她改口道,"你认为这是一幅好画儿吗?"

"那座弓(宫)殿画得不大好,"顾客说,"特(透)视法用得不大真实。早安,夫人。"

他拿起面包,鞠一躬,就走了。

没错儿,他准是个画家。玛莎小姐把那幅画儿又搬回她的卧室。

那双眼睛在那副眼镜后面显得多么温柔和善啊!他的脑门儿那么宽阔!一眼就判断得出透视法,可他却靠陈面包过活啊!不过嘛,天才在成名之前总是要历经苦难,做一番奋斗的。

一个天才要是有两千块钱银行存款、一爿面包店和一颗富有同情的心做后盾,艺术和透视法会达到多么辉煌的成就啊!——可这只是白日梦,玛莎小姐。

此后,他再来买面包就经常会隔着柜台跟她聊一会儿。他似乎渴望听到玛莎小姐欢快的话语。

他仍旧一直买陈面包,压根儿没买过一块蛋糕、一个加馅点心和她做的美味可口的莎莉伦热甜饼。

她觉得他开始瘦了,精神也有点颓唐。她心疼得真想在他买的寒酸食品里加点好吃的东西,可她没有勇气那样做。她不敢冒犯他。她了解画家高傲的自尊心。

玛莎小姐开始穿上那件带蓝点儿的丝绸上衣站在柜台后面。她还在里间屋熬了一种榅桲籽和硼砂混合的神秘汁液,不少女人用它养颜美容。

一天,那位顾客又像往常那样走进来,把五分硬币放在柜台上买两个陈面包,玛莎小姐去拿面包那当儿,街上忽然一阵大乱,一辆救火车鸣笛隆隆驶过。

那位顾客就像任何人都会的那样,急忙跑到门口去看个究竟。玛莎小姐灵机一动,抓住了这个机会。

食柜顶下面一层有一磅新鲜黄油是送奶人十分钟前送来的。玛莎小姐用面包刀把那两个陈面包各切一个深口子,往里面抹了一层厚厚的黄油,再把那两个面包按紧。

等那位顾客转过身来,她已经把面包用纸包好。

他俩格外愉快地闲聊了一阵子,随后他就走了。玛莎小姐自顾自地微笑起来,心里却并非一点也没着慌。

她的胆量是不是忒大了?他会不高兴吗?当然不会吧。食物并不代表语言。黄油并不象征着有失闺秀身份的冒失行为。

那天她一门心思琢磨这件事,想象着他发现她这个小诡计时的情景。

　　他会放下画笔和调色板,面前的画架上支着他正在画的一幅油画,画面上的透视法无可挑剔。

　　他准备吃他那顿干面包就白开水的午餐,切开一个面包——啊!

　　玛莎小姐的脸刷地一下红了。他吃的时候会不会想到那只抹黄油的手呢? 他会不会……

　　前门的铃声大作。有人吵吵嚷嚷地走进来。

　　玛莎小姐急忙走进店堂,只见两个男人站在那里,一个是抽着烟斗的小伙子——一个她从没见过的人,另一个是她那位画家。

　　那位画家脸涨得通红,帽子给推到后脑壳上,头发给揉得乱糟糟的。他攥紧拳头冲着玛莎小姐狠狠挥动。居然冲着玛莎小姐!

　　“Dummkopf!①”他扯着大嗓门嚷道,接着又喊一声“Tausendonfer!②”之类的德国话。

　　那个小伙子竭力想把他揪走。

　　“我不走,”他气呼呼地说,“我得跟她说个明白。”

　　他擂鼓般地乱敲玛莎的柜台。

　　“你把我烩(毁)了!”他嚷道,那双蓝眼珠在眼镜片后面冒着火。“我告诉你,你是个爱管闲事的老猫!”

　　玛莎小姐瘫靠在柜台上,一只手按在她那件带蓝点儿的丝绸上衣上 。小伙子抓住他同伴的衣领。

————————

①　Dummkopf,德语,笨蛋。
②　Tausendonfer,德语,五雷轰顶。

"走吧，"他说，"你已经骂够了!"他把那个怒气冲冲的家伙拖到人行道上，自己又走回来。

"我想我该向您说明白他干吗会这样发火，太太，"小伙子说，"他是布卢姆伯格，一位建筑制图员，我跟他在同一个事务所工作。

"他一直在绘制一张新市政厅的平面图，辛辛苦苦地干了三个月了，准备参加有奖竞赛。昨天他完成了墨稿。要知道，制图员总是先用铅笔打底稿，画完之后用陈面包屑擦掉铅笔印儿，效果比橡皮要好得多。

"布卢姆伯格一直在您这里买陈面包。可是，今天——嗯，要知道，太太，那黄油不该——嗯，布卢姆伯格那张图纸一下子就成了废品，只能撕成火车上卖的三明治那样大小的碎片了。"

玛莎小姐走进里屋，脱掉那件带蓝点儿的丝绸上衣，又换上那件旧了吧唧的棕色哔叽上衣。接着，她把那罐用榅桲籽和硼砂熬的养颜液也全都倒在窗外那个垃圾箱里了。

梅绍武　译

吉米·海斯和穆丽尔

晚餐过后，营帐内外一片寂静，只有卷玉米穗壳烟卷儿的声音。黑漆漆的大地上闪亮着一片像是落下来的天空。郊狼在嗥叫。小马驹跛着腿走向青草地，发出犹如摆动的木马玩具发出的嗒嗒单调声。半个连的得克萨斯骑警队边防队员聚集在篝火周围。

忽然传来一阵熟悉的响声——木制的马镫刮擦灌木丛的声音，从宿营地那茂密的丛林里传出。骑警个个侧耳倾听，听到有人在欢快而鼓励地喊叫。

"打起精神来，穆丽尔，老姑娘，咱们就快到啦！你已经跑了挺长一段路，是不是，你这把还能活动的老态龙钟的骨头架子？嘿，别再想亲吻我！别把我的脖子搂得那么紧——我跟你说，这匹杂毛马的脚跟不再那么有劲儿啦。咱们要是不加小心，它准会把咱们俩摔下去咧。"

两分钟过后，那匹疲惫不堪的"杂色"马驹一瘸一拐地进了营地。一个二十岁左右、又高又瘦的小伙子懒洋洋地骑在马鞍上，可是他一直与之说话的那位穆丽尔却杳无踪影。

"嘿，哥们儿！"骑马人欢快地喊道，"这儿有一封给曼宁中尉的信。"

他下了马，卸下马鞍，取下拴马的桩绳，又从鞍头上拿下缚住马腿的绳子。指挥官曼宁中尉看信时，那位送信人经心地搓下那根绳子上的泥巴，显出他对那匹马的前腿的关心。

"兄弟们，"中尉朝那些骑警招下手，说道，"这位是杰姆斯·海斯先生。他是到我们这个连队来的新伙伴。麦克林上尉把他从埃尔·巴索调过来的。海斯，等你把马安置好，兄弟们就会给你准备好晚饭。"

那些骑警虽然都热情接待这个新来的人，却还是机警地观察他，暂不对他做出什么评价。在边境挑选个好伙伴，要比一个姑娘挑选一个情人还得小心慎重十倍。你自己的生命也许会多次要靠你那个"伙伴"的忠诚、志向和沉着冷静来维护。

海斯吃完丰盛的晚饭后，就跟伙伴们围在篝火旁抽烟。他的外表没有解决骑警伙伴们头脑里存在的问题。他们只看到一个松松垮垮、瘦高个儿的小伙子，头发让太阳晒得乌焦，脸色浆果般黝黑，面带坦率好奇的善意微笑。

"哥们儿，"这位新来的骑警说，"我要向诸位介绍我的一位女朋友。从来没听到有谁管她叫美人儿，可你们都会承认她有不少优点。过来，穆丽尔！"

他打开蓝法兰绒衬衫前襟。一只角蛙便从他怀里爬出来，它那长而尖的脖子上挺时髦地系着一条鲜红色缎带。它爬到主人腿上，便一动也不动地歇在那儿。

"这位穆丽尔，"海斯像演讲那样挥下手，"很有教养。她从不顶嘴，总待在家里，每天都穿着一件红衣服，连星期天也一样，她感到很满意。"

"看那只该死的角蛙！"一名骑警笑着说，"我见过许多角蛙，可压根儿没见过谁把它当作伴儿养着。这个该死的玩意儿能把你跟别人分辨出来吗？"

"拿过去试试看吧。"海斯答道。

那个短粗的蜥蜴人们管它叫角蛙,不伤人,长得像史前那种丑陋的怪物缩小了的后代,性格却比鸽子还温顺。

那位骑警从海斯腿上把穆丽尔拿过去,然后坐回到他那卷毛毯上。那只俘虏在他手里扭动抓弄,使劲挣扎。骑警在手中玩弄一会儿就把它放到地上。那只角蛙便笨笨咧咧却十分快速地挪动四条怪腿,爬回到海斯脚下。

"嗯,真他妈的!"另一位骑警说,"这小家伙还真认识你。压根儿不知道虫子还有这种认人的本事!"

杰姆斯·海斯在营地里人缘很好,一向没有脾气,品行温和忠诚,幽默风趣,非常适应营地生活。他从不离开他那个角蛙。他骑马出行,它会待在他的衬衣里襟里;在营房,它会趴在他的膝盖或肩膀上,夜里在他的被窝里。这只丑陋的小畜生从不离开它的主人。

杰米是南部和西部农村常见的那种幽默家。他逗人乐的技巧和构思的巧妙方面还不够娴熟,可他却突发一个好笑的想法,就虔诚地坚持下来了。看来杰米似乎觉得有个挺滑稽的玩意儿,一只驯服的角蛙,脖子上扎根红缎带,可以把他的朋友们逗乐。

既然这是个愉快的想法,干吗不坚持下去呢?

我们对杰米和角蛙之间的这种感情没法搞清楚。角蛙能够招人持久喜爱这个论题我们也还没举办过专题讨论会。杰米的感情倒是让人比较容易猜到。穆丽尔是他的智慧杰作,他也蛮喜欢它。他给它抓苍蝇吃,保护它不受北风突袭。不过他这种关怀却有一半出于自私心理,它到时候会千倍地报答他。别位穆丽尔则大都漠视别位杰米轻微的关怀。

杰米·海斯并没立刻获得他那些伙伴哥们儿似的关系。他们尽管喜欢他那种呆呆傻傻的单纯性格，却对他仍存有戒心。在营房里搞笑逗乐儿并非是骑警的全部生活，他们还得跟踪盗马贼啦，追击亡命徒啦，跟歹徒搏斗啦，把匪徒赶出灌木丛林啦；还得用左轮手枪维护安定和秩序。杰米说他自己一直是一名最普通的骑马牧人，对骑警的作战方式毫无经验。因此，那些骑警都严肃认真地揣摩他会怎样对抗敌人的袭击，因为不瞒您说，每个骑警营的荣誉都取决于每一名成员的勇敢。

　　边境平静了两个月时光，骑警们无所事事地闲待在营房里。随后——给边界职责荒废的哨兵带来了一个欢乐的消息——著名的墨西哥匪徒兼盗牛贼赛巴斯第安诺·萨尔达带着他那伙匪徒穿过里奥·格兰德城，开始洗劫得克萨斯边界。有些迹象表明杰米·海斯很快就会有机会展示他的勇气啦。骑警们机警地四处巡逻，但是萨尔达那伙人却像洛金伐尔①那样很难让人抓到。

　　一天傍晚，太阳快落山的时候，一些骑警长途跋涉后停下来准备吃晚饭。他们的马停在那里气喘吁吁，背上的马鞍还没给卸下来。骑警们正在煎熏咸肉煮咖啡，赛巴斯第安诺·萨尔达和他那伙匪徒忽然从草丛里窜出来，一边叫喊，一边用左轮手枪射击，朝他们猛扑过来。这真是一起突然袭击的行动。那些骑警气愤地咒骂起来，急忙抄起温切斯特连发步枪，不过，这次袭击只是墨西哥式的突如其来摆摆样子的冲击。那伙匪徒乱比划一阵以后就顺着河边喊叫着策马疾驰而去。骑警们连忙上马追

---

① 洛金伐尔，英国作家沃尔特·斯科特的叙事诗《马尔米昂》中的男主人公，在其情人将与别人结婚时偕其潜逃。

赶,可是追了不到两里路,那些小马驹就疲劳得没气力了,曼宁中尉只好下令放弃追击,返回营地。

这当儿,他们发现杰米·海斯没影儿了。有人记得袭击开始时看见他奔向他那匹马,可后来就没人再看到他了。天亮之后,杰米依然没有露面。大家便在乡野四处搜寻一通,猜想他可能是受了伤或是阵亡了,却没能找到他。随后,他们又去追踪萨尔达匪帮,可他们也似乎无影无踪了。曼宁中尉最后认为那个狡猾的墨西哥人经过那场戏剧性告别后,又重新过了河返回去了。真格的,后来没再听说他们又进行什么别的抢劫。

这便使骑警们有时间医治他们的伤痛。就像过去有个说法那样,连队的自豪和荣誉来自每位骑警的勇敢。现在他们相信杰米·海斯在墨西哥人射击的子弹嗖嗖声下变成了懦夫。不会再有什么别的结论了。巴克·戴维斯指出杰米奔向他那匹马之后,萨尔达匪帮就没再开过一枪。他根本不可能被枪弹击中。他肯定是在他首次参加战斗时就跑掉了,后来也不会回来了,因为他意识到伙伴们的讥讽会比许多杆枪支嗖嗖射击声更难以面对。

因此,麦克林连队的曼宁小分队的边防队员个个心情都很沮丧。这是小分队盾章上的头一个污点。在以往服役的历史中,骑警们从未表现过懦弱的胆怯。可是大伙儿又都挺喜欢杰米·海斯,这就使这件事变得更糟糕了。

约摸一年以后——小分队在很多地方扎营、巡逻、保卫了上千里边界地区以后——曼宁中尉跟他那差不多是原班的人马给派往距他们的老营地仅有几里路远的河边去缉查走私活动。一天下午,他们骑马穿过一片浓密的牧豆平地,来到一块广阔的猪打滚的泥沼草原地带。他们在那里见证了一幕没有记载下来的悲剧。

三具墨西哥人的骷髅被发现在一处猪打滚的泥沼里。单凭他们的衣着就可以辨认出他们的身份。那具体格最大的尸体是赛巴斯第安诺·萨尔达。他那顶装饰着沉甸甸的真金饰品的昂贵的宽边帽——一顶在里奥·格兰德城很有名的帽子——出现在地上，上面有三个子弹孔。草地周围有几杆墨西哥人的生锈的温切斯特步枪，枪口都朝着同一方向。

　　骑警们便朝那个方向奔过去五十码。在一小片洼地上躺着另一具骷髅，手上的枪还瞄准着那三个匪徒呢。这是一场你死我活的搏斗。没有什么能证明那名孤独的抗击者是谁。他的衣着——残存的零碎布料依稀可辨——看上去像是牧场主或牛仔可能穿过的那种。

　　"是个牛仔，"曼宁说，"让他们单独逮住了。好小子！他们抓住他之前，他英勇无畏地打了一场歼灭战。这就是咱们后来为什么再也没听到赛巴斯第安诺抢劫消息的原因了。"

　　这时从那个死者被风吹雨打的衣服破烂布条下爬出一个脖颈上系着退了色的红缎带的角蛙，歇在那早已安息的主人肩上。它在默默地叙述那个未经考验的小伙子和他那匹飞快的"杂毛"小马驹的故事——那天他怎样飞快疾驰，把伙伴都甩在后面，紧追那伙墨西哥入侵的匪徒，怎样维护了那个骑警连的荣誉。

　　骑警队员紧紧围拢在一起，异口同声地发出一阵狂呼。这一爆发顿时成为一首挽歌、一声道歉、一个墓志铭和一支凯旋曲。可以说这是对一位英勇倒下的同伴奇特的追思挽礼，杰米·海斯若能听到，想必是会理解的。

梅绍武　译

让我号号你的脉

我于是去看大夫。

"你喝酒喝了多久啦?"他问道。

我侧过头来答道:"哦,有些日子了。"

他是位年轻大夫,年纪介于二十到四十岁之间。他穿着紫红裤子,长得却像拿破仑。我蛮喜欢他。

"现在,"他说,"我要让你见识见识酒对你的血液循环系统所起的作用。"我认为他说的是"循环",不过也可能是在"做广告"。

他把我右臂的袖子捋上去,拿出一瓶威士忌,让我喝一杯。他开始更像拿破仑了,我也开始更喜欢他了。接着,他便在我的胳臂上方紧紧绑了一块压缩布,用手指头压在我的脉上,然后挤压一个跟温度计相似的仪器连接的橡皮球。水银柱上下跳动,没有停在哪儿的迹象;那位大夫却挤出二三七或一六五这类数字。

"现在,"他说,"你看到酒对血压有多大影响了吧。"

"太妙了,"我答道,"可你认为这次测验够了吗?怎么样,再试一下我的另一只胳臂吧。"可他不干!

他随即握住我的手,我还当自己注定没治了,他要向我告别啦。没想到他却只是想用一根针扎进我的指尖挤出一滴血来,拿那滴红血跟许多给扎在一张卡片上的五毛钱扑克筹码似的玩意儿比较比较。

"这是血红蛋白测验,"他解释道,"你的血液颜色不大对劲儿。"

"嗯,"我说,"我知道该是蓝色才对;可这是个混血国家。我的祖辈当中有几位是骑士,可他们跟南塔凯特岛上的一些人很亲密,因此……"

"我的意思是指,"大夫说,"血色不红,太浅了。"

"哦,"我说,"这只是匹配问题,而不是婚姻问题。"

大夫随即猛敲我的胸口。他这么做的时候,我闹不清他是叫我想起拿破仑呢,还是搏斗,抑或纳尔逊勋爵。接着,他耷拉着脸,说了一连串人的肉体会患的病——病称结尾都是"炎"。我立刻付给他十五块钱。

"这些病当中哪一种或哪几种是致命的啊?"我问道,我认为自己跟这些病有直接联系,该表示出一定程度的兴趣才是正理。

"全都是,"他爽快地答道,"不过这些病的发展倒是可以遏止。经过关怀和持续治疗,你完全可以活到八十五或九十岁。"

我开始想到大夫的账单,连忙说八十五岁就够了。我又付给他十块钱。

"首先得,"他重新焕发精神,说,"得给你找个疗养院,可以在那里暂时彻底休养一阵子,改善一下你的神经状态。我亲自陪你去选个合适的。"

他便带我去卡茨基尔一家疯人院。那是在一个光秃秃的山顶上,只有极少的常客光顾那里。你在那儿只能看到石块卵石、一片积雪和零零星星几株松树。那位年轻的主治大夫十分随和,没在我胳臂上使用压缩布就给我服了一剂兴奋药,当时正是开饭时间,我们就被邀请共进午餐。餐厅里约有二十多位病人在小桌旁用餐。那位年轻大夫来到我们桌前,说道:"按照我院习惯,来我们这儿的人不必把自己当成病人,而只是疲倦的女士或先生到这里来休息休息。不管他们可能患有什么小毛病,都不要在谈话中提及。"

我的大夫大声招呼一名女侍者给我端来饭菜,其中包括磷酸甘油酸盐酸橙肉泥、硬面包、溴化煎饼和马钱子茶。这时饭厅里忽然响起一阵好似松林里的风暴声,人人都在喃喃自语"神经衰弱"。——只有一人除外,我清楚地听见他说"慢性酒精中毒"。我希望有机会再见到他。那位主治大夫转身走了。

饭后一个多小时以后,他领我们去试验室,那里离我们住的病房约有五十米远。来客在那里由主治大夫的替角兼助手——一个穿蓝汗衫的高个子引导陪伴。他个儿高,高得让人看不到他的脸,不过盔甲包装公司想必会乐意雇用他。

"在这里,"那位主治大夫说,"我们的客人通过体力劳动,其实是通过反应来消除他们以前心理上的忧虑。"

那里有车床啦,木工全套工具啦,模型黏土啦,纺车啦,织布机啦,踏车啦,低音鼓啦,蜡笔人像画放大仪啦,铁匠炉啦,以及所有那些能引起这个一流疗养院里的自费疯子的兴趣的玩意儿。

"那个在旮旯里做泥饼子的女士,"主治大夫悄声说,"就是《爱情为什么得相爱》那本书的作者,著名女作家卢拉·卢林顿。她现在写完了那本书,只是得休息一下脑子罢了。"

我读过那本书。"她干吗要休息,不再另写一本呢?"我问道。

你看得出我并非像他们认为的那样病得很厉害。

"那位往漏斗里倒水的先生，"主治大夫接着说，"是一位华尔街经纪人，因疲劳过度而累垮了。"

我赶紧扣好外衣纽扣，免得丢钱。

他又指出那伙人当中有玩诺亚方舟的建筑师啦，读达尔文《进化论》的牧师啦，锯木头的律师啦，对那位穿蓝汗衫的助手大谈易卜生而累垮了的交际花啦，躺在地上睡大觉的神经质百万富翁啦，还有拉着一辆小红货车满屋子转悠的著名艺术家。

"你看上去倒蛮健康，"主治大夫对我说，"我想让你心情轻松最好的办法就是从山上往下扔圆石头，然后再把它们捡上来。"

我拔腿就跑，等大夫追上我时，我已经跑了百码远了。

"怎么回事？"他问道。

"问题是这儿没有现成的飞机，"我答道，"我只好轻快地从人行道直奔那边的火车站，赶上头一班运载无限量烟煤的快车回城。"

"嗯，"大夫说，"你也许正确，这里可能对你并不合适。你需要的就是休息——绝对的休息和锻炼。"

那天晚上，我去到城里一家旅馆，对服务员说："我需要的是绝对休息和锻炼，你能不能给我安排一间有折叠活动床的房间，叫一班服务员在我休息时不停地上下折腾那张床？"

那位服务员擦掉手指甲上的污泥，朝一个坐在门厅里戴白帽子的高个子递个眼色。那家伙便走过来，礼貌地问我看见西门外的灌木丛没有。我说没看见，他就指给我看，并上下打量我一番。

"我还当你看见了，"他倒也并非恶意地说，"不过我想你没事儿。你最好还是去看看大夫吧，老伙计。"

一星期后，我那位大夫又查查我的血压，事先并没给我服用兴奋剂。我看他不太像拿破仑，我也不太喜欢他穿的那双棕黄色袜子。

"你需要的是，"他说，"海洋空气和伙伴。"

"是不是一个美人鱼……"我刚开口说，他便摆出一副医生公事公办的架势。

他说："我亲自带你去长岛海滨那家好空气旅馆，负责为你安排好一切。那里是一处安静而舒适的休养地，你很快就会恢复健康。"

好空气旅馆是海岸对面岛上拥有九百间客房的豪华时髦的旅馆。不穿礼服去用餐的人都给轰到旁边一间餐厅，只能享受甲鱼肉和香槟的份儿饭。这个海港是提供给拥有游艇的富豪泊船用的。我们抵达那天，"海盗号"船正停在岸边。我看到摩根先生站在甲板上，一边吃着奶酪三明治，一边渴望地凝视着那家旅馆。尽管那不是一家特别昂贵的酒店，可谁也付不起他们出的房价。你离开的时候，只好把行李留下，偷偷登上一艘小船，趁着月色溜回大陆。

我在那儿待了一天，在服务员的桌上找到一本空白电报纸，就向所有的朋友发了急电，请他们给我寄钱来把我赎出去。那位大夫跟我在高尔夫球场玩了一局槌球，就躺在草坪上睡起大觉。

我们俩回到城里，他忽然想起问我："怎么样，感觉如何？"

"轻松多了。"我答道。

如今会诊的大夫跟以往大不相同，他没有完全的把握是否会得到治疗费，而这种不确定的情况使你要么得到最精心的治疗,要么就马马虎虎地给你看看。我那位大夫带我去看一位会诊医生,那位医生做出了错误的推测,给我做了最精心的治疗。我挺喜欢他,他让我做一系列共济官能练习。

"你的后脑壳疼吗?"他问。我告诉他不疼。

"闭上眼,"他命令道,"并拢两脚,使劲往后跳一下。"

我一向善于闭着眼往后跳,就照他所说的办了。结果我的脑袋撞在浴室门边儿上了,那扇门只离我三尺远,一直开着。医生很抱歉,他忘了那扇门开着呢。他把门关上。

"现在用你的右手食指摸你的鼻子。"他说。

"在哪儿?"我问道。

"在你脸上。"他答道。

"我是说我的右手食指。"我解释道。

"噢,对不起。"他说。他又打开浴室那扇门,我从门缝把手指头抽出来。我出色地完成指定的指鼻测试后,说道:

"大夫,我不想向你隐瞒病情,我现在后脑壳真有点疼。"他没理会我的症状,又用近来流行的那种投币听音乐的耳机玩意儿听听我的心脏,我觉得自己变成了民歌。

"现在,"他说,"像马那样绕着屋子跑五分钟。"

我尽量模仿一匹给拉出麦迪逊广场公园的落选的佩尔什马①那样奔跑。随后他没再投一枚硬币就开始听听我的胸口。

"我的家族没有马鼻疽病史,大夫。"

那位会诊医生在离我鼻子三尺远的地方举起他的食指,命令道:"瞧着我的手指头!"

"你有没有试过皮尔斯的……"我开口道,可他却继续忙他

---

① 佩尔什马,原产于法国 Perche 地区的重型挽马。

的测验。

"现在看海湾那边。看我的手指头。看海湾那边。看我的手指头。看我的手指头。看海湾那边。看海湾那边。看我的手指头。看海湾那边。"就这样折腾了三分钟左右。

他解释说这是一种对脑子活动的测试。这对我来说似乎很容易办到。我没有一次把他的手指头误认为是海湾。我敢说他若使用了这样的话:"你朝外望去,可以说不必全神贯注地——或者说是侧向地——朝地平线望去,也就是说朝那水天相连处望去,"然后再说,"现在回过头来,或者说把你的注意力转移到我这根挺直的手指头上来。"我敢打赌,只有哈里·詹姆斯本人才能通过这种测验。

两位大夫又问我是否有过一位脊椎畸形的叔祖父或一个有脚关节肿大的表亲,然后便走进浴室略加休息,坐在澡盆边沿商讨我的病情。我吃个苹果,看看自己的手指,又望望海湾那边。

两位大夫表情严肃地走出来。他俩看上去像两块墓碑,默默无言,给我开了一个必须严格遵守的饮食清单,上面列的除蜗牛外,都是我听说过能吃的东西。我压根儿没吃过蜗牛,除非它追上我,先咬我一口,否则我不会吃它。

"你得严格遵守这个清单。"两位大夫异口同声说。

"我若能吃上这上面十分之一的东西,就得费很大的劲儿啦。"我答道。

"此外,"他俩接着说,"户外的空气和锻炼也很重要。这儿有张药方会对你有很大的好处。"

随后我们仨都采取行动。他俩拿起帽子,我就此告辞。

我去到一家药铺,把那张处方给药剂师看。

"一盎司瓶装,价两块八毛七。"他说。

"能不能给我一根包装绳?"我问道。

我在那张处方纸上面捅个窟窿,把绳子穿过去,套在脖子上,再把处方塞进衣服里面。我们大伙儿都有点迷信,我就信护身符。

我当然没有什么大问题,只是病得不轻罢了。我不能工作,不能睡觉,不能吃饭,也不能玩滚木球。我唯一能赢得一点同情的办法是一连四天不刮胡子。即使这样,还是有人会说:"老家伙,你看上去跟松树疙瘩一般结实。你是不是到缅因州森林去旅游了,呃?"

接下来,我忽然想起我得到户外去呼吸点新鲜空气,锻炼锻炼,于是便动身去南方约翰家住一阵子。据一位手上拿着一本小书站在周围是菊花的凉亭里的牧师,当着成千上万的人,判定约翰是我的亲戚。约翰在离派恩维尔七里的地方有栋乡间别墅。那栋房子坐落在蓝岭山脉顶上,位置那么高傲,简直没法给扯进这场争论里来。约翰好比云母石,比黄金还要珍贵还要透亮。

他在派恩维尔迎接我,我俩乘缆车到达他家。这是一座没有邻居、四周让群山环绕的房子。我们在他那私人小站下了车,约翰的家人和爱玛丽丝在那儿迎接我们。爱玛丽丝有点心神不安地望着我。

一只兔子出现在我们和房子之间,从山坡上蹦过去。我扔下我的行李箱,拔腿就追。我跑了二十码,它就没影儿了,我只好坐在草地上伤心地大哭起来。

"连只兔子我都追不上了,"我哭着说,"我在这人世间一点用场也没有喽,还不如干脆死掉算了!"

"哦,怎么了——怎么了,约翰哥?"我听到爱玛丽丝说。

"神经有点衰弱吧。"约翰用他那一贯平静的口气说。"甭担心，起来吧，你这个追兔子的家伙，快进屋，免得烘烤的饼干都凉了。"这时已接近黄昏时分，群山峻岭渐渐现出默弗里[①]小姐所描写的那种壮丽景色。

晚饭后不久，我就宣布我能一连气儿睡一两年，包括法定假日在内。他们把我领进一间像小花园那样宽敞凉爽的卧房，里面有张床足有一块草坪那么大。没多会儿，全家人都休息了，整个地方一片宁静。

这些年来我一直不知道什么是宁静。这是绝对的宁静！我用胳臂肘儿支起身子，倾听宁静！睡吧！我心想只要能听到一颗星星闪烁或一棵小草拔尖儿的声音就可以安然入睡啦。有一次我仿佛听到一艘独桅艇抢风行驶时帆的拍打声，可后来我认为那也许只是地毯下面一枚钉子弄出来的声音。我还是倾听着。

一只迟归的小鸟忽然落在窗台上，发出一般吱吱的叫声，而它无疑认为自己是在发出催人入睡的调子。

我一下子蹦起来。

"嘿！楼下出了啥事啊?"约翰在楼上他的房间里喊道。

"哦，没事儿，"我答道，"只是我的脑袋不小心撞在天花板上了。"

次日清晨，我去到门廊那儿眺望峻岭。一眼望去，竟有四十七个山头。我不禁打个寒噤，连忙回到大客厅里的起居室，从一个书柜里挑出一本《潘考斯特家庭医疗手册》，阅读起来。约翰走进来，夺走我手中的书，领我去户外。他拥有一个三百亩地的

---

① 默弗里(1850—1922)，美国女作家，写过不少以山区为背景的小说。

农场,设备齐全,有谷仓、骡子、农具和几个缺了齿的耙子。我在童年时代见过这些东西,心一下子沉了下去。

接着,约翰谈起阿尔法尔法(紫苜蓿),我的情绪顿时又好起来。"哦,是啊,"我说,"她不是在合唱队里吗? ——让我想想——"

"绿色的,你知道,"约翰说,"很嫩,在第一次收割后就把它翻到地底下去了。"

"我知道,"我说,"她上面就长满了草。"

"对,"约翰说,"你毕竟还懂点种庄稼的事儿。"

"我懂点农活儿,"我说,"长柄镰刀早晚会把它们都割掉。"

在回家的路上,一个我闹不清是啥的漂亮的生物从我们走的那条路穿过。我情不自禁地站住,惊讶地望着它。约翰抽着烟卷儿,在一旁耐心地等待,他是个现代庄稼汉。过了十分钟,他说:"你打算站在那里一整天观看那只鸡吗? 早餐已经准备好了。"

"一只鸡?"我问道。

"对。你如果想知道得更具体些,那是一只奥平顿白母鸡。"

"一只奥平顿白母鸡?"我怀着极大的兴趣重复道。那只家禽仪态端庄地慢慢走去。我就像跟随那个穿杂色衣服的吹笛人的孩子那样跟在那只母鸡后面。约翰容许我跟随五分多钟,然后就拉住我的衣袖,领我去吃早饭。

我在那里住了一个星期后,开始有点发慌了。我吃得好,睡得香,真正开始享受生活乐趣。对我这样一个身陷绝境的人来说,这样是不行的。我就偷偷溜到缆车站,乘车去派恩维尔,去看当地一位最好的大夫。这次我需要治疗时,完全明白该怎么办。我把帽子挂在椅背上,匆匆说道:

"大夫，我患有慢性心脏间质炎、动脉硬化、神经衰弱、神经炎、急性消化不良，而且在渐渐恢复健康。我在严格遵守饮食规定。我得在晚上洗个温水澡，早晨洗个冷水浴。我得尽量让自己心情好，只想着愉快的事。在吃药方面，我得每天服三次磷质药片，最好是饭后服用，还得服一种由龙胆酊、棕金鸡纳皮酊、黄金鸡纳皮酊和豆蔻酊配制的补药，每一勺里还得加马钱子，一天加一滴，然后每天再加一滴，一直加到所允许的最高量。我该使用药用滴管，这在任何一家药铺都可以低价买到。再见。"

我拿起帽子走出去。关上门之后，我想起还有些事忘记说了。我又打开门。那位大夫还坐在原来的地方，没动窝儿。可他再一次见到我，不禁显得有点忐忑不安。

"刚才我忘记提了，"我说，"我得绝对休息和锻炼。"

这次去就诊后，我觉得好多了。脑子里又重信自己已经病入膏肓，这倒叫我挺满意，情绪几乎又低沉下来。对一个神经衰弱的人来说，再也没有什么比自我感觉健康在恢复和心情在愉快更叫人震惊了。

约翰精心照顾我。我对他那些奥平顿白母鸡特感兴趣后，他就尽量转移我的注意力，尤其注意晚上把鸡笼子锁好。强身的山间清新空气啦，卫生食品啦，每日在山间的散步啦，都那么有效地缓解了我的病情，真使我感到异常痛苦而垂头丧气。我听说有位乡村医生就住在附近山里。我便去找他，把我的病情都跟他说了。他是个蓄着络腮灰胡子的家伙，长着一双贼亮的蓝眼睛，眼角起皱，身穿一套家里做的灰斜纹布衣服。

为了节省时间，我自己进行诊断，用右手食指触自己的鼻尖啦，敲打膝盖下方让小腿朝前踢啦，听诊肺音啦，伸出舌头啦，还向他打听派恩维尔附近墓地的价钱。

他点燃烟斗,注视我约摸三分钟光景。"老兄,"过了一会儿,他说,"你的病情相当严重。只有一线希望可以治愈,可也十分渺茫。"

"什么办法呢?"我焦急地问道。

"我已经试过砒霜和金箔啊,磷啊,锻炼啊,马钱子啊,水浴疗法啊,休息啊,兴奋剂啊,可得因啊,阿摩尼亚芳香提神剂啊等等。药典中还有什么没用过的吗?"

"在这山区里,"那位大夫说,"生长一种植物——一种开花的植物,可以治疗你,这大概是唯一能治你的病的药物啦,可它跟地球一样古老,现在越来越少,难以找到。你跟我得把它找到。我如今已不应诊;年纪太大了,不过我会收下你这个病人。你得每天下午来,帮我找那种植物,直到把它找到为止。城里的大夫也可能知道许多新的科学玩意儿,却对大自然揣在它的鞍袋里的药材不大了解。"

于是那位老大夫和我每天都在蓝岭山谷里搜寻那种包治百病的药草。我们俩爬上陡峭的高山,踩在秋天落叶上,地面很滑,叫我们不得不抓住够得着的枝枝叶叶,免得摔下去。我们涉过峡谷,穿过齐胸高的灌木丛,顺着山溪边沿走好几里路,我们像印第安人那样穿行在松林里——在路旁,在山边,在河边寻找那种神奇的药草。

正如老大夫所说,这种植物想必长得越来越少,难以找到。可我们俩还是坚持不懈地寻找。我们日复一日探测山谷,攀登山顶,跋涉在高原上,搜寻那种神奇药草。老大夫是山里生,山里长,从不知疲倦。我却时常回到家里累得啥也干不了,只能躺倒在床上,一觉睡到大天亮。我们俩就这样坚持了一个月之久。

一天傍晚,我跟老大夫在外面走了六里路返回来之后,又跟爱玛丽丝在路旁树下散散步。我们俩望着群山在慢慢披上紫睡衣准备休息啦。

"你身体好了,我真高兴,"她说,"你刚来时真吓了我一大跳,我还当你真得了大病。"

"身体好了!"我几乎尖呼道,"你知不知道我只有千分之一活的机会?"

爱玛丽丝吃惊地望着我,说:"可你现在壮实得跟一匹耕地的骡子一样啊,你每天睡十到十二个小时,你都快把我们家吃得精光了,你还想怎么样?"

"我告诉你,"我说,"除了我们能及时找到那种神奇玩意儿——就是我们正在寻找的那种药草——别的什么也救不了我。大夫就是这样跟我说的。"

"哪位大夫?"

"泰顿大夫——就是住在黑橡岭半山腰那位医生。你认识他吗?"

"我刚学会说话时就认识他了。你每天就是去他那儿——他每天带你走那么些路,爬那些高山,恢复了你的健康和力气吗?愿上帝保佑那位老大夫吧!"

这当儿,老大夫本人赶着他那辆破旧的小马车从路那头过来。我向他招手,还喊着说明天还会准时到他那里去。他停下马车,把爱玛丽丝叫过去。我待在原地,他俩交谈了五分钟光景,随后老大夫便赶车走了。

我俩回到家里,爱玛丽丝抱出一部百科全书,说要寻找一个词汇。"老大夫说,"她对我说,"你以后不必再以病人身份去看他啦,可他随时都欢迎你以朋友身份去做客。接着他让我在百科全书里查找一下我的名字,告诉你那是什么意思。好像那是一种开花的植物名字,也是忒奥克里托斯①和维吉尔②作品中的乡村姑娘的名字。你认为老大夫这话是什么意思呢?"

"我知道他是什么意思,"我答道,"我现在明白了。"

那是对一个可能让神经衰弱女神迷惑住的兄弟的一句忠告!

那个处方倒是真实的。闭塞的城市医生尽管不时在摸索,却也曾指出特效药物。

因此要锻炼嘛,那就会给介绍到黑橡岭那位泰顿好大夫——请走松林里卫理公会聚会所右边那条道就可到达。

绝对的休息和锻炼。

跟爱玛丽丝坐在阴凉处,凭着第六感觉默默念着忒奥克里托斯那首描绘金色夕阳照耀着的蓝色山脉依次进入睡乡的田园诗,还有什么比这更好的治疗吗?

梅绍武　译

---

① 忒奥克里托斯(公元前310?—公元前250?),古希腊诗人,创始田园诗,诗作对罗马诗人维吉尔及后来的田园文学有很大影响。
② 维吉尔(公元前70—公元前19),古罗马诗人,代表作为史诗《埃涅阿斯纪》,其诗作对欧洲文艺复兴和古典主义产生巨大影响。

命运之路

我走上多条道路探寻

　　未来将是如何。真诚和坚强的心,还有爱的

光芒——

　　难道这些路不能承载我的拼搏

　　　让我安排、回避或控制、重塑

我的命运?

大卫·米尼奥未出版的诗

一曲终了。词,是大卫作的;旋律,是乡土味儿。小酒店桌边聚着的人开心地鼓掌,原因是这位诗人替大家付了酒钱。只有公证人帕皮诺先生听着歌词略略摇头,原因是他是个有学问的人,而且没有同其他人一道喝酒。

大卫走出门,来到村子的街道上,晚风吹散了头上的酒气。他想起白天和伊冯吵了架,想起下定了决心当晚就离家出走,去外面的大世界追寻声名和荣耀。

"当我的诗句在人人嘴边传诵,"陶醉中他告诉自己,"也许,她会想起今天说的那些难听话。"

除了小酒店中有人嬉笑取乐,村里的人都就寝了。大卫悄悄回到父亲的农舍,摸进棚屋内自己的那间房,把自己那点衣物捆成一卷,用根棍往肩后一挑,便掉头朝外,走上了维尔诺依村通往外乡的大路。

他路过父亲的羊群,它们蜷在羊圈里过夜——这些羊他每天放养,随它们遍地跑,自己在小纸片上写着诗句。他看见伊冯的窗户还闪着灯光,他那突如其来的计划便微微动摇了一下。也许那道灯光说明她在后悔,她睡不着,她在生气,第二天早上说不定——但是,不!他的决心定了。维尔诺依村不是他待的地方,这里没有一个知音。那条出村的大路才是他的命运和未来。

大路在月光下的黯黯原野上延伸了三里格①,路像耕出的犁沟一样直。村里人都说,这条路至少能通到巴黎;而巴黎这两个字是诗人一边走路一边常常轻声念叨的。大卫从来没有从村里走出这么远过。

左 岔 道

这条路走出三里格,便是谜一般的岔路口。脚下这条路与一条更宽阔的大路直角相会。大卫站在路口,犹豫了一会儿,左转沿着大路走去。

在这条更宽阔的大路上,留下了车轮印,表明最近有大车驶过。一个半小时后,果然看见陡峭的山脚下,一辆庞大的马车陷在小溪的污泥里动不了。车夫和马座骑手们吆喝着,使劲拽着马笼头。在大路一侧站着一个身形庞大、全身黑衣的男子,以及一个身材苗条、披着轻便长斗篷的女子。

大卫看出这些仆人不懂门道白费劲。他立刻自任指挥,让

---

① 里格,旧时长度单位,约为三英里、五公里或三海里。

这些驾车的人别再对马粗声吆喝,而用力气去推车轮。马车夫一个人负责用牲口听惯了的声音驱赶;大卫用结实有力的肩膀抵住马车后部。随着大家齐声一用劲,笨重的马车回到了结实的路面。驾车的人各自攀上自己的座位。

大卫单脚支着看了一阵。那位庞大的绅士招了招手,说:"你到车厢里去。"他的嗓音跟大卫一样粗重,不过圆熟和教养使它变得稍稍中听了一点。听到这类声音一般就得服从。年轻诗人的犹豫尽管短暂,随即又一次命令却使他几乎没有时间犹豫。大卫的脚踏上了车厢台阶。黑暗中他分辨出女子的身影在后座上。他正打算坐在女子对面,那个声音又传来意旨:"你坐在这女子身边。"

绅士庞大的身躯坐在前座上。马车开始上山了。女子静静地缩在一角。大卫猜不出她是老是少;但她衣服上淡淡的香味惹得诗人无端地相信,女子神秘的外表下定然是一番可爱。这正是他常常梦寐以求的冒险故事呀。不过现在他无法解开这个谜,因为他同这两个不可捉摸的旅伴同坐期间,始终无人开口。

一小时后,大卫从车窗看出马车穿行在某个小城的街上,然后停在一座紧闭的黑乎乎的大宅前。一个马座骑手下了车,不耐烦地"冬冬"敲门。楼上一扇格子窗猛地推开,探出一个带睡帽的脑袋。

"什么人这么晚打扰规矩人家?我的宅子锁门了。有钱的旅客不会这时候还找不到住处。别敲了,走吧。"

"开门!"马座骑手急急地大叫:"开门!这是蒙塞尼尔·德波倍兑侯爵。"

"噢!"楼上的声音叫起来,"千万个恕罪,爵爷,我事先不知道——这么晚——马上开门,全宅听凭爵爷吩咐。"

可以听见宅门里铁链和门闩响动，宅门大开。西弗·福拉贡宅的房东手持蜡烛站在门口，他衣衫不全，又冷又怕，直打哆嗦。

大卫随侯爵走出车厢。一道命令给了他："扶住这位女士。"诗人照办了。他扶她下车时，发现她的小手在颤抖。第二道命令是："进屋。"

这间房是旅店里长长的餐厅。大橡木桌从这头一直延伸到那头。庞大的绅士坐在桌子较近的一端。女子坐在靠墙的另一张椅子上，神色异常疲惫。大卫站着，考虑如何告别是好，然后继续上路。

"爵爷，"房东鞠躬快到地上了，一边说道，"要——要是知道爵爷驾临，肯定早就备好一切招待了。有——有葡萄酒和冷禽肉，也——也许——"

"蜡烛。"侯爵说道，习惯性地伸出一只肥白的手，摊开五指。

"是——是，爵爷。"他捧来半打蜡烛，点燃了，放在桌上。

"如果爵爷肯赏脸尝尝一种勃艮第葡萄酒——有一桶——"

"蜡烛。"爵爷说着，摊开五指。

"好——很快——我这就跑去，爵爷。"

又一打蜡烛点燃，照亮了大厅。椅子几乎容不下侯爵庞大的身躯了。他从头到脚都是华贵的黑衣，只有手腕和喉部是白色绲边。连剑柄和剑鞘都是黑色的。他的表情是一种透着轻蔑的骄傲。上翘的胡子几乎碰到了满是嘲弄的眼睛边上。

女子坐着一动不动。大卫看出她很年轻，模样楚楚动人。大卫正出神地想着她这一番可爱何等地遭受冷落，猛然被侯爵隆隆的声音吓了一跳。

"你的姓名和职业是什么？"

"大卫·米尼奥，我是诗人。"

胡子翘得离眼角更近了。

"你靠什么生活？"

"我还是个牧羊人；我看管父亲的羊群。"大卫答道，头昂得高高的，脸上却是红晕。

"那么，羊倌兼诗人先生，听听你今晚撞上的大运。这女子是我的侄女，露西·德瓦兰娜小姐。她出身贵族，每年有一万法郎归她支配。至于她的美丽，你自己看得见。如果这些条件能让你这羊倌高兴，只要一句话，她就是你的妻子。别打断我说话。今晚我把她带到孔特·维勒默庄园，本打算将她交给早已允诺要嫁的新郎。宾客聚齐了；神甫在等待；她即将与一个地位和财富都般配的人成婚。可是在祭坛前，这个原本温顺驯良的小姐，突然像只母豹子一样对我发作，指责我犯有种种酷行和罪恶，在惊呆的神甫面前，毁弃了我为她立的婚约。当时当地我就以众恶魔之名发誓，她必须同我们离开庄园后见到的第一个男子结婚，管他是王子、烧炭工还是贼。你，羊倌，是第一个。她必须今晚成婚。如果你不答应，就是下一个。给你十分钟做决定。别拿废话或问题来烦我。就十分钟，羊倌，时间快着呢。"

侯爵白白的五指砰地落在桌上。他借着等待之名陷入沉默。大卫感觉侯爵就像一座大房子，门窗全都紧闭，拒绝来访。大卫本想说话，可这庞大身躯的气势堵住了他的嘴。他转而站在女子的椅边，向她鞠了一躬。

"小姐，"他说着，一边惊奇地发现自己在如此优雅美丽的女子面前言辞如此流畅，"您已听到了，我是个牧羊人。有时我也自认是诗人。"

"如果对美的仰慕和珍惜构成检验诗人的标准，那么我更有理由自认为诗人了。我有任何可为您效劳之处吗，小姐？"

年轻女子无泪而哀伤的眼睛看着他。他那因为冒险而显得严肃的坦率热切的脸庞，他强壮矫健的身材，蓝眼睛里的一汪同情，还有她对关心和善意的久久渴求，一下子让她的泪水夺眶而出。

"先生，"她低声说道，"你显得真诚善良。他是我的叔父，我父亲的兄弟，我唯一的亲戚。他爱上了我母亲，他恨我，因为我长得像母亲。他使我的生活只有恐惧。我连他的面容都害怕看见，以前也从不敢有任何违逆。但今天晚上他本要把我嫁给一个年龄是我三倍的男人。先生，原谅我带给你这桩麻烦。你当然可以拒绝他强加给你的疯狂要求。但至少让我谢谢你的关爱仁慈之言。这么多年没人对我这样说过。"

诗人眼中闪现的已不仅仅是关爱仁慈。他定是诗人无疑了，因为伊冯已被忘却；这一番清新的可爱，蕴涵着生机活力和眷顾，牢牢抓住了他的心。她身上微微的香味使他充满了一种奇妙的感情。他温柔的目光暖暖地落在她身上。她，由于渴望，也委身其中。

"仅仅十分钟，"大卫说，"容我决定一件恐怕倾尽多年才能完成的事情。我不会说我怜悯你——这并不真切；我得说，我爱你。我不敢期望你现在爱我，但是请允许我把你从这个残酷之人手中解救出来，也许渐渐地，你会爱上我。我相信自己有前途；我不会永远当牧羊人。目前我会全心珍爱着你，减少你生命中的忧伤。小姐，你愿意把你的命运托付给我吗？"

"你是为怜悯而牺牲自己呀！"

"是为爱。时间要到了，小姐。"

"你会后悔的，会鄙弃我的。"

"我唯愿自己活着所做的一切能让你幸福，能让我配得上你。"

她纤小的手从斗篷下悄然滑入他的手心。

"我将把生命托付给你，"她细声说道，"而——而爱也不像你想的那么遥远。告诉他，一旦我从他的目光中解脱我会忘记这一切。"

大卫走过去，站在侯爵面前。黑色的身躯动了动，充满嘲弄的眼睛瞟了瞟客厅的大钟。

"富余两分钟。一个羊倌居然要花八分钟来盘算要不要娶一个有钱的美人！说吧，羊倌，你愿意成为这位小姐的丈夫吗？"

"这位小姐，"大卫站得笔挺，说道，"已经惠准了我的求婚，愿意做我的妻子。"

"说得漂亮！"侯爵道，"你倒有几分求婚者的伶牙俐齿，羊倌大爷。不管怎样，小姐的下场也许更差呢。行了，让神甫和魔鬼赶紧！"

他用剑柄猛敲着桌子。房东双膝哆嗦着，捧来了更多的蜡烛，以为侯爵老爷又有这古怪念头了。"带个神甫来，"侯爵说，"一个神甫，明白吗？十分钟内找个神甫来，否则——"

房东扔下蜡烛，飞奔而去。

神甫来了，睡眼惺忪，全身蓬乱。他宣告大卫·米尼奥和露西·德瓦兰娜结成夫妻，把侯爵扔给他的金币揣进衣袋，拖着步子又消失在夜色中。

"葡萄酒。"侯爵又向房东摊开不祥的五指，命令道。

葡萄酒来了，他说道，"斟满杯子。"烛光中他起身站在桌子一端，恶毒而自负，像一座黑色的山，眼光里满是对当年旧情变做眼前新恨的记忆，而这眼光就落在侄女身上。

"米尼奥先生，"他举起酒杯，说道，"我的祝词是，与你成婚的这个女子将让你的一生变得污秽悲惨。她的血液里承载着乌黑的谎言和殷红的毁灭，她将带给你耻辱和忧虑。降临在她身上的妖魔盘踞在她的眼睛、她的肌肤、她的嘴里，邪恶到连农夫都要欺骗。这就是你的幸福未来，诗人先生。喝下你的酒。小姐，我总算把你打发掉了。"

侯爵喝干了酒。女子的双唇发出轻声的悲伤啜泣，仿佛突然间受了伤。大卫手持酒杯，向前迈了三步，直视侯爵。他的姿态完全不像个羊倌。

"刚才，"他平静地说，"我有幸被你称作'先生'。因此，我希望这门亲事能使我与你更接近——这么说吧，从等级上讲——能否让我在处理一桩个人小事时与蒙塞尼尔家的人站在接近对等的位置上？"

"就算是吧，羊倌。"侯爵轻蔑地说道。

"那么，"大卫将酒一下子举到那双满是轻蔑、正在嘲弄他的眼睛面前，"也许你肯屈尊与我决斗？"

侯爵的怒火随着一声咒骂爆发，仿佛号角突然刺耳作响。他从剑鞘拔出剑来，对着惊慌失措的房东喊道："拿把剑，给这乡巴佬！"他转向那女子，笑声令她寒彻心肺："夫人，你给我添麻烦了。看来我得在同一天夜里给你找个丈夫再把你变成寡妇。"

"我不会剑术。"大卫说。在妻子面前说这话，他脸都红了。

"'我不会剑术。'"侯爵戏弄地学舌。"我们不会像农夫一样拿着橡木棒打架吧。**行啦**！弗朗索瓦，我的枪！"

一个马座骑手拿来两把大手枪，从枪套里抽出来，枪上饰有银雕，闪闪发光。侯爵拿出一把，扔在大卫手边的桌上。"站到桌子另一端去，"他叫道，"羊倌也该会扣扳机吧。难得一个羊倌能有死在蒙塞尼尔枪下的这份荣幸。"

牧羊人和侯爵分站在长桌的两端。房东像发疟疾一样战栗不停,吃力地呼吸着,结结巴巴地说:"蒙——蒙——蒙塞尼尔先生,看在基督的分上!别在我家动手!——别在这儿出人命——这会坏了我这儿的规矩——"侯爵的目光,威胁着他,僵住了他的舌头。

"懦夫,"蒙塞尼尔侯爵叫道,"打战的牙停一会儿,给我们发令就行。"

我们这位房东的双膝扑通一下跪在地板上。他什么都说不出来了。连声音都发不出来。不过,从他的手势来看他还是在以他的房子和规矩的名义祈求停战。

"我来发令。"女子清晰地说道。她走到大卫身边深情地一吻。她的眼睛闪着光,双颊有了血色。她靠墙站立,两个男人端平了枪,等她发令。

"一——二——三!"

两声枪响不离先后,连蜡烛都似乎只闪了一次。侯爵站着,带着笑容,左手五指松松的,摊开歇在长桌的一端。大卫依然站着,极慢地扭过头,目光在找寻他的妻子。然后,像衣架上滑落的衣服一样,他倒下去,蜷在地上。

随着轻轻一声充满恐惧和绝望的哭叫,已变成寡妇的处女跑过去,俯下身来。她找到了他的伤口,抬起头,她的脸上又恢复了刚才的苍白和忧郁。"打穿了他的心脏,"她悄声道,"啊,他的心!"

"过来,"侯爵的声音嗡嗡响起,"上车去!天亮前我必须把你打发了。今晚,你必须再结婚,丈夫还得是活的。随便下一个遇上什么人,管他是拦路强盗还是农夫。要是一路上谁也碰不上,就嫁给替我开门的粗汉。上车去!"

强横庞大的侯爵,重新裹进神秘斗篷的女子,拿着武器的马座骑手——一行人都向等待着的马车走去。沉重的车轮隆隆远去的声音回荡在熟睡的村庄。在西弗·福拉贡宅子的大厅里,失魂落魄的房东在诗人的尸体前绞着手指,二十四支烛光在桌上跳动闪耀。

右 岔 道

这条路走出三里格,便是谜一般的岔路口。脚下这条路与一条更宽阔的大路直角相汇。大卫站在路口,犹豫了一会儿,右转沿着大路走去。

这条路通向哪里,他不知道,但那天晚上他下定决心将维尔诺依村远远留在身后。他走了一里格,经过一个庄园,种种迹象表明庄园刚刚接待过客人。每个窗口都映出灯光;庄园门口宽阔的通道上,窗花格似的布满了车轮留下的尘土印,显然来过一车车客人。

再走出三里格,大卫累了。他在路边的松树枝上睡了一会儿,然后起来接着走这条未知的路。

就这样,在这条宽阔的路上走了五天,有时他睡在大自然带有松油香味的床上,有时睡在农家的草垛上,有时在好客的农家分享黑面包,有时喝溪水,有时会有牧羊人乐于分给他一杯喝的。

最后他走过一座大桥,来到这座笑意盈盈的城市,这座城市毁灭或成就的诗人比世界上任何地方都多。巴黎低声唱起欢迎曲——那人声、脚步声和车轮声的合奏曲,他的呼吸随之变得急促。

在康蒂大街一幢老房子顶层屋檐下的一个房间里，大卫付了房钱，坐在一张木头椅子上开始写诗。这条住过权贵显要的大街，如今渐退荣光，也住进了接踵而来的各色人等。

这些房子很高，衰败中仍见气派，不过多数空荡荡的，只有灰尘和蜘蛛常驻。晚上，各处小酒馆金属酒杯相碰、狂欢喧哗之声此起彼伏，不绝于耳。原本士绅雅居之地，而今粗俗放纵，污浊不堪。不过，这种房子正好与大卫瘪瘪的钱袋相配。日光里，烛光下，他的笔都在纸上涂来抹去。

一天下午他下楼买充饥之物，拿着面包、凝乳和一瓶酸葡萄酒正往回走。在黑乎乎的楼梯上走到一半，他遇见——不如说撞见，因为这女子在楼梯上歇着——一个美貌的年轻女郎，美得连诗人的才思都不足以曲尽其妙。一袭宽松的黑斗篷敞开着，露出里面华丽的长裙。她的眼神随着脑中的丝丝念头而飞速变幻。一会儿这双眼睛圆圆的，单纯天真得像个孩子。一会儿又狭长狡狯如吉卜赛女郎。她一手提起长裙，露出一只小鞋，高高的跟，带子松了，没系上。她多么圣洁，多么不适宜弯腰，多么富有魅力，多么令人乐于听其召唤！也许她已经看见大卫走过来了，正等他帮忙呢。

啊，先生请原谅她挡在楼梯上，那不是那只鞋！——那不听话的鞋！哎呀！怎么就松了呢？啊，不知先生**可否**屈尊！

诗人把两根鞋带打上结，手指一直在颤抖。他本可以从她面前逃走，避免随之而来的种种不测，可是，那双眼睛变得狭长狡狯如吉卜赛女郎，慑住了他。他靠在楼梯扶手上，手里攥着那瓶酸葡萄酒。

"您真好，"她笑着说，"请问先生是否住在这幢楼里？"

"是，夫人。我——我想是的，夫人。"

"会不会是住在三层?"

"不,在高处。"

女郎悠然抖动着手指,一点也没有急于走开的意思。

"请原谅,我问这个问题太冒失了。先生能原谅我吗?我问及先生的住址肯定是不合适的。"

"夫人,别这样说,我住在——"

"不,不,不;别告诉我,我知道自己说了不该说的话。可我忍不住对这房子和房子中的一切感兴趣。这儿曾是我的家。我常常来这儿,只是来怀想从前的快乐时光。您允许这个成为我的您能接受这个理由吗?"

"我告诉你吧,因为你不需要说出理由,"诗人结结巴巴地说,"我住在顶层——楼梯拐角处的小房间。"

"前边那间吗?"女郎问,头歪向一侧。

"后面那间,夫人。"

女郎叹了口气,仿佛感到轻松。

"我不再耽搁您了,先生,"她说着,眼睛又变成圆圆的,单纯天真如孩童,"请照管好我的房子。哎呀,我剩下的只是对房子的回忆罢了。再会,请容我多谢您的关照。"

她离去了,只留下微笑和一丝甜甜的香味。大卫登上楼梯,恍如梦中。不过他醒过神来之后,微笑和香味仍在身边萦绕,而且似乎最终也未曾远离。这个他一无所知的女郎令他走笔写下眼之诗、顿生爱慕之歌、鬈发颂,还有献给纤足之轻履的十四行诗。

他定是诗人无疑了,因为伊冯已被忘却;这一番**清新的可爱,蕴涵着生机活力和眷顾,牢牢抓住了他的心。**她身上微微的香味使他充满了一种奇妙的感情。

某天夜晚，三个人围坐在这幢楼三层某个房间的桌旁。三把椅子、一张桌子和一支点燃的蜡烛便是房间里的全部家当。三人中有一个身形庞大，全身黑衣。他的表情是一种透着轻蔑的骄傲。上翘的胡子几乎碰到了满是嘲弄的眼睛边上。第二个人是女子，年轻美貌，一双眼睛既可以变得圆圆的，单纯天真得像个孩子，又可以变得狭长狡狯如吉卜赛女郎。不过这双眼睛现在是热切而雄心勃勃，与天下任何密谋者并无二致。另一人是说干就干的人，一个胆大而没有耐心的任务执行者，一个喷火的钢铁斗士。他被另二人称为德罗勒上尉。

　　这人的拳头捶着桌子，狂热而不失理智地说：

　　"今晚。今晚他去午夜弥撒的途中。我受够了拖而不决的策划。我烦透了暗号、密码、秘会和类似这种蹩脚戏。我们做光明磊落的叛乱者吧。如果法兰西需要除掉他，就让我们公开干掉他，别再布圈套设陷阱了。我说了就是今晚。言必果。我自己就动手。今晚，就在他去做弥撒的路上。"

　　女子热诚地看了他一眼。女人，无论天生如何执著于密谋，也注定会佩服一往无前的勇气。身形庞大的男子将着他上翘的胡须。

　　"亲爱的上尉，"他说道，粗重的嗓门由于教养才变得稍稍中听一点，"这一次我同意你的计划。等待下去不会有任何好处。王宫里忠于我们的卫兵不少，足够保证这次行动的安全。"

　　"今晚，"德罗勒上尉又说了一次，再次捶着桌子，"话我已经说了，侯爵，我要亲自动手。"

　　"但是现在，"庞大的侯爵温言道，"有一个难题。必须传信给王宫里我们的人，约定信号。随从国王马车的必须是我们之中的顶尖勇士。这个时候谁又能一路深入到王宫南入口去送信呢？里博在那儿值班；一旦消息传到他那儿，一切就会安排妥当。"

"我来送信。"女子说。

"你，子爵夫人？"侯爵说着，扬了扬眉毛，"我们知道，你的奉献精神固然伟大，但是——"

"听着！"女子一声喊道。她站起身来，双手抬起，搁在桌上，"这幢房子的阁楼上住着一个外省来的年轻人，就像他放养的羊群一样单纯温顺。我和他在楼梯上遇见过两三次。我怕他住得离我们会面之处太近，问过他住哪儿。只要我乐意，他肯定任我摆布。他在阁楼里写诗，而我猜他准是对我想入非非。他会照我的话去做的。他将把消息带进王宫。"

侯爵站起身来，鞠了一躬。"你没能让我把话说完，子爵夫人，"他说，"我本该说：'你的奉献精神固然伟大，你的机智和魅力更是无与伦比。'"

当密谋者正忙于商议时，大卫正对着献给楼梯上的爱人的几行诗精雕细琢。忽然传来怯怯的敲门声，大卫开门一看，是她，心猛地一跳。她急急地喘着气，好像有什么危难，眼睛圆睁，单纯天真得像个孩子。

"先生，"她说，"我在困境中向您求助。我相信您真诚而善良，并且我找不到别人了。我好容易从街上飞奔过来，经过多少咋咋呼呼怪吓人的汉子。先生，我的母亲病危了。我舅舅是王宫里的卫兵上尉。必须捎信飞速把他请来。我希望——"

"小姐，"大卫打断了她，眼睛闪烁着效劳的渴望，"您的希望就是我的翅膀。请告诉我如何找到他。"

女子把封好的信塞到他手中。

"去王宫南门——记住，是南门——对那儿的卫兵说：'猎鹰已经离巢。'他们会让您通过,这样您会来到宫殿的南入口。把这句话再说一遍,把信交给那回答说'让他在愿意的时候出击'的人。先生,这是舅舅告诉我的暗号,因为国内局势不稳,针对国王的密谋不断,要是没有暗号,谁也不能在夜幕降临之后进入王宫。如果您愿意,先生,请把这封信带给我舅舅,好让我母亲闭眼之前见他一面。"

"把它给我,"大卫热切地说,"不过这么晚让您一个人穿过这些街道回家合适吗?我——"

"别,别——快去呀。每一刻都像珍珠一样宝贵。有一天,"女子说着,眼睛又变得狭长狡狯如吉卜赛女郎,"我要答谢您的好心。"

诗人将信塞进胸前衣袋里,直奔楼下。女子呢,等他离开以后,就回到了楼下自己的房间。

侯爵那富于表情的眉毛显然在询问她。

"他去了,"她说,"像他羊群里一只快腿的蠢绵羊一样送信去了。"

桌子被德罗勒上尉的拳头捶得又一震。

"天啊!"他叫道,"我忘记带手枪啦!别人谁动手我都信不过!"

"拿这个,"侯爵说着,从斗篷下抽出一把大手枪,枪上饰有银雕,闪闪发光,"确实没有人更可靠了。但是要保管好这把枪,因为上面有我的纹章和顶饰,而我早就被怀疑上了。我嘛,今晚必须跑出巴黎以外好多里格,明天我必须出现在自己的庄园里。请先出门,亲爱的子爵夫人。"

侯爵吹灭了蜡烛。女子紧紧地裹在斗篷里,同其他二人一起轻轻下了楼,汇入康蒂大街窄窄的人行道上涌动的人流。

大卫急匆匆地走着。在王宫南门一支戟拦在了他胸前,但他一说'猎鹰已经离巢',戟尖就让开了。

"请过,兄弟,"卫兵说,"快走。"

在宫殿南入口的台阶上卫兵们要来抓他,但这句暗号又一次咒语般让卫兵们住手。其中一人走上前说:"让他在愿意——"但卫兵中的一阵骚动表明出现了意外。一个目光敏锐、迈着军人式大步的人突然挤过人群,抢过大卫手中的信。"随我来,"他说着,把大卫领进宫门内的大厅。他撕开信封读起来,然后向路过的一个火枪手军官模样的人招了招手,"特罗上尉,逮捕并监禁宫殿南大门和南入口的卫兵。这些位置要换上忠诚可靠的人。"对大卫他说道:"随我来。"

他带着大卫走过一条走廊和候见厅,来到一个宽敞的大房间,见一人面色忧郁,衣着素净,坐在一张宽大的皮椅上沉思。他对那人说:

"陛下,我说过宫里满是叛贼和奸细,就像下水道满是老鼠一样。您觉得我是无故乱想。这个人就是在他们的合谋下深入到了您的宫殿入口。他捎了封信,给我截获了。我把他带到您的面前,陛下也许不再认为我的担心是多余的。"

"我来问他。"国王说着,在椅子上动了动。他疲倦的眼睛看着大卫,好像蒙了一层雾。大卫单腿跪下。

"你从哪儿来?"国王问。

"从厄尔·卢瓦尔省来的,陛下。"

"在巴黎以何为业?"

"我——我会成为诗人,陛下。"

"你在维尔诺依村是做什么的?"

"我替父亲照管羊群。"

国王又动了动,眼中的那层薄雾消失了。

"啊!在田野上!"

"是,陛下。"

"你生活在田野上;你在凉爽的早晨出门,往绿茵茵的树篱边一躺。羊群散布在山坡;你喝的是潺潺溪水;在树阴下吃着香甜的黑面包,你听的当然是树丛里啾啾的乌鸫。是这样吗,牧羊人?"

"是这样,陛下。"大卫答道,叹了口气,"我还听着蜜蜂在花丛中嗡嗡飞舞,也许,还听着收葡萄的人在山上唱歌。"

"对,对,"国王有些焦急地说,"也许还听他们唱,但肯定听着乌鸫唱歌。它们经常在树丛里歌唱,不是吗?"

"没有哪儿的鸟儿,陛下,比厄尔·卢瓦尔省的乌鸫歌声更甜美了。我试着在诗里描绘过它们的歌声。"

"你能背几行吗?"国王热切地问道,"很久以前我听过乌鸫唱歌。要是能用诗句再现乌鸫的歌声,这简直胜过拥有一个王国。那么,你在暮色里把羊儿赶回羊圈,然后在宁静之中享用你的面包?你能重复这些诗句吗,牧羊人?"

"诗句是这样的,陛下,"大卫充满了令人钦佩的热情,念道:

> 慵懒的牧人,看看你的小羊羔,
> 草地上狂欢、嬉戏
> 看看微风里起舞的羊毛
> 听听潘神吹他的苇笛
>
> 听听我们在树梢鸣叫
> 看看我们在羊群头上盘旋

给我们羊毛做个温暖的巢

　　就在树枝——

　　"请陛下原谅，"一个粗哑的声音插话说，"我有一两个问题要问这写诗的。时间紧迫。如果我出于对陛下安全的担忧冒犯了陛下，谨请陛下恕罪。"

　　"杜马尔公爵忠心耿耿，决无冒犯之咎。"国王说着，坐进椅子里，眼睛又像蒙上了一层薄雾。

　　"首先，我把他捎的信读给您听：

　　"'今晚是王储去世周年纪念。如果他按惯例去在午夜弥撒中为儿子的亡灵祷告，猎鹰将会出击，地点是埃斯普拉纳德大街拐角处。如果他确有此意，在王宫西南角屋顶的房间里点上红色的灯，猎鹰就知道了。'"

　　"农夫，"公爵严厉地说，"你听到信的内容了，谁把这封信交给你的？"

　　"公爵大人，"大卫真诚地说，"我会说的。一位女士把信交给我。她说她母亲病了，这封信将使她舅舅来到母亲的床边。我不懂这封信的意思，但我发誓这位女子美丽而善良。"

　　"描述这女人长什么样儿，"公爵命令道，"说说你是怎样上钩的？"

　　"描述她！"大卫温柔地一笑，"这等于说能用语言创造奇迹！哦，她由阳光和暗影构成。她苗条得像桤树，举止也像桤树般优雅。你看着她的眼睛时会发现那双眼睛能变：一会儿是圆的，一会儿半合着，好像阳光从两片云彩后面窥视。她来的时候，仿佛天国降临。她离开时，只有混沌一团和荆条花的香味。她是在康蒂大街二十九号找到我的。"

"正是这幢我们一直在监视的房子。"公爵说着，转向国王，"幸好有诗人的巧舌，给我们描绘出了臭名远扬的卡白多子爵夫人。"

"陛下，公爵大人，"大卫热诚地说，"我希望我的笨嘴拙舌没有说得不像她。我仔细观察过她的眼睛；不管有没有这封信，我以生命担保她是个天使。"

公爵沉稳地看着他，"我会检验你的，"他缓缓说道，"你将穿戴得像国王一样，午夜乘坐他的马车去做弥撒。你接受这一检验吗？"

大卫笑了。"我仔细观察过她的眼睛，"他说，"那双眼睛已经通过了我的检验。您只管检验我吧。"

离十二点还差半小时的时候，杜马尔公爵亲自在宫殿西南角的窗前点亮一盏红灯。十二点差十分，大卫从头到脚穿得同国王一模一样，脑袋缩在斗篷里，在杜马尔公爵的搀扶下，缓步从王宫走向等待着的马车。

公爵把他扶进车厢，关上门。国王的马车向教堂飞驰而去。

埃斯普拉纳德大街拐角处的一所房子里，特罗上尉带领二十个人，保持高度警惕，准备着叛贼一旦出现便扑上去。

不过看来由于某种原因，密谋者略略改变了一下方案。当国王的马车来到离埃斯普拉纳德大街还有一个街区的克里斯托弗大街时，德罗勒上尉猛冲过来，领着一帮满心要刺杀国王的人，向马车队伍突袭。马车上的卫兵尽管对这次提前偷袭很吃惊，还是下车英勇地还击。交战的声响引起了特罗上尉的注意，他们沿街冲过来救援。但就在同时，孤注一掷的德罗勒上尉已经撞开了车厢门，手枪猛地抵住里面的黑衣人，开了一枪。

现在忠于国王的援军赶来了，街上到处是叫喊声和刀剑撞击声,但受惊的马拉着车跑远了。车座上躺着可怜的冒牌国王兼诗人的尸体,射杀他的弹丸来自蒙塞尼尔·德波倍兑侯爵的手枪。

坦　　途

这条路走出三里格,便是谜一般的岔路口。脚下这条路与一条更宽阔的大路直角相汇。大卫站在路口,犹豫了一会儿,便在路边坐下来休息。

这些路通向哪儿他不知道。哪条路都似乎通向一个充满了机遇和危险的大世界。坐在路边,他的眼睛望到了一颗明亮的星星,他和伊冯把它选为自己的星星。他就开始想伊冯了,又在想自己是否太轻率了。为什么为几句口角就离开伊冯和自己的家呢?难道爱如此脆弱,妒忌——那爱情存在的明证——就能把它打碎?隔夜的小小痛心事总是能在第二天早上弥合的。现在回家还来得及,维尔诺依村还在甜美的睡梦之中,没人会发现他的。他的心属于伊冯;在他从小生长的地方他总能写诗,总能找到快乐。

大卫站起身,抖落了一直撩得他躁动不安的情绪。他坚定地掉转头,沿着来时的路走回去。回到维尔诺依村时,他出外漫游的念头已经无影无踪。他走过羊圈,绵羊被他深夜的脚步惊动,羊圈里一阵慌乱,嗒嗒作响,这平常的声音让他的心感到温暖。他悄悄地摸回自己的小屋躺下,庆幸这双脚不用在新的路途上遭受跋涉之苦了。

他对姑娘的心多么了解!第二天晚上伊冯就在年轻人常常聚集的路边水井旁待着,因为**怪家伙没准上这儿来**。她的眼角在寻找着大卫,尽管紧闭的嘴唇一副铁了心的样子。她的神情大卫瞧在眼里;他勇敢地凑上前去,让那紧闭的嘴中说出了回心转意,又在回家的路上讨来它的一个亲吻。三个月之后他俩结婚了。大卫的父亲精干而富有,他为新人操办的隆重婚事,三里格外的人都听说了。夫妇俩在村里都顶招人喜欢。街上举行了新婚游行,青草地上举办了舞会,还从德罗请来了木偶戏班子和一个杂耍演员来款待客人。

一年以后大卫的父亲去世了。绵羊和农舍都由大卫继承。大卫早就拥有村里最像样的妻子了。伊冯的牛奶桶和铜水壶闪闪发光——啊!阳光下它们能让你的眼睛都花了。不过你得睁眼好好瞧瞧她的院子,因为花圃整洁又鲜艳,你的眼睛又亮了。你可能听见她唱歌,哎呀,一直到格鲁诺大叔铁匠铺上方的栗树都能听到。

但是有一天,大卫从久久未动的抽屉里拿出纸来,开始咬铅笔杆了。春天又来了,撩拨着大卫的心。他定是诗人无疑了,因为伊冯几乎被忘却;可爱的大地,美丽而新鲜,它的魔力和眷顾抓住他的心。树木和草地的香味奇妙地触动着他。本来他白天放牧着羊群,晚上再把它们安全地带回羊圈。可是现在他躺在树篱下,自顾往纸片上拼词成句。羊儿遍地乱跑,狼则看出诗句难得等于羊肉白吃,窜出树林大胆出击,叼走一只又一只羊羔。

大卫的诗句越积越多,绵羊却越变越少。伊冯鼻子变尖,脾气见长,话也越来越说硬了。她的锅盘和水壶颜色渐暗,她的眼睛倒是闪着怒火。她向诗人指出,是他不干正事,才弄得绵羊越变越少,全家跟着遭殃。大卫雇了一个男孩来看管羊群,自己就关在屋顶的小房间里,写的诗更多了。男孩本是个诗人坯子,只是没有将诗句付之稿纸的才华,于是成天睡大觉。狼立刻就发现作诗和做梦的实际结果一样:结果绵羊的数量稳步下降;而伊冯的坏脾气也随之增长。有时她会站在院子里冲着大卫的窗口高声责骂，一直到格鲁诺大叔铁匠铺上方的栗树那儿都能听到。

公证人帕皮诺先生是个仁慈、智慧、爱管闲事的老人，他的鼻子所及之处，他万事洞晓，自然大卫的家事也看在眼里。他去找大卫，捏了一大撮鼻烟给自己打气，说道：

"米尼奥我的朋友，我在你父亲的结婚证书上盖过章。要是不得不在他儿子破产的文书上连署盖章，那就太让我伤心了。但是这正是你将要面临的。我是作为一个老朋友来说话的。现在，请听一听我的意见。我看得出，你是一心迷上诗歌了。在德罗我有一位朋友，布里先生——乔治·布里。他住的房子，除了小小的容身之处，全是书。他是个有学问的人；他每年去巴黎；他自己写过书。他能告诉你地下墓地是什么时候建的；群星是如何命名的；鹬为什么有长长的喙。诗歌意义和形式对他来说就像你对羊的'咩咩'叫声一样了如指掌。我将写封信让你带去，你把自己的诗带给他，请他看看。然后你就会知道是该继续写诗呢，还是去花精力照管你的妻子和生计。"

"快写信吧，"大卫说，"可惜您不早说。"

第二天早晨日出时分大卫已经在去往德罗的路上了，胳膊下夹着一卷宝贝诗作。中午他就到了布里先生门外，蹭掉脚上的土。这位有学问的先生拆开了帕皮诺先生信上的封蜡，透过闪光的眼镜片吸收来信内容，好似阳光在汲取水分。他把大卫领进书房，让大卫坐下，他的坐席就像书籍的海水拍打着的小岛。

布里先生有良心。他对着卷得难以抚平的一指厚的手稿，眉头都没皱一下。他在膝头把手稿展开，开始读了。他没有忽略任何细微的部分；他钻进这堆手稿，就像一条虫钻进坚果壳，四处寻找果仁。

这时，大卫坐在岛上孤独无援，书的海洋里浪花飞溅，让他心颤。涛声在他耳中轰鸣。他没有航海图也没有罗盘来导航。他想，恐怕半个世界的人都在写书吧。

布里先生钻研到诗稿的最后一页。然后他摘下眼镜，用手帕擦着。

"我的老朋友帕皮诺身体好吗？"他问。

"身体好极了。"大卫说。

"你有多少只绵羊，米尼奥先生？"

"三百零九只，昨天数的。羊群总碰上倒霉事。从开始的八百五十只减到现在的数了。"

"你有妻子，有家业，生活富足。牧羊给你带来不错的收入。你每天早晨赶着羊来到原野上，呼吸着清新的空气，心满意足就是你香甜的面包。你尽可以靠在大自然的怀抱，听着树丛中乌鸦的鸣唱，只消给羊群放哨就行了。我描述得对吗？"

"从前的确如此。"大卫说。

"我读完了你所有的诗，"布里先生接着说，他的眼睛扫过书的海洋，仿佛要从视线所及之处调出一艘帆船。"请看那边窗外，米尼奥先生；请告诉我那棵树上有什么？"

"我看见一只乌鸦。"大卫看了看说。

"这只鸟，"布里先生说，"能帮我尽一点我本要逃避的责任。你是知道乌鸦的，米尼奥先生；它是天空中的哲学家。它因顺应命运而拥有快乐。它眼睛里满是奇思异想，欢快地蹦蹦跳跳，谁也没有它吃得饱、玩得欢。田野的物产足够满足它的欲望。它从不发愁自己的羽毛比不上金黄鹂漂亮。你想必听见了，米尼奥先生，大自然赋予它的歌喉？你觉得夜莺有任何一点比它更快乐吗,米尼奥先生?"

大卫站起来。乌鸦在树上"哑哑"地嘶声叫着。

"我谢谢您了,布里先生。"他缓缓说道,"难道满耳的乌鸦叫声里,没听到一声夜莺的歌喉吗?"

"我不可能听不见,"布里先生说着,叹了口气,"我一字一字读过了。过你诗中描绘的那种生活吧,小伙子;别再写它了。"

"我谢谢您了,"大卫又说了一遍,"现在我得动身回家去照看羊群。"

"如果你愿意和我一道用餐,"这位有学问的人说,"并且无视它带来的伤痛,我会详细讲讲个中缘由。"

"不必了,"大卫说,"我必须回家对着羊群'哑哑'去了。"

大卫胳膊下夹着那卷诗作,拖着沉重的脚步走在返回维尔诺依村的路上。进村以后他拐进了一个名叫齐格勒的人开的商店,这是个从亚美尼亚来的犹太人,只要弄到手的东西他都卖。

"朋友,"大卫说,"森林里的狼在骚扰我放牧在山上的羊群。我得买枪来保护它们。你这儿有什么枪?"

"今天买卖真赔钱,米尼奥我的朋友,"齐格勒说着,摊开双手,"因为看来我只好卖给你一支连原价十分之一都不到的枪。上个星期我刚从一个小贩手里买了一车他从王宫看门人那儿买的廉价品。减价卖的是一位爵爷的庄园和他的所有物品——我不知道这爵爷的封号——他因为密谋背叛皇上给放逐了。这堆东西里有一些做工精良的武器。这把手枪——噢,配得上王子! ——我赔上十法郎,只消四十法郎就卖给你,米尼奥我的朋友。不过要是买一把火绳枪——"

"就买这个了,"大卫说道,一边把钱扔在柜台上,"装弹药了吗?"

"我这就装上，"齐格勒说，"你要肯再付十法郎，就给你备用弹药。"

大卫把枪放在大衣里，走回了他的木屋——伊冯不在家。最近她老去邻居家转悠。不过厨房的炉子上还有火。大卫打开炉门，把诗篇塞到炉火上。火光腾起，诗篇在烟道里发出类似吟唱的嘶哑声音。

"乌鸦的歌！"诗人说。

他爬上他阁楼的房间，关上门。村里真是安静，足有二十个人能听到手枪的巨响。他们聚拢来，爬上了引起他们注意的冒烟楼梯。

男人们把诗人的尸体放在他的床上，笨手笨脚地要遮盖这可怜的黑乌鸦身上破碎的羽毛。女人们喋喋不休，尽情怜悯他人是她们的一种享受。有些女人则跑去告诉伊冯。

帕皮诺先生的鼻子真尖，他是第一批到这儿的人之一。他拾起那把枪，眼睛打量着它的银质支架，神色中既有鉴赏家模样，又带着悲伤。

"纹章和顶饰表明，"他转向一边，对那个**怪家伙**解释道，"是蒙塞尼尔·德波倍兑侯爵的手枪。"

 张筱霖　译

迷人的侧影

世上没出过几个女哈里发。女人生来就是当山鲁佐德[1]的，她们的偏好、直觉，乃至声带的构造也都决定了她们的命运。每天，成千上万的维其尔[2]的女儿们都在向自己的苏丹讲述着一千零一夜的故事。然而她们如果稍有不慎，也会招来杀身之祸。

我曾听说过一个故事。主人公是位女哈里发，但故事却不属于《天方夜谭》，因为故事里出现了灰姑娘，她在另一个时代、另一个国度里挥舞洗碗布。所以如果你不介意年代上的混淆（毕竟，这还似乎给这个故事添了点东方风味），那么咱们就说来听听。

在纽约有一家很老很老的饭店。很多杂志都登载过它的木版画。它建于——让我想想——建于这样一个年代，那时，第十四大街往外，除了通往波士顿和哈默斯坦办公室的老印第安小道，还什么都没有。不久，这个古老的旅店将会被拆掉。当它那厚厚的围墙被劈开，墙砖随着滑道咆哮而下的时候，成群的人们将会聚集在邻近的街角，为亲爱的古老的标志性建筑的倒塌而哭泣。新巴格达的市民们对自己的城市有着强烈的自豪感；而

---

① 山鲁佐德，《一千零一夜》中苏丹的新娘，维其尔的女儿，以夜复一夜给苏丹讲述有趣但留有悬念的故事而免于一死。

② 维其尔，伊斯兰国家的高官或大臣。

朝着破坏圣像的暴行,哭得最声嘶力竭最肝肠寸断的要数这样一个人(来自库不廷),他对这个饭店的美好记忆就是在一八七三年他被踢出了饭店的"免费午餐"①的柜台。

这家饭店是玛吉·布朗夫人的落脚之处。玛吉·布朗夫人是一位六十多岁的干瘦女人,穿着款式老得不能再老的黑衣服,拎个手提包,所用的皮革,显然来自于被亚当取名为短尾鳄的那只动物。每次她都住饭店顶层一室一厅的套房,租金每天两个美元。只要她住那儿,每天都有许多看上去精明又焦虑的男士们匆匆忙忙地进来见她,又都待不了几秒钟就离开了。因为据说玛吉·布朗夫人是位列世界第三的富婆;这些面色焦虑的绅士们只不过是城里最富有的经纪人和商人,他们来向这个拎着史前手提包的邋遢的老太太要的不过是五六百万的小额贷款。

卫城饭店(瞧!我泄露了它的名字)里的速记员兼打字员是艾达·贝茨小姐。她颇有古希腊遗风。她的外貌完美无瑕,某位老伯在恭维一位贵妇时说:'爱她的过程如同受人文教育。'嘿,即使只看一眼贝茨小姐的背影,只看到她的头发和她洁白的衬衫连衣裙,就等于修完国内任何一所函授学校的课程。她有时给我打点字,由她拒绝预收费用看,她是把我当作朋友,给我特殊的照顾。她天性善良;在她面前,即使铅白颜料推销员和皮毛进口商都不敢在言行上稍有差池。谁要是敢冒犯她,卫城的上上下下,从居住在维也纳的老板到业已卧床十六载的行李工头,都会立即飞身扑来保护她。

有一天,我走过贝茨小姐的神圣的雷明顿打字机,看到她的位置上坐着一个黑头发的东西——毋庸置疑,那是个人——正

---

① 指实际上不存在的免费优惠。

使劲用食指敲打键盘。我思忖着人世间的变幻无常,继续往前走。第二天,我离开饭店,去度了两周的假。回来时,我慢步走过卫城大堂,看到贝茨小姐像以前一样,带着古希腊遗风,善良、无瑕,正在给她的打字机盖上盖,我感到一丝暖暖的《回到往昔》①的味道。下班的时间到了,但她还是请我进去在听写椅上小坐片刻。贝茨小姐开始解释她为什么离开卫城,后又重返卫城。用的话即使同下面所引算不上完全一致,至少也是八九不离十的:

"嗯,小伙子,你写小说进展如何?"

"还算有条不紊,"我说,"差不多是正常速度。"

"很抱歉,"她说,"写小说时打字举足轻重。我不在时,让你感到不便了,是吧?"

"我认识的人里面,"我说,"没有一个人,像你那样懂得该如何扣带扣,加分号,招呼宾馆客人和佩戴发卡。但是你也有一阵子不在。那天我看到在你的位置上坐着一袋薄荷—胃蛋白酶。"

"我正打算跟你说这个,"贝茨小姐说,"要不是你刚才打断我。"

"你当然知道玛吉·布朗,她经常住这儿。嗯,她有四千万的资产。她住在新泽西州一间只要十块钱,既没热水也没暖气的小公寓里。她身上带的现金比半打副总裁竞选人带的都多。我不知道她是不是把钱搁在袜筒里,但我知道她在那些视金钱为神灵的人中间极具影响力。

"嗯,大概两星期前,玛吉·布朗夫人在大门口停下来伸长

---

① 《回到往昔》,苏格兰民歌,直译为"美好的往昔",常译为"友谊地久天长"。

着脖子看了我十分钟。我当时坐着，侧对着她，正给一位来自汤诺帕的可爱的老头赶打一份铜矿计划，一打好几份。但我总是随时留意周围的一切。埋头干活时，我通过头侧梳对周围进行观察；我也可以故意不扣衬衫裙后背的一颗纽扣，这样就可以看到站在我身后的人。我不东张西望因为我每周挣十八到二十美金，而且我也确实用不着那样。

"那天傍晚下班时，她派人叫我去她的房间。我当时想这一去恐怕得打近两千字的本票、留置文件和合同，可以预见小费大概也就一毛钱；但我还是去了。嗯，小伙子，我绝对想不到。老玛吉·布朗夫人居然变得有人情味了。

"'孩子，'她说，'你是我有生之年见过的最美丽的人。我想让你辞职，过来跟我一起生活。我没有什么亲人，除了一个丈夫和一两个儿子，而且我跟他们没有联系。他们对于任何苦干的女人来说都是奢侈的负担。我想让你做我的女儿。他们都说我小气吝啬，报纸还造谣说我自己洗衣做饭。这全是谎言，'她继续说。'我的衣服都是拿到外面洗的，除了手帕、袜子、内衣、衣领和其他诸如此类的小东西。我的现金、股票和债券加起来值四千万，我手中的债券可流通性不亚于美国联合石油公司债券，在教会义卖会上都受人家的追捧。我是个孤独的老妇人，我需要人陪伴。你是我见过的最美的人儿，你愿不愿意过来跟我一起生活？我要让他们看看我究竟是不是会花钱。'她说。

"嗯，小伙子，换了你会怎么做呢？当然，我相信了。而且，说实话，我开始喜欢老玛吉了，倒不全是看在四千万和她能为我做什么的分上。我在这世上也挺孤独的。每个人都得有可以倾诉的对象，说说肩膀疼了，聊聊漆革鞋一旦裂了条缝就会很快彻底坏掉。你不能跟饭店里遇到的男人们谈这些——他们正巴不得有这种机会呢。

"所以我就放弃了饭店的工作,跟了布朗夫人。我肯定自己对她有某种吸引力。我坐着读书或看杂志的时候,她会盯着我看上半小时。

"一次我对她说:'布朗夫人,是不是我让您想起了某个童年时故去的亲戚或朋友?我注意到您不时地用目光打量我。'

"'你的脸,'她说,'跟我的一个亲爱的朋友像极了——我最好的朋友。但是我喜欢你也是因为你自己,孩子。'

"接下来,小伙子,你猜她干了什么?她慷慨得像科尼岛上的巨浪。她带我去见了一位顶尖的裁缝,给了她一大笔钱为我量身定做——钱不是问题。这些都是加急订单,裁缝锁了前门,整个制衣间都全力赶做我的服装。

"然后我们去——你猜去哪儿了?——不,再猜——对了——邦顿饭店。我们住了一个带六个房间的套房;每晚一百元,我看过账单。我开始喜欢那老妇人了。

"随后,小伙子,为我定做的衣服一件件送来——哦,衣服,我真无法给你形容!你无法理解。我开始称呼她玛吉姨妈。你一定读过灰姑娘。记得王子把那只 $3\frac{1}{2}$A 码的鞋套到灰姑娘脚上?灰姑娘的际遇和她感受的喜悦,在我看来简直不值一提。

"然后玛吉姨妈说她打算为我在邦顿饭店举办一场初次进入社交界的宴会。届时第五大街上所有有名望的荷兰家族都会到场。

"'玛吉姨妈,我已经正式进入社交界了,'我说,'但是我可以再来一次。然而您知道,'我说,'这可是城里的顶级饭店。而且您知道——原谅我提这点——要聚集一群显赫的人物是很难

的,除非您有什么妙计.'

"'不要烦恼,孩子,'玛吉姨妈说,'我发给他们的不是邀请函——我发出的是命令。我这儿已经安排了五十位客人。除非是爱德华国王或威廉·查韦斯·杰罗姆开晚会,别人根本别想把他们都请齐了。客人,当然都是男人,而且他们都欠我钱或是想借钱。有些人不带夫人,但很多会带.'

"噢,那天你也在场就好了。宴席上的餐具全部是金的或雕花玻璃。除了玛吉姨妈和我还有约四十位男士和八位女士出席。你绝不可能了解这个世界上排名第三的富婆。她着一袭金银镶边的黑色真丝长裙,那声音听起来像一天晚上我跟一个女孩在楼顶小屋子里听到的冰雹声一样。

"还有我的衣服!——哎呀,小伙子,我不该在你这儿白费口舌。所有的蕾丝花边都是手工做的——无一例外——花了三百元。我看过账单。所有的男士不是谢了顶就是花白胡须,谈到三厘公债,他们都妙语如珠,滔滔不绝,还谈到布赖恩①和棉花作物。

"坐在我左侧的说话像个银行家,坐在右侧的是个年轻人,他说自己是艺术家,为一家报纸工作。他是唯一一个——哦,我本来没打算跟你说这个。

"晚宴结束以后,我和布朗夫人回到了套间。当时大厅有一大堆记者,我们好不容易才从他们中间挤出来。钱能为人做很多事,这不过是其中一件。哦,你是不是认识一位名叫拉斯若普的报纸美编——高高的个头,眼睛很漂亮,说话很随和? 噢,我

---

① 布赖恩(1860—1925),美国国会议员,曾三次竞选总统,均告失败。后任国务卿(1913—1915),主张和平外交,因对第一次世界大战严守中立而辞职。

想不起来他在哪家报社工作了。好吧。

"我们一上楼,布朗夫人就立刻打电话要账单。账单送过来了,是六百元。玛吉姨妈立刻就晕了过去。我把她搀扶到一张躺椅上,帮她摘下了珠饰。

"'孩子,'她苏醒过来后说,'那是什么?是租金上涨了还是加了所得税?'

"'那不过是一顿晚饭,'我说,'没什么可担心的——不过是九牛一毛。坐起来,写个书面的通知——付款通知,如果不用什么别的办法。'

"'但是,小伙子,你知道接下来玛吉姨妈干了什么吗?她害怕了!第二天早上九点,她催着我搬出了邦顿饭店。我们在落后的西区租了间寄宿房①。她租的那间屋子,既没水又没电。我们搬进去后,房间里所能看到的东西就只有那价值一千五百元的新时装和只有一个火的燃气灶。'

"玛吉姨妈那时突然缩回到她的保守状态。我琢磨着每个人一生中总有那么一次会放纵自己。男人们花钱喝酒,女人们则为服饰疯狂。但有了四千万——天哪!我真想想象一下——但是,说到想象,你是不是遇见过一个报社的美编,叫拉斯若普——高个儿——哦,这个问题我已经问过了,是吧?在晚宴餐桌上,他对我好极了。他的声音正对我的胃口。我猜他准是觉得我多少会继承点玛吉姨妈的钱。

"噢,小伙子,三天的家务活是我的极限了。玛吉姨妈疼爱我一如既往,她几乎不让我走出她的视线。但我要告诉你。她

---

① 寄宿房,别于饭店房间而言,内有家具,分间出租,只供住宿,不供膳食的房间。

是一个从财奴县财奴镇出来的守财奴。她一天的开销在七毛五封顶。我们在房间里自己做饭。我就在那儿,守着价值一千五百元的最新款时装,在只有一个火的燃气灶上展示我的厨艺。

"我说了,第三天我从笼子里逃了出来。这种日子我再也过不下去了,煨着一毛五的腰子时,身上却穿着价值一百五十元的家居服,衣服上还镶嵌着瓦朗西安花边①。所以我从衣橱里布朗夫人给我买的衣服中选了件最便宜的穿上——也就是我现在穿着的——七十五元,还不错,是吧? 我原来的衣服都留在布鲁克林我姐姐的公寓里了。

"我对布朗夫人,即以前的'玛吉姨妈'说,'我现在打算去伸伸腿,这种伸法,一前一后,让这个小房间以最快的速度从我生活中消失。我不崇拜金钱,但是有些事我无法容忍。我能够忍受寓言中的猛兽,哪怕他会一气喷出炙热的火鸟和冰凉的瓶子。但我不能容忍一个半途而废的懦夫,'我说,'他们说你有四千万——哦,你的资产将永远不会少于这个数。当时我都开始喜欢你了。'

"噢,过去的玛吉姨妈强烈反对,最后眼泪都流下来了。她主动提出搬到一间有两个炉灶和自来水的漂亮房间去。

"'我已经花了巨额的钱,孩子,'她说,'咱们这阵子得省着点。你是我见过的最美的人儿,'她说,'我不想让你离开我。'

"嗯,你看见我了,是吧? 我径直走回卫城,把工作要了回来。你刚才说你的写作进展如何来着? 我知道因为没有我给你打字,一定不很顺利。你有没有用插图? 对了,顺便问一下,你

---

① 瓦朗西安花边,指花边的图案和底子用同一种线编制而成。产于法国北部城市瓦伦西安。

280

是否刚巧认识一位报纸美编——哦,闭嘴!我记得我已经问过你了。我不知道他在哪家报纸干?好玩,但我就是禁不住老想他当时也许并没有想过那些钱,也许他的想法跟我的一样,就是我可能从老玛吉·布朗夫人那儿得到点钱。如果我认识几个报社编辑,我就——"

从门口传来轻快的脚步声。艾达·贝茨小姐从她的脑后梳看到了是谁。我看她脸红了,她成了一尊完美的雕像——唯有皮格马利翁①能与我共享此奇迹。

"对不起,能离开一下吗?"她对我说——她立即变成了一个极可爱的恳求者。"来的是——来的是拉斯若普先生。我不知道他对我好是不是真的不为钱——我不知道,是否毕竟,他——"

当然,我应邀出席了他们的婚礼。仪式结束后,我把拉斯若普拽到一边。

"你是位艺术工作者,"我说,"你还没有想明白为什么玛吉·布朗会这么痴迷贝茨小姐——为什么?让我来告诉你。"

新娘的白色连衣裙式样简单,优美地垂下,就像古希腊的服饰。我从客厅一个装饰花环上摘了几片叶子,做了一个小花冠,把它放在娘家姓贝茨的闪亮的栗色头发上,然后让她转过去,使侧影正对她丈夫。

"天哪!"他说,"艾达不正是活生生的银币上的妇人头像吗?"

包倩怡　译

---

① 皮格马利翁,希腊神话里的萨布鲁斯王,善雕刻。

"广 告"

在德布罗斯大街，他从渡船走出来，立刻就攫取了我的兴趣。他的神态让人觉得他对世界上每一个角落都无所不知，他来到纽约就好像在外多年的领主回到了自己的领地。但是我觉得，尽管有这种派头，他以前从没有踏上过这个哈里发泛滥之城的滑不溜秋的卵石路。

他衣服宽松，是发蓝的浅褐色，很古怪。戴着一顶传统的圆巴拿马草帽，没有招摇的凹痕或斜边。北方的爱帽一族常用凹痕和斜边给热带头盔画蛇添足。此外，他是我所见的最丑的人。丑得让人吃惊却并不令人反感——他的脸有点像林肯那样粗糙不端正，让人心中满是惊愕，这可能就是恶魔或者从渔夫宝瓶里冒出的蒸气变成的东西看上去的样子。据他后来告诉我，他叫贾德森·塔特；不妨现在就这么称呼他。他用一个黄宝石扎着绿色的真丝领结，他的手杖是用鲨鱼的脊柱骨做的。

贾德森·塔特跟我搭话时，问了一些大而泛的问题，询问这个城市里的街道和饭店，听起来像是一个一时想不起这些细节的人。我没有任何理由去贬低我住的那家位于市中心的安静的饭店；结果那天晚上十点左右，我们就已经吃饱喝足了（我出的钱），而且准备在大堂一个安静的角落坐一坐，抽抽烟。

贾德森·塔特有心事，既然如此，他试着把心事说给我听。

282

他已经把我当作朋友了;而且他每句话结束时都会在我鼻子前面不到六英寸的地方挥动那被烟熏黄的大副般的大手以示强调。我打量着他的手,心里想他是否是那种会突然对陌生人产生敌意的人。

他开始讲话时,我观察到他有一定的说服力。他的声音是有力的工具,他又喜欢玩一种似是而非、却极有效的手段。他不会刻意让人忘却他的丑;他就当着你的面充分展示着,并使之成为其充满魅力的话语的一部分。如果闭上眼睛,循着这个捕鼠人的魔笛声,或许你会走到哈默尔恩的城墙脚下。① 在这之后,如果你还继续跟他走,那一定是你太幼稚了。但是让他自说自演,充分施展,即便有些单调,声音的艺术却足以掩盖其瑕疵。

"女人,"贾德森·塔特说,"是种神秘的动物。"

我立刻没了情绪。我待在这儿可不是为了听这个老掉牙的假设——这个陈旧的、早已否定、枯燥、站不住脚、逻辑混乱、邪恶、显而易见的诡辩,我不要听这个古老的、毫无根据、乏味、粗劣、虚无、阴险的谬论;女人自己制造了这个谬论,并用见不得人的秘密的欺骗的手段,使之慢慢生根发芽滋长,最后成功地进入到全人类的耳朵里,目的就是为了让更多的人更好更彻底地了解她们的魅力,实现她们的阴谋。

"哦,我不知道!"我说,带着点口音。

"你听说过奥拉塔玛吗?"他问。

"可能吧,"我回答,"我好像记得有个跳脚尖舞的——或新扩建的郊区——或……是不是香水? ——大概叫这么个名字。"

---

① 哈默尔恩城,位于德国中北部。据传十六世纪时一个叫哈默尔恩的捕鼠人因没有得到报酬把全城的孩子都拐走了。

"这是个小镇，"贾德森·塔特说，"在外国的海边，你不知道这个国家，就更谈不上了解了。这个国家由一个独裁者统治，长年都是革命和反抗。就在那儿，上演了一场伟大的活生生的喜剧，主角有贾德森·塔特，一个最不起眼的美国人；费格斯·麦克马汉，无论是历史上还是虚拟中，最英俊的探险者；以及安娜贝拉·扎莫拉小姐，奥拉塔玛镇长的美丽的女儿。还有一样——地球上只有乌干达的一个叫特伦塔伊斯的研究所才能培植出来的一种叫作楚楚拉的植物。我刚才提的那个国家盛产贵重木材、染料、金子、香蕉、象牙和可可豆。"

"我不知道，"我说，"南美还产象牙。"

"那你就犯了两个错误，"贾德森·塔特说，说话间他那动听的声音已经至少跨越一个八度音阶，"我并没有说那个国家在南美——我很谨慎，亲爱的老兄；要知道，我在那儿曾参与过政治。但是，即便如此——我还跟他们的总统下过棋，用的棋子是由貘的鼻骨雕成的——奇蹄类哺乳动物的活标本，生活在安第斯山脉——跟象牙一样美丽，如果你想见识一下的话。

"但是我要跟你讲的是爱情、冒险和女人，而不是动物学。

"有十五年，我是共和国的尊贵的头号酷吏老桑丘·班尼瓦兹的幕后操纵者。你在报纸上见过他的照片——一个多愁善感的黑人，胡须长得像瑞士八音盒里沾在柱子上的音键，右手拿着一个看上去像是用来记录家谱的卷轴。哈，这个巧克力色的当权者曾经是不同种族和不同纬度间最受关注的人物。他最终会进入名人的殿堂还是会被视为危险分子，还不得而知。倘若那时候格罗夫·科利弗兰没有当总统，他也许已经被尊称为南大陆的罗斯福了。他会连当两任国家首脑，然后下野等待下一轮执政——下野前总是先安排好过渡期间的继承者。

"但是解放者班尼瓦兹能这么有名望,靠的可不全是他自己。不是他自己,靠的是贾德森·塔特。班尼瓦兹不过是个小卒。我指点他什么时候宣战,什么时候增收进口税,还有什么时候该穿礼服。但我想跟你说的不是这个。我是怎么会成为这个幕后操纵者的?我来告诉你。因为自亚当第一次睁开眼睛,把嗅盐推到一边并问'这是什么地方'以来,我是能开口说话的人中最天才的演说家。

　　"正如你所见,我大概是新英格兰早期基督教科学家照相陈列馆之外能见到的最丑的人了。所以,在小时候我就认识到我必须用雄辩来弥补长相的缺陷。我做到了,我实现了我的目标。作为老班尼瓦兹的后盾同时也兼发言人,我的表现使得历史上所有伟大的幕后操纵者,诸如塔列朗、蓬巴杜侯爵夫人和罗布,渺小得如同俄国杜马的少数派声音。我只要几句话就可以使国家成为债权国,或债务国,可以使军队在战场上入睡,可以减少内乱、狂热、税收、拨款或顺差。凭我鸟一般的啭鸣,我可以引来战争狂犬,也可以唤来和平鸽。别的男人有美貌、肩章、卷曲的小胡子、希腊式的轮廓,但他们从不曾对我构成障碍。人们看我第一眼时会禁不住打战。但只要说上十分钟,他们都成了我的俘虏,除非他们已经处于心绞痛的最后阶段。无论男人还是女人,只要他们靠近,我都能赢得他们的心。您认为女人不会喜欢长了像我这样一张脸的男人,是吧?"

　　"哦,是的,塔特先生,"我说,"历史因其貌不扬却能吸引女人的男人而精彩,小说因这样的男人而乏味。好像——"

　　"对不起,"贾德森·塔特打断了我,"但是您并不太明白。您得先听我的故事。"

　　"费格斯·麦克马汉是我在首都的一位朋友。我得承认,他是个英俊的人，如同免税商品般稀缺。他有一头卷曲的金发，会笑的蓝眼睛，而且长得很端正。人们说他可以顶替一尊叫赫尔墨斯的神像，那是演讲和雄辩之神，坐落在罗马的某个博物馆里。我猜他是某个德国无政府主义者，我想。我们总在一起休息闲聊。

"但是费格斯不善言辞。他从小就被灌输长得英俊就有一切的观念。跟他交谈，你能得到的收获相当于你想入睡，却听见漏水滴入床头廉价马口铁洗碟盆的声音。但是我跟他成了朋友——可能因为他正好跟我完全相反，你难道不这么想吗？刮胡子的时候我就称呼自己的脸万圣节的面具，看见这个面具好像能给费格斯带来乐趣；他所谓的交谈不过是从嗓子眼里传来的软弱无力的噪音，我深信每次听到那种声音都让我对当个有辩才的丑八怪感到非常满意。

"有一次，我觉得有必要去趟奥拉塔玛去解决一大堆的政治动乱，在海关和军队里砍掉几个头。费格斯拥有共和国的冰块和火柴的特许经验权，说他想跟我同行。

"于是在骡队铃铛的嘈杂声中，我们飞驰进入奥拉塔玛，这个小镇属于我们，就像《圣经·新约》的标准本传入牡蛎湾时长岛海峡还不属于日本。我说的是我们，但其实指的是我。在周边四个国家，两大洋，一个海峡和五大群岛，每个人都听说过贾德森·塔特。绅士探险家，他们这么叫我。黄色报纸①用了五个专栏写我，一份月刊用了四万字（带边栏装饰），纽约《时报》用了满满的第十二版。我们在奥拉塔玛所受的款待如果有半点

---

① 黄色报纸，在英文中指以低级趣味的文字或耸人听闻的报道吸引读者的报纸。源出于一八九五年《纽约世界报》的连环漫画《黄孩子》，漫画为吸引读者以黄色印刷。

是因为费格斯·麦克马汉那张英俊的脸，我愿意吃掉我的巴拿马草帽上的价签。人们悬挂纸花和棕榈树枝，那都是因为我。我不是个爱忌妒的人，我只不过道出了事实。那些人都像尼布贾尼撒①；他们在我面前啃草皮，小镇上没有可以让他们啃的尘土。他们朝贾德森·塔特鞠躬行礼。他们都知道我支配桑丘·班尼瓦兹。我说句话对他们的分量比来自东奥罗拉的毛边古籍还要重。然而仍然有人花好几个小时做脸——涂抹冰凉的面霜和按摩肌肉（总是一直按到眼睛），还用安息香酊吸收松弛的皮肤，用电蚀法去痣——为的是什么？ 显得漂亮些。哦，天大的错误！ 美容医师该干的是给他们的喉咙动手术。真正起作用的是词而不是痣，是口齿而不是滑石，是闲扯而不是脂粉，是巧舌如簧而不是绣花枕头——是声而不是相。我敢说就是这样。

"当地的阿斯特②们把我和费格斯请到了蜈蚣俱乐部，它建在打入海浪底的柱子顶端。潮汐只有九英寸高。镇上大大小小不同尊卑的人都来叩头。哦，那不是冲着赫尔墨斯先生来的，那是听说贾德森·塔特来了。

"一天下午，我和费格斯·麦克马汉坐在蜈蚣大厦朝海的眺台，喝着加了冰块的朗姆酒，聊着天。

"'贾德森，'费格斯说，'在奥拉塔玛有一位天使。'

"'既然不是加百列，'我说，'怎么你说起它倒像是听到了什么胜利之音似的？'

"'那是安娜贝拉·扎莫拉小姐，'费格斯说，'她——她——她可爱得像——像地狱！'

---

① 尼布贾尼撒，不敬神的征服者。
② 阿斯特，美国皮毛业商人。一八〇〇年至一八一七年在中国经营皮货获了暴利，后发展成为美国著名的富豪。

"'好啊!'我说,开心地大笑起来,'你描述心上人的美貌,倒真有几分坠入爱河的人独有的才情。你让我想起,浮士德追求玛格利特——他是,他也许在走下舞台的地板门后才向她求爱的吧。'

　　"'贾德森,'费格斯说,'你知道你长得跟犀牛一样,毫无美感可言,你不可能对女人有兴趣。我非常喜欢安娜贝拉小姐,这就是为什么我要告诉你。'

　　"'哦,确实如此,'我说,'我知道,我的前立面看起来像长年守护着其实并不存在的尤卡坦半岛杰弗逊县地下宝藏的阿兹特克神。但是老天给了我补偿。例如,在这个国家只要目光所及之处,还有其他一些地方,我被当作神。而且,再说一次,'我说,'当我把人们拉入一场用声音用喉咙的口头争吵时,我的论述通常不会听起来像个软蛋廉价的胡言乱语。'

　　"'哦,我知道,'费格斯说,友善而亲切,'我闲聊不善言辞,谈重要的事也一样。这就是我跟你说这事的原因,我想让你帮助我。'

　　"'该怎么帮?'我问。

　　"'我已经花钱,'费格斯说,'买通了安娜贝拉小姐的女仆,她叫弗朗西斯卡。贾德森,你在这个国家声名显赫,大家都知道你伟大,是个英雄。'

　　"'确实如此,'我说,'我当之无愧。'

　　"'而从北极圈到南极冰块群,'费格斯说,'我是最帅的人。'

　　"'就面相和地貌而言,'我说,'我愿意承认你是。'

　　"'就凭咱们俩,'费格斯说,'应该能够赢得扎莫拉小姐。这位小姐,正如你所知,出生在西班牙名门,除了每天下午看她

乘家里的马车绕着广场溜达,或者傍晚时分透过加防护栏的窗户瞥见她的身影,她就跟星星一样无法靠近。'

"'为咱俩中的谁赢得她的芳心啊?'我问。

"'当然是为了我,'费格斯说,'你从没见过她。我已经在好几种场合让弗朗西斯卡告诉她我就是你。当她在广场见到我时,她以为看到的是贾德森·塔特先生,最伟大的英雄、政治家,这个国家的传奇人物。这样一个兼有你的名望和我的容貌的男人,她怎么可能抗拒呢?她当然听说过所有关于你的激动人心的故事,她也见过了我。有哪个女人还会不知足呢?'费格斯·麦克马汉反问。

"'她有可能退而求其次吗?'我问,'两个人的魅力,该怎么分开呢,而且咱们又该怎么分战利品呢?'

"接着费格斯说了他的计划。

"他说,市长刘易斯·扎莫拉先生家自然有一个庭院——挨着街道的一个内院天井。在院子的一角有他女儿闺房的窗子——极其隐秘。你知道他想让我干什么?老天,他知道我谈吐极富技巧充满魅力,他提议我午夜时分溜进庭院,那时候我怪物般的脸不会被人看到,替他——她在广场见过的帅小伙,被她当作贾德森·塔特先生的人——向她求爱。

"为什么我不能为他做这件事呢——为我的朋友,费格斯·麦克马汉?他请我帮忙是一种恭维,是承认他自身的缺陷。

"'你这尊纯洁无瑕、发型优雅、精雕细琢、无声可爱的雕像,'我说,'我会帮的。你做好安排,让我在黑暗中来到她的窗口。当月光的颤音停下来时,我滔滔的话语就会响起,她就是你的了。'

"'别让她看到你的脸,贾,'费格斯说,'看在上帝的分儿上,别让她看到你的脸。从感情说我是你的朋友,但这是场交易。但凡我的口才好点,我就不会向你开口了。但是看到我的长相并听到你的辩才,我认为她不可能不倾心。'

"'倾心于你?'我说。

"'倾心于我。'费格斯说。

"噢,细节都由费格斯和女仆弗朗西斯卡来落实。一个晚上,他们让我穿上一件长长的高领黑袍,到午夜时分把我带到那房子。我站在庭院的那扇窗前,护栏的另一侧终于传来天使般柔美的声音。我只能看到里面淡淡的白色身影;而且,遵照对费格斯的承诺,我把衣领拉得高高的,那是七月的雨季,晚上凉飕飕的。一想到费格斯笨嘴拙舌,我就想笑,但我还是强忍着,开始说话。

"先生,我冲着安娜贝拉小姐说了一个小时。我用'冲着她说'因为那不是'交谈'。她时不时地来句:'哦,先生,'或'您是在开玩笑吗?'或'我知道这不是您真实的想法,'就是男人用得体的方式求爱时女人都会说的那类话。我们俩都会说英语和西班牙语,所以我用两种语言,尽力地要为我的朋友费格斯赢得女士的芳心。如果窗户没有防护栏,我用一种语言就足够了。一个小时快到的时候,她跟我道别并送我一朵盛开的玫瑰。我回到家就把它给了费格斯。

"连着三个礼拜,每隔两三个晚上我就到院子里安娜贝拉小姐的窗前假扮我的朋友。最后她承认她的心已经是我的了,还说每个下午她都会在广场从马车里看到我。她看到的当然是费格斯,不过是我的谈吐赢得了她。设想一下如果费格斯去了,在掩盖了他的容貌的漆黑夜晚想打动对方,却不可能替自己哪怕说一句话!

"最后一夜她发誓她属于我了——就是说属于费格斯。而且她还把手伸过栅栏让我亲吻。我吻了,并把这个消息带给了费格斯。

　　"'你该留着让我吻的。'他说。

　　"'从今以后那是你的事了,'我说,'你接手,不要试图说话。也许自从她觉得爱上了你之后就不会注意到真正的对话与你那言不达意的嗡嗡声之间的区别。'

　　"我到那时还没有见过安娜贝拉小姐。所以第二天费格斯让我跟他一起到广场散步,观看奥拉塔玛的上流社会和他们日常的马车兜风。我对此毫无兴趣,但还是去了。一看到我的脸小孩子和狗都逃入了香蕉林和红树林。

　　"'她来了,'费格斯说,手抚胡须——'身穿白衣,坐在黑马拉着的敞篷马车里。'

　　"我看着她,感到大地在脚底下剧烈摇晃。因为安娜贝拉·扎莫拉小姐是世界上最美丽的女人,而且从那一刻起成为贾德森·塔特心中唯一的女人。我只看了她一眼就知道我将永远是她的而她也将永远属于我。我一想到自己的长相,几乎要晕厥过去;但我接着就想到我其他方面的天赋,于是又挺直了腰杆。而过去的三周中,我居然一直在替另一个男人向她求爱!

　　"安娜贝拉小姐的马车缓缓从我们身边驶过时,她用那夜一般黝黑的双眸久久地、温柔地注视着费格斯,那目光足以让贾德森·塔特乘着四轮礼车进入天堂。但是她看都没看我一眼。而站在我身边的帅哥只不过像个淑女杀手那样拨弄卷发,冲她傻笑,欢喜雀跃。

　　"'你觉得她怎么样,贾德森?'费格斯问,带着炫耀。

　　"'够了,'我说,'她将会成为贾德森·塔特夫人。我不跟

朋友玩手段,所以记住我的警告。'

"我当时怀疑费格斯会笑死掉。

"'好,好,好,'他说,'你这张老面具! 她让你也动心了,是吧? 好极了! 但是你已经太迟了。弗朗西斯卡对我说安娜贝拉现在整日整夜不谈别的,只谈我。当然,就你晚上跟她闲谈,我对你感激涕零。但是,你要知道,我现在觉得我自己也可以干得一样好。'

"'贾德森·塔特夫人,'我说,'不要忘记这个名字。你借用我的舌头来搭配你英俊的外貌,老弟。你不可能借给我你的外貌;但是从现在起我的舌头只属于我自己了。记住这个名字,它将出现在名片上,两英寸宽,三英寸半长——贾德森·塔特夫人。就这样。'

"'好吧,'费格斯又大笑起来,'我已经征求过她父亲——市长先生的意见了,他十分乐意。明天晚上他将在他的新库房举办舞会。如果你是个善舞的人,贾,我倒希望你能到场见一见未来的麦克马汉夫人。'

"但是第二天晚上,在安娜贝拉·扎莫拉家的舞会上音乐奏得最响亮之时,踏入房间的是一身全新亚麻布衣衫的贾德森·塔特,看上去仿佛他是整个民族最重要的人物,而事实上他就是。

"看到我的脸,有些乐手跑了调,一两个最胆小的小姐发出了一两声尖叫。但是欣喜的市长连蹦带跳地走过来,几乎要用他的额头擦我鞋子上的灰尘。任何漂亮的外表都绝不可能为我赢得这样轰动的入场式。

"'扎莫拉先生,'我说,'我听到了很多有关您女儿魅力的赞美之词。如果能被引见给她将是我莫大的荣幸。'

"靠墙放了六打用柳枝编成的摇椅,上面套着粉色的椅套。安娜贝拉小姐坐在其中一张摇椅上,穿着白色的薄纱衣裙和红色的舞鞋,头发上点缀着珍珠和萤火虫。费格斯在屋子的另一头,正努力摆脱两个褐紫色和一个土褐色的女孩。

"市长把我带到安娜贝拉面前,并把我介绍给她。第一眼看我时,她惊愕得把扇子掉到了地上,还几乎把摇椅掀翻。但是我对此已经习以为常了。

"我坐在她身边,开始说话。听到我的说话声时,她跳了起来,眼睛瞪大,好似鳄梨。在我的声调和脸之间,她找不到平衡。但是我继续用 C 调跟她聊天,这是女人们最喜欢的调,不久她在椅子上安静下来,梦幻进入她的眼神。她的变化对我越来越有利。她知道贾德森·塔特,知道他是个多么了不起的人物,干了多么了不起的事情;这对我有利。但是,当然,当发现我不是人们指给她看的高贵、英俊的小伙子贾德森时,她有些吃惊。接着我开始说西班牙语,有些场合它比英语强,我用它就像弹奏千根琴弦的竖琴。我从五线谱下加线的降 G 一直上升到上面的升 F。我使声音成为诗歌、艺术、浪漫曲、鲜花和月光。我重复曾在深夜她的窗前低声诵读的部分诗篇;从她眼神里突然闪过的温柔,我知道从声音她认出了我就是午夜的神秘追求者。

"无论如何,我已经开始替代费格斯·麦克马汉了。哦,嗓音才是真正的艺术——毫无疑问。言谈漂亮才是真漂亮,谚语已经更新。[①]

"我带安娜贝拉小姐去柠檬树林散了会儿步,而此时的费格斯,因为皱着眉而把自己变丑,正跟那个土褐色的女孩跳着华尔

---

① 原来的谚语是:行为漂亮才是真漂亮。

兹。在回到房间前，我得到她的允许，可以第二天午夜时分到院里她的窗前去，继续跟她说话。

"哦，真是简单之极。两周后，安娜贝拉小姐就同我订了婚，费格斯出局了。他冷静地接受了事实，因为他是个英俊的男人，而且告诉我他不打算放弃。

"'能高谈阔论本身可能没有问题，贾德森，'他对我说，'尽管我从未曾想过它值得我去培养。但是，'他说，'想要仅凭口才来弥补你这样的脸以维持女士的欢心，就像期望男人听到晚餐铃就做出满满一桌饭菜来。'

"但是我原打算给你讲的那个故事，还没开始呢。

"有一天我在炙热的阳光下坐车走了很长一段路，随后在小镇边的一个礁湖里洗了个凉水澡，我觉得凉快了。

"那天晚上天黑后，我去市长家见安娜贝拉。那阵子我每晚都去拜访，我们一个月后就要结婚了。她看上去像夜莺，像瞪羚，像香水月季，而且她的眼睛温柔又明亮，就像两夸脱提取自银河的奶油。她看着我的粗糙的容貌时已经没有一丝的害怕或反感。事实上，我相信自己看到了她眼神中的赞美和爱意，就像她在广场看费格斯时那样。

"我坐下来，开口想要给安娜贝拉讲她喜欢听的话——她是个值得信赖的人，集地球上所有的美好于一身。我张开嘴，但是出来的不是往常那样有震撼力的满是爱和恭维的话语，却是一声虚弱的喘气声，就像一个得了喉炎的婴儿发出的声音。哪怕是一个词——一个音节——一个可以辨析的声音都发不出来。那不明智的凉水澡让我的喉部着了凉。

"我在那儿坐了两个小时，尽可能地逗安娜贝拉开心。她说了些话，但十分乏味且带着敷衍的意味。我竭力想说话，但发出的声音充其量只像退潮时蛤蜊企图咏唱'大洋波涛中的一生'。安娜贝拉的目光停留在我身上的时间好像也比平常少，我没有什么可以吸引她的耳朵。我们看照片，她间或弹起吉他，弹得很糟。我离开时，她的态度好像有点冷淡——或至少是若有所思的样子。

"一连五个晚上都是同样的情形。

"第六天她跟费格斯·麦克马汉私奔了。

"据说他们坐着游艇驶向伯利兹城。我登上税务局的小汽艇，只比他们晚出发八个小时。

"出海前，我冲进了药店，一家由一半印度血统的药师老曼纽尔·伊基托斯开的药店。我说不出话，但指着喉咙发出类似蒸气冒出时的声音。他开始打哈欠。根据这个国家的习俗，我要一个小时后才能得到招呼。我把手伸过柜台，抓住他的喉咙，再次指着我自己的喉咙。他又打了个哈欠，把一个装着黑色液体的小瓶子塞进我的手里。

"'每两个小时喝一小勺。'他说。

"我塞给他一块钱，然后匆忙爬上汽艇。

"我的汽艇进入伯利兹港，比安娜贝拉和费格斯坐的游艇晚了十三秒。我正把艇侧挂着的小船放下来时，他们换乘平底小划艇驶向岸边。我想命令船员们划得快些，但还没有见到光之前声音就被扼杀在喉咙里了。然后我想到了老伊基托斯的药，取出药瓶，喝了一口。

"两艘船同时靠岸。我直接走向安娜贝拉和费格斯。她的眼睛在我身上有一瞬间的停留；然后移到费格斯身上，满含着感情和信心。我知道自己那时还不能讲话，但我要拼死一搏。话语是我唯一的希望，我无法站在费格斯身旁，反抗美丑的比较。

我的喉和会厌软骨完全本能地尝试着重新发声，正是我的大脑要求声音器官发出的那种声音。

"涌出的声音万分清晰、洪亮、抑扬顿挫，充满了力量、感情和压抑已久的情绪，让我惊喜万分。

"'安娜贝拉小姐，'我说，'我可以跟您到旁边说会儿话吗？'

"你不想听我们谈话的细节，是吧？谢谢。旧日的辩才已经完好地回来了。我把她领到一棵椰子树下，对她再次动用我符咒般的口才。

"'贾德森，'她说，'当你跟我说话时，我的耳朵就听不到其他声音——眼睛也看不到别的——对我来说这世上再没有别的人或别的事。'

"哦，这就是全部的故事。安娜贝拉跟我坐着汽艇回到了奥拉塔玛，我再也没有听说过费格斯的消息，再也没见过他。安娜贝拉现在是贾德森·塔特夫人。我的故事是不是让您听烦了？"

"不，"我说，"我一向对心理研究感兴趣。人的心——尤其是女人的心——令人惊叹，值得思考。"

"确实如此，"贾德森·塔特说，"人的气管和支气管也很有意思。还有，喉也是。您曾做过气管的研究吗？"

"没有，"我说，"但是听您的故事我很高兴。我能否询问一下塔特夫人的情况，不知道她身体可好，现在哪儿？"

"哦，当然可以，"贾德森·塔特说，"我们住在泽西城，卑尔根大街。奥拉塔玛的气候不适合塔特夫人。我想您大概从没有解剖过会厌的杓状软骨，是吧？"

"怎么，当然没有，"我说，"我又不是外科大夫。"

"原谅我这么说，"贾德森·塔特说，"但是每个人都应该对解剖学和治疗学有相当的了解,这样才能保证他自己的健康。一场突如其来的感冒就可能引起支气管炎或肺部的炎症,这些都可能导致严重的发音器官疾病。"

"也许吧,"我说,有点不耐烦了,"但这跟咱们的话题无关。说到女人的爱的种种奇怪表现,我——"

"对,对,"贾德森·塔特打断我道,"她们有她们奇特的方式。但是,正如我一开始就想跟您说的:回到奥拉塔玛,我从曼纽尔·伊基托斯那儿问来了他给我的那瓶治疗失声的药的成分。我跟您说过它多么速效的。他用的是叫楚楚拉的植物。看这个。"

贾德森·塔特从口袋里掏出一个白色的长方硬纸盒。

"不管是什么咳嗽,"他说,"或感冒,或声音嘶哑,或各种支气管病,我手里的都是世界上最好的药。您看盒子上印着它的配方。每一片药都含有二格令①的欧亚甘草;十分之一格令的塔鲁香脂②;二十分之一滴量③的茴芹籽油;六十分之一滴量的焦油;六十分之一滴量的荜澄茄树脂;十分之一滴量的楚楚拉流浸膏。"

"我这趟来纽约,"贾德森·塔特接着说,"目的就是要组建公司营销这种迄今为止发现的治疗各种咽喉病最灵验的药。目前我正把这种止咳片小规模地导入市场。我这一盒装了四打止咳片,现在卖五毛钱。如果您得了——"

我立刻站起身,走开了,没再说一句话。我在饭店附近的小

---

① 格令,英美制最小重量单位,一格令相当于零点零六四八克;也是珍珠的计量单位,一格令等于四分之一克拉。
② 塔鲁香脂,用于制造止咳糖浆和香料等。
③ 滴量,英美国家的液量单位。英制一滴量等于零点零五九二毫升,美制一滴量等于零点零六一六毫升。

公园里慢慢地溜达，让贾德森·塔特一个人去受良心的谴责。我的感情受到了伤害。他很有礼貌地给我讲了一个故事，而这个故事我原本是可以用的。故事里倒有几分生活气息，同时也有些许虚假的情调，但如果掩盖得巧妙，就能在市场上混过去。它最终被证实令人厌恶的推销，巧妙地以谎言做糖衣。最可恶的是我不能把它拿出来卖。广告部门和会计室会看不起我。而且再不可能当写作的素材。因此，我只好跟另外一些失意的人同坐在长凳上，一直到我的上下眼皮开始打架。

我回到住的房间，按惯例，接下来的一个小时，要读几篇自己最喜欢的杂志上的短篇小说，目的是让我的脑子重新回到艺术上来。

然而我每读一个故事，就伤心绝望地把杂志扔到地上。所有作者，无一例外，为了让我的心灵得到安慰，都用轻松愉快的笔触写了一个有关某一款汽车的故事，就好像那款汽车已经控制住了作家们灵感的火花塞。

当我把最后一本杂志用力掷出去的时候，我振作起来了。

"如果读者能接受这么多专卖汽车的故事，"我对自己说，"他们应该不会无法容忍一篇关于塔特的神奇的楚楚拉支气管止咳复合药的文章。"

所以如果你看到这篇故事已经印出，你就应该理解在商言商，而且要知道即使艺术已经领先商业很远了，她也不得不早早起身，匆匆往前赶。

为了避嫌，我还得再加一句，就是药店里买不到楚楚拉的植物。

包倩怡　译

窃贼自新记

　　杰米·瓦伦丁正在监狱中的制鞋车间里一丝不苟地缝鞋帮。看守来到,他把杰米送到监狱管理办公室,监狱长把州长当天早上签署的赦免状交给他。杰米神态疲惫,接了过来。四年的徒刑他已经服了将近十个月,原先他预计最长只待三个月。收进一个像杰米那样在外面朋友众多的犯人时,牢里认为都不值得花时间给他把头发剃掉。

　　"嗳,瓦伦丁,"监狱长对他说,"明天上午你就要出去了,打起精神来,当个男子汉。你心不坏,别再撬保险箱了,规规矩矩地过日子。"

　　"你说我?"杰米有些吃惊,"哦,我这辈子从来没有撬过保险箱。"

　　"当然没有,"监狱长笑了,"当然没有。想想,嗳。你怎么会碰巧为斯普林菲尔德的那个活判了刑? 是不是因为你怕连累很高层社会的某个人所以不肯证明自己不在现场? 要不就是卑鄙混账陪审团跟你过不去? 你们这些无辜牺牲品进监狱总出不了这几个原因。"

　　"说我,"杰米仍旧是规矩人的一脸茫然,"嘿,监狱长,我这辈子从来没去过斯普林菲尔德!"

　　"把他带回去,克罗宁,"监狱长微笑着说,"用出去的衣服把他打扮起来,早上七点给他开锁,让他去临时大囚室。瓦伦丁,我的建议你最好还是考虑一下。"

第二天早上七点一刻杰米便站在监狱长办公室的外间。他身穿一套不合身的现成服装,脚蹬硬得吱吱作响的鞋子。释放被强制而来的客人时,国家提供这些东西。工作人员递给他一张火车票和五元的钞票,法律期待他用这点钱改造成富足的好公民。监狱长给他一支雪茄,跟他握了手。登记册上记下:瓦伦丁,九七六二号,"由州长赦免,"然后詹姆斯·瓦伦丁先生便步出监狱,迈入阳光。

鸟儿在歌唱,葱绿的树枝在摇荡,花儿发出芳香。对此杰米并不理会,他径直向一个餐馆走去,他在那儿尝到了自由的第一口甜美滋味:一只烤鸡外加一瓶白葡萄酒,吃完后再来一支比监狱长给的高一档的雪茄。从餐馆出来,他不慌不忙地走到火车站,一个瞎子坐在门口,他往他的帽子里扔了两毛五的一个硬币,接着登上火车。坐了三个小时,在一个靠近该州边界的小镇下了车,去到一个叫迈克·道伦的人开的咖啡馆,跟独自站在吧台后面的迈克握手。

迈克说:"很抱歉,杰米,哥们,没法早点把你弄出来。斯普林菲尔德那头反对,我们得顶着,州长差点缩回去了。感觉没事吧?"

"挺好,"杰米说,"我的钥匙在吗?"

他拿了钥匙上楼,打开后面的一间房门。里面的一切都还是他离开时的样子,著名侦探本·普赖斯的领扣还在地板上:他们制服杰米逮捕他时,侦探的衬衫领扣被扯了下来。

杰米从墙上拉下一张折叠床,把墙上的一块板拉开,拽出一只沾满灰尘的手提箱。他打开箱子,温情地注视着东部地区最好的破门夜盗的工具。这是个全套,用特制钢材打制而成,钻头、凿子、手摇曲柄钻、撬棍、夹钳以及螺旋钻,都是最新的设计,有两三个新花样是杰米自己发明的,他为此很有些骄傲。他花了九百元在——呃——一个为这个行当作这类东西的地方让人做成了这一套。

半小时后杰米下楼走出咖啡馆。现在他穿上了雅致而且合体的衣服,手里提着已经掸过灰尘弄干净的手提箱。

"要做点什么了?"迈克·道伦问道,口气很亲切。

"说我?"杰米说,听声调好像很困惑,"我不懂你的话。我现在代表纽约统一松脆饼干公司。"

这句话让迈克开心无比,他非要请杰米当场喝一杯赛尔兹奶。他从来不碰酒精饮料。

九七六二号的瓦伦丁出狱后一周,在印第安纳州的里士满出了一起干得很漂亮的保险箱盗窃案,而谁是窃贼没有线索,偷走的钱不足八百元。又过了两星期,在洛根斯波特,一只享有专利的、改进型防盗保险箱如同奶酪一般被打开,弄走的钞票达一千五百元,而证券和银币未动。这事引起了逮坏人的人的兴趣。接着,杰弗逊城里的一只老式银行保险箱活跃起来,从口中喷出高达五千元的钞票。现在损失已经很大,值得让本·普赖斯一级的侦探接手了。他们交换意见,注意到几次偷盗方法惊人地相似。本·普赖斯在案发地进行了调查,说了以下的话:

"是花花公子杰姆·瓦伦丁亲手所为,他重操旧业了。瞧那个暗码锁旋钮——这么容易就拔出来了,好像下雨天拔萝卜一样。能拔它的夹钳只有他才有。再看那些锁的制栓给砸出来了,砸得多么干净利落!杰米从来只需要钻一个孔。不错,我想该缉拿瓦伦丁先生,他下一次会干出自己的水平,不会因为时间不足或者仁慈而犯傻。"

本·普赖斯掌握杰米的习惯,他是在熟悉斯普林菲尔德的案子时了解:跳得远、逃得快、没有同伙、喜欢跟有教养的人交往——这些作风让他以成功地逃避惩罚而著称。当局宣布本·普赖斯已经找到在逃的保险箱窃贼的踪迹,拥有防盗保险箱的人比较安心了。

埃尔莫尔是阿肯色州马利兰栎树林区的一个小镇,离铁路五英里地。一天下午杰米·瓦伦丁和他的手提箱在此爬出邮车。杰米看上去好似大学高年级爱好运动的年轻学生,他沿着木板人行道走到旅馆。

一位年轻女子过了马路,在街角从他身边走过,进了一个门,门上面有个标志"埃尔莫尔银行。"杰米·瓦伦丁看着她的眼睛,忘记了自己是谁,变成了另一个人。她眼光下视,脸微微地红了。在埃尔莫尔,具有杰米风格和容貌的男人很是稀少。

一个小男孩在银行的台阶上游荡,杰米抓住他的领子,仿佛他是一个股东。他开始问他本城的事情,不时给他几个小钱。不久,年轻女子出来走了,看上去像是完全没有意识到这个拿着手提箱的青年。

"那位不就是波莉·辛普森小姐吗?"杰米狡诈的问题似是而非。

"不是,"小孩说,"她是安娜贝尔·亚当斯,这银行就是她爸的。你来埃尔莫尔干吗? 这表链是金的吗? 我会弄到一条斗牛狗。再给点钱好吗?"

杰米去了庄园主旅馆,以拉尔夫·迪·斯宾塞的名字登记,定了个房间。他靠着办公桌,向接待员宣告了自己的计划。他说到埃尔莫尔来是为了看作生意从哪个行当下手。镇上的鞋子生意怎么样？他想过做鞋子。有机会吗？

杰米的衣服和举止让接待员很钦佩。对埃尔莫尔镇上不算太阔的年轻人而言，他本人多少是个时尚样板，可是现在他看到了自己的毛病。他一边揣摩杰米是怎么打他那活结领带的，一边热诚地给他提供信息。

对啊，鞋子生意应该有好机会。镇上还没有鞋子专卖店，卖纺织品的地方和杂货店卖鞋。所有的行当的生意都不错，希望斯宾塞先生决定把点设在埃尔莫尔，他会发现本镇生活舒适，这里的人很善交际。

斯宾塞先生打算在此逗留几天观察形势。噢，不用了，不用叫服务生，手提箱他自己提上楼，挺沉的。

爱情的火焰突如其来，改变了杰米·瓦伦丁。火焰留下灰烬，拉尔夫·斯宾塞不啻一只从这个灰堆里升出的凤凰。他留在了埃尔莫尔，很成功，很富足。他开了一家鞋店，生意做得红火。

在社交方面他也很成功，结交了不少朋友。而且，他实现了心中的愿望——认识了安娜贝尔·亚当斯小姐，越来越倾倒于她的美貌。

到了年底，拉尔夫·斯宾塞先生的状况如下：他已赢得镇上人的尊敬，他的鞋店红红火火，他跟安娜贝尔·亚当斯已经订婚，两星期后结婚。亚当斯先生是个典型乡村银行家，埋头苦干，他很称许斯宾塞。安娜贝尔则为他感到骄傲，其强烈程度几乎不下于她对他的感情。斯宾塞在亚当斯家和安娜贝尔已经结了婚的姐姐家毫无拘束感，仿佛已经是家庭的一个成员。

一天，杰米在自己房里坐下写信，寄往圣路易的一个老朋友的安全地址：

亲爱的老友：

　　我希望你下星期三晚上九点到小石城的沙利文那儿，希望你替我把一些小事料理妥帖。此外，我也要把我的一套工具作为礼物送给你，我知道得到它们你会很高兴——这套东西花一千元也做不出来。哎，比利，一年前我就洗手不干了。我有一家很好的店铺，靠正当收入生活，而且，再过两周我就要娶世界上最好的姑娘为妻。诚实的生活，这是我唯一的生活。别人的钱我现在一元也不会去动，说什么也不动。我计划结婚后把铺子卖掉，迁往西部，那儿找我算老账的危险没有这么大。比利，她确实是天使。她相信我，哪怕有天大的好处，我也再不会做一件不正当的事。一定在苏利那儿等我，因为我必须见你。我会把工具带来。

　　　　　　　　　　　　　　　　老友杰米

　　杰米写信过后的星期一晚上，本·普赖斯乘着出租轻便马车颠进了埃尔莫尔，没有引起注意。他静静地在镇上闲逛，发现了想知道的事情。他在药房里隔街望着斯宾塞的鞋店，把拉尔夫·迪·斯宾塞看了个一清二楚。

　　"你要娶银行家的女儿，是吧，杰米？"本轻声自言自语道，"哟，还难说呢！"

　　第二天早上，杰米在亚当斯家吃早饭。今天他要去小石城订结婚礼服，还要为安娜贝尔买点好东西。这是他来埃尔莫尔后第一次离开，从上一次干那行当到现在已有一年多，他估计已经安全了，可以大着胆子出门。

早饭后可以说是一家人一起来到闹市区——亚当斯先生、安娜贝尔、杰米、安娜贝尔出嫁了的姐姐带着五岁和九岁的两个小女儿。他们来到杰米仍然住着的旅馆，他跑上楼取了手提箱，随后大家继续向银行走去。杰米的马和车，还有要赶车把他送到火车站的多尔福·吉布森都等在那儿。

大家——包括杰米——都走到高高的雕花橡木栅栏里面，进到业务室，作为亚当斯先生未来的女婿，他哪儿都能进。得到这个漂亮、讨人喜欢，而且即将娶安娜贝尔小姐的年轻人的问候，职员们很高兴。杰米把手提箱放下。安娜贝尔的心中洋溢着幸福和青春活力，她把杰米的帽子戴在自己头上，提起手提箱，说道："我这不就是一个像样的旅行推销员？哎哟！拉尔夫，怎么这么沉？好像装满了金砖。"

"里面有好多镀镍的鞋楦，"杰米冷冷地说，"我要去还给别人。我想还是自己带着，好节省特快邮费。我现在变得特别节约。"

埃尔莫尔银行刚刚装备了一只新的保险箱和金库。亚当斯先生对此深感骄傲，他坚持让大家都进去看看。金库很小，但是装了一扇独创性的新门，只用一只门把手就能同时推动三根实心钢闩把门闩死，门上还有一把定时锁。亚当斯先生喜气洋洋地向斯宾塞先生解释它的装置和操作，后者表现出有礼貌却不十分有灵性的兴趣。闪闪发亮的金属、古怪的钟和旋钮让梅和阿加莎这两个孩子快活之极。

就在大家欣赏新门的时候，本·普赖斯缓步踱入，倚着胳膊肘，透过栅栏漫不经心地往里瞧。他对柜员说他没事，就是在等一个认识的人。

突然听到了女人的几声喊叫，又起了一阵骚动。原来大人没看见的时候,九岁的小姑娘梅闹着玩,把阿加莎关在金库里,随后又照着她看见亚当斯先生做的样子,推了钢闩,拧了暗码锁旋钮。

老银行家一下跳到门把手前,拽了一阵。"门打不开了,"他痛苦地说道,"钟还没有上发条,暗码也没有设。"

阿加莎的母亲又尖叫起来,歇斯底里的样子。

"安静!"亚当斯先生抬起他那颤抖的手说,"大家都安静一会儿。阿加莎!"他扯开嗓子喊道,"要听话。"在接下来的寂静中,他们勉强听见了微弱的尖叫声——孩子在黑洞洞的金库里吓得狂呼乱叫。

"我的亲宝贝!"母亲哭喊着,"她会吓死的!开门啊!天啊,把门砸开!难道你们男人什么办法也没有吗?"

"找能开这门的人最近也得到小石城,"亚当斯先生的声音在发颤,"天啊!我们怎么办哪,斯宾塞?孩子,她在里面挺不了多长时间,空气不够,而且,她还会吓得发惊厥。"

阿加莎的母亲几乎疯狂,拼命用双手捶打金库的门。有人急昏了提出用炸药把门炸开。安娜贝尔转向杰米,她的大眼睛里满是痛苦,却还未绝望。在一个女人眼里,任何事情,她崇拜的男人都有能力做到。

"拉尔夫,难道你帮不上忙吗?试试吧,好吗?"

他看着她,他的嘴上和敏锐的眼睛里呈现一种奇怪而温柔的微笑。

"安娜贝尔,"他对她说,"把你戴的这朵玫瑰给我,好吗?"

她几乎不相信自己听对了他的话。她从衣服前胸摘下含苞的玫瑰,把它放在他的手中。杰米把它放入马甲的口袋,脱掉外衣,挽起衬衫袖子。就在这一刻,拉尔夫·迪·斯宾塞消失,被杰米·瓦伦丁取代。

"你们都从门边闪开。"他的命令很简洁。

他把手提箱放到桌上,把它完全打开。自这一刻起,任何他人的存在他仿佛都没有感觉。他迅速而又条不紊地把那些闪亮且古怪的工具摆开,轻轻地冲着自己吹口哨,他总是这样干活的。其他人看着他,好像被魔力迷住,一动不动,一片寂静。

一瞬间,杰米心爱的钻头稳稳地穿进钢门。十分钟之后,他推回钢闩,把门打开——打破了他自己破门盗窃的记录。

阿加莎已几乎瘫倒在地,却安然无恙,被搂进妈妈的怀抱。

杰米·瓦伦丁穿上外衣,步出栅栏向大门走去。他走着,觉得听见一个曾经熟悉的声音在遥远的地方呼喊"拉尔夫!"可是,他没有停顿。

一个大个子站在门口多少挡住了他的路。

"嘿,本,"杰米冲他说道,脸上仍然挂着他那怪异的微笑,"终于来了,是吧?哦,咱们走吧。我觉得现在已经没有关系了。"

可是,本·普赖斯的举止有点奇怪。

"我猜你搞错了吧,斯宾塞先生,"他说,"我想我不认识你。马车在等你,是吧?"

本·普赖斯于是转过身去,信步沿街走了。

吴渝生　译

轿车在等待的时候

　　黄昏刚刚降临,那个身穿灰衣服的姑娘又准时来到那个安静的小公园安静的旯旮。她坐在一张长椅上看书,因为白天还有半小时光景的亮光,可以让人看清书本上的字。

　　再说一遍:她那身衣服是灰色的,朴素得足以掩盖那既无式样又不讲尺寸的缺陷。一幅网眼挺大的面纱罩住了她那顶无檐帽和她那张从网眼中闪现的沉静而不自觉的美丽容颜。昨天和前天,她也在同一时刻来到这里,有一个人发觉了这件事。

　　那个发觉这件事的小伙子凑近过来,把希望寄托在那供奉幸运之神的香烛祭品上。他这份虔诚的心果然得到酬报,因为那个姑娘在翻书页时,书从手中滑落下来,在椅子上磕一下,蹦到离长凳一码远的地方。

　　那个小伙子立刻敏捷地跳过去,脸上带着那种似乎在公园和公共场所里常有的表情,把书捡起来还给主人,那种神情既殷勤又充满希望,还掺杂着些许对巡逻警察的敬畏。他用悦耳的声调冒昧地说一句关于天气的无关紧要的话——那种造成人世间多少不幸的开场白——随后便静静地站一会儿,等待他的运气。

　　姑娘从容不迫地打量他一番,望着他那身普通而整洁的衣服和那副没带什么特殊表情的相貌。

　　"你要是愿意,就坐下吧,"她不慌不忙地用一种纯净的女低音说,"真格的,我倒真愿意你坐下。现在光线已经太暗,不适宜看书了,我宁愿跟人聊聊天。"

这位幸运的侍臣便顺从地在她身边坐下。

"你知不知道,"他仿效公园负责人宣布开会时那种俗套话的腔调开口道,"你是我长时期以来所见到的一位最出色的姑娘,昨天我就注意到你了。你可知有人已经让你那双漂亮的眼睛迷住了吗,甜姐儿?"

"不管你是谁,"姑娘冷冰冰地说,"你得记住我可是一位上等女子。我原谅你刚才说的那句话,因为这种误会无疑——在你那个圈子里——算不了什么。我好意请你坐下:这项邀请要是使你错把我当成你的什么甜姐儿,那就算我没说得了。"

"我诚心诚意请你原谅,"小伙子央求道。他原有的那种春风得意的表情一下子变成懊悔谦卑的样子,"这是我的不对,要知道——我是说,公园里有些姑娘,要知道——也就是说,当然你闹不明白,可是……"

"好了好了,请换个话题吧。我当然明白。现在给我讲讲这些小路上来来往往的拥挤人群吧,他们去哪里? 他们在忙些啥?他们都幸福吗?"

小伙子顿时放弃他那种轻浮的态度,眼下处于一种等待的份儿,猜不出自己该当扮演一个什么样的角色才好。

"观察他们嘛,确实蛮有意思,"他顺着她的心情答道,"这就是美妙人生的戏剧表演。有些人去吃晚饭,有些人——呃——去别的地方。真猜不出他们有什么样的身世经历。"

"猜不出,"姑娘说,"我对别人的私事并不好奇。我到这儿来坐一会儿,只因为我在这里倒可以接近人类那了不起、共同搏动的心脏。我在生活中的地位却叫我永远感受不到这种搏动。你猜得出我干吗要跟你聊天吗,嗯,贵姓?"

"派肯斯达克。"小伙子赶紧报上,随即现出一副急切而满怀希望的神情。

"对不起,我不能告诉你我的姓氏,"姑娘举起一只纤细的手指,微微一笑,说道,"一说出来就立刻会暴露我的身份了。不让自己的姓名给印在报章上是根本不可能的事,连照片也一样。我的女仆提供给我这副面纱和这顶帽子叫我掩盖自己的真面目。你该想象我的司机一见到我,瞪着大眼那副样子,他还当我没看见呢。不瞒你说,本地只有五六个显赫的名门望族,而我由于出生的偶然,就属于其中一家。我之所以跟你说话,斯达肯帕特先生……"

"敝人姓派斯达克。"小伙子谦逊地纠正道。

"——派肯斯达克先生,因为我想跟一个普普通通的人,一个没让可鄙的财富和所谓的社会优越感惯坏的人,谈那么一次话。唉!你可不知我对这一切多么厌烦啊——金钱,金钱,金钱!还有那些在我周围的男人都是一个模子刻出来的,就像木偶那样舞来舞去。享乐啦,珠宝啦,旅游啦,社交啦,各式各样的奢华啦,都叫我腻味透了!"

"我倒总有个想法,"小伙子大胆而犹豫地说,"金钱肯定是好东西嘛!"

"适当的财富是人人都期望的,可你要是有成千上百万钱财时啊!"她做个绝望的手势,就此结束这句没说完的话。"叫人生厌的是那种单调乏味,"她接着说,"驾车啦,午餐啦,剧场啦,舞会啦,晚安啦,处处都显示虚饰过剩的财富。有时我的香槟酒杯里冰块的叮当声都叫我快发疯了。"

派肯斯达克先生看来露出真正感兴趣的样儿。

他说:"我倒一向喜欢看到或听到阔绰而时髦的人士的生活方式。我大概有点市侩气,可我喜欢得到准确的信息。唔,我一直认为香槟酒是连瓶冰镇的,而不是把冰块放在酒杯里。"

姑娘一听这话感到挺有趣儿,发出一阵悦耳的笑声。

"你该知道,"她语调宽容地解释道,"我们这个没用的阶层就靠标新立异来消遣嘛。目前把冰块搁在香槟酒杯里是个时尚。这是由一位来访的鞑靼王子在沃尔多夫大饭店用餐时想出来的新招儿。过不了多久就又会有别的什么异想天开的事,正如这个星期在麦迪逊大道一家饭店举行的宴会上,每位客人的盘子旁都放了一只绿色小山羊皮手套,好让大家吃橄榄时戴上它。"

"哦,我明白了,"小伙子谦虚地承认道,"那个小圈子里的特殊花样普通老百姓是不熟悉的。"

"有时候,"姑娘微微欠下身,表示接受他的认错,又接着说,"我曾经想过我要是爱上一个人,那人可能会是个出身低微的人,是个工人而不是个寄生虫。不过嘛,毫无疑问,那种对等级和财富的企求也许会比我这种倾向更强烈。目前就有两个人在追求我。一个是日耳曼公国的大公爵,我想他有或者曾经有过一个妻子,让他的放纵残忍逼疯了。另一个是一位英国侯爵,此人极其冷漠自私。相比之下,我倒宁愿选择那个恶魔公爵哩。我怎么竟会把这些事都讲给你听呢,巴肯斯达克先生?"

"派肯斯达克,"小伙子喘口气,纠正道,"真格的,你对我这样开诚布公,使我深感荣幸。"

姑娘冷静而客观地注视着他,那种目光恰恰适合他俩之间那种身份地位的悬殊。

"你是干哪一行的,派肯斯达克先生?"

"低微得很的工作,可我希望能发奋向上。你刚才说你会爱上一个地位低微的男人,这话当真?"

"当然当真,可我说的是'可能'。要知道,还有大公爵和侯爵呢。对,一个男人要是合我的心意,他干什么行当我都无所谓,都不会嫌他卑贱。"

“我是在一家餐馆里干活儿。”派肯斯达克宣布道。

姑娘微微一震。

“别是个跑堂儿的吧？”她带点央求的口吻说，“劳动是光荣的，可是——伺候别人，要知道——仆人什么的……”

“我倒不是个跑堂儿的，是个收银员。”——他俩正面对着公园外面的一条街，那里有一块耀眼灯光的“餐馆”招牌——“你看，就在对面那家餐馆里。”

姑娘看一眼手腕上一只镶在式样华丽的手镯上的小手表，急忙站起来，把那本书塞进一个吊在腰部的闪闪发光的手提网兜儿里，可那本书稍显大了点儿。

“你怎么没上班呢？”她问道。

“我上夜班，”小伙子答道，“还有一小时才是我上班时间。我可不可以跟你再见面啊？”

“我也不知道。也许吧——可我可能不再发这种奇想啦。我现在得赶紧走啦。我还要去参加一个晚宴，随后去剧场一个包厢看场戏——随后嘛，唉，还是那老一套！你来的时候也许注意到公园前头拐角那儿停着一辆轿车吧。一辆白色车身的。”

“还有红色车轮？”小伙子沉思地蹙着眉头问道。

“对，我是乘那辆车前来。皮埃尔在车上等着我呢。他还以为我是到广场对面那家百货公司买东西呢！想想看，我们这种生活受到多么大的束缚，连自己的司机都得隐瞒。晚安！”

“现在天已经黑了，”派肯斯达克先生说，“公园里到处都有粗鲁的家伙。我可不可以送你走……？”

“你如果尊重我的意愿，”姑娘坚决地说，“我希望你等我离开后在这张长凳上坐十分钟再走，不是我不信任你，不过你也许知道汽车上一般都有主人姓氏的交织字母装饰。好了，再见！”

她在薄暮中迅速而端庄地走开了。小伙子望着她那优美的身影走到公园边上的人行道,转向路口停着那辆车的拐角。他毫不犹豫地偷偷借着公园里树木的掩护,沿着跟她平行的路线,一直紧紧盯牢她。

姑娘走到拐角,扭头瞥一眼那辆轿车,随即经过车旁边向对街走去。小伙子躲在一辆停着的马车后面,密切注视着她的行动。她走上公园对面的人行道,进入那家有耀眼灯光招牌的餐馆。那家餐馆是由白漆和玻璃装饰的,人们一无遮拦地在那里吃廉价饭菜呢。姑娘走进餐馆后身一个隐蔽处,在那里摘下她的帽子和面纱。

收银台在餐厅前面。一个红头发的姑娘从高凳上下来,犀利地瞥一眼时钟。那位身穿灰衣服的姑娘登上她的工作岗位。

小伙子把双手往兜儿里一揣,沿着人行道慢慢走去。在拐角那儿,他踩到一本纸面平装书,就把它踢到路边的草皮上。从书皮上的彩色画面他认出那正是姑娘刚才看的那本书。他漫不经心地把它捡起来,一看书名是《新天方夜谭》,作者是斯蒂文森①。他又把它掼到草皮上,迟疑地逗留片刻,随后他便跨进那辆等着的轿车,舒坦地往坐垫上一靠,简洁地吩咐那名司机:

"俱乐部,亨利!"

屠　珍　译

---

① 斯蒂文森(1850—1894),英国作家,所著《新天方夜谭》是一部带有异国情调的惊险浪漫故事集。

一千块钱

"一千块钱，"托尔曼律师庄严地重复道，"钱就在这儿。"

吉廉小伙子用手指摸摸那薄薄一叠全是票面五十元的钞票，明明感到有趣而微微一笑。

"真是一笔让人觉得尴尬得要命的款子，"他和蔼地向律师解释道，"如果是一万块钱的话，那就可以放些烟花庆祝一番。哪怕是五千块，想必也会少些麻烦。"

"令叔的遗嘱你已经亲耳听到宣读，"托尔曼律师用他那本行干巴巴的口吻接着说，"我不知道你是否注意到那些细节，其中有一条我得提醒一下。遗嘱要求你一花完这笔款子之后得向我们做个书面汇报，说明你是怎样花掉这一千块钱的。这是遗嘱中规定的。我相信你会遵照你叔叔的意愿做到这一点。"

"这我肯定会做到的，"小伙子彬彬有礼地说，"尽管这会增加一笔额外开支。我没准儿得雇一名秘书，因为我压根儿就不会记账。"

吉廉去到他的俱乐部，在那儿找到一个他称之为布莱森老头的人。

布莱森老头四十来岁，是个沉稳而与世无争的家伙。他正在一个旮旯里看一本书，一见吉廉走过来便叹口气，放下手中的书，摘下眼镜。

"布莱森老头,醒醒,"吉廉说,"我要跟你说一件蛮有趣儿的事。"

"还是说给弹子房里的人听吧,"布莱森老头说,"你知道我一向多么讨厌你讲的事。"

"这事比以往讲的都要精彩,"吉廉一边卷支烟卷儿,一边说,"而且我也很乐意讲给你听。这事如果伴随着台球噼里啪啦的撞击声,那就太可叹太滑稽了。我刚从我那已故的叔叔委托的犹如海盗船一般的律师事务所回来。他在遗嘱里留给我一千块钱整。现如今一个人用一千块钱能干点啥呢?"

"我认为已故塞普蒂默斯·吉廉至少拥有五十万财产咧。"布莱森老头说,显得对这件事就像蜜蜂对醋瓶那样感兴趣。

"就是嘛,"吉廉欣喜地附和道,"笑话就出在这里。他把他的全部家当都留给一种细菌,就是说,把一部分钱给一位制造一种新杆菌的家伙,剩下的钱建立一家医院又来消灭那种杆菌。此外还有一些小小的遗赠。他的管家和男仆各得一枚印章戒指和十块钱。他的侄儿只获得一千块钱。"

"你一向有大把大把钱可花啊。"布莱森老头说。

"成吨的,"吉廉说,"提起零用钱,叔叔可真是我的财神爷!"

"还有别位继承人吗?"布莱森老头问。

"没有了,"吉廉皱着眉头,望着烟卷儿,心神不安地踢一脚躺椅上的皮靠垫,"不过有位海顿小姐是我叔叔抚养大的,住在他家里。她是个文静的姑娘——有音乐天赋——她爹够倒霉的,做了我叔叔的朋友。噢,我忘记说了她也在那个印章戒指和十块钱遗赠的玩笑行列中。我要是也身列其中就好了,那我就可以买两瓶酒喝,再把那枚戒指当小费赏给服务员,事情就全解决了。别那么傲慢无礼,布莱森老头——告诉我一个人能用一千块钱干点啥?"

布莱森老头擦擦眼镜,微微一笑。每当布莱森老头一笑,吉廉就明白他会更加讨厌啦。

"一千块钱嘛,"他说,"可说是一笔大钱,也可说是一笔微不足道的小钱。有人可以用它安置一个幸福的家,连富豪洛克菲勒都会羡慕。另一个人可以用它把妻子送到南方去休养,拯救她的生命。一千块钱可以给一百个婴儿买六、七、八三个月的牛奶,从而救活五十个。你可以用这笔钱去赌场玩牌消磨几个小时。这笔钱也可以资助一个有抱负的青年完成教育。我听说昨天在拍卖场上用这笔钱可以买到法国画家柯罗①的真品。你可以迁到新罕布什尔州一个小城镇去,用这笔钱过两年蛮体面的日子。你也可以用这笔钱租下麦迪逊广场花园一个晚上,向你的听众,如果你能召集到的话,讲一讲假定继承人任人摆布这一话题。"

"你要是不这样说教的话,"吉廉用他那一向平静的语调说,"人们倒可能会喜欢你的。我是来向你讨教,我能用这一千块钱干些啥呢?"

"你吗?"布莱森微微一笑,说道,"怎么,博比·吉廉,你只能做一件合乎情理的事嘛。你可以用那笔钱给洛塔·劳里埃小姐买一条钻石项链,然后自己前往爱达荷州的一个牧场。我建议你去一家牧羊场,因为我特别讨厌羊。"

"谢谢,"吉廉起身说,"布莱森老头,我早就知道可以信赖

---

① 柯罗(1796—1875),法国画家,是使法国风景画从传统的历史风景画过渡到现实主义风景画的代表人物。

你。你说到正点子上了。我要把这笔钱一下子全花掉,因为我还得报账,可我讨厌一笔一笔地记细账。"

吉廉打电话叫来一辆出租马车,对马夫说:

"哥伦宾剧场后台入口处。"

洛塔·劳里埃小姐正在用粉扑儿往脸上扑粉,差不多已经准备好登台演出日场,她的服装师这时通报说吉廉先生前来求见。

"让他进来吧,"劳里埃小姐说,"怎么了,博比?过两分钟我就得上场啦。"

"借用一下你的右耳,"吉廉有点不乐意地说,"这就好点。我用不了十分钟。送你一条项链,怎么样?我可以出三个零,前面加个一这样一笔款子。"

"哦,随你的便,"劳里埃小姐愉快地说,"我的右手套,亚当斯。听我说,博比,那天晚上,你看到黛拉·斯泰西戴的那条项链吗?花两千两百块钱在蒂法尼珠宝店买的。不过嘛,当然——把我的纱带朝左拽一拽,亚当斯。"

"开场合唱开始啦,劳里埃小姐请登场!"催场人在室外喊道。

吉廉慢慢溜到他那辆出租马车等着的地方。"你要是有一千块钱,拿它干些啥?"他问马夫。

"开一家酒馆呗,"马夫当即粗声粗气地答道,"我知道一处可以挣大钱的地方。那是在街头拐弯那儿的一栋四层楼砖房。我已经算计好了。二楼开中国杂碎馆,三楼开修指甲和外国美容院,四楼是弹子房。你如果想投……"

"哦,不,"吉廉说,"我只是出于好奇,随便问问。我按小时付给你钱,什么时候叫你停车,你就停。"

那辆出租马车沿着百老汇大街又驶过八个路口,吉廉用手杖指挥马车停下,他下了车。一个盲人正在路边人行道上坐在凳子上卖铅笔。吉廉走过去站在他面前。

"对不起,"他说,"你能不能告诉我,你如果有了一千块钱,会干点啥?"

"您是从那辆刚过来的马车下来的,对不对?"盲人问道。

"对。"吉廉答道。

"您大白天乘坐一辆出租马车,我想,该不是个坏人,"卖铅笔的人说,"您可以看看这个。"

他从外衣兜儿里掏出一个小本子给他看。吉廉打开一看,原来是个银行存折,上面记着盲人的存款总数为一千七百八十五元整。

吉廉把存折还给盲人,又上了出租马车。

"我忘了点事儿,"他对马夫说,"回百老汇大街托尔曼和沙普律师事务所吧。"

托尔曼律师从金丝眼镜后面用不友好的目光望着吉廉。

"请原谅,"吉廉愉快地说,"我能问您一个问题吗?我希望这不是一个无礼的问题。海顿小姐在我叔叔的遗嘱中除去那枚戒指和十块钱,还有什么别的吗?"

"没有了。"托尔曼先生答道。

"非常感谢,先生。"吉廉说罢,出门又上了出租马车。他把已故叔叔家的地址交给马夫。

海顿小姐正在书房里写信。她身材瘦小,身穿一套黑衣服。不过你想必会注意到她那双眼睛。吉廉带着那种视人间无所谓的神情走进去。

"我刚从老托尔曼那里来,"他解释道,"他们一直在那里查验文件。他们发现了一份,"吉廉在脑中搜索一个法律名词——"一份遗嘱的修正文件或附录什么的。看来老头子好像经过进一步思考后有意慷慨解囊，又留给你一千块钱。我乘马车打这儿过，托尔曼律师嘱我把钱给你带过来。钱在这儿。你最好点一点，看看对不对。"吉廉把钱放在书桌上她的手旁边。

海顿小姐脸色变得苍白，口中接连喊了两声"噢！"

吉廉半转过身去，朝窗外望去。

"我想，"他低声说，"你当然知道我爱你。"

"对不起。"海顿小姐说，把钱拿起来。

"没有用吗？"吉廉近乎轻松地问道。

"对不起。"她又重复道。

"我能不能写张纸条？"吉廉微微笑着说。他便在那张大写字台前坐下。她给他拿来笔和纸，又回到自己那张秘书小写字台前坐下。

吉廉写下他怎样花掉了那一千块钱的情况，内容如下：

"败家子罗伯特·吉廉，由于追求永久的幸福，现把老天爷恩赐给他的一千块钱送给这人世间最优秀最亲爱的女人。"

吉廉把那张写好的纸条放进一个信封，鞠一躬，便走出去。

那辆出租马车再次停在托尔曼和沙普律师事务所门前。

"我已经花光我那一千块钱，"他兴高采烈地对戴金丝边眼镜的托尔曼说，"我如约前来汇报支出账目，托尔曼先生，你不觉得如今已经有夏天的暖意了吗？"他把一个白信封朝律师那张书桌上一掼。"先生，信封里有一份我怎样花掉一千块钱的备忘录。"

托尔曼先生没碰那个信封，却走到门口喊他的搭档沙普进来。他俩一块儿翻腾那个大保险箱内部深处，就像获得一件战利品那样取出一个火漆封好的大信封。他们把它打开，两颗可敬的脑袋凑在一起看信中内容。随后，托尔曼开口发言。

"吉廉先生，"他正式宣布道，"这儿有一份令叔遗嘱的附录，是他私下委托我们保存的，并且指示我们在你提供了你那一千块钱的支出详细账目后才能把它打开。由于这一条件你已经履行，我和我的伙伴已经看了这个附录；我不想拿法律术语来影响你对这份附录的理解，可我还是要让你知道它的主要内容。

"如果你处理掉那一千块钱的办法能证明你够资格得到奖励，那你就会受益不浅。我和沙普先生被任命为裁判，我向你保证我们俩会按照公正原则严格履行我们的职责。吉廉先生，我们对你毫无偏见。现在咱们还是回到附录上去吧。你如果把那笔钱处理得很谨慎、明智或无私，我们就有权把那批由于这个原因而保管在我们手中的价值五万块钱的债券交给你。可是，万一你——正如我们的雇主、已故吉廉先生所明确规定那样——把那笔钱还是像以往那样花掉——让我们引用已故吉廉先生的原话吧——还是跟一些不三不四的家伙一块儿挥霍掉了——那么，这五万块钱便立刻付给已故吉廉先生抚养的米兰·海顿小姐。吉廉先生，现在沙普先生和我要检查一下你那一千块钱的支出账目。我相信你是用书面形式报上来的吧。希望你会信任我们的决定。"

托尔曼先生伸手去拿那个信封，吉廉却比他稍快一步。他从容不迫地把信封和里面连带的账目撕得粉碎，然后把碎片揣进自己的衣兜儿。

"没关系，"他笑着说，"没必要再为这事给二位添麻烦啦。反正你们大概也看不懂那上面记的琐琐碎碎的账目。我赌赛马，把那一千块钱全输光了。二位先生，再见！"

吉廉离开时，托尔曼和沙普面面相觑，悲哀地摇摇头，因为他们俩听见他在走廊里等电梯时兴高采烈地吹口哨呢。

屠 珍 译

失败的假设

古奇律师把精力全都投入他干的那个行当引人入胜的技艺了，可他脑海里却时常浮现一些奇思遐想。他喜欢把他那个办公室的套房想象成为一艘船只的底舱，那里有三个房间，每间有扇门跟另两间相通。这些门也可以给关上。

"船在建造时，"古奇律师会说，"为了安全起见，都在底层建成相互隔离的防水密封舱室。万一哪一间舱室出现裂缝进了水，那艘船却仍然可以安然无恙地继续行驶。如果没有相互隔离的密封舱，只消一个裂缝就会使整艘船沉没。如今这种事经常会发生：我正忙着接待来客谈点事儿，这时又有几位恰恰是这事的冲突对方的客人来访。我只好在阿奇博尔德——一个蛮有前途的办公室勤杂员——的协助下，赶快把这股涌进来的危险激流转移到几个相互分隔的舱间去，然后用我的法律测量锤测探每间入水的深度。必要时可以把水舀入走廊，让水从我们可以称之为背风排水孔的楼梯流走。这样就能使这艘良好的生意船只保持漂浮状态；然而，如果让托起船只的水进入底舱，那咱们就可能给淹没了——哈！哈！哈！"

法律是枯燥乏味的，逗趣儿的事很少。古奇律师当然可以轻而易举地动用这种良好的幽默财富手段来减轻他对辩护的厌烦，对民事侵权行为的生厌以及对冗长乏味的法律程序的厌恶。

古奇律师办的案子大都是处理不幸的婚姻问题。婚姻若因双方出现纠纷而凋萎,他会从中调解、抚慰并进行公断。婚姻若惹上了什么别的牵连,他会重新调整、辩护并加以捍卫。婚姻若发展到了不幸的绝境,他总会让他的当事人得到轻判。

不过,古奇律师并不一向总是敏锐机智、计谋多端而武装起来的交战一方,他随时都会用他的双刃剑斩断许门①的镣铐。大家都知道他是以建造而不是破坏,以综合而不是拆散,使误入歧途的蠢人幡然悔悟败子回头而不是把他们驱散。他经常用雄辩的动人言词使夫妻俩哭着重归于好而拥抱在一起。他在启发孩子方面也卓有成效,往往在最佳的心理时机(只消他给个暗示),那声"爸爸,回家来吧,回到妈咪和我身边来吧!"的苦苦哀求就赢得了那天的胜利,又重新支撑起那个摇摇欲坠的家庭。

没有偏见的人承认古奇律师从那些重归于好的当事人身上所取得的巨额酬金,竟跟案子给送往法庭由他进行辩护时当事人付给他的钱一样多。有偏见的人则公开宣称他收取双份酬金,因为那些后悔的夫妇最后总是又返回来要求办理离婚。

六月里有段时期,古奇律师的法律船只(借用他自己提出的形象)几乎因无风而停航了。六月里,离婚的碾磨机也转动得很慢,六月是丘比特和许门的月份。

古奇律师闲坐在那套没有顾客光临的办公室里。一小间接待室连接着——倒不如说分隔着——这个套房和走廊。阿奇博尔德坐在那里接收来访者的名片或听他们口头报上姓名,然后请他们稍等,他先去向老板通报一声。

这一天突然有人砰砰敲响最外面那扇门。

---

① 许门,希腊神话中的婚姻之神。

阿奇博尔德打开门，那位来客竟把他当成多余的人，把他推向一边，一点礼貌也没有就径直闯进古奇律师的办公室，在律师对面那把舒适的椅子上既随和又有点傲慢地坐下来。

"你就是菲尼斯·C. 古奇律师吧?"来客问道，那种腔调顿时显示这句话既是提问，又是断言，更有指责的意味。

古奇律师在回答之前，先敏锐地瞥一眼，并在心中估量一下这位来客。

来客属于那种引人注目的类型——身材高大，性情活跃，举止殷勤大胆，无疑爱好虚荣，悠闲自在，无拘无束得有点自鸣得意。他衣着考究，却显得修饰过分。他明明是要找一位律师为他办件事，但是那件事似乎会使他心情忧郁，可他那眯缝的笑眼和胆大无畏的神态却并没显露出他的烦恼。

"敝人姓古奇，"律师最后答道。如果被追问的话，他想必也会把名字菲尼斯·C. 如实相告。可他觉得主动提供信息并非是个好做法。"我没接到您的名片，"他接着说，语气中多少带点责备，"所以，我……"

"我知道你没接到，"来客冷淡地说，"你现在也拿不到。来，抽一支，怎么样?"他把一条腿搭在椅子扶手上，往写字台上扔过去一把亮丽的雪茄烟。古奇律师熟悉那个品牌，态度因而有所缓和，接受对方让的烟。

"你是一名专门办理离婚的律师吧。"那位没有名片的来客说，这次话音里没带询问口气，话语却也不再是简单的断言，只是指责——一种斥责——就跟一个人对一条狗说"你是一条狗"一样。古奇律师对这种诋毁则保持沉默。

来客接着说:"你专门办理各式各样的婚姻破裂问题。说你是一名外科医生也没错。丘比特的箭有时射入一对互不相配的人身上,你就会把那根箭拔出来。逢到哪家许门的火把燃得不旺,连雪茄烟都点不着的时候,你就专门提供给那个人家多一点炽热的亮光。我说得对不对,古奇先生?"

"我受理过一些您话中所比喻所暗指的那类案子,"律师谨慎地说,"您是想向我征询一些专业问题吗?请问尊姓大名……"律师意味深长地停顿下来。

"先别忙,"对方说,用雪茄烟在空中划了一个弧圈儿,"先别忙,咱们先小心谨慎地探讨一下这个问题,这种小心谨慎的态度原本应该用在起先的行动上,那一行动使咱们有必要聚会磋商磋商。这也就是说目前出现了一个婚姻混乱的问题得以澄清。不过嘛,我在向你报出真名实姓之前,要求你对婚姻的是非曲直诚恳地——嗯,起码从职业的角度——谈谈你的看法。我想请你——从理论上——估量一下这起大灾难,明白吗?我只是个无名之辈,我要给你讲个故事,然后听听你的看法。明白我的意思了吗?"

"您是不是想说个假设的案例?"古奇律师问道。

"这正是我想找的词儿。'配个药方儿'是我脑中能想到的最好的词儿。'假设'这个词儿也不赖。我现在说说这件事。譬如说,有个女人——一个挺漂亮的娘们儿——从家里跑了,抛弃了她的老公和家庭,是不是?她迷恋上了一个来到她住的那个城镇来做房地产生意的男人。现在,咱们就管那个女人的老公叫托马斯·R.比林斯吧,因为这是他的真名实姓。不瞒你说,那个女人爱上的那个男人是个登徒子,那家伙叫亨利·K.杰瑟普。比林斯那家人住在一个叫苏珊维尔的小镇上——离这儿有好几里路远。两星期前,杰瑟普离开了苏珊维尔镇。第二天,比林斯太太就追他去了。她死去活来地迷恋上了那个叫杰瑟普的家伙,这你可以拿你这整屋子的法律书籍来打赌。"

古奇律师的这位来客油嘴滑舌地侃侃而谈,连这位冷冷淡淡的律师都产生了一丝反感。他这当儿明明从这位愚蠢的来客身上看到了一个专门勾引女人的家伙自命不凡的样儿,一个自私却混得蛮成功的浪荡公子的自鸣得意劲儿。

"现在,"来客接着说,"假设这位比林斯太太在家中过得很不快活,可以说她跟她老公毫无一点共同语言。他俩已经没法和谐相处,真是到了即将崩溃的地步。她所喜欢的东西,即使像商店的赠券那样白送给比林斯,比林斯也不会要。他们夫妇俩之间总是南辕北辙。她是个受过科学和文化教育的妇女,在聚会上高声朗诵诗篇,而比林斯则根本不参加那类活动。他不欣赏进步、方尖塔、伦理学等等这类玩意儿。一谈到这些玩意儿,比林斯老家伙只会眨眨眼,啥也不懂。他的太太远远在他的档次之上。现在嘛,律师,按说这样一个女人甩掉比林斯而去追随那个会欣赏她的男人,是应该允许的,这难道不像是一场合理的是非安排吗?"

"不和谐,"古奇律师说,"无疑是夫妇双方不和睦和不幸的根源。如果确实是这么回事,那么离婚似乎就会是公正解决的办法了。您就是——对不起——那位女士可以把她的未来托付的那个男人——杰瑟普吧?"

"哦,你对杰瑟普可以绝对放心,"来客一边说,一边信心十足地摇晃脑袋,"杰瑟普是个蛮不错的人。他做事负责。真格的,他离开苏珊维尔镇就是为了不让人们议论比林斯太太。可她追随他去了,现在杰瑟普当然就会坚决跟她在一起了。等比林斯太太办完离婚手续,一切合理合法之后,杰瑟普就会干他该干的事啦。"

"那现在，"古奇律师说，"您如果愿意的话，咱们就接着假设吧。如果需要我在这件事上效劳，那……"

来客冲动地跳起来。

"嘻，让这套假设玩意儿见鬼去吧！"他不耐烦地嚷道，"去它的，咱们干脆实话实说吧。你现在该知道我是谁了吧。我要让那个女人办理离婚手续，费用由我来付。你让比林斯太太成为自由人那天，我就会立刻付给你五百块钱。"

古奇律师的这位顾客用拳头猛捶桌子面，以显示他的慷慨大方。

"如果是这样的话……"律师开始说。

"外面有位女士求见，先生。"阿奇博尔德突然从他的接待室跑过来大声通报。他受命不管什么顾客来到，他都得立刻通报。把生意推掉是毫无道理的。

古奇律师连忙拉着头一位顾客的胳臂，和蔼地把他推进一间连接的斗室。"劳驾，请帮个忙，先在这里等几分钟，先生，"他说，"我会尽快回来跟您接着谈的。眼下有位大富婆前来找我办理她的遗嘱的事。我不会让您久等。"

那位举止轻松活泼的绅士完全同意，便坐下来拿起一本杂志看。律师回到当中那间办公室，小心翼翼地关上那扇连接两间屋的门。

"请那位太太进来吧，阿奇博尔德。"他对那个等候吩咐的勤杂员说。

一位高个子女士走了进来，她风采动人，端庄漂亮，身穿长袍——长袍而不是套装——宽松飘洒，人们可以察觉她的目光闪烁着天才和灵魂的火焰。她手里拎着一个容量为一蒲式耳的绿色手提包，还拿着一把也像是套着一件袍子的、既宽松又飘洒的雨伞。她在一把请她坐的椅子上落座。

"你就是律师菲尼斯·古奇先生吗?"她用并不讨好的口气一本正经地问道。

"正是。"古奇律师干脆地答道。他跟女人打交道从不拖拖拉拉。女人说话则爱啰唆。双方若在辩论时都采用迂回拖拉的策略,那可就浪费时间啦。

"你作为一名律师,先生,"那位女士开腔道,"想必对人的心灵有所了解。在这人世间,一颗女人的心好不容易才在那些被称为男人的卑微可怜的倒霉蛋中找到了一个真正的伴侣,你难道认为咱们这个虚假的社会里那些卑怯褊狭的习俗该阻止这颗充满深情的高尚心灵吗?"

"夫人,"古奇律师用他那种专门对付女顾客的惯用语调说,"这里是一家履行法律事务的办公室。我是一名律师,不是一个哲学家,也不是一家报纸的'答失恋者'专栏的编辑。我还有别位顾客在等着呢。请您简明扼要地说明一下来意吧。"

"你用不着这样生硬地说话,"那位女士说,一边眨一下她那双闪亮的眼睛,把她那把阳伞惊人地旋转一下,"我来这儿是为了谈正事的。我想听听你对一桩离婚诉讼案的看法。平民百姓就是把这类事叫作离婚诉讼,那无非是重新调整一下一种不体面的虚假局面,那种局面是人类目光短浅的法律插进来干预一颗深情的……"

"请原谅,夫人,"古奇律师有点不耐烦地打断她的话,"我再次提醒您,这里是法律事务所。也许威尔科克斯夫人①……"

<hr />

① 埃拉·威尔科克斯(1850—1919),美国女诗人,作品以通俗见长,出版诗集二十来部,包括《激情诗集》、《欢乐诗集》和《伤感诗集》等。

"威尔科克斯夫人，不错，"那位太太多少带点威严的气派插嘴道，"还有托尔斯泰啦，格特鲁德·阿瑟顿①啦，欧玛尔·海亚姆②啦，还有爱德华·博克③也都不错。他们的作品我都读过。我是想跟你讨论心灵的神圣权利，那可是跟这个偏执狭隘的社会毁灭自由的各种束缚相对抗的。可我会接着跟你谈正事的。我更愿意等你承认这种价值后，再以一种跟个人无关的方式把那事跟你提出来。这就是说先把那事当作一个假定的例子来叙述，没有……"

"您是想说个假设的事例吗？"古奇打断她的话。

"我正想这样说呢，"那位女士尖刻地说，"现在假设有位女士一心一意渴望一个完整的人生。这位女士有个老公在智力和趣味等等方面都远远不如她。呸！他简直是个畜生。他鄙视文学，嘲笑世界上伟大思想家的高超思想。他只关心不动产这类肮脏的玩意儿。他根本不配做一个有灵魂的女人的伴侣。咱们说这个不幸的妻子有一天遇到了她心中理想的人——一个有头有脸有爱心有力量的男人。她爱他。那个男人尽管因为刚找到一个情投意合的女人而感到激动万分，却由于为人太高尚太正派，因此并没表白他的感情。他从他心爱的人面前逃跑了。她便飞奔前去追赶他，满不在乎地把这个愚昧的社会制度束缚她的桎梏踩在脚下。如今办个离婚要花多少钱？锡卡莫尔山峡的

---

① 格特鲁德·阿瑟顿（1857—1948），美国女小说家，共写小说六十多部，主要作品有《征服者》《黑公牛》等。

② 欧玛尔·海亚姆（1045？—1122？），波斯诗人、数学家、天文学家，以四行诗闻名于世，如《鲁拜集》。

③ 爱德华·博克（1863—1930），美国《妇女家庭杂志》主编，提倡妇女普选权，保护野生动物和城市公共卫生环境，设立博克和平奖金（1923），自传《博克的美国化》获一九二一年普利策奖。

女诗人爱丽莎·安·蒂明斯办理离婚花了三百四十块钱。我能——哦,我指的是那位女士——也能那么便宜办一次离婚吗?"

"夫人,"古奇律师说,"您最后那两三句说得真叫我十分高兴。咱们现在可否放弃那个假设,就拿真名实姓来谈谈正事?"

"我也该这么说,"那位女士采用可喜的实事求是的态度大声说,"那个下流畜生叫托马斯·R.比林斯,他的老婆是他法律上的——法律上的而不是精神上的妻子。他站在她和亨利·K.杰瑟普之间,妨碍他们的幸福。那位高贵的杰瑟普是天赐给她的伴侣。我嘛,"那位来客最后用那种戏剧性披露的方式说道,"就是比林斯太太!"

"外面有位先生求见,先生。"阿奇博尔德几乎像翻跟斗那样冲进来。古奇律师从椅子上站起来。

"比林斯太太,"他彬彬有礼地说,"请允许我领您到旁边一间屋里待几分钟。我得接待一位大阔佬,谈谈有关遗嘱的事。我会很快就回来跟您接着谈。"

古奇律师以他一贯的潇洒风度把那位重视灵魂的顾客请进另一间连接的斗室,然后自己退出来,把门小心谨慎地关上。

阿奇博尔德领进来的顾客是一位消瘦的中年人。那人显得神经兮兮,面带忧虑的神情,拎一个小手提包,把它放在律师请他坐的椅子旁边。他的衣着相当考究,却已显陈旧而不大整洁,式样也不显眼,上面还沾满不少灰尘。

"你专门办理离婚案子吧。"来客用略带不安而又公事公办的口气说。

"我该说,"古奇律师开口道,"我并非完全回避……"

"我知道你专门给人办离婚,"这位第三名来客打断律师的话，"甭说啦，你办的事我全都听说过。有件事我想跟你说说，没必要说明我跟这事可能有啥联系——事情是这样的……"

"那您希望，"古奇律师说，"说一件假设的事例吧。"

"可以这么说。我是个普普通通的商人。我会尽量说得简洁。咱们先说说那个假设的女士。可以说她跟她的丈夫并非志趣相投地结了婚。她在许多方面都是个了不起的女人。论外貌，算得上十分漂亮。她痴迷于她称之为文学的玩意儿——诗歌啦，散文啦等等这类劳什子。她丈夫是个普通做买卖的商人。做丈夫的尽管尽力想使家庭和谐美满，那个家庭却一直不幸福。他们住在一个宁静的小城镇里，做些不动产生意。前些时候有个男人——一个陌生人——来到那个小镇，那个女人遇见了他，便不可思议地爱上他了。她对他那么公开表露自己的爱慕之情，弄得他觉得再待在那个小镇有点不妥，便离开了。没想到那个女人居然抛弃了她的老公和家庭，追随那个男人去了。她放弃了那个给她舒适安逸的家，去追随那个激起她那么奇特情感的男人，"来客最后用发颤的声调说，"一个家庭由于一个娘们儿愚蠢草率的决定而破碎了，世上难道还有比这更叫人伤心的事吗？"

古奇律师小心谨慎地表示确实没有了。

"她去追随的那个男人，"来客又说，"绝对不是个能使她幸福的家伙。是她自己那种轻率而愚蠢的自欺欺人的想法使她误认为那个家伙办得到。那对夫妻之间尽管有不少分歧，可她的老公才是唯一能体谅她那种敏感而古怪的脾性的人，可她至今却还没意识到这一点。"

"对您刚说的这个事例，您是否认为离婚在逻辑上是唯一解决的办法啊？"古奇律师觉得他们的谈话已经离题太远，便问道。

"离婚!"来客富于感情地惊呼道——差点儿哭出来,"不,不,不——不是那样。古奇先生,我看过许多有关你处理的案例报道,你那种同情心和善意的关怀使你成为相互隔阂的夫妇的调解人,使他得以言归于好。咱们别再提那个假设的案例吧——我也没必要再隐瞒自己就是这桩惨事的受害者——我马上告诉你他们的姓名——他们是托马斯·R.比林斯、他的妻子和她迷恋的那个男人亨利·K.杰瑟普。"

　　那位三号当事人把手搭在古奇律师的胳臂上,那张因忧虑而憔悴的脸现出挺激动的神情,热烈地说道:"看在上帝的分上,在这焦头烂额的关头,帮帮我吧! 帮我找到比林斯太太,劝她别再干那种令人痛惜的蠢事啦。告诉她,古奇律师,她丈夫诚心诚意愿意她回到家中去——只要她回家,什么都好说,什么事都可以答应。我听说您办理这类事很成功。比林斯太太不会离这里很远。我因为焦虑,再加上旅途劳累已经精疲力竭。在这种追逐过程中,我曾经见到过她两次,可是由于种种原因没能跟她面谈。古奇律师,您能为我担负起这个重任而永远赢得我对您的感激吗?"

　　古奇律师一听对方最后那两句话,不由得微微皱下眉,可是马上又做出善意的表情,说道:"我确实有过几次在这类场合中取得成功,劝说那些想离婚的夫妇重新考虑他们那种草率的念头而返回家中重归于好。可我不得不说这种事办起来常常非常艰难。这需要磨破嘴皮子,坚持不懈地说服;不瞒你说,这还得有一套让你吃惊的雄辩的口才那类本事。不过,对您这件事,我会满怀同情心加以处理。先生,我对您真是深表同情,若能看到尊夫妇重归于好,那我非常高兴的。不过嘛,"律师这时看一下手表,好像突然想起一件事似的,最后说道,"我的时间可十分宝贵!"

"这我知道,"来客说,"你如果愿意接办这件事,劝说比林斯太太回家,别再搭理她一直追随的那个家伙——事成那天,我会马上付给你一千块钱。最近我在苏珊维尔镇房地产的旺季中挣了点钱,不会吝惜这笔钱的。"

"请再坐几分钟,"古奇律师一边说一边起身,又看一眼手表,"我还有一位顾客在隔壁房间里等着我呢,我几乎把她都忘了。我会尽快回来。"

眼下这种情况充分满足了古奇律师喜好错综复杂局面的心情。他十分着迷于那种呈现如此微妙的问题和种种可能性的案例。他一想到自己在掌握着这三个人的幸福和命运,就十分得意,那三个人各自坐在他的近旁,每个人却都浑然不知另两个人的存在。他脑海中再次浮现那艘船的形象,可是转瞬即逝,因为一艘真船每个间隔舱若都给装满了水,势必会危及船的安全;可他这里的间隔舱即使都给装满了,这艘生意船只却还是可以继续行驶,驶向一笔丰厚酬金的得利港口。当然啦,他需要做的事就是从那位最渴望得到货的人手中榨取最高的酬金。

于是,他先向那个接待室勤杂员喊道:"阿奇博尔德,锁上外边那扇门,谁也不准进来!"然后他迈开大步,悄悄走进一号顾客在等待的那间屋。那位先生叼着一支雪茄烟,两只脚放在桌面上,蛮耐心地坐在那里翻阅画报呢。

律师走进去的时候,那位老兄兴冲冲地问道:"怎么样,决定了吗?五百块钱够不够办理那位漂亮女士的离婚?"

"您的意思是指那笔钱作为聘用定金吗?"古奇律师温和地问道。

"怎么? 不是,那是全部费用。难道这还不够吗?"

"我的费用嘛，"古奇律师答道，"是一千五百块钱。先付五百，余额在离婚办成后立马付清。"

这位一号顾客吹了一声尖口哨，把两只脚放到地上。

"我看咱俩达不成这笔交易啦，"他站起来说，"我在苏珊维尔镇房地产小小的生意上赚了五百块钱。我愿尽一切力量叫那位女士解脱出来，可你出的价儿大大超过了我的能力。"

"那就一千两百块，怎么样？"律师用试探的口气问。

"我跟你说了最多五百块。看来我得另找个价钱便宜点儿的律师啦。"来客戴上了他的帽子。

"请这边走。"古奇律师一边说，一边打开通向门厅那扇门。

那位先生走出那个隔间，下了楼梯。古奇律师得意地微微一笑。"杰瑟普先生退场！"他喃喃道，同时拨弄着耳边的一缕亨利·克雷①式的头发，"现在去看看那位遭到遗弃的丈夫吧。"他回到当中那间办公室，摆出一副公事公办的架势。

"我明白，"他对那位三号顾客说，"我如果自己能够或者帮助您把比林斯太太带回家，劝她放弃那个使她强烈着迷的男人，您就会付给我一千块钱，是不是这样？"

"没错儿，"那人急切地答道，"而且我一接到通知，两小时内就会付清那笔钱。"

古奇律师站直身子，瘦削的身躯就像是膨胀了起来，两个大拇指插进坎肩儿的袖孔，脸上现出一副同情的温和表情，他在办理这类事的时候，一向带着这种神情。

"那么，先生，"他语气和善地说，"我想我可以保证让您早

---

① 亨利·克雷（1777—1852），美国政治家，辉格党领袖，主张建立"美国制度"，曾任国务卿（1825—1828）、参议员（1831—1842），领导反对派与杰克逊政府进行斗争。

日摆脱烦恼。我对自己的说服力和规劝才能啦,对人类心灵向善的天性影响啦,对做丈夫的坚定不移的爱心给予强有力的影响啦,都充满信心。先生,比林斯太太就在这里——在那间屋里……"律师的长胳臂指着那扇门。"我马上请她过来,咱俩一块儿央求她……"

古奇律师突然顿住了,因为那位三号顾客一下子从椅子上蹦起来,像是让弹簧弹起来似的,抓起他那个手提包。

"你这究竟是啥意思?"他吼道,"那个娘们儿在这里! 我还当我已经把她甩到四十里开外去了呢?"

他奔向那扇敞开的窗户,朝下看一眼,就把一条腿迈出窗台。

"站住!"古奇律师吃惊地喊道,"你要干什么? 比林斯先生! 来,面对您那个误入歧途、天真无辜的妻子吧。咱俩一块儿央求她,不会失败的……"

"比林斯个熊!"那位急赤白脸的顾客嚷道,"见你的鬼去吧! 你这个老白痴!"

他一转身,气呼呼地把他的手提包向律师的脑袋瓜子扔过去,正击中那位目瞪口呆的和事佬眉宇之间,使他踉踉跄跄朝后退了一两步。古奇律师清醒过来,发现那位顾客已经消失得无影无踪。他便奔向窗口,探出身子,只见那个懦夫正从一个棚顶上爬起来,他是从二楼窗口跳到那里的。他顾不上捡起自己的帽子,就又往下跳了十尺落进一个胡同里,随后便飞快奔出去,速度快得叫人吃惊,一下子就让周围的楼房把他吞没了,没影儿了。

古奇律师用手哆里哆嗦地摸摸眉毛,这是他清理一下思维的习惯动作,要么也许是揉一揉那个硬邦邦的鳄鱼皮手提包砸中的地方。

那个鳄鱼皮手提包掉在地上敞着口，里面的东西撒了一地。古奇律师不由自主地弯腰把那些东西拾起来。头一件拾起来的是个衣领，这位洞察一切的律师惊讶地发现领子上缀 H. K. J① 三个字母。接着拾起来的是一把梳子啦，一把刷子啦，一张折叠的地图啦，一块肥皂啦，最后还有一沓商务信件——每件都是寄给亨利·K. 杰瑟普先生的。

古奇律师合上手提包，把它放在桌上。他犹豫一下，随后戴上帽子，走进阿奇博尔德那间接待室。

"阿奇博尔德，"他一边温和地说，一边打开那扇通向门厅的门，"我去高等法院审判室转一转。过五分钟你可以到紧里面那间屋，通知一下在那儿等着的那位女士，就说，"——古奇律师在这里用了一句大白话——"玩完，没戏了！"

屠　珍　译

----

① H. K. J，亨利·K. 杰瑟普这个姓名的缩写。

黑杰克山的交易

　　严西·戈利律师事务所中声誉最差的东西要算是仰八叉地躺在他嘎吱作响的旧皮椅中的戈利先生自己了。这所红砖建造的事务所摇摇欲坠，房顶与外面的街道一般高。那街道是伯太尔小镇的主要干道。

　　伯太尔镇位于兰岭山脉脚下。它头顶的山峰层峦叠嶂，直通苍天；它脚下远处惨淡阴暗的山谷里混浊的卡陶巴河水泛着黄光。

　　这是六月的一天中最为酷热的时辰，伯太尔镇在湿热烘烘的阴影中昏昏欲睡。集市上毫无交易。街上静得让斜躺在皮椅上的戈利可以清楚地听到大陪审团室里那"法院帮"打扑克牌的噼啪声。事务所敞开的后门外一条被踩硬了的弯曲小路穿过一片草地通向法院。踩出这条小路的过程夺去了戈利所拥有的一切——先是他继承来的几千美元；然后是家传的老房子；接着呢，就是最近他所有的最后一丝自尊和大丈夫气概。"法院帮"将他彻底地逐了出去。这位破产的赌博者变成了醉鬼和寄生虫；他愣生生地看着那些剥夺了他的财产的人又将他在棋牌游戏中的席位剥夺掉。没人再听他说什么话了。每日的牌戏照旧，他却被分配了一个身份卑微的旁观者的位子。警察局局长，县府书记员，一名运动经纪人，一名同性恋律师，还有一个脸色煞白"在山谷里"吆喝的人，围桌而坐。于是这位被剃了毛的家伙就得到了暗示：回去等毛长出来后再来吧！

戈利很快地厌烦了自己被放逐的境遇，于是离开大陪审团室，一边自言自语地嘟囔着，一边摇摇晃晃地穿过那条不幸的小路向自己的事务所走去。他从桌下的酒坛中倒了一杯玉米威士忌，一饮而尽后瘫倒在皮椅上，以一种伤感的局外人的眼神，瞪眼看着窗外沉浸在夏日雾气中的山峦。远处黑杰克山边高高的地方可以看到一个小白块，那就是罗莱尔。他就出生在那村子附近并在那儿长大。那里也是戈利家族与科尔特兰家族世仇的诞生地。如今除了这落冠铩羽的倒霉鸡之外，整个戈利家族已没有什么直系后代了。至于科尔特兰家族，也差不了多少，但有一位支撑门面的男性成员留了下来，那就是艾布纳·科尔特兰。艾布纳是一位有财产有地位的人，他是州立法会的议员，与戈利的父亲同属一辈人。这宗世仇在本地颇为典型：它留下的是一部仇恨、误解和杀戮的血腥记录。

但严西·戈利并没有在想世仇的问题。他那稀里糊涂的脑子正在无望地思索着如何养活自己和维持自己那些不良嗜好的问题。近来一些家族的老朋友设法为他提供足够填饱肚子的食物和一个栖身之所，但却拒绝给他买威士忌酒。而他离了威士忌就没法活。他的律师业务已完全消亡，已有两年没有接到任何案子了。他一直在靠借贷和寄人篱下度日，如果看上去他没有更进一步堕落也只是因为缺乏机会而已。只要再有一次机会——他对自己说——只要他在赌桌上再下一次注，他就一定会赢的，他这么想。但他却找不到任何东西可以变卖，他的信用也早已透支殆尽。

当他想到那个六个月前从他手里买去戈利家族的老房产的

男人时,即使是在如此凄惨的境况下,他也忍不住笑了起来。当时从山里"那疙瘩"来了两个奇怪透顶的家伙——一个名叫派克·戛尔维的男人和他的老婆。对着众山挥一下手说"那疙瘩",对于所有的山里人来说,指的是那最为遥不可及的山寨,莫测高深的峡谷,熊巢狼穴遍布,罪犯盗匪出没。这对老夫妻在黑杰克山极远极高的肩脊上的一个小木屋里,在所有这些隐匿处中最为凶险的地方,住了二十年。他们既未养狗,又无子女来淡化他们山中生活的静寂。在山下的居住点中很少有人听说过派克·戛尔维,但少有的几个与他打过交道的人都宣称他"像神经病人一样不正常"。除了说自己是"猎松鼠人"之外,他不承认自己有任何职业,尽管有时会酿点私酒来做消遣。他曾被缉私官员拉出他的"巢穴",如狠狗般,静悄悄地、绝望地撕咬着,最终被投入州监狱蹲了两年。出狱后,他像一只怒气冲天的黄鼠狼一样窜回了自己的洞穴。

幸运女神在略过无数热切的追求者之后,心血来潮地飞进黑杰克山树丛遮掩的山谷空地之中,向派克和他忠实的伴侣一展笑颜。

一天,一帮戴着眼镜,穿着灯笼裤,总之是让人看着觉得滑稽荒唐的投机者们侵入了戛尔维小木屋的领地内。派克将他猎松鼠的长枪从架子上取下,离着老远地向他们开了一枪,因为他们也许是缉私官员。三生有幸,他未打中;而那些毫无察觉的幸运女神的代理人们越走越近,让人看得出他们与法律和正义毫无关系。后来,他们拿出一笔数额巨大、色泽鲜绿、梆脆崭新的票子来,要买下戈里夫妇木屋周围平整过的三十英亩地块。作为对这一疯狂交易进行解释的借口,他们提到在这块土地下有云母矿床这么一个既不相关也不令人信服的理由。

当戛尔维夫妇的钱多到数得手都发抖的时候,他们在黑杰克山上的生活中所有的缺陷都日益显现出来。派克开始谈到买新鞋子,在屋角要放一大桶烟叶,他的长枪需要个新枪机。然后他将玛蒂拉带到山边上的某一个位置,向她说明在这里放上一门小炮——他们无疑可以付得起那价钱——就可以将通向小木屋的唯一一条小径封锁住,让那些缉私官和乱闯的陌生人们从此望而却步。

然而亚当的想法却得不到他那夏娃的首肯。这些东西对他而言意味着对财富加以运用的权力,但在他狭促的小木屋中却蛰伏着一个远远超过他的原始需求的野心。在戛尔维太太的胸臆中仍残存着某种女性的感觉,即使在黑杰克山中二十年的生活亦未能将其泯灭。在那漫长的日子里,她的耳畔响着的是中午鳞状树皮剥落时的噼啪声和夜半风高时野狼在岩石间的嗥叫声;这些本该足以将她世俗的虚荣心剥蚀殆尽。她日趋肥胖,神情黯淡,面色蜡黄,了无生气。可如今一旦财运降临,她马上感觉到了心中重新燃起恢复女性特权的欲望之火——在茶桌旁闲坐;购买无实用价值的物件;用装腔作势的礼节和仪式来冲淡生活中丑陋的真实。于是她冷冷地否决了派克关于建立要塞的建议,并宣布他们将降临到山下面的世界,在社会圈子中周旋。

于是,经过很长一段时间的筹划,他们终于做出了决定,并开始行动。戛尔维太太倾向于搬进峡谷里一个较大的镇子,而派克则渴望保持原始的孤寂和隐居。在这两者之间的妥协即是罗莱尔村。罗莱尔村为玛蒂拉的野心提供了一点勉强说得过去的纤弱的社交消遣娱乐场所,而对派克来说,又不算是彻底的不合适:它与山峦紧密相连,使得他可以在一旦时髦社会容不下时立即退回山里去。

他们降临到罗莱尔村的时间恰值严西·戈利迫不及待地想

要把祖产换成现钱。于是他们买下了戈利家的老屋,将四千美元现金放进这个花钱如流水般的败家子颤抖的手中。

于是就发生了这种事:正当戈利家族的最后一名声誉扫地的成员黔驴技穷、一筹莫展,被自己曾大方招待的酒肉朋友们扫地出门,仰八叉地躺在自己声誉扫地的事务所里之时,陌生人住进了他祖先们留下的屋宇。焦干的街道上慢慢地滚翻起一阵尘土,尘土之中似有什么东西在随之前行。一阵轻风将尘土掀向街道的一侧,露出一辆油漆一新、由一匹懒散的灰马拉着的四轮马车。车子驶近戈利事务所时从街中心向这边偏过来,最后正正地停在了戈利事务所门前的滴水檐下。

在马车前座上是一位瘦削、修长的男子,身着黑色绒面呢袍,他僵硬的手上戴着一双黄色山羊羔皮手套。在后座上坐着一位女士,傲然面对六月的骄阳。她健壮的体形被裹在一件紧身的丝绸长裙之中,那长裙是那种被描绘成"变色的"多层色调变换结合的衣着。她挺直坐着,挥动着一柄华丽的扇子,眼睛冷冷地盯着街边远处的什么地方。不论玛蒂拉·夏尔维的心里如何由于她的新生活而欣悦,黑杰克山已经在她的外表留下了深深的岁月的痕迹。它已将她的面容刻蚀为一副呆板、空漠的形象,以它的碎石险崖的呆滞和缄默内敛的含蓄将她浸透。不管周围环境如何变化,她总是似乎听到那些鳞状树皮剥离坠落山边时的噼啪声,她也总是听得到黑杰克山在最静谧的夜晚里那响彻山谷的极度的寂静。

戈利几乎是毫无兴趣地看着这驾驶向他门口的架势肃穆的马车;但当他看到那位瘦长的赶车人将马缰绳在身后挽起,笨拙地下了马车,走进事务所大门时,他认出那是派克·夏尔维那位刚来的改变了角色的新贵。他摇摇晃晃地站起来迎接他。

那位山里人坐到戈利给他让出的椅子上。那些怀疑戈利神智是否正常的人显然可以在他的脸上找到证据。山里人的脸极长,面色蜡黄无光,如雕像般凝固。全无睫毛、毫不眨动的浅蓝色的圆眼睛又给他那可怖的面容增加了一分奇特。戈利实在猜不出这位不速之客的来意。

"罗莱尔村的一切还好吧,戛尔维先生?"他问道。

"一切都好,先生。戛尔维太太和俺对那房地产忒中意。戛尔维太太喜欢您的老地儿,她也喜欢那儿的街坊邻居。她想社交,也得着点儿社交。罗杰斯家的,哈波古德家的,普莱特家的,特罗伊家的全都来瞧过戛尔维太太,她也去大多数人家那疙瘩吃过饭。最好的乡党们都叫她去各种好地儿。可是,戈利先生,那些东西可不太适合俺——对俺,那疙瘩就行,"戛尔维巨大的、戴着黄手套的手向着山的方向挥舞着,"俺就属于那疙瘩的,就和野蜜蜂和狗熊为伍。但那可不是俺来你这疙瘩的原因。俺和戛尔维太太想从你这里买样东西。"

"买样东西?"戈利重复道,"从我这里?"他刺耳地大笑起来,"我想你弄错了。我想你弄错了。我把所有东西,按你的说法,锅碗瓢盆,全都卖给了你,连根枪通条都没留下,还能卖什么呀?"

"这东西你有;俺们就想要它。'拿着钱去,'戛尔维太太说,'瓜平货理地买下来。'"

戈利摇摇头。"碗柜全都是空的。"他说。

"俺们发了——"山里人继续说,全然不为对方的话所动,"大财。俺们以前穷得叮当,现在每天都能请客吃饭。俺们得到了,戛尔维太太说,上流社会的承认。可是有一件东西我们想要却还没有。她说应该把这东西放到柜台上卖,可就是有得卖。

她说,'那你就拿上钱去,瓜平货理地买回来。'"

"你就别啰唆了。"戈利说,他那饱受折磨的神经已不胜其烦了。

戛尔维把毡帽摔到桌子上,身体前倾,那双不会眨动的眼睛盯着戈利的眼睛。

"你家和科尔特兰家之间,"他清晰、缓慢地说,"有一宗世仇。"

戈利眉头皱起,预感不祥。对一名世仇家族的成员提起该宗世仇是对山区道德规范的严重违反。一名来自"那疙瘩"的人,与一名律师一样清楚地知道这一点。

"甭介意,"他继续说道,"这完全是一笔生意。戛尔维太太研究了所有与世仇相关的事。山里大多数有身份的人都有世仇。塞特尔家族和戈弗斯家族之间,兰金斯家族和波伊德家族之间,塞勒斯家族和盖娄威家族之间,全都有二十年到一百年的世仇。最近让干倒的一个,是当你叔父,佩斯理·戈利法官,宣布法庭休会,然后从法官席上开枪打死的兰·科尔特兰。戛尔维太太和我,俺们穷棒子白人,没人愿意跟俺结世仇,俺没钱,只有一家雨蛙蛤蟆。各处的有身份的人,戛尔维太太说,都有世仇。俺们没有身份,但只要能买到,俺们就尽量买下。'拿钱去,'戛尔维太太说,'买下戈利的世仇,瓜平货理地。'"

这位猎松鼠人伸直一条腿,占了屋子的一半距离,从口袋里掏出一卷钞票来,扔到桌子上。

"这儿是二百块钱,戈利先生;就是说被你糟蹋的那个世仇的公平价格。你是这半拉仇家唯一能把这仇继续下去的一位,可是你杀人的技能太差了。我把它从你手中接过来,他会把我和戛尔维太太的身份抬高,加入那些有地位的人。这儿是那笔钱。”

桌上那一小卷儿钱慢慢地舒展开来，扭动、跳抖着。戛尔维先生最后一段演说结束后，屋里一片寂静。法院小屋里扑克牌的噼啪声清晰可闻。戈利听得出来警察局局长刚赢了一盘，因为他每次赢了之后都会这样压低嗓门欢呼。那声波乘着热浪荡漾开来，飘过整个广场。戈利眉头上渗出汗珠。他弯下腰，从桌下拿出那柳藤编织的酒坛子，倒满了一玻璃杯酒。

“来点儿玉米烧酒，戛尔维先生？你一定是在开玩笑吧——就你刚才说的那事儿？你这可开辟了一个全新的市场，不是吗？谁买世仇，崭新的世仇，二百五到三百块！谁买世仇，稍有点儿破损的世仇，二百块！我想你说的就是这意思吧，戛尔维先生？”

戈利颇不自然地干笑了几声。

那山里人接过戈利递过来的杯子，将里面的威士忌一饮而尽，他那瞪着的眼睛连眼皮都没动一下。律师带着一脸羡慕的神色看着他那饮酒的本事。他给自己也倒了一杯，像个醉汉那样地大口大口地咕嘟下喉咙，那强烈的酒味让他直打战。

“两百块，”戛尔维重复道，“这儿是那笔钱”。

一股火气突然涌上戈利的脑袋。他一拳打在桌子上。一张钞票翻卷过来，碰到他的手。他像被什么东西蛰了似的将手缩了回去。

“你来我这儿，”他吼道，“真的就是为了提出这么一个滑稽可笑、侮蔑羞辱、愚不可及的建议？”

“这可是公平合理的。”猎松鼠人说，但他同时伸出手去，像是要把桌子上的钱拿回；这时戈利意识到他的愤慨并非出自自尊或对他人的气愤，而是出于知道自己将更深地陷入那为自己所展开的深渊而对自己生气。说时迟那时快，他已从一位义愤填膺的绅士变为一个急于推销自己货物的讨价还价之徒。

"别着急嘛,戛尔维。"他说着,脸涨得通红,声音含混不清,"我接受你的建——建——建议,不过两百块也太贱了点啦。一桩生——生意要买——买方和卖——卖方都满——满意才算好嘛。要我给你包——包装一下吗,戛尔维先生?"戛尔维站起身,抖开他的黑色绒面呢袍。"戛尔维太太会很高兴的。你应该公布这件事,说这已经是科尔特兰家和戛尔维家的世仇了。只要写张纸片儿,证明我们的交易就行了。戈利先生,你可是律师呀。"

戈利抓起一张纸和一支笔。那卷儿钱紧紧攥在他出汗的手心里。其他一切突然都似乎变得无足轻重了。

"销售合同,完全没问题。'权利、所有权,利益'等等,'永远担保并——'不行,戛尔维,我们必须把'维护'这个词删去。"戈利大笑道,"你必须自己来维护这个所有权"。

山里人接过律师递给他的这篇奇特的文牍,颇费周章地将其折叠好,然后小心翼翼地放进衣袋。

戈利正站在窗户旁边。"站过来",他竖起一个手指说道,"我给你指一下看你刚刚花钱买下的敌人。喏,就在街对面——"

山里人佝偻下自己瘦长的身躯,以便透过窗户向对方所指的方向望去。艾布纳·科尔特兰上校,一位大约五十岁上下,身板笔直,大腹便便的绅士,身着南方律师们非穿不可的长式双排扣礼服大衣,头戴旧的丝质高顶礼帽,正从广场对面的人行道上走过。戛尔维正看时,戈利瞥了一眼他的脸。如果说天下有"黄狼"这种东西的话,这里就是它的活样板。戛尔维低声咆哮着,他那双非人类的眼睛跟着那人影移动,露出一对琥珀色的,长长的犬牙。

"那就是他吗？嘿，就是他曾经把我送进监狱！"

"他曾经是地区检察官，"戈利不经意地说道，"而且，顺便提一句，他是个一流的枪手。"

"俺可以在一百码外射中松鼠的眼睛。"戛尔维说，"这么说他就是科尔特兰！看来俺这买卖做得比俺原来想的还要划算。俺要比你，戈利先生，强得多地了结这桩世仇！"

他向门前走去，但是踟蹰在门边，脸上露出一点茫然失措的神色。

"还有什么事吗？"戈利问道，一副浅薄的挖苦状。"还需要什么家族传统，祖宗鬼魂，还是壁橱里的骷髅架子？最低价贱卖啦！"

"还有样儿东西，"毫不为戈利的讥讽所动的猎松鼠人回答说，"戛尔维太太想要。对俺倒不像另一样东西那么重要，可是她想要，我也只好问一句，如果你也愿意的话。'付钱给他'，她说，'瓜平货理地买下。'在你们老屋子院儿里，那雪松下面，戈利先生，你知道的，有一片墓地。墓碑上都有名字的。戛尔维太太说家族墓地是上流社会最明确的标志。她说如果俺们买下世仇，就应该把另一样东西也一块堆儿买下。那些墓碑上的名字都是'戈利'，可是也可以把那些名字改成俺们的，只要——"

"滚！滚！"戈利尖叫道，脸色由青变紫，他两手十指如钩，颤抖地冲着山里人伸去，"滚，你这个盗尸鬼！连中——中国佬都知道要保护自己祖先的坟——坟墓。——滚！"

猎松鼠人灰溜溜地闪出房门，向他的四轮马车走去。当他翻过车轮上车时，戈利已经在飞快地将自己掉落在地上的钞票抓起。当马车调头离开时，那只羊，披着一身刚刚长起的毛，正失态地急匆匆地沿着后院的小径向法院奔去。

到早上三点钟，他们将他拖回自己的办公室，毛已然剪光，人亦失去知觉。警察局局长、运动经纪人、县府书记员和那同性恋律师四人抬着他，那"山谷里来的"面色煞白的男人也陪着过来。

"放到桌子上。"其中一个人说。其后他们就把他放平在那堆毫无营利作用的书本和文件中间。

"严西喝醉酒以后老想着一对骰子。"警察局局长叹口气，陷入沉思。

"喝得太多了。"同性恋律师说，"一个像他这样喝那么多酒的人完全不该拿扑克牌玩赌。不知他今晚输了多少？"

"差不多二百块。我只是奇怪他从哪儿弄来的这笔钱。严西身无分文已有一个多月了，据我所知。"

"他可能是拉到了一个客户吧。哎，咱们在天亮前都赶回家吧。他醒来后就没事了，只是可能觉得颅腔里像是有个蜂窝似的难受。"

那帮人在凌晨的朦胧中溜走了。凝视着境况凄惨的戈利的下一双眼睛是白日的太阳。它通过未拉上窗帘的窗户窥视进去，先在这酣睡者身上洒上一层淡淡的金色，但很快就在他那斑驳泛红的肌肤上倾倒上无孔不入的、白晃晃的夏日炙热。戈利动了一下，半睡半醒地，在那桌上的杂物书籍之中翻了个身，用脊背对着窗户。他这一翻身将一本厚重的法律书掀下桌子，重重地摔在了地上。他睁开眼，看到一位身着黑色礼服大衣、俯身面向他的男人。再向上看，他看到一顶磨旧了的丝绸高顶礼帽，礼帽下面是艾布纳·科尔特兰上校慈祥、光滑的脸庞。

上校还有点拿不准会有什么样的反应，于是等待着对方做出一点认同的表示。这两个家族的男性成员在过去二十年中从未平和地面对过对方。戈利的眼皮皱起,使劲用他模糊的眼神看清来人,然后他安详地笑了。

"你没把斯黛拉和露茜带来玩儿吗?"他平静地说。

"你认识我吗,严西?"科尔特兰问道。

"当然认识。你给我买过一个把儿上装着哨子的皮鞭子。"

他是买过——那是二十四年以前。当时严西的父亲是他最要好的朋友。

戈利的眼光在屋里搜寻一番。上校明白他找什么。"你躺着别动,我去给你弄些来。"他说。屋外后院里有个泵水井。戈利闭上眼,全神贯注地听着压水手柄的喀啦声,和水流的汩汩声。科尔特兰提回一大扎凉水,举到嘴边让他喝。戈利立刻坐了起来——一副极其可怜的样子——他的亚麻布夏装又脏又皱,他那丧失了信誉的脑袋头发蓬乱,摇摇晃晃。他试着向上校挥一下手。

"请……请原谅一切,可以吗?"他说,"我昨晚一定是喝了太多的威士忌,就把桌子当床睡了。"他的眉毛皱成一团问号。

"和那些小伙子们出去寻欢作乐了?"上校和蔼地问道。

"没有,我哪儿也没去。我过去两个月来身上一块钱也没有。我想,是那酒——坛子动的次数太多了,像往常一样。"

科尔特兰上校轻轻地拍拍他的肩膀。

"刚才,严西,"他开始说话,"你问我是不是带了斯黛拉和露茜来玩。当时你并未全醒,可能是又梦到了你童年小男孩的时候。现在你醒了,我想你应该听我说两句。斯黛拉和露茜让我来找她们童年的小伙伴,我也是来找我的老朋友的儿子。她们知道我会带你回家,你也会发现她们和以前一样地欢迎你。

我想让你在我家一直待到你又能自立为止,然后你愿待多长时间就再待多长时间。我们听说你混得不好,而且有很多诱惑让你走邪路。我们都觉得你应该再到我们家来玩一次。你能来吗,我的孩子?你能不能把我们家族之间那些陈芝麻烂谷子的麻烦事撇在一边,跟我到我们家去?"

"麻烦事?!"戈利说着,睁大了他的双眼。

"就我所知我们之间从来没有过麻烦事。我肯定我们一直是最好的朋友。可是,上校,我怎么能去你家呢?我是这么一个醉醺醺的可怜鬼、悲惨下贱的败家子、赌徒……"

他从桌子上歪倒进自己的沙发椅中,开始伤心地哭了起来,眼泪中包含着真诚的悔恨和羞愧。科尔特兰耐心地跟他讲道理,提醒他山里简单的娱乐曾经使他多么快乐,并且反复强调他的邀请是如何的诚心诚意。

最终,他告诉戈利他确实需要他在工程和运输方面的帮助以便把大量砍伐下的树木从高山上运到水运码头。他知道戈利曾为此有过一种发明创造——一系列的滑道和溜槽——他自己也曾为之当之无愧地颇为自豪过。这一点终于说服了戈利。这个可怜的家伙立刻蹦了起来,为自己能对任何人有用而激动。他拿出纸铺在桌上,迅速但也颤抖地让人可怜地在纸上画着示意图,以表示自己可以怎么做,准备怎么做。

这个人对自己的一无是处已腻烦到顶,他那浪子的心又一次向山里面转去。可他的心志却还奇怪地堵塞着。他的思维能力和记忆力则一个接一个地回到他的脑子里来,就像海上大风暴时回巢的信鸽那样。然而科尔特兰对于眼前取得的成绩已是相当满足。

伯太尔镇里的居民们当天下午在看到一位科尔特兰家族的

成员和一位戈利家族的成员一同友善地骑着马穿过小镇时，着实吃了一惊。他俩肩并着肩，在灰尘飞扬的街道和目瞪口呆的镇民中间穿过，下行跨过山溪上的小桥，上行向山里走去。那个败家子已然刷过牙，洗过脸，梳过头，看上去体面多了，但骑在马上仍显不稳。他似乎深深地沉浸在对某个令人烦恼的问题的思考之中。科尔特兰不想打扰他的心境，希望靠着周围环境改变的影响来恢复他内心的平衡。

突然，戈利被一阵激烈的痉挛攫住，几乎倒了下去。他不得不下马在路边休息一会儿。上校早已预见到了这种情形，为这趟旅行准备了一小壶威士忌酒。但当他把酒递给戈利时，戈利几乎以暴烈的态度拒绝了他，宣称自己今后永远也不碰酒了。他逐渐恢复了常态，安静地向前走了一两英里。然后他突然勒住马缰绳说道：

"我昨儿晚上输了二百块钱，跟他们玩扑克牌的时候。但是，我从哪儿来的钱呢?"

"放松一点吧，严西。山里的空气很快就会把事情弄清的。我们要做的第一件事就是去钓鱼，到尖顶瀑布去钓。那儿的鳟鱼多得就像牛蛙一样往出蹦。我们带着斯黛拉和露茜一道去，在鹰岩上吃野餐。你忘记了用山核桃木烤出的火腿做成的三明治对一个饿坏了的钓鱼者来讲是什么味道吗，严西?"

显然上校并不相信有关他输掉一大笔钱的故事，于是戈利又一次安静下来，陷入郁闷的沉思之中。

到下午晚些时候，他们已将伯太尔镇和罗莱尔村之间十二英里的路程走完了十英里。再有半英里到罗莱尔时就是戈利家的老屋;出村再向远处走一、两英里是科尔特兰家的住房。这里的道路变得陡峭吃力，但它两旁的许多东西也使这行路者获得点补偿。林中倾斜的小径里到处是落叶、鸟类和鲜花。滋养宜人的空气让那些开药方子的感到羞愧。林间空地的暗处是苔藓斑驳的阴影,亮处则是从蕨类和月桂树间闪烁流出的潺潺小溪。向下透过近处植被的间隙,他们可以看到远处山谷里乳白色薄雾勾勒出的令人心醉神迷的图画。

科尔特兰很高兴地看到他的旅伴已被这山峦和丛林的魔力所俘获。这会儿他们别无选择,必须沿着画师崖的底部边缘走,穿过老人溪,翻过其后的小山,然后戈利就不得不直面其已被挥霍殆尽的祖先老屋。他们走过的每一块岩石,每一棵树,每一英尺小路,他都熟悉得很。尽管此前他已忘掉了这里的树林,但他们就像"甜蜜的家"那首歌的音乐一样使他欣喜若狂,激动不已。

他们绕过山崖,下行走到老人溪,在那儿待了一会儿,让马在那湍急的溪流中饮水、嬉戏。右边是一个围栏,在那里折弯沿着道路和溪流远去。围栏里面是老家院子里的苹果园;而那栋房子则隐身于陡峭山崖的背后。里面,沿着围栏,美洲商陆果、接骨木、美洲黄樟、漆树等长得又高又密。从那些树木之间传来一阵沙沙声,戈利和科尔特兰抬眼望去,只见围栏上露出一张奇长、泛黄、豺狼一般的脸,脸上一双苍白、毫不眨动的眼睛盯着他们。那脑袋很快就消失了,树丛剧烈地摇动着,一个笨拙的身躯穿过苹果园,在树木中间左右躲闪着,向老房子的方向跑去。

"那是戛尔维,"科尔特兰说,"就是你把一切都贱卖给了他的那人。他毫无疑问是个神经挺不正常的人。有一次,好几年前了,我不得不因酿私酒把他抓进监狱,尽管我相信他负不了那个责任。怎么了? 发生什么事了,严西?"

戈利擦着自己的前额,脸上全然失色。"我看着也很奇怪吗?"他问道,试图装出笑容来,"我刚刚又记起了几件事,"他脑袋里的酒精已挥发掉了一些,"现在我记起来我从哪里得到那二百块钱了。"

"别想那些事,"科尔特兰兴致勃勃地说,"回头我们俩一块把这事整个儿搞清。"

他们策马走出小溪,来到山脚下时,戈利又停了下来。

"你以前没觉得我是个虚荣心很强的家伙吗,上校?"他问道。"对自己的外表自豪到了愚蠢的地步?"

上校的眼睛尽量不去看那身沾满污垢,皱巴巴的亚麻西装和那褪了色的阔边毡帽。

"在我看来,"他回答着,满腹狐疑,但又力图迎合他,"我记得一个二十岁上下的精壮小伙子,穿着不能再紧的上衣,留着不能再光亮的头发,骑着兰岭一带跳得最欢的驯马。"

"对极了,"戈利急切地说,"我心里仍是那样,尽管在表面上看不出来。知道吗,我现在仍像一只公火鸡那样充满虚荣心,像坠落前的撒旦之星一样傲慢。我想求您纵容一下我这个弱点,帮我一个小忙。"

"说出来吧,严西。我们可以授予你劳莱尔村公爵和兰岭男爵的称号,如果你愿意的话;你还可以从斯黛拉养的那只孔雀尾巴上拔一根羽毛下来插在你的帽子上。"

"我不是开玩笑的。过几分钟我们就会路过山坡上的那栋房子——我的出生地,也是我们家族住了近一个世纪的地方。如今住在里面的是陌生人——再看看我! 我待会就得向他们展示我这衣衫褴褛、贫困潦倒的浪荡子、乞丐! 科尔特兰上校,这太让我羞耻了。我想请您允许我穿上您的大衣,戴上您的帽子,直到他们看不见为止。我知道您觉得这是一种愚蠢的自傲,但我确实想在经过老屋时尽可能地表现得好一点。"

"嘿,这是什么意思?"科尔特兰自言自语地说道,看着自己旅伴清醒、正常的样子和平静的动作,想着他那蹊跷怪异的要求。但他已经欣然同意,并开始解大衣的扣子,就好像这不情之请一点儿也不奇怪一样。

大衣和帽子都挺合戈利的身。他扣上大衣扣子,脸上显出一副满意和尊严的神气。他和科尔特兰身材相仿——两人都相当高大、肥胖、身板儿笔直。两人相差二十五岁,但看上去却像是兄弟俩一样。戈利看上去很显老,脸庞臃肿,布满皱纹;上校的皮肤却因节制饮酒而光滑、鲜亮。他穿上戈利那件不像样的旧亚麻布西装上衣,戴上他那顶褪了色的阔边毡帽。

"好吧,"戈利拉起缰绳,说道,"我已经弄好了。我们从那老屋经过时,我想让你跟在我后面大约十英尺的地方。上校,这样他们就能仔细地看看我。他们应该看到,我还没过气呢,还早着呢。我想不管怎么着,我应该再一次向他们好好地显示一下。咱们走吧。"

他轻快地策马向山上奔去,上校按他的要求跟在后面。

戈利笔直地坐在马鞍里,昂首挺胸。但他的眼睛却瞄着右边,仔细地搜索着老屋宅院里的每一株灌木丛,每一片篱笆和每一个藏身之处。有一阵他禁不住自言自语地嘟囔道:"那疯狂的傻瓜会试一下吗?还是我自己在梦中凑出了这一半故事?"

到了家族小墓地的对面时,他终于看到了自己一直在寻找的东西——一股白烟,从一个角落那茂密的雪松中喷出。他慢慢地向左边倒下,科尔特兰策马赶上来,用一只胳膊抓住了他。

那猎松鼠人并没有就自己的枪法吹牛。他的子弹击中了他想要击中的地方,也是戈利觉得他会击中的地方——穿透了艾布纳·科尔特兰上校黑色礼服呢大衣的胸口。

戈利重重地靠在科尔特兰的身上，但却没有倒下。两匹马肩并肩保持着原先的步伐，上校的臂膀将他的身体支撑得稳稳的。劳莱尔村的那栋小白房子隐隐约约地闪现在半英里以外的树丛之间。戈利伸出一只手，摸索着，直摸到科尔特兰抓着他的缰绳的手指头才停下来。

"好朋友。"他说道。这也是他所说的一切。

这就是当严西·戈利骑马经过他的祖屋时，以他自己的力量，如果把其他所有相关因素考虑在内的话，所能做得最好的表演。

高西庆 译

牧场的波皮普夫人

"爱伦姨妈,"奥克塔薇亚神采飞扬地说着,一边把她那黑色小羊羔皮手套小心地向飘窗上那只威严肃穆的波斯猫身上扔去。"我是个穷光蛋。"

"你说话是那么极端,奥克塔薇亚,亲爱的,"爱伦姨妈温和地说道,眼睛从报纸上抬起来,"如果你发现自己临时缺点零花钱买糖果的话,喏,我的钱包就在写字台的抽屉里。"

奥克塔薇亚·博普雷摘下帽子,坐到她姨妈座椅旁的一个脚凳上,两手交叉握着放在膝盖上。她纤细柔软的身躯上穿着一身时髦的丧服,即使在这样一个别扭的姿势下也仍显得轻松、优雅。她那光彩照人、青春焕发的脸庞和那双光芒四射、为生活所慕恋的眼睛,努力地迫使自己严肃起来,以符合眼下形势的要求。

"好姨妈,这可不是糖果的问题,而是凄惨、触目、丑陋的贫困,穿批量生产的成衣,戴浸过汽油的手套,吃大概一点钟才能吃的主餐,这些全都是迫在眉睫的了。我刚从我的律师那儿来,姨妈。我要说,'行行好吧,夫人。俺穷得叮当响,啥也没有。买花吗,女士? 锁扣眼吗,先生? 买几根铅笔吧,老板,三分钱五枝,帮帮我这贫穷可怜的寡妇吧!'……我戏演得不错吧,姨妈,要不用作一个养家糊口的技能,我在演讲术课上学的东西不全都浪费了吗?"

"你可别乱开玩笑,亲爱的。"爱伦姨妈说着,手上的报纸滑落到地板上,"你已经说够了你想说的。博普雷上校的家产——"

"博普雷上校的家产——"奥克塔薇亚打断她的话,以戏剧化的手势强化她的语气,"就如西班牙城堡建筑一般毫无价值。博普雷上校的资源——如轻风般扬去。博普雷上校的股票——如秋水般消逝。博普雷上校的收入——全已消耗殆尽。我的说法缺少我刚才被灌了一小时的法律术语般的严谨,但如果翻译过来也不过就是那么个意思。"

"奥克塔薇亚!"爱伦姨妈这时已显然被惊愕攫住,"我可不相信。我印象里他可是身价百万之人。而且他也是德·佩斯特家里的人自己介绍的呀!"

奥克塔薇亚咯咯地笑出了声,不过马上又颇合时宜地严肃起来。

"De mortuis nil①,姨妈——甚至连剩下的东西都分文不值。那宝贝上校——说到底,竟不过是个虚有其表的赝品而已!不过我为这货色付出的价钱也还算公平——我毫发无损地坐在这儿,不是吗? ——货名:眼睛、手指头、脚指头、年轻、世家、在社会上不容置疑的地位,都如合同中所列——这可不是垃圾股票。"奥克塔薇亚从地板上捡起早报,接着说,"不过我可不打算'尖叫'——那不是人家形容你在赌输时抱怨命运女神的说法吗?"她平静地翻阅着报纸,一边念道:

"'股市版'——毫无用途;'社交活动版'——已经用不着

---

① De mortuis nil,拉丁语,死者身无长物。

了;到了我要看的版页了——'希望栏'①。一个范·德莱瑟家族的成员当然不可说'需求'任何东西啦。女仆,厨子,销售员,速记员——"

"亲爱的,"爱伦姨妈说道,声音里带着一丝颤抖,"请千万不要这么讲。即使你的情况真的如此糟糕,我这儿还有三千——"

奥克塔薇亚轻快地蹦起来,在这古板矜持的小老太太娇嫩的脸颊上狠狠亲了一口。

"上帝祝福您,姨妈。您那三千块钱刚够让您买不掺柳树叶子的熙春茶,让您的波斯猫能搽上消过毒的毛皮油而已。我知道您不会撵我走,但我宁愿像魔鬼②那样一跌到底,也不愿像佩里③那样赖在那儿,从边门听音乐。我只想自谋生计,其他一切都不做。我是一个——噢、噢、噢!——我差点儿忘记了:从那沉船里救出了一样东西。那是一个畜栏,一个牧场,是在——让我想想——得克萨斯州;亲爱的老班内斯特先生把它叫作一笔资产。当他给我看这个可以说成是'未经抵押'出去的东西时,他是那么高兴! 他硬逼着我从他办公室带走的那摞愚蠢的文件里有这东西的说明。我得把它找出来。"

奥克塔薇亚找到她的购物袋,从里面抽出一个塞满了打印文件的长信封。

"一个得克萨斯州的牧场,"爱伦姨妈叹口气,"对我来说,听着更像是笔债务而不是资产。那地方能找得到的不就是百足虫,牛仔,和跳方丹戈舞吗?"

---

① "希望栏",报纸的求职栏,奥克塔薇亚故意说成这样。
② 魔鬼,弥尔顿《失乐园》中所描写的魔鬼。
③ 佩里,波斯神话中堕落天使的后代。

"'桑布拉斯牧场'"，奥克塔薇亚拿出一张用大紫色打印出的文件念道，"位于圣安东尼奥东南方一百一十英里，离它最近的火车站诺帕尔三十八英里之外，地图坐标上的 I 和 G、N 地块上。牧场包括七千六百八十英亩良好的水浇地，有州政府特许的所有权；二十二个区，或是一万四千零八十英亩，其中一部分为逐年续签的租约，另一部分根据州政府的二十年购买法买下。八千只良种美利诺羊，以及必要的配备如马匹、车辆和牧场的常用物品、设备。牧场住房为砖结构，六间屋，均有按当地气候条件所配备的舒适的家具。以上全部围在一圈结实的铁丝网围栏内。

"现职的牧场经理似乎是称职且可靠的。他正迅速地将一个在其他人手中被忽略和渎职的产业扭亏为盈。"

"这宗地产是博普雷上校在与一个西部灌溉辛迪加的交易中买下的，其所有权看上去是无瑕疵的。如果谨慎地管理，再加上土地的自然升值，它应可成为其所有者积聚一笔可观财富的基础。"

奥克塔薇亚念完后，爱伦姨妈嗓子眼儿里发出一声她的教养所能允许的近似于嘲讽的声音。

"这篇情况简介，"她以城里人的那种坚定的怀疑口吻说道，"并没有提到百足虫，或是印第安人。而且你从来就不喜欢吃羊肉，奥克塔薇亚。我看不出来你从这片——沙漠中——能得到什么好处。"

可这时奥克塔薇亚已沉浸在一片憧憬之中。她的眼睛呆呆地看着远处什么地方，她的嘴唇张开着，脸庞被那探索者熊熊燃起的狂热和冒险家充满热情的焦虑所点亮。

她突然欢欣鼓舞地拍了一下手。"这问题已迎刃而解，姨妈,"她大声嚷嚷道,"我要去那个牧场。我要去住在那儿。我要学会喜欢吃羊肉,甚至学会欣赏百足虫的优点——当然是保持敬而远之的距离啦。这正是我所需要的。这是我旧的生活方式正在结束之时适时而至的一个全新的生活方式。它是一种解脱,姨妈;它并不是凑合的勉强度日。想象一下在那广袤无际的大草原上纵马驰骋,风儿强劲地搜动你的发根,与大地如此地亲近,并再一次学会那些春风野草和那些无名野花的故事! 那将是何等的荣光! 我是做一个牧羊女,头戴花边圆顶帽,手持驱赶狼群的弯柄杖,还是做一个典型的西部农村姑娘,蓄短发,就像周日版报纸上的照片那样? 我想后者可能更好一点。他们也会来给我拍照的,还要照上那被我亲手杀死、吊在马鞍头上的野猫。他们会在报纸头版上写:"从四百里洋场——到羊群中间"。他们还会把范·德莱瑟家的老宫殿和我结婚的那个教堂的照片也登上。他们照不到我的照片,但他们会找个画家画一张,画的既野性又粗犷。我也会自己养羊剪羊毛的。"

"奥克塔薇亚!"爱伦姨妈将她所有欲言又止的异议全都压缩在这一声里。

"一句话都别说,姨妈。我肯定要去。我要去看那像黄油盘的盖子一样笼罩四野的夜空,我要重新与那些自从流鼻涕的孩提时代就再未能与之聊天的星星们做朋友。我就是想去。我对目前的一切已经腻透了。身无分文真让我高兴。我可以为了那个牧场而感谢博普雷上校,而且原谅他所有的西洋镜。那里的生活既艰苦又寂寞又怎么样呢? 我——我活该倒霉。我的心灵之窗对其他一切都已关闭,唯独只剩下那可怜的雄心壮志。我——啊,我渴望远远地离开这里,把一切都遗忘——遗忘!"

奥克塔薇亚突然转身跪下,涨红的脸埋在姨妈的膝盖上,因为抽泣而剧烈地抖动起来。

爱伦姨妈俯下身,轻抚着她铜褐色的头发。

"我当时不认识,"她和蔼地说道,"我当时不认识——那个,那个谁来着,亲爱的?"

当奥克塔薇亚·博普雷,娘家姓范·德莱瑟,在诺帕尔车站走下火车时,她的举止,至少是暂时地,失去了一点平时总是伴随着她的那种从容大方的自信。这个小镇是新近建起来的,看上去似乎是用些未经雕饰的原木和没捆绑结实而噼啪作响的帆布匆忙搭建起来的。

在火车站周围聚集起的那些分子,尽管没有明显到让人厌恶的地步,但确可看出是由那些对粗鲁行为习以为常且随时准备予以还击的居民们组成的。

奥克塔薇亚站在月台上,背靠电话局,试图根据自己的直觉,从那群大摇大摆、吊儿郎当、乱乱哄哄川流不息的人群中,找出桑布拉斯牧场的经理来。班内司特先生已通知他来接她。那个个子高高,一脸严肃,身着法兰绒衬衫、扎白色领带的老年男人一定是了,她觉得。可是不对。他从身边走了过去,眼光按照南方的习俗从这位也在盯着他看的女士身上移开。这位经理,她想,对于不得不等在这儿感到些许不耐烦,应该不难在这帮人里找到她。在诺帕尔镇上穿着最为时髦的灰色旅行西装的年轻女人应该不多吧!

奥克塔薇亚就这样猜度着注视着所有可能是经理类型的路人们时,突然因大吃一惊而倒吸了一口气:因为她看到泰迪·威斯特雷克正冲着火车的方向沿月台跑了过来——泰迪·威斯特雷克或是他的被太阳晒黑了的幽灵,身着啥咪呢西服、皮靴和皮边帽——小西奥多·威斯特雷克,业余马球(几乎是)冠军,名闻遐迩、无所不能的纨绔子兼捣乱鬼;但眼前这个泰迪比起她一年多以前最后一次见到的他来,肩膀更宽,轮廓更突出,更有自信,也更为果断。他几乎也同时认出了奥克塔薇亚。他转身以他惯有的直截了当的风格径直向她走来。当他奇怪的变形离她很近时,一股类似肃然起敬的感觉笼罩了她:他那深红赭色的皮肤将他那草黄色的唇须和钢灰色的眼睛衬托得极为生动。他看上去似乎更为成熟,但多多少少地,也使人觉得更有距离感。可是当他开口说话时,又显现出了从前那个有点孩子气的泰迪。他俩从孩提时代就是朋友。

"我的天,塔薇①!"他大叫出声,简直无法用完整的语言来表达自己的惊讶之情,"怎么来的——什么理由——什么时候——去哪里?""火车,"奥克塔薇亚说道;"命运;十分钟以前;家。你的肤色全变了,泰迪。该你了:怎么来的——什么理由——什么时候——去哪里?"

"我在这地方工作。"泰迪一边说着,一边用眼角注视着火车站各处,正像一个努力将礼貌与职责结合起来的人要做的那样。

"你在火车上有没有注意到,"他问道,"一位满头灰色卷发,带着一只卷毛狗,行李占了两个人的位子,而且一直和列车长吵架的老太太?"

"我想没有,"奥克塔薇亚若有所思地回答道,"那么你是否恰巧注意到一个身材高大,唇须灰白,身着蓝色衬衣,腰挎左轮手枪,头发上沾着零星美利诺羊毛的男人?"

"这样的人太多了。"泰迪说道,显出因为顾虑不安而产生的精神谵妄的各种症候,"你真的不碰巧认识这么一个人吗?"

---

① 塔薇,奥克塔薇亚的昵称。

"不认识。你的描述像是个虚构的人。你对你所描述的这位老太太的兴趣有什么个人的原因吗？"

"我这辈子从未见过她。完全是我根据想象所描绘出来的。她是我挣钱吃饭的那片牧场的所有者，牧场的名字是桑布拉斯。我是按照她的律师的要求赶车过来接她的。"

奥克塔薇亚靠在了电报局的墙上。这可能吗？难道他不知道？

"你是那个牧场的经理吗？"她的声音低弱地问道。

"是的。"泰迪说着，声音中透着自豪。

"我是博普雷太太，"奥克塔薇亚微弱地说道，"但我从不卷头发，我对列车长也很有礼貌。"

有那么一小会儿，那股陌生的、成年人的表情又回到泰迪脸上，一下子拉大了两人间的距离。

"希望你能原谅我，"他颇为难堪地说，"你知道，我在这满目荆棘的地方已经待了一年。一点儿也没听说。请把你的行李票给我，我去把你的行李装上马车。荷塞会押着行李车走，咱俩先乘平板马车回去。"

奥克塔薇亚坐在泰迪身边，乘着一辆轻便的平板马车，车前是两匹活蹦乱跳的米色西班牙马驹。这时她忘掉了一切，一心享受着眼前的兴奋之情。他们冲出小镇，沿着一条平坦的道路向南疾驶而去。很快，那条道路缩小、消失了，他们的马车驶上一片漫无边际、如地毯一般卷曲的牧豆树草。车轮悄无声息地转动着。两匹不知疲倦的马驹毫不停顿地向前狂奔。和风中洋溢着数千顷蓝色、黄色野花的清香，在人身边呼呼作响，令人心旷神怡。车子的晃动让人感到如在梦幻中飘行，令人心醉神迷，宛若行驶在永恒之中。奥克塔薇亚静静地坐着，着魔似的沉浸于那种原始的、感官的狂喜之中。泰迪则像是被内心的某种难题困扰而苦恼着。

"我将称呼您为夫人,"经过一阵搜肠刮肚的思索之后,他开口宣布,"那些墨西哥人将会这么称呼你的。牧场里的人几乎全是墨西哥人,知道吧。我觉得好像这么做比较合时宜。"

"很好,威斯特雷克先生。"奥克塔薇亚一本正经地答道。

"哎哎,"泰迪神态狼狈地说,"这不是弄得太离谱了吗?"

"少拿你那套让人讨厌的规矩烦我吧。我的生活才刚刚开始。别让我想起任何矫揉造作、假模假式的东西吧。我要是能把这里的空气装在瓶子里存起来该有多好!光凭这一点就值得来这儿。啊,快看,那儿跑过了一只鹿!"

"是长角的长耳大野兔。"泰迪头也不转地说。

"是否——能不能让我来赶一下车?"奥克塔薇亚试探着问道,呼吸急促,脸颊如玫瑰花般鲜红,眼睛像孩子般热切。

"可以,但有一个条件。我能否——能不能抽根烟?"

"随你的便!"奥克塔薇亚大叫道,一边充满欣喜地将马缰绳抓了过来,"我怎么确定往哪个方向赶车?"

"只要冲着南方稍偏东南一点,一直走就行。你看到远处地平线上最低一片墨西哥湾区云彩下方的那个小黑点吗?那是一簇弗吉尼亚栎树,也是一个路标。你朝着那簇栎树和左边那座小山丘中间走就对了。我可以给你背诵在得克萨斯大草原上赶马车的全套规则:别让缰绳绊住马腿,别停止冲着马咒骂。"

"我太高兴了,怎么可以咒骂呢?泰迪。啊,人们为什么要买游艇,或者坐在豪华的马车中旅行呢?一辆平板马车,一对温良的老马,加上一个像这个样子的春日清晨,不就可以满足所有的欲望了吗?"

"现在我必须要求你，"泰迪发出了抗议，这时他正在一根接一根地在马车前板上划火柴，但总也划不着，"不要把这些健步如飞的千里马说成是温良的老马。它们从拂晓到黄昏一天就可以跑出一百英里的路程。"他把划着的火柴捂在手掌心里，终于点燃了他的雪茄烟。

"空间!"奥克塔薇亚热切地叫道，"那就是产生这种效果的原因。我现在知道我一直想要的是什么了——范围——场——空间!"

"抽烟的空间，"泰迪全然无动于衷地说道，"我就喜欢在平板马车上抽烟。风把烟吹进你的身体，然后又吹出来。省了你吸的劲。"

两人非常自然地落回到了他们旧时的好伙伴关系。目前两人间那种新的关系所产生的生疏感只是稍稍地能感觉到而已。

"夫人，"泰迪犹犹豫豫地问道，"到底是什么东西让你毅然舍弃那边的社交圈子而来到这个地方？是不是眼下上流社会的人们时兴跑到牧羊农场去住而不去纽波特港①了?"

"我破产了，泰迪，"奥克塔薇亚甜甜地说道。她的兴趣完全集中在小心地驾驶马车从一株西班牙凤尾兰和一簇荆棘之间驶过。"我除了这个牧场外在这个世界上已然是一无所有了。甚至在别的任何一个地方我都是无家可归的了。"

"得了吧，"泰迪焦急却又满腹狐疑地问道，"你不是开玩笑吧?"

"当我丈夫"，奥克塔薇亚不好意思地把"丈夫"这个词说得含糊不清，"三个月前死去的时候，我还以为我在这个世界上尚

---

① 纽波特，罗得岛州的港口城市，纽约的富人多有在那里置房地产者。

拥有一笔说得过去的财富。他的律师只用了六十分钟时间详细地向我说明，就将我那个想法彻底地粉碎了。我来到羊群中间是我的唯一选择。你会不会碰巧知道在曼哈顿那些富家子弟中间产生了什么突发奇想，引得那些人放弃了马球和俱乐部会所的窗明几净而去做牧羊农场的经理吗？"

"我的情况很好解释，"泰迪马上回答道，"我不得不工作。我在纽约挣不够饭钱，于是我替老桑德福干了一阵。桑德福原来是拥有这个牧场的辛迪加中的一员，后来博普雷上校买下了它。那时我从桑德福那里找到这份工作。开始时我并不是经理。我骑着马到处转悠，把这里的业务研究得精熟，把所有的细节都牢牢记住。我弄清楚了这里为什么亏损，也弄明白了该怎么补救。然后桑德福就让我做了头儿。我一个月工资一百块，是我出力气挣来的。"

"可怜的泰迪！"奥克塔薇亚说着，莞尔一笑。

"你用不着可怜我。我喜欢这工作。我把省下的一半工资存起来，我仍像水堵头一样坚硬结实。这比马球棒多了。"

"这工作能给另一个遭到文明社会遗弃的人提供面包、茶点和果酱吗？"

"春天是剪羊毛的季节，"经理说，"正好把去年生意中的亏空补齐。在此之前浪费和疏于管理是这里的通例。秋天剪羊毛季在扣除所有费用后应该还能留下一小笔利润。明年就有果酱吃了。"

大约下午四点钟的时候，两匹马驹绕过一个灌木覆盖的平缓的小丘，猛地，就像两股米色的旋风似的，向着桑布拉斯牧场冲去。奥克塔薇亚禁不住兴奋地喊出了声。一片气派十足、雍容华贵、郁郁葱葱的弗吉尼亚栎树林投下一大块及时、凉爽的阴影,于是才有了这牧场的名字"桑布拉斯",也就是西班牙语里的"阴影"。牧场的房子,红砖砌成的一排平房,在大树下显得低矮、细长。在平房的中间,延伸出一条被花开茂盛的仙人掌和随处悬挂着的小红土罐装点得如诗如画的拱形的宽阔通道,将平房的六间屋子一分为二。一圈低矮、宽阔的"长廊"将整个房子环绕一周,长廊上爬满常青藤;旁边的一块土地被移植来的草皮和灌木所覆盖。后院一个又细又长的小湖,在太阳照耀下波光粼粼。再远处,是墨西哥工人住的工棚,牲口栏,羊毛棚和剪毛隔断等。右边是低矮的丘陵,星星点点地覆盖着一片片深色的荆棘丛;左边是一望无垠的绿色大草原,渐行渐远地与蓝色的天空化为一体。

"这是我的家,泰迪,"奥克塔薇亚说着,激动地喘不上气来,"就是这么回事——这是我的家。"

"作为一个牧场来说是不坏,"泰迪承认道,话音中带着外人可以理解的自豪感,"我只要有空了就整整它。"

一个墨西哥小伙子从草丛里的什么地方蹦了出来,接过二匹米色的马驹。女主人和经理走进屋里。

"这是麦金太尔太太,"泰迪说着,一位心气平和、服饰整洁的老妇人从屋里走出来到走廊里迎接他们,"麦克太太①,这是我们的老板。她旅途劳顿后很可能会需要一大块咸熏肉和一碗豆子汤。"

麦金太尔太太是这里的女管家,就像周围的湖泊和弗吉尼亚栎树一样已与这里融为一体。她听到对牧场茶点的讽刺抱怨后小有不快,正准备反唇相讥时,奥克塔薇亚开口了。

---

① 麦克太太,麦金太尔的昵称。

"嘿,麦金太尔太太,不必替泰迪道歉吧。是的,我管他叫泰迪。所有没被他骗得把他当真的人都这么叫他。你知道吗? 好多年前,我们曾经一块儿剪纸人儿,玩挑麦秆游戏呢。谁也不把他的话当真。"

"对,"泰迪说,"谁也不把他的话当真,这样他就不会再那么说了。"

奥克塔薇亚从她低垂的眼睑后面斜着投给他微细的、难以琢磨的一瞥——是那种曾被泰迪称为上钩拳的一瞥。但从他那因饱经日晒而黝黑的聪明睿智的脸庞上却一点也看不出他对这一点的任何反应——一点也没有。毫无疑问,奥克塔薇亚暗自思忖,他已经忘记了。

"威斯特雷克先生喜欢开玩笑,"麦金太尔太太一边说着,一边带着奥克塔薇亚去她的房间,"但是,"她紧跟着显示出自己的忠诚,"这儿的人们通常对他认真说出来的话是很当回事儿的。真不知道这个地方要是没了他会变成什么样子!"

房子东头的两间屋子已经为牧场的女主人准备好了。当她刚走进屋里时,光秃的四壁和简陋的陈设使她感到一股轻微的沮丧;但她很快就意识到这里是半热带的气候,注意到那为使她适应于这里的气候而做出的颇具匠心的努力并为之感动。大窗户上的推拉窗已经被卸掉,白色的窗帘在穿过宽片百叶窗吹拂的墨西哥湾区的习习海风中摇曳。

地板上随意地散放着几个冷色调的小地毯;椅子用梦幻般诱人的深色柳木制成;墙上贴着令人愉快的淡橄榄色的墙纸。她的起居室的一整面墙全是摆放在一排排未上漆的光滑的松木板架子上的书籍。她立即向那满架的书籍扑去。呈现在她面前的是一个经过精心挑选的图书馆。她注意到其中一些小说和游记的名字,应该是付梓不久,连印刷机上的油墨且尚未阴干。

她立刻意识到自己是在一个充满膻羊肉、百足虫和物质匮乏的蛮荒之地,这些奢侈品与此地此景极度的不协调使她内心震动。出于女性本能的疑心,她开始一本本地翻开书的扉页。在每本书的扉页上都流畅地签着小西奥多·威斯特雷克的名字。

奥克塔薇亚经过长途跋涉,旅途劳顿,当晚早早地睡了。她舒舒服服地躺在洁白、凉爽的床榻上,想要睡得昏天黑地。但睡神却一直与她嬉戏,不让她安稳地睡去。她耳朵里总是隐隐约约地鸣响着各种噪音,那些奇怪的声音让她的感官一直处于警觉的状态——那郊狼暴躁、倔强的吠叫声,那永不停息的风的低沉的交响乐声,远处湖边群蛙轰鸣的聒噪声,墨西哥人居住区一部六角手风琴拉奏出的悲怆凄凉的曲调声。她心中充溢着各种感情的冲突——感激和反抗,平静和躁动,孤独和一种被呵护感,幸福和一种萦绕心头挥之不去的旧日的痛。

她所做的就像其他任何女人在这种情况下也会做的那样——从一掬毫无理由、但却如泉涌般的泪水中寻求解脱。在最终放弃抵抗沉沉睡去之前,她柔声细气地嘟囔着劝导自己:"他已经忘记了。"

桑布拉斯牧场的经理可不是个浅尝辄止的二混子。相反,他是个极有进取心的催命鬼。他早上通常在整个牧场仍在睡梦中时就已经起了床,骑上马,在牲口群和牧场各处的营地转上一圈了。这本来是男管家的职责,那是一位有着王子般做派和礼貌的稳重的老年墨西哥人。但泰迪似乎更相信自己的眼力。除了在大忙季节,他几乎总是在八点钟回到牧场,同奥克塔薇亚和麦金太尔夫人一起,在中央门厅里的小桌子上共进早餐,随身带来充满大草原上的健康和香味,让人陶醉的如沐春风,如饮甘醇般的愉悦心情。

奥克塔薇亚来后没几天他就让她脱下她的骑装裙裤,剪短到可以从荆棘丛中闯过的尺寸。

她不甚情愿地穿上这种短裙,再围上他为她定做的鹿皮腿套,骑上一匹活蹦乱跳的小马驹,和他一起去视察她的家产。他把这里的一切一一向她介绍——母羊、肉羊和正在吃草的小羊羔,药浴大缸,剪羊毛隔断,在它们各自的小片草地上圈着的粗野的美利诺公羊,为防止夏日干旱而备的水箱——以一种从不知疲惫的孩子般的热情向她展示他在这里的管理工作。

从前那个她如此熟识的泰迪跑到哪儿去了?他现在向她显示出的这一面与以前一样,这,也是以前让她心仪的一面;但如今这却是她所能够看到的全部了。他的多愁善感跑哪儿去了呢?——以前那些朝三暮四的情绪变化,一会儿是鲁莽的求爱,一会儿是沉湎于空想的唐·吉诃德式的献身,一会儿是柔肠寸断的抑郁,一会儿是在几近荒唐的温柔和拒人于千里之外的孤傲间交替转换。他的本性一直很敏感易伤,他的气质与艺术家的气质十分接近。她知道,除了追求时尚、流行的热闹玩意儿和运动之外,他也为自己培养出了更为高雅的格调。他曾从事写作,亦曾染指丹青;他曾对某个美术分支颇有研究,而她亦曾获准踏入他所有灵感和思绪的殿堂。可是如今——她不可避免地得出的结论是,泰迪已经对她筑起了森严的壁垒,将自己所有的各个方面都严密地深藏其中,只剩下唯一的一面显露给她——即桑布拉斯牧场的经理,一个愉快有趣的哥们儿,原谅一切,也淡忘了一切。奇怪的是,班内斯特先生用来形容她的家产时用过的一句话浮上她的心头——"所有这一切都被一圈牢固的带刺铁丝网围了起来。"

"泰迪也被围了起来。"奥克塔薇亚自言自语道。

对她来说,为他的森严壁垒找出理由来并非难事。这事的根源是在一天晚上的矿工舞会上。那是在她已经决定接受博普雷上校的求婚和他的百万家产之后不久——她的美貌和她所能引导进入的上流社会("圈子里")一点也不比那百万家产的价值低——泰迪以他所有的鲁莽和火焰般的热情向她求婚,她则直瞪着他的双眼,冷冷地,不容改变地说:"永远不要让我再从你那里听到任何一句这样的胡言乱语了。""你再也不会听到了。"泰迪说着,嘴角显露出一种新的表情;于是——如今他被一圈牢固的带刺铁丝围了起来。

就在这第一次骑马巡视的时候,泰迪忽发灵感,想起了鹅大妈①中的女主人公。他立马将此名字赋予奥克塔薇亚。这个主意,无论是从名字的相似性还是从所从事的行业上来说,都似乎让他感到是一个幸福圆满的类比,他也就没完没了地用它。牧场里的墨西哥人们也都开始用这个名字,并给上面加了一个音节,因为他们自己的语言中读不出字尾的"P"音来,于是他们神情严肃地将她称为"泼皮培夫人"。久而久之,这个名字传播开来,"波皮普夫人的牧场"便被越来越多地用来指"桑布拉斯牧场"了。

五月到九月,漫长炎热的季节来了,这期间牧场上的活儿很少。奥克塔薇亚以一种浑浑噩噩、白日做梦的方式打发着时光。她看看书、躺在吊床上晃悠、给几位密友写写信、重新捡起她旧

---

① 鹅大妈,一七八一年英国伦敦出版的童谣集《鹅大妈摇篮曲》假托的作者名。其女主人公之一为丢失了羊的小女孩波皮普。

的水彩盒和画架描描画画——这些打发了白天酷热的时间。夜幕的降临总是会带来些令人愉悦的事情。这里最令人销魂的要数与泰迪一起纵马扬鞭,驰骋于月光挥洒之下、风吹草低的茫茫草原之上;抬眼望见雄鹰盘旋于夜空,耳畔响着猫头鹰被惊起时凄厉的鸣叫。墨西哥农工们常常会从他们的工棚里出来,弹奏着吉他,吟唱出最为怪诞而又令人心醉的悲歌。大家坐在微风习习的长廊里聊得亲密无间,忘记了时间;泰迪和麦金太尔太太各以其机智和风趣妙语,打着没完没了的嘴仗。麦金太尔太太洋溢着苏格兰人的精明和机敏,常常不让于她所缺乏的那种更为轻松的幽默感。

夜,一个一个走来,又一个个地逝去;几个星期过去了,几个月过去了——那些轻软的、娇柔的、芬芳的夜;那些会让斯特莱芬越过无论带多少刺的铁丝网去寻找克劳艾的夜;①那些甚至会将丘比特吸引出来,手持套马索,在那充满爱意的草地上猎射的夜——然而泰迪的壁垒森严依旧。

七月的一天晚上,波皮普夫人和她的牧场经理坐在东边的长廊里。泰迪用预测学详尽无遗地论述了秋天剪毛季节时价格达到两毛四分钱的可能性,然后陷入哈瓦那雪茄那令人麻木的烟雾之中。只有像女人这样不称职的观察者才不会早早就注意到他至少三分之一的工资都随着那些昂贵的莱格利亚斯雪茄烟化为冉冉青烟。

"泰迪,"奥克塔薇亚突然开口了,口气颇为严厉,"你在这个牧场干活为的是什么?"

"一个月一百块钱,"泰迪油嘴滑舌地说,"外加免费食宿。"

---

① 斯特莱芬和克劳艾,希腊罗曼史神话中相爱的牧羊人和牧羊女。

"我很想把你解雇掉。"

"这你可做不到。"泰迪咧开嘴笑着说。

"为什么做不到?"奥克塔薇亚紧逼一句,显然有股想吵架的劲头。

"因为有合同呀。销售条款规定必须遵守所有未到期的合同。我的合同到十二月三十一日午夜十二点才到期。你可以到那天晚上半夜爬起床来解雇我。如果你想在此之前那么做,我可就有权把你告上法庭了。"

奥克塔薇亚似乎在考虑打官司的可能性。

"不过,"泰迪兴致盎然地继续道,"我自己也正在考虑辞职呢。"

奥克塔薇亚的摇椅戛然而止。这个地方有百足虫,她心里十分清楚;有印第安人;有广袤无垠、孤寂静谧、荒芜悲凉、杳无人烟的旷野;所有这些都围在牢固带刺的铁丝网内。这里有一份范·德莱瑟家族的自尊,但也有一份范·德莱瑟家族的情感。她必须弄清楚他到底是否已经忘记。

"噢,是啊,泰迪,"她说道,口气里微微显出假装出于礼貌的兴趣,"在这种地方确实很孤独;你渴望着回到从前的生活中去——回到马球,龙虾,戏院和舞会中去吧。"

"从来就没有喜欢过舞会。"泰迪貌凛然地说。

"你开始变老了,泰迪。你的记性在衰退。从来没见过你错过任何一场舞会,除非两场舞会的时间有冲突。而且你还显出那么低俗的情趣,总是跟同一个舞伴跳舞,让人震惊不已。我想想,那个福布斯女孩叫什么名字来着——那个眼睛上长着角膜白斑的女孩——玛贝尔,不是吗?"

"不是。她叫阿黛莉,玛贝尔是那个瘦骨嶙峋、胳膊肘凸出的女孩。阿黛莉眼睛上的不是角膜白斑,是她的灵魂。我们曾一块儿讨论十四行诗和魏尔伦[①],当时我正想从诗歌艺术之泉中挑点容易的课程学学。"

"你和她一起入场跳舞,"奥克塔薇亚不为所动,接着说,"在矿工舞会上就有五次。"

"矿工什么?"泰迪茫然若失地问道。

"舞会——舞会,"奥克塔薇亚恶毒地说,"我们是在谈什么来着?"

"眼睛吧,我想,"泰迪说着,若有所思,"还有胳膊肘。"

"那些矿工们,"奥克塔薇亚以她最娇滴滴的上流社会的空谈腔调,强忍着抑制自己想从那个舒服地躺在甲板帆布躺椅上的脑袋上揪下一把饱经风吹日晒、沙尘满布的头发来的愿望,继续道,"钱太多了。因为要下矿井,不是吗? 那是按着吨位来付钱的。在他们家里连一杯白水都找不着。那个舞会上所有的东西都搞得极其夸张。"

"是这样的。"泰迪说。

"那儿的人真多呀!"奥克塔薇亚继续道,心里清楚地知道她正像一个女中学生那样喋喋不休地谈论自己所参加过的第一次舞会,"凉台上都和屋里一样热了。我在那次舞会上——丢了——一样东西。"最后一句话所用的声调是故作修饰,为的是将那些数英里长的铁丝网上的刺去掉。

"我也是。"泰迪低声应道。

"一只手套。"奥克塔薇亚说,当敌军接近她的战壕时向后退却。

---

① 魏尔伦(1844—1896),法国诗人,象征派的代表人物。

"社会地位的优越感。"泰迪说，全线停止射击，毫发无损，"我当晚一半时间都在与矿工舞会上的一位矿工聊得火热。那家伙一只手总插在衣兜里，像一名天使长一样大谈碎解厂、水平巷道、主干巷道、淘洗箱，等等。"

"一只珍珠灰色的手套，几乎是新的。"奥克塔薇亚伤心地叹口气说。

"一个特出色的家伙，那个麦克阿多，"泰迪赞许地强调说，"他痛恨橄榄和电梯；他对付大山就像对付炸肉丸子一样；他能在空中建出隧道来；他一辈子从不说半句愚蠢的空话。你签署了那些续租申请书了吗，夫人？它们必须在三十一日之前在土地局注册登记。"

泰迪懒洋洋地转过头来。奥克塔薇亚的椅子已经是空空如也。

一只百足虫，沿着命运为它指定的路线爬过来，将这里的情况阐述得更为清晰。那是一天清晨，奥克塔薇亚和麦金太尔太太正在修剪长廊西边的杜鹃花树。泰迪天亮前就急匆匆地起床出门了，因为夜里的一场大雷雨将一群母羊从它们的栖息处驱散了。

那只百足虫，受着命运的驱使，爬到了走廊里的地板上。然后，两个女人的尖叫声使它有所悟，它把它所有的黄色小腿都用上，遑遑然冲过开着的门，爬进最西头的房间——那正是泰迪的房间。奥克塔薇亚和麦金太尔太太一手拿着各种长度的家用洁具和厨具，一手提着裙子，以进攻部队后卫搜索敌军的姿态，跟着冲了进去。

一旦出了走廊，那只百足虫似乎消失了。它的未来的谋杀者们开始完全彻底但又小心翼翼地搜索她们的牺牲品。

即使在这样一场危机四伏却又引人入胜的冒险行动之中，奥克塔薇亚也充分地意识到自己身处泰迪私室中的一种为之敬畏的好奇心。正是在这个房间里，他索居独处，寂然沉浸于那些如今不再与任何人分享的秘密的思绪之间；茕茕然进入那些如今不再央求任何人帮忙解释的睡梦之中。

这是一个斯巴达人或是一名士兵的房间。屋子的一角立着一张宽帆布面的行军床；另一角有一个小书架；再一角是竖立着一排温切斯特连发步枪和猎枪的可怖的枪架。一张巨大的桌子占据了房间的一边，桌面上散乱地堆放着信函、文件和纸张，桌子上方安装着一组文件格子。

那只百足虫显示出了能够在如此简朴的环境下藏身的天才。麦金太尔太太用扫帚把在书架背后戳来戳去，奥克塔薇亚来到泰迪的行军床前。这个房间保持着牧场经理匆匆离开时的状态。墨西哥女佣尚未来得及整理房间。他的大枕头中间仍然留着他脑袋的印痕。她觉得那只可怕的小动物有可能爬上行军床藏在床上什么地方去咬到泰迪。百足虫们对经理们就是那么残忍和怀有恶意。

她小心翼翼地掀开枕头，嘴唇张开，以便在看到一个长长的、细细的、黑色的物体躺在那儿时及时发出请求增援的信号。但她及时地抑制住了，因为她抓住了一只手套，一只珍珠灰色的手套，一只被压得扁平的手套——也可能表达为这样——一只每天晚上被放在一个忘记了矿工舞会的男人的枕头下面压了许多、许多个月的手套。泰迪那天早上一定是走得太匆忙，居然，仅此一次，忘记了将它转移到它白日存放的地方。即使是那些经理们，那些因其狡诈和诡计多端而著称的经理们，有时也会失手。

奥克塔薇亚将那灰手套塞进她的夏日晨袍的胸襟。这是她的。那些将自己围在牢固、带刺的铁丝网中间，只记得矿工舞会上的矿工们谈论的淘洗箱的男人，不应当被允许占有这种东西。

毕竟，这片广袤的大草原简直就是天国！当你找到了原已认为丢失了的东西时，这大草原就像玫瑰花一样开怀怒放！那清晨的微风吹进窗牖，带着黄色的拉塔玛①花的清新和香甜，是多么的芬芳！难道一个人真的不能倏尔凝神伫立，双目炯炯，凝视远方，做一场覆水可收的白日梦？

为什么麦金太尔太太如此愚蠢好笑地拿着那扫帚东戳西捅？

"我找到它了，"麦金太尔太太边说边将门敲得咚咚响，"就在这儿。"

"你丢了什么东西吗？"奥克塔薇亚问道，声音里透着温柔的礼貌，但却毫无兴趣可言。

"那个小魔鬼！"麦金太尔太太暴跳如雷，"你已经把它忘记了吗？"

两人齐心合力杀死了那只百足虫。这就是他作为帮忙找到丢失在矿工舞会上的东西的原动力而得到的奖赏。

看来泰迪过了一段时间后，记起了那只手套。当他在太阳落山时回到屋里后，悄悄地，但仔细、彻底地寻找了一通。一直到了傍晚，他才在洒满月光的东长廊上找到了它。它是在一只他认为已经永远失去的手上。于是他鼓起勇气，将他曾被命令永远、永远不要再度说出口的一些胡言乱语重复了一遍。泰迪

---

① 拉塔玛，显然是一种花的名字，但无从考证。

的壁垒终于轰然倒下了。

这一次没有了勃勃雄心的障碍,这场追求就像发生在热烈的牧羊人和温柔的牧羊女之间一样自然和成功。

大草原变成了大花园。桑布拉斯(阴影)牧场变成了光明牧场。

几天后,奥克塔薇亚收到班内斯特一封信,回答她曾写信询问关于她的生意的一些问题。这封信内容的一部分是这样写的:

> 我对你所提到的牧羊农场完全不知如何解释。在你离开这里移居去那个牧场后两个月的时候,人们发现博普雷上校的所有权完全无效。新发现的一份文件上显示他在临死前卖掉了那块土地。这件事被告知你的经理,威斯特雷克先生,而他则立刻买回了那块地。我完全不明白,也无法猜想出你为什么至今仍不知此事的理由。我请求你立刻与那位先生谈一下,他至少应该能向你证实我上述说法的真实性。

奥克塔薇亚四处寻找泰迪,眼中闪烁着刀光剑影。

"你来这个牧场里工作到底是为了什么?"她又一次问道。

"一百——"他也开始重复自己的话,但从她脸上看出她已知道了真相。她手里拿着班内斯特的信。他知道这场游戏结束了。

"这是我的牧场,"泰迪说着,就像一个被发现作弊的小学生,"如果你给他足够的时间他还没法买下老板的生意,那这个经理就太差了。"

"你为什么在这里工作?"奥克塔薇亚穷追不舍,仍想努力找到解开泰迪之谜的钥匙。

"告诉你实话吧,塔薇,"泰迪以安静、坦然、直率的态度说,"我并不是为了工资。那工资刚够我买雪茄烟和防晒油的。我的医生要求我到南方来。我右边的肺由于运动过度和马球、体操的劳损而导致部分趋向坏死。我需要温和的气候、臭氧、休息以及诸如此类的东西。"

奥克塔薇亚一下子扑向那患病的器官。班内斯特的信飘落在地板上。

"这儿——这儿已经好了,不是吗,泰迪?"

"就像一块牧豆树疙瘩一样健康。我就在一件事上骗了你。我一发现你并没有这个牧场的所有权后立即付五万块钱买下了它。当时我在银行的存款在我在这里放羊期间正好也就增值了这么多,所以这几乎就像是在一个便宜货柜台上付一分钱捡来的便宜货。现在那里又有一点盈余积攒起来了,塔薇。我在考虑乘一条船桅上系着白丝带的帆船做蜜月旅行,穿过地中海,然后沿过赫布里底群岛上行,再沿挪威下行,直至祖依德海①。"

"我呢,正在考虑,"奥克塔薇亚温柔地说,"与我的牧场经理并肩骑马在羊群之中来一场婚日驰骋,然后回到长廊与麦金太尔太太共进早餐婚宴,在桌上的小红罐上,也许,系上一小枝橘子花。"

泰迪大笑,唱了起来:

---

① 祖依德海,荷兰北部海湾,为北海的一部分,二十世纪上半叶被大半改造为耕地。

小小波皮普丢了她的羊，
不知去何处把它们找寻。
不必着急不管，它们自会把家还，
然后——

奥克塔薇亚拽下他的脑袋，对着他的耳朵窃窃私语一番。
但是说了些什么，只有他俩自己知道了。

高西庆　译

牵线木偶

一名警官站在二十四街和离高架铁路穿过街道处不远的一条奇黑无比的胡同交叉的街角处。时间是凌晨两点钟;看上去这个寒气袭人、阴雨绵绵、令人厌恶的墨墨黑夜会一直持续到拂晓时分。

一个男人,身穿一件长大衣,帽子前沿压得低低的,一只手提着件东西,轻手轻脚但步履迅速地从那黑胡同里走出来。警官颇有礼貌地拦住他询问,但那确定不移的语气中透着有意流露出的权威。在这种时间,这个有着糟糕名声的胡同,这位行人的匆匆神色,他手中所携之物——所有这些因素都可以很容易地被归纳为所谓的"疑点",而需要在这位警官手里弄清楚。

这位"嫌疑人"很配合地停了下来,向后推了推帽子,借着电灯光的闪烁,露出一张毫无表情,但平滑光洁的脸,一个相当长的鼻子和一对直视的黑眼睛。他那戴着手套的手插进大衣侧面的兜里,抽出一张名片来递给警官。警官举起名片,借着摇曳不定的灯光,读出上面的名字:"查尔斯·斯宾塞·詹姆斯,医学博士。"下面地址所标出的街道名和门牌号码显示的街区极体面尊贵,使人连产生好奇心的欲望都会受到压抑。警官眼睛向下面医生手里提的物件瞥了一眼——一个精致的黑皮药箱配以小小的银底座——更进一步证实了名片对此人身份的担保。

"很好，医生。"警官说着，边闪开道，动作中显露出一股笨拙而亲善的味道。"上面要求我们加倍小心。最近入室盗窃和拦路抢劫的很多。今晚上出诊可真挺糟糕的。虽然不那么冷，可湿乎乎的。"

詹姆斯医生例行公事地点点头，就警官对天气的评价应承了一两句，继续迅速地前行。当晚他三次遇到巡警，每个巡警都接受了他的职业名片和完美的药箱外观作为他人格和所从事行为的诚实的保证。假如其中任何一位警官还不放心，第二天按着名片上的地址去查证，他会发现确如名片所示，医生的名字镌刻在一块精美的门牌上，医生本人气定神闲、西服笔挺地在他装备齐全的诊所工作着——不过不能太早，因为詹姆斯医生起床很晚——他还会发现周围的邻居对居住此处两年来的这位医生作为一名好市民、作为一名热爱自己家庭的人士以及作为一名成功的职业医生都有口皆碑。

所以，假设任何一位过分热衷于自己工作的平安守护人向那看似纯洁无瑕的药箱里偷窥一眼的话，他本会大吃一惊。只要一打开箱子，首先映入眼帘的就是一套最新发明的精致的工具，工具的使用者就是这位把自己称作"箱子侠"的天才的保险箱盗窃者。这些工具都是经过特别的设计和制造的——短小但强有力的撬棍，一堆奇形怪状的钥匙，经过最佳回火处理的蓝钢钻头和冲头——可以像耗子吃奶酪一样将淬火钢啃透——以及可以像蚂蟥一样吸在光滑的保险柜门上，像牙医拔牙一样将号码锁盘、手柄一并拔出的各种夹钳。在"药"箱内侧面的一个小兜里，放着一个四盎司小瓶，瓶里装着硝酸甘油，已经空了一半。在工具底下是一大堆揉皱了的钞票和几把金币。这些钱一共是八百三十美元。

在一个非常小的朋友圈子里,詹姆斯医生被称为"摩登的'希腊人'"。这个神秘称号的一半显示了他的泰然自若和绅士风度;另一半则是表示,用兄弟会的黑话来说,领袖、计划者,那个借着自己的住址和社会地位的声誉和力量来获取情报从而使他们可以实现自己的计划并建立自己铤而走险的事业的人。

这个精选的小圈子里的其他几位成员是:铁嘴摩根和牙胶戴克,两位都是专业级的"箱子侠",还有利奥波德·普莱茨费尔德,他是下城的珠宝商,专门负责改制那三人帮搞来的珠宝和其他装饰物。这几个全都是既能干又忠实,像门农①那样饶舌,像北极星一样无常。

那天晚上的活儿在他们看来是没能为他们付出的辛苦劳动挣得足够的回报。周六晚上,从一个非常富有的老派纺织品公司脏乱的办公室里的一个老式的双层侧栓保险箱里本来应该能搞出比两千五百美元更多的钱。但他们就只发现了这么一点钱,于是,按照他们的惯例,当场按三份平分了这笔钱。他们本来指望能弄到一万到一万两千块钱的。可是那公司的一位业主却有一点点过分的老派,竟然在天刚刚黑时把大部分钱装在一个衬衫盒子里拎回家去了。

詹姆斯医生沿着二十四街往北走。这条街不管从哪方面看,都显得人烟稀少。即使那些戏剧爱好者们——他们喜欢扎堆儿住在这一带——也早已入睡。蒙蒙细雨已把街道下得透湿;铺路石之间一汪汪的雨水承接着弧光灯射出的火焰,再反射回去,粉碎成无数闪烁发光的液体金属片。一股被雨水浸透了的强词夺理的冷风,从一幢幢房子间的喉管里咳嗽而过。

---

① 埃及底比斯附近阿孟霍特普三世的巨大石像。

当医生的脚刚刚踏过一幢看上去比周围的房屋更显得自命不凡的高大住宅的拐角时，那幢房子的前门砰的一声被打开，一个大呼小叫着的黑人妇女嘀嘀笃笃地从台阶上直奔人行道冲了下来。她嘴里杂乱无章地嚷嚷着一些词语，像是自言自语，又像是在对着别人说——她的种族在孤身一人被恶魔缠身时求助的方式。她看上去像是南方那种老式的奴仆阶级的一员——喋喋不休、毫无拘束、忠诚可靠、不受压抑；她的样子生动地描绘出这种人来：肥胖、整洁，腰里围着围裙，头上包着头巾。

这个突然出现的怪人，从那静谧的大屋中喷出，达到台阶底层时正与詹姆斯医生撞了个对面。她的脑子将其能量从声音转化为影像，她停止了嚷嚷，外突的眼睛盯着医生手里提着的箱子。

"赞美上帝！"①是她看到后首先发出的祝福，"你是医生吗，先生？"

"是的，我是内科医生。"詹姆斯医生答道，顿了下来。

"那么看在上帝的分上请你快来看一下钱德勒先生。他刚昏过去还是怎么着了。他躺在那儿就像是死了一样。艾美小姐让我去找医生。老天爷才知道老辛迪一个人会被吓成什么样，如果您，先生，没来到这儿。如果老马尔斯知道了这里千分之一的事，那可就会发生枪战了，老爷——用手枪互射——在地上划出各人脚站的地方，就开始决斗。还有那可怜的小羊羔，艾美小姐——"

"给我带路，"詹姆斯医生说着，脚踏上台阶，"如果你要我

---

① 这位黑人妇女所说的所有的话都带有强烈的南方未受教育的黑人的口音。但由于汉语与英语结构的不同，无法用贴切的汉语表达出来，只好按其基本意思表达了。

做医生的话。如果当听众，我可没时间。"

黑人妇女走在他前面进了那房子，爬上一层铺着厚地毯的楼梯来到楼上。他们两次穿过灯光昏暗的分岔走廊。在第二个走廊的尽头，如今已气喘吁吁的带路人拐进一个大厅，停在一扇门前，打开了门。

"我把医生领来了，艾美小姐。"

詹姆斯医生进了屋，微微地向站在床边的一位年轻女子鞠了一躬。他将药箱放在一个椅子上，脱去大衣，扔在药箱和椅背上，然后安静沉着地走到床前。

床上躺着一个男人，四肢伸开，和倒下时一样——一个穿着华丽入时的男人，只有鞋被脱掉了；放松地躺着，一动不动，就像死了一样。

詹姆斯医生身上放射出一种镇定自若和坚定有力的光环，对他的老顾客来说这就像在沙漠中彷徨的那些羸弱孤独的古以色列人看到神赐的食品吗哪一样。特别是妇女，总是被他在病房里举止言行中的某种东西所吸引、感染。这并不是那些时髦的治病者们所故意做出的讨好病人的举动，而是一种沉着、一种自信、一种战胜命运的能力，一种敬重、保护和奉献的风度。在他那褐色眼睛坚定、闪亮的目光中有着一种寻根究底的磁力；他那了无表情，甚至如神甫般宁静的、光滑的脸庞上透着一种藏而不露的权威，使他从外表看上去极适合扮演可予倾心的密友和抚痛排难的安慰者的角色。有时，在他首次出诊时，女人们就会告诉他她们晚上为防窃贼而藏匿自己珠宝首饰的地方。

由于有反复操练的经验，詹姆斯医生眼珠不转就已估出了这间屋子里所有家具、陈设的等级和质量。这些家具豪华而昂贵。这一瞥也已同时将那女士的外表看得一清二楚。她身材瘦小,最多二十岁。她的脸蛋足可称得上是迷人的漂亮,但此时却(你可能会这么说)被一种凝固了的忧郁而不是那种由于突发的悲恸而留下的更为激烈的印记所遮掩。在她的前额,一边眉毛的上面,有一块青紫的伤。他那内科医生的眼光告诉他,这伤是在过去六小时内造成的。

詹姆斯医生的手伸向那男人的手腕。他那双几乎会说话的眼睛向女士提出询问。

"我是钱德勒太太,"她回答道,带着那种哀怨的南方人的含糊不清和发声音调,"我丈夫在您来之前十分钟突然病倒了。他以前曾有过几次心脏病的发作——其中有些还挺严重。"他的衣冠楚楚和这半夜三更的时间似乎提示她再做进一步的解释,"他晚上外出了,回来很晚。他去——吃晚饭了,我想。"

詹姆斯医生现在把注意力转到了病人的身上。不论在他恰好正在从事的哪一种"职业"中,他都习惯于用他的全部身心投之于那"病例",或那"活儿"。

这个病人看上去大约三十岁。他脸上带有一股鲁莽和放荡的神色,但却不失端正,而且那种对幽默的兴趣并沉溺于其间所形成的微细皱纹弥补了其他方面的缺憾。他的衣服上散发着一股洒了的酒的气味。

内科医生把他的外衣摊开,然后用一把袖珍折刀把衬衣前面从领口到腰部拉开。清除了障碍物以后,他把耳朵贴到心脏上仔细地倾听。

"二尖瓣口反流?"他一边轻轻地说道,一边站了起来。句尾音调挑起,因为心中并不确定。他又听了长长的一会儿;这次他说,"二尖瓣机能不全。"音调中透出确定的诊断。

"夫人,"他开始说话,用他那种曾经常能缓解人们焦虑情绪的、让人放心的语调,"有一种可能性——"当他慢慢地转脸去看那女士时,却看到她正在倒下去,脸色苍白,昏厥到老黑人妇女的双臂里。

"可怜的小羊!可怜的小羊!他们把辛迪大婶自己那受到祝福的孩子杀死了吗?快让上帝用他那愤怒来毁灭那掠走了她的人;那伤透了这个小天使的心的人;那留了……"

"抬起她的双脚,"詹姆斯医生说,同时帮助她扶住那向下垂落的身体,"她的房间在哪儿?她应该躺在床上。"

"在这边,先生。"那女人围着头巾的脑袋朝着一扇门的方向点了点头,"那是艾美小姐的房间。"

他们把她抬进那个房间,放到床上。她的脉搏甚微弱,但却还算规律。她并未从昏厥中苏醒,就直接进入酣睡状态。

"她已经是精疲力竭了,"内科医生说,"睡眠是很好的疗法。她醒来以后,让她喝杯棕榈酒——里面再放一只鸡蛋,如果她能喝得了的话。她前额上的伤是怎么回事?"

"她撞了一下,老爷。那可怜的小羊摔倒——不,老爷,"——老妇人所属种族脾气的易变性突然让她火冒三丈——"老辛迪不能为那个魔鬼撒谎。是他打的,老爷。快让上帝毁掉那只手——糟糕!辛迪答应那甜蜜的小羊羔不告诉任何人的。艾美小姐受伤了,老爷,是在头上。"

詹姆斯医生走到一个放有一盏漂亮油灯的柜子前面,把那油灯焰的捻子拧小。

"你待在这儿陪着你们家女主人,"他命令道,"别说话,让她安睡。如果她醒来,就让她喝杯棕榈酒。如果她感觉更弱了,就来告诉我。这事儿有点儿蹊跷。"

"这地方比那个更蹊跷的事儿还多着呢。"那黑女人又开始絮叨,但医生用他极少发出的命令式的浓缩的语调嘘她闭嘴,他过去常用这种语调使歇斯底里病人平静下来。他回到另一间屋里,轻轻地关上身后的门。床上躺的那个男人一动未动,但眼睛却睁开了。他的嘴唇似乎在说着什么。詹姆斯医生低下头去听。"那钱!那钱!"那声音发出的就是这两个字。

"你能明白我说什么吗?"医生问道,话音很低,但十分清晰。

那脑袋轻轻地点了点。

"我是内科医生,是你太太找我来给你看病的。你是钱德勒先生,他们告诉我说。你病得很厉害。你绝不能兴奋或是焦虑。"

病人的眼神似乎在召唤他。医生弯下腰努力听他那同样微弱的句子。

"那钱——那两万块钱。"

"那钱在哪儿?——在银行里?"

那眼神的示意是否定的。"告诉她"——那低语声更微弱了——"那两万块钱——她的钱。"——他的眼神在屋里各处徘徊。

"你把那钱放到什么地方了吗?"——詹姆斯医生的声调就像女海妖塞壬般,艰难地想从那男人逐渐失灵的脑子里呼唤出那隐秘来——"是在这间屋里吗?"

他觉得他从那逐渐黯淡下去的眼光里看到一点颤颤巍巍的同意的意思。他手指下面的脉搏已是细若游丝了。

在詹姆斯医生的脑子里和心里升起了他另一职业的直觉。他迅即果断地,正如他做任何其他事情一样,做出决定,要把这笔钱的所在搞清楚,而且是以经过计算的一个人确定的生命为代价来做到这一点。

他从衣袋里掏出一小本空白处方笺,在其中一张上面划拉出一套,按照医疗界最佳做法,适合于那病人病情的药物处方来。他走到内室门前,轻轻地唤出那老妇人,把药方交给她,让她去找一家药店把药买回来。

当她喃喃自语地走后,医生来到那女士的床榻前。她还在熟睡;她的脉搏已经强一点了;她的前额不热,除了伤口周围发炎的地方,上面微微地覆盖了一层水分。只要不受打扰,她还会睡几个小时。他找到门上的钥匙,回去时把门锁上。

詹姆斯医生看看自己的表。他有半小时的时间,此前那老妇人不大可能完成任务回来。然后他找到一个装着水的罐壶和一个玻璃杯。他打开他的药箱,拿出那个装着硝酸甘油——"油",他那些溜门撬锁的弟兄们这么称呼它——的小瓶。

他将一滴那微黄色稍带黏稠的液体滴进玻璃杯中。他拿出他那银色的皮下注射器盒子,拧上针头。他小心翼翼地用那注射器有刻度的玻璃管测度着每一管水,倒了几乎半杯水来稀释那一滴油。

当晚两小时以前,詹姆斯医生曾用那个注射器将未稀释的油注进一个在保险箱锁头上钻出的洞里,只一声发闷的爆炸,就把那个控制锁簧运动的机件给毁掉了。现在他试图,用相同的手段,把一个活人最重要的机器打碎——撕碎这人的心脏——每一下打击都是为了随之而来的那笔钱。

相同的手段,但却用了不同的伪装。就是说,那一个是充满狂暴、原始、强悍的金刚巨人,而这一个则是将自己同样致命的臂膀藏在天鹅绒和花边饰带下面的宫廷侍臣。杯子中和那内科医生小心倒入的注射器中的液体,现在已成为格鲁诺因溶剂,这是医学界迄今所知的最为猛烈有力的强心剂。两盎司就把那钢铁保险柜的实心钢门劈开;现在他准备用五十分之一滴量就让一个人复杂精细的生命机器永远停止转动。

但不是立即停止。本来就没打算那么做。首先将会出现生命力的迅速提升;每一个器官和官能都会得到强有力的促进。心脏将会勇敢地应对这一致命的刺激;静脉里的血液将会更快地流回它的源泉。

但是,詹姆斯医生清楚地知道,对这种心脏病的过分刺激意味着死亡,这就像用步枪瞄准他射击一样的确定。一旦阻塞了的动脉由于那盗贼的"油"的力量泵入血液增加流量而形成堵塞时,它们会迅速地成为"死胡同",这时生命的源泉就会停止喷流了。

医生将不省人事的钱德勒衣服扒开,露出胸膛。他轻巧熟练地把针筒中的药液注射到了覆盖心脏一带皮下的肌肉里。按着他在两个不同职业里的共同习惯,他小心地弄干针头,然后把那个在不用时穿进针头的细铜丝重新插进去。

三分钟之内钱德勒就睁开了眼睛,用微弱但可听到的声音问是谁在照顾他。詹姆斯医生又一次解释了他在那儿的原因。

"我太太在哪里?"病人问道。

"她在睡觉——由于精疲力竭和焦虑过度。"医生说道,"我不建议把她叫醒,除非——"

"不——不必了。"钱德勒说话时一字一顿,因为某个恶魔正在把他追得上气不接下气,"她不会——因为你——为我的原因——把她弄醒——而感激你的。"

詹姆斯医生拉了把椅子到床前。绝不能把交谈的机会浪费掉。

"几分钟以前,"他开始问道,以他另一职业阴沉严峻、直言不讳的语调，"你曾想告诉我一些有关一笔钱的事情。我并不打算要你信任我，但是我有责告知你，焦虑和烦忧会对你的康复不利。如果关于这件事你有什么要说的——以便让你的心里轻松一点——两万块钱，我想是你提到的钱数——你最好说出来。"

钱德勒没法转动他的脑袋，但他的眼珠向说话者的方向转了过来。

"我说了——那钱——在哪儿了吗？"

"没有。"那内科医生答道，"我只是推测，从你含糊不清的话语里，你对它的安全性感到焦虑。如果它是在这间屋里——"

詹姆斯医生停顿了下来。他是否只是似乎从他的病人那具有讽刺意味的五官上观察到了会意的一眨，还是怀疑的一闪呢？他是否显得太急了点？他是否说得太多了点？钱德勒接下来的话让他恢复了信心。

"还能——在哪儿，"他气喘吁吁地说，"除了——那边那个——保险箱？"

他用眼睛指向屋子一角，这时医生才头一次注意到一个小的铁保险柜，被那落地窗帘遮掩了一半。

他一跃而起，拿过病人的手腕。他的脉搏跳动激烈，中间夹有不祥的停顿。

"抬起你的胳膊。"詹姆斯医生说。

"你知道的——我动不了，医生。"

内科医生迅速地走到厅门口，打开门，侧耳倾听。万籁无声。他不再绕弯子，直接走到保险箱前，查看起来。这是一种原始的构造和简单的设计样式，它所能防的最多只是家中手脚不干净的用人而已。对他的技能来说这只不过是个玩具——用草棍和硬纸板搭起的东西罢了。那钱已经落入了他的掌心。只需两分钟他就可以用他的夹具把那把手抽出，在锁芯上打孔，然后打开箱门。也许，用另一种方法，他一分钟就可以打开它。

他跪在地板上，把耳朵贴在密码盘上，慢慢地转动把手。正如他所推测的那样，这锁只用一个"一日码"——一个号码锁上。他灵敏的耳朵听到锁芯被拨动时那轻微的咔嗒一声；他对上那个号码，手柄转动了。他把保险箱门一把拉开。

保险箱里面空空如也——在那空的铁方格子里面连一张小纸片也没有。

詹姆斯医生站起身来走回床前。

那濒死病人的眉毛上已形成一层厚厚的水珠，但他的嘴唇和眼睛却显出一脸嘲讽和可怖的狞笑。

"我可从来——没见过，"他艰难地说着，"医学和盗窃合二而一！你——靠这结合——能赚着钱吗——亲爱的医生？"

詹姆斯医生的伟大人格从未受到过像眼前的情景所给予的更为严峻的考验。他被他的受害者那恶魔般的幽默拖进了一种既滑稽可笑又甚不安全的境地，只能尽力保持自己的尊严和清醒的头脑。他掏出手表来，等着这个人死去。

"你——对那钱——就是——稍稍地——太——急了一点。可是那钱——从来就没有——被你掠走的——危险，亲爱的医生。他很安全。绝对地安全。它们全部——都在——赌场经纪人——的手里。两万块——艾美的钱。我把它押在马赛上，全部——一分不剩地输进去了。我一直是个挺坏的家伙，盗贼——对不起——医生，可我一直是个光明正大的玩家。我想——在我所有的赌局里——我从没见到过——你这样一位——十八克拉的恶棍，医生——对不起——盗贼。给一个受害人——对不起——病人倒一杯水，是不是——违反了你那伙人的——行为准则，盗贼？"

詹姆斯医生给他倒了一杯水。他几乎无法咽下那水。那强力的药剂所带来的反应正以规则的、逐渐增强的浪潮袭来。但他那垂死的想象力却还必须再发出一次尖锐刺耳的嘲弄。

"赌徒——醉鬼——败家子——这些我都是，可是——一个医生盗贼？！"

对于对方刻薄的辱骂，内科医生只用一句话的回答来满足自己。他将身子俯得低低的，盯住钱德勒那迅速失神的凝视的眼光，以一种极其严峻且意味深长的姿态指向那正在熟睡的女士房间的门，使得那个俯卧着的男人不得不用上自己仅剩的一点力气稍稍抬起头来向那边看去。

他什么也没有看见；但是他听到了医生那句冷酷的话——他所能听到的最后的一句话：

"我还从来没有——殴打过一个女人。"

要对这类人做出剖析无异于缘木求鱼。没有一门学术课程的知识范围可以将对他们的研究包含进去。他们属于那么一种人的分支，当人们谈到这种人时就说"他会做这种事"，或说"他会做那种事"。我们只知道他们是存在的；而且我们也可以观察到他们，并把他们那些不加掩饰的行为相互转告，就像孩子们观看并谈论牵线木偶那样。

然而，考虑一下这两位的情形会是对自我中心主义者的一项离奇古怪的研究———一位是谋杀者和强盗，高高站在他的受害人之上；另一位罪行更为低劣，尽管所犯的法不那么严重，充满憎恶地躺在受到自己虐待、抢劫和折磨的妻子的房间里；一个是老虎，另一个是狼狗——考虑一下两人各自都对对方的卑劣充满厌恶；各自都从自己明显的罪行的泥淖中标榜着自己那纯洁无瑕的行为准则，如果不是荣誉准则的话。

詹姆斯医生的那一句反唇相讥一定是深深地刺痛了另一方仅存的一缕羞耻心和男子气概，因为它完成了那"慈悲的最后一击"。他被羞得满脸通红——一种耻辱的死亡的玫瑰红色；呼吸停止了，钱德勒轻轻地战栗了一下，命赴黄泉。

他刚刚咽下最后一口气，那黑女人就带着药回来了。詹姆斯医生一边用一只手轻轻地压揉着闭着的上眼皮，一边将那结局告诉了她。并非悲恸，而是一种与生俱来的对于死亡的抽象的和睦关系，使得她黯然神伤，唏嘘不已，伴随而来的就是她的哀诉。

"这就对了！上帝管这事了。他是那罪人的裁判者，也是受苦人的靠山。他现在可要帮我们的忙了。辛迪为这瓶药付出了最后一毛钱，可再也用不上了。"

"你的意思是说，"詹姆斯医生问道，"钱德勒太太没有钱？"

"钱？先生，你知道艾美小姐为什么摔倒，为什么这么虚弱吗？是饥饿，先生。这栋房子里除了一点饼干碎片外已经三天没有任何吃的东西了。那个小天使几个月前就卖掉了她的戒指和手表。这幢漂亮的房子，先生，和里面的红地毯、发亮的大桌子，全是租来的；那男人说这租金高得吓人。那个恶魔——对不起，上帝——他已经交给您来裁判了，如今——他掠走了一切。"

内科医生的沉默鼓励她继续讲下去。他从辛迪颠三倒四的自说自话中弄清了这故事中一段挺长的历史，其中有错觉，有任性，有灾祸，有残忍，也有自尊。从她叽里咕噜的语句所展示的模糊的全景图中清楚地显现出一些画面的片段来——在遥远的南方的一个理想的家；一场很快就后悔了的婚姻；一个充满了冤屈和虐待的令人痛苦的季节;最近,一笔本可用来解救苦难的继承来的钱;钱被那狼狗抢走并在两个月不露面的期间挥霍一空,然后在一场荒淫无耻的闹宴中回到家中。在这整个故事模糊不清的经线中,有一条虽不引人注目,但却清晰地见于每条线之间的纯白的细线——这位年老的黑女人那简单纯净、忍辱负重、高尚美丽的爱心,毫不犹疑地追随着她的女主人,克服一切磨难,直至最后。

当她终于停下来时,内科医生开始说话,问她这栋房子里是否有威士忌酒或其他任何种类的酒精。有的,老妇人告诉他,边柜里有那狼狗留下的半瓶白兰地。

"按我说的配一杯棕榈酒,"詹姆斯医生说,"叫醒你的主人,让她喝下去,然后告诉她这里发生的事。"

大约十分钟以后,钱德勒太太由老辛迪的胳膊搀着进到屋里来。由于睡眠和她刚刚喝过的兴奋剂,她看上去稍稍精神了一点。詹姆斯医生已经用床单把床上的那个躯体盖上了。

那女士悲伤的眼光,和那半受惊吓的脸庞,向那床榻转过去了一次,然后向她忠实的保护者身上靠得更紧了。她的眼睛干干,眸子明亮。悲伤似乎已对她无计可施了。泪水之泉已干涸;感觉本身已麻痹。

詹姆斯医生站在桌子近旁,已穿上了大衣,手里拿着帽子和药箱。他的面容镇定而冷漠——他的职业已使他对人类受难司空见惯。只有他那发出柔和光芒的棕色眼睛才隐蔽地透露出一点职业性的同情。

他和蔼但简短地说道,由于夜色已阑,外请援手,毫无疑问,会十分困难,所以他会自己找到合适的人手送来,帮着处理后事。

"最后，还有一件事。"医生手指着仍大开着门的保险箱说道，"你丈夫，钱德勒太太，在最后时刻，知道自己不会再活下去了；让我去打开那保险箱，给了我那保险箱的密码。如果您什么时候用得着它的时候，记着它的号码是四十一。朝右边转几次；然后朝左边转一次；停在四十一上。他不允许我叫醒您，尽管他知道大限已近。"

"他说他在那个保险箱里放了一笔钱——并不多——是足够让您用来满足他临终的请求。那请求就是要您回到您的老家去。然后，过些日子，待时过境迁，雨过天晴之时，原谅他对您犯下的诸多罪过吧。"

他指指桌子，上面整整齐齐地码放着一沓钞票，钞票上面是两摞金币。

"钱在那边——就像他说的那样——八百三十元。请允许我留下我的名片，或许今后您还有用得着我的地方。"

就是说，他还是想到了她——挂念着她——在最后的时刻！如此姗姗来迟！然而这一谎言仍是将她以为早已灰飞烟灭了的似水柔情煽起了一点最后的火星。她大声哭叫着："罗勃！罗勃！"她转过身去，在她真正的侍从随时为她准备好的胸膛上洒下一掬解悲释怀的泪。也很可以这么想：在此后的年头里，那谋杀凶犯的假面具像一个小恒星一样闪耀在爱的坟墓之上，抚慰着她，获得自有其内在价值的宽恕，不管是否被请求这样做。

她趴在那黑胸脯上，像个孩子一样，被那哼哼唧唧的吟唱和喁喁呜呜的安慰语所慰藉，所平静；她终于抬起头来——可是那医生已悄然离去。

高西庆　译

梦

[这是欧·亨利的最后一篇作品。《大都会》杂志向他约了这篇稿子。他去世后,人们在他房间灰尘满布的书桌上发现了这篇未完成作品的手稿。]

莫瑞做了个梦。

无论是心理学还是现代科学,当它们试图解释我们微不足道的人类在"死神的双胞胎兄弟——睡神"的领地漫游时的各种奇遇时,也只能在黑暗中摸索。这个故事并不试图解疑释惑;它只不过是对莫瑞的梦做个记录而已。在那个奇怪的半醒的睡眠状态中最令人大惑不解的阶段之一,就是那些感觉上是延续了几个月甚至几年的梦可能只是发生在短短的几秒钟或几分钟之内。

莫瑞在死囚牢区自己的号子里等着。走廊里天花板上的一只电弧灯将他的桌子照得雪亮。一只蚂蚁在一张白纸上慌乱地东奔西突,莫瑞用一只信封左堵右挡。电刑定于晚上八点钟执行。莫瑞为这昆虫世界中最聪明的家伙的滑稽动作而忍俊不禁。

在这个区里还有七个死囚。莫瑞从来到这里,已经看到三个死囚被带出去见他们的命运之神;其中之一吓疯了,连踢带咬地像一匹中了猎人圈套的狼;另一个也疯得可以,用一些假装虔诚的空话向上苍喃喃祈祷。第三个是个懦弱的小子,瘫成一团泥,被绑在一块木板上抬了出去。他思忖着,自己的心脏、双脚和面孔在接受这一惩罚时，会给自己的信誉带来什么呢——因为这是他自己的最后一晚。他觉着已经差不多到八点了。

在这两排死囚牢里，莫瑞号子对面的笼子里是意大利西西里人包尼法奇奥，他杀死了自己的未婚妻和两名前来逮捕他的警官。莫瑞曾和他长时间地下跳棋，各自冲着走廊对面那从未谋面的死囚对手喊出自己的棋步。

包尼法奇奥以他洪亮的歌手音质般的轰鸣声吼道：

"哎，莫瑞先生，感觉如何——还行吧——是吗？"

"还行，包尼法奇奥。"莫瑞稳稳地说，一边让蚂蚁爬上信封，然后轻轻地把它倒在石头地板上。

"那挺好，莫瑞先生。像我们这样的男人，一定要死得像个男人样。我的死期是下礼拜。好吧。记着，莫瑞先生，最后一局跳棋是我赢了你。也许我们以后还能再下几盘。说不准。也许在他们送我们去的那地方下棋时得铆足了劲喊出棋步来。"

包尼法奇奥那冷酷的生命哲学，和紧跟着发出的震耳欲聋如音乐钟声般的大笑，温暖了而不是激冷了莫瑞麻木的心。可是包尼法奇奥还有一个礼拜可活呢。

死囚区的几位听到走廊尽头大门上钢门闩打开时那熟悉的巨大的咣当声。三个男人来到莫瑞号子门前，打开门锁。其中两个是狱卒；另一位是"兰——"不对，那称呼是以前的事了；现在他是利昂那德·温斯顿神甫，他们从光着脚丫满地跑的时候就是住同一街坊的朋友。

"我说服了他们让我代替监狱神甫来你这儿。"他一边说，一边短暂但却有力地握了一下莫瑞的手。他左手拿着一本小小的圣经，食指夹在其中一页里。

莫瑞微微地笑了一下，把他小桌上的两三本书和几个笔架码放整齐。他原想说几句话，但好像找不出什么合适的话来。

这里的囚犯们给这栋八十英尺长，二十八英尺宽的监牢取名叫"临魄巷"①。平日在临魄巷值守的狱卒，一位身材巨大、粗壮、却也友善的人，从他口袋里抽出一品脱瓶的威士忌酒递给莫瑞，说道：

"这是常规，你知道吧。所有觉得自己需要点提精神的东西的人都喝这个。这也没有能让你上瘾的危险，明白吧？"

莫瑞大大地喝了一口。

"真有种！"狱卒说，"只是小小的一点神经兴奋剂，然后一切都像丝绸一样平顺光滑了。"

他们走进走廊，这里七名死囚的每一个人立刻就知道了。临魄巷是世界之外的一个世界；但它也学会了当五种感官中的一个或更多个被剥夺了其作用时，用另外一个感官弥补其缺陷。每个人都知道差不多快到八点了，而莫瑞八点时就会被送上电椅。在许多临魄巷里都有一批犯罪精英。一个在光天化日之下杀人的人，一个出于原始的激奋和战斗的热情打垮了他的敌人或追击者的人，鄙视那些人类中的耗子、蜘蛛和蛇蝎。

所以，七名死囚中仅有三名在莫瑞夹在两名狱卒中间大踏步地通过走廊时向他道别。他们是包尼法奇奥，马尔文，他在试图越狱时杀死了一名狱卒，和劫火车大盗巴塞特，他被迫杀死火车上的快邮信使，因为他命令每个人举起手来时这个家伙不肯举手。其余四名死囚各自在他们的号子里郁闷着，一声不吭。无疑他们对自己在临魄巷这一小社会中所处的被放逐的感受记忆犹新，却不大能记得他们更加难以启齿的违法犯罪行为了。

莫瑞对自己的镇静和近乎无所谓的态度感到纳闷。在行刑室里有大约二十个人，其中有监狱的官员，报社记者，和成功地挤进来的看热闹的人……

---

① 原文为 Limbo Lane。Limbo 是宗教神话中地狱的边境，传说是未受洗礼的儿童和妇人居住之地，或可类比于中国的"奈何桥"或"黄泉路"。

就在这里，一句话的中间，死神之手掐断了欧·亨利正在讲述的最后一个故事。他曾计划将此故事写得与其他的故事不一样，作为他从未试过的一种新的故事风格系列的第一篇。"我想向公众表明"，他说："我可以写出新的东西来，——我指的是对我而言新的东西——一个没有俚语的故事，一种直截了当的戏剧性情节，以一种离我所认为的真正的故事创作更接近的方式处理。"在开始创作这篇故事之前，他写出了一个他意欲展开的情节简述：莫瑞，一个被控极其残忍地杀死自己女朋友——一次因妒火中烧而致激愤杀人的行为——且被定死罪的犯人，刚开始面对死刑时泰然自若，而且从所有的外在表现来看，对自己的命运毫无所谓。但当他被带近电椅时却被一种感觉的突变所征服。他变得茫然、麻木、不知所措。行刑室里的整个情景——现场证人，参观者，为死刑而做的所有准备工作——对他统统变成全然不真实的东西。一个想法闪过他的脑海：这里正在发生一场巨大的误会。为什么他正在被绑在一个椅子上？他干了什么事？他犯了什么罪？在刽子手对电椅皮带做调整的那几分钟里，他眼前出现了一个景象。他做了一个梦。他看到一栋乡间小屋，色彩明亮，洒满阳光，坐落于万花丛中。那儿有一个女人，还有一个小孩子。他和她们交谈，发现她们就是他的妻子和他的孩子——那个小屋就是他们的家。于是，说到底，这是一场误会。有人犯了一个可怕的、不可挽回的弥天大错。那指控，那审判，那定罪，那以电椅处死的判决——都是一场梦。他拥抱妻子，亲吻孩子。是的，这里有天伦之乐。那都是场梦。这时——典狱长示意，发出致命电流的电闸被合上了。

莫瑞做错了梦。

高西庆　译

我们选择的道路

夕照快车开到特克生以西二十英里在一座水塔边上停下来加水。可是除了这种液体之外，这列名闻遐迩的快车的火车头上还加进了一些对它不利的东西。

这边司炉正把水管往下放，那边就有三个人爬上机车，把身边家伙的圆口子全都对准司机。这三人不是别人，正是包布·铁宝、鲨鱼多德生和身上有四分之一溪流地区印第安人血统的约翰大狗子。三个黑口子的不祥讯号使司机忙不迭地举起双手，这个动作总是跟"快说"这声喝令秤不离砣连在一起的。

小分队的头头鲨鱼多德生干脆利落地下了道命令，司机乖乖地跳下车去，把机车、煤水车卸下列车。接着，蹲在煤堆上的约翰大狗子开玩笑似的把双枪对准了司机与司炉，建议他们把车头开到五十码外去静候下一步指示。

在鲨鱼多德生和包布·铁宝眼里，旅客都是成分不高的劣质矿石，根本不值得多费手脚。他们直奔快车的"富矿"。他们发现解款员正沉浸在黄粱美梦中，满以为快车还在添加清水这种好东西。包布当即用六连发手枪的枪柄把这个念头从他脑袋里敲了出去，这时，鲨鱼多德生已经在用炸药来对付快车的保险柜了。

保险柜炸开了，里面总共有三万块钱，全是金币与现钞。旅客们漫不经心地把头探出窗外,看看哪块云彩在打雷,列车员急忙拉铃索,可是割断的绳索软绵绵的松脱下来。鲨鱼多德生和包布·铁宝把他们的战利品装进一只结实的帆布袋,跳出邮车向机车跑去,高跟的长靴使他们奔跑时有些蹒跚。

司机虽然憋着一肚子气,却是个识时务的俊杰。他按照命令迅速把机车驶开那不能动弹的列车。可是还没等他开走,那个解款员已经从包布·铁宝让他退居中立的一击中苏醒过来。他操起一把温彻斯特步枪,跳出车厢,到这场游戏中来显身手了。坐在煤水车上的约翰大狗子先生出错牌,成了最理想不过的靶子,解款员赶紧发出王牌。子弹恰恰打进大狗子两片肩胛骨之间,这个溪流地区的"勤奋骑士"便一个跟斗栽到地上,让他的伙伴每人多分六分之一赃款。

机车开到离水塔两里地时,好汉们叫司机停车。

两个强徒狠巴巴地挥挥家伙,算是告别,接着便冲下陡坡,消失在路轨边的密林里。他们在矮橡树丛里横冲直撞五分钟之后,来到一个稀疏的树林,那儿有三匹马拴在低垂的枝丫上。一匹是留待约翰大狗子的,可是无论白天黑夜,他是再也不会骑马的了。两个强盗把这头牲口的鞍辔全部卸除,放了它。他们跨上另外两匹马,把帆布袋横搁在一匹马的鞍头,迅速而又审慎地穿过林子,驰进一个原始、荒凉的峡口。在这里,包布·铁宝的坐骑在一块长满苔藓的圆石块上滑了一下,跌断了前腿。他们立刻对牲口头部开了一枪,坐下来研究怎样远走高飞。由于他们走的是一条曲里拐弯的羊肠小道,暂时可保安全,时间问题并不那么大。在他们与最最敏捷的搜索队之间,还有许多里路和许多个小时。鲨鱼多德生的马缰绳松开了,拖在地上,正喘着气兴致勃勃地在峡口小溪边吃青草。包布·铁宝打开帆布袋,双手捧出了一扎扎捆得整整齐齐的钞票和一小袋金币,像个孩子似的咧开嘴直乐。

"嘿,你这有勇有谋的老海盗,"他兴高采烈地对多德生嚷道,"你说咱们准能成功——你真能算计呀,要是做买卖,亚利桑那州谁也比不上你。"

"你没有马骑怎么办,包布?咱们不能在这儿久等。早晨天不亮他们就会跟踪追来的。"

"啊,我想你那匹印第安种小马暂时还能驮我们两人,"乐天的包布答道,"路上一碰到马,咱们就征用它一匹。我的妈呀,咱们发财了,是不是?看钱上的标签总共是三万块钱——一人一万五!"

"没我想象的那么多。"鲨鱼多德生说,一边用靴尖轻轻地踢那些捆钱。接着又若有所思地瞅了瞅他那匹跑累的马身上汗水淋漓的两肋。

"老波利伐快要累垮了,"他慢吞吞地说,"我真希望你那匹栗毛马没摔伤。"

"我也是呀,"包布无忧无虑地说,"不过那又有什么法子呢?好在波利伐后劲不错——他能驮咱两个,直到找到新的坐骑。妈的,鲨鱼,我想起来就觉得奇怪,你这个东部人来到这儿,居然还能在这没本钱的买卖上给我们西部佬出点子。对了,你是东部什么地方人?"

"纽约州的,"鲨鱼多德生说,在一块岩石上坐下,嘴里嚼着一根小树枝,"我生在厄尔斯特县的一个农场上。十七岁从家里逃了出来。我来到西部完全是出于偶然。我当时背了一个包袱沿着路走,是想去纽约市。我打算到那儿去挣大钱。我总觉得我能行。有天傍晚,我走到一个三岔路口,也不知该走哪条路。

我盘算了半点钟,结果选了左面的一条。就在那天晚上,我碰上了一个演西部戏的班子,是专门在小镇上巡回演出的。我就随着戏班子来到西部。我常想,要是我选的是另一条道,不知会不会成为另外一种人。"

"哦,我看你到头来还是这个结局,"包布·铁宝说,乐呵呵地带着哲学意味,"不在于选哪一条道,是我们的本性决定我们做什么人。"

鲨鱼多德生站起来,靠在一棵树上。

"我真不愿意你那匹栗毛马摔伤,包布。"他又说一遍,几乎有点儿伤感。

"可不是吗,"包布也同意说,"它确实是匹头等好马。不过波利伐这牲口肯定能帮我们渡过难关。我想咱们还是动身吧,怎么样,鲨鱼?我来把这些劳什子重新装进口袋,咱们上路,去找树木高大些的地方。"

包布·铁宝把赃款放回口袋,用绳子把袋口扎紧。等他抬起头时,最使他触目惊心的就是鲨鱼多德生那支零点四五口径手枪的枪口纹丝不动地对准着他。

"别打哈哈,"包布嘻嘻地笑着说,"咱们得赶紧开溜啊。"

"不准动,"鲨鱼说,"你不用开溜了,包布。我也不愿意这样,不过咱们之中只有一个人有机会跑掉。波利伐已经很累,它驮不动两个人。"

"鲨鱼多德生,咱们两人搭伙已有三年,"包布平静地说,"咱们多次一起出生入死,捡回一条命。我一向和你公平交易,总以为你是条好汉。我也风闻过一些古怪的传说,说你不正大光明,弄死过一两个人,但我从不相信。现在,如果你只不过是跟我开个小玩笑,那快把枪收起来,咱们骑上波利伐,赶紧上路。

要是你真的要开枪——那你就开吧,你这条狼心狗肺的毒蛇!"

鲨鱼多德生的脸色显得十分悲哀。

"你不知道,"他叹了一口气,"你那匹栗毛马摔断了腿,我多么难过。"

一刹那间,多德生换了一副杀气腾腾的凶相,还夹杂着一种铁了心的贪婪神情。这个人的本性显露了一会儿,仿佛是正派人住宅的窗户里突然出现了一张狞恶的面庞。

的确,包布·铁宝再也不用"开溜"了。不义的朋友那支包送终的零点四五口径手枪砰的一声,使山谷间充满了响声,使石壁发出了愤愤不平的回音。接着,波利伐这个不知情的帮凶,驮着拦劫夕照快车匪帮里的最后一个,飞快地驰走,而没有勉为其难地驮两个人。

跑着跑着,鲨鱼多德生眼前的树木仿佛逐渐消失;他右手握着的手枪变成红木椅子的弯扶手;他的马鞍居然变成了有弹性的软垫。他睁开眼睛一看,发现他的脚并没有套在马镫里,而是安安静静地搁在橡木办公桌的边上。

我方才说到,多德生,多德生—德格公司的多德生,华尔街的一位经纪人,睁开了眼睛。机要秘书皮保迪站在他椅子旁边,有点踌躇,不知该不该开口。窗子外面是一片杂乱的车轮声,屋子里是电扇催人欲眠的营营声。

"嗯哼!皮保迪,"多德生说,一边眨眨眼睛,"我准是睡着了。我做了一个非常奇怪的梦。有什么事吗,皮保迪?"

"屈雷西—威廉斯公司的威廉斯先生等在外面。他是来结那笔 X. Y. Z. 股票账的。他抛空失了风,您大概还记得,经理。"

"对,我记得。今天 X. Y. Z. 什么行情,皮保迪?"

"一元八角五,经理。"

"就按这个数目结。"

"对不起,有一句话不知该不该说,"皮保迪局促不安地说,"我刚才和威廉斯谈过。他是您的老朋友,多德生先生,而您实际上是垄断了 X.Y.Z. 股票的。我想您也许——呃,我想您也许不记得他当初卖给你的价钱是九角八。要是让他按市场行情结账,那他准得倾家荡产了。"

一刹那间,多德生换了一副杀气腾腾的凶相,还夹杂着一种铁了心的贪婪神情。这个人的本性显露了一会儿,仿佛是正派人住宅的窗户里突然出现了一张狰恶的面庞。

"他得照一元八角五结账,"多德生说,"波利伐驮不动两个人。"

李文俊　译